FANTASY

Frank Rehfeld
in der
Goldmann-Taschenbuchreihe
FANTASY:

Das Tal der schwarzen Bestien
Arcana I · 24525

Die Zitadelle am Rande der Welt
Arcana II · 24526

Zusammen mit Wolfgang Hohlbein:

Die Straße der Ungeheuer
Garth und Torian IV · 23924

Die Arena des Todes
Garth und Torian V · 23925

Der Tempel der verbotenen Träume
Garth und Torian VI · 23926

FANTASY

FRANK REHFELD

DIE ZITADELLE AM RANDE DER WELT

ARCANA II

GOLDMANN VERLAG

Originalausgabe

Der Goldmann Verlag
ist ein Unternehmen der Verlagsgruppe Bertelsmann

Made in Germany · 1. Auflage · 1/91

Umschlagentwurf: Design Team München
Farbige Umschlagzeichnung: Accornero / Schlück, Garbsen
Satz: IBV Satz- und Datentechnik GmbH, Berlin
Druck: Elsnerdruck, Berlin
Verlagsnummer: 24526
MV · Herstellung: Ludwig Weidenbeck
ISBN 3-442-24526-5

Prolog

Einem großen weißen Auge gleich schien der Mond auf Cavillon herabzustarren. Sein Licht fiel auf die Dächer und Mauern und versilberte das regennasse Kopfsteinpflaster der Innenhöfe, ohne die Dunkelheit vollends aus den zahlreichen Winkeln vertreiben zu können.

Selbst von den wenigen Bewohnern der Ordensburg, die trotz der späten Stunde noch nicht schliefen, hielt sich bei dem schlechten Wetter niemand mehr im Freien auf; nur eine Katze streunte umher. Sie erreichte einen Durchgang am Fuße einer der zyklopischen, meterdicken Mauern und wollte hindurchschleichen, verharrte dann aber jäh. Vor ihr erstreckte sich ein lichtloser Abgrund, als klaffte inmitten des Durchgangs plötzlich ein Riß in der Wirklichkeit. Mit funkelnden Augen starrte das Tier in die Dunkelheit, die den Stollen erfüllte.

Nicht einmal die fast massiv anmutende Wand aus Schwärze konnte die Bewegung innerhalb des Durchgangs völlig verbergen. Mit jeder verstreichenden Sekunde schien die Finsternis dichter zu werden, stofflicher; sie wogte und waberte durcheinander, bis sie schließlich wie eine Wolke aus schwarzem Rauch ins Freie quoll. Es sah aus, als wären die Schatten selbst lebendig geworden. In rasender Geschwindigkeit gewann die Schwärze an Form und ballte sich zu einer menschenähnlichen Gestalt zusammen.

Die Katze fauchte wild. Sie krümmte den Rücken zu einem Buckel, und ihr graues Fell sträubte sich. Voll panischer Angst versuchte sie zu fliehen, doch sie war wie gelähmt. Ihr klagender, fast menschlich klingender Schrei verhallte ungehört. Die unheimliche Erscheinung glitt wie ein Schatten über sie hinweg, und im gleichen Augenblick ließ bodenloses Entsetzen das Herz des Tieres stillstehen.

Die Gestalt kümmerte sich nicht darum. Ohne selbst noch einmal entdeckt zu werden, fand sie ihren Weg durch Cavillon. Sie durchschritt die zahlreichen magischen Sperren und Bannzauber, mit denen der Orden der Ishar seinen Stammsitz schützte. Für jeden anderen Eindringling, wie mächtig er auch sein mochte, bildeten sie unüberwindliche Hindernisse, doch der Unheimliche schien sie nicht einmal wahrzunehmen.

Ungehindert drang er weiter vor.

Vor einer Tür blieb er schließlich stehen. Ohne anzuklopfen drückte er die Klinke nieder und trat in einen nur dürftig erhellten Raum. Im Kamin prasselte ein Feuer. Eine Lampe stand auf dem Tisch und warf ihr Licht über mehrere dort ausgebreitete Schriftrollen. Ein dunkelhaariger Mann mittleren Alters hatte sich darüber gebeugt und bemühte sich, die Schriftzeichen zu entziffern. Das Knarren der Türangeln ließ ihn aufblicken. Er stieß einen erschrockenen Schrei aus und starrte die von Kopf bis Fuß in einen dunklen Umhang gehüllte Gestalt an. Auch ihr Gesicht lag vollständig im Schatten der Kapuze verborgen. Der lesende Mann war selbst hochgewachsen und kräftig, doch die unheimliche Gestalt überragte ihn um mehr als Haupteslänge.

»Wer bist du?« stieß er hervor. »Und was willst du? Sprich, bevor ich dich mit einem Zauber belege!«

Leises Lachen drang unter der Kapuze hervor. »Sei gegrüßt, Lesirian«, sagte eine rauhe, volltönende Stimme. »Oder soll ich dich lieber Inquisitor nennen?«

»Was soll das heißen?« zischte der Magier. »Woher weißt du davon?« Es gelang ihm nicht, sein Erschrecken völlig zu verbergen, und obwohl er sich bemühte, seiner Stimme einen wütenden Klang zu verleihen, konnte er nicht verhindern, daß etwas von der Angst darin mitschwang, die er beim Anblick der unheimlichen Gestalt empfand. Der Eindringling war umgeben von einer fast greifbaren Aura düsterer Macht, gegen die sich seine eigene Magie wie ein Nichts ausnahm.

»Ich weiß alles über dich und deine Pläne, eine Inquisition der Ishar aufzubauen.« Der Unheimliche kam langsam näher.

»Aber sei unbesorgt. Dein Geheimnis ist bei mir sicher aufgehoben. Ich stehe auf deiner Seite.«

Lesirian wich zurück. »Bleib, wo du bist!« keuchte er. »Mich kannst du nicht täuschen, Damon. Bist du gekommen, um meine Seele zu verderben?«

Wieder lachte die Gestalt auf. »Ein Damon? Aber nein, sie sind nur eine Erfindung der Prediger, mit der sie das einfache Volk erschrecken. Du jedoch bist ein Auserwählter. Du hast die Zeichen der Zeit erkannt, und in deiner Hand allein liegt es, den Orden der Ishar vor dem Untergang zu retten, auf den er dank der Feigheit und verräterischen Machenschaften des Rates zusteuert.«

Lesirians Zweifel zerstreuten sich ein wenig. Die Worte des Fremden hätten seine eigenen sein können. Noch aber legte sich sein Mißtrauen nicht ganz. Nervös fuhr er mit der Zunge über seine trockenen Lippen. »Sag mir, wer du bist«, verlangte er noch einmal.

»Ein Freund«, antwortete die Gestalt. »Ich bin gekommen, um dir zu helfen, denn der Orden schwebt in größter Gefahr. Ihr werdet alle untergehen, wenn du nicht eingreifst. Es geht um diesen Aylon, der in zwei Tagen zum Ishar geweiht werden soll.«

Lesirian nickte. Er kannte den jungen Magier, dessen mentale Aura niemand spüren konnte, und wie die meisten anderen empfand er bei dem Gedanken an ihn Abscheu, gepaart mit unterschwelliger Furcht. »Von was für einer Gefahr sprichst du?«

»Was, glaubst du, würde wohl geschehen, wenn der Sohn eines Damons zum Ishar geweiht würde?«

»Was soll...« Der Magier unterbrach sich. »Erzähl mir mehr darüber!« Mit wachsendem Schrecken lauschte er den Worten der unheimlichen Gestalt. »Das... das ist unglaublich«, murmelte er schließlich. »Woher weißt du das alles? Sag mir, wer du bist.«

Der Eindringling schüttelte den Kopf. »Ich habe dir alles gesagt, weshalb ich gekommen bin. Was weiter geschieht, liegt allein in deiner Hand. Sorg dafür, daß Aylon die Weihe nicht empfängt, denn ich selbst kann und darf es nicht tun.«

Lesirian trat näher. Seine Furcht vor dem unheimlichen Besucher war weitgehend geschwunden, nicht jedoch sein Mißtrauen. Auch konnte er seine Neugier kaum noch zügeln. Er wollte wissen, mit wem er es zu tun hatte. Blitzschnell griff er zu und riß dem Unbekannten den Umhang herunter.

Ein wilder, unmenschlicher Schrei ertönte. Im nächsten Augenblick fauchte eine eisige Sturmbö durchs Zimmer, die die Lampe wie auch das Feuer im Kamin erstickte. Alptraumhaft rote Augen glühten in der Dunkelheit.

Der Magier keuchte vor Entsetzen. Blindlings wich er zurück, immer noch das schreckliche Bild vor Augen. Es hatte nur den Bruchteil einer Sekunde gedauert, bis das Licht erloschen war, doch in dieser winzigen Zeitspanne hatte er einen Blick auf das werfen können, was sich unter dem Umhang verbarg. Es war kein Mensch gewesen, nicht einmal irgendeine andere Kreatur, sondern nichts als Schwärze: ein Schatten, der im ersten Lichtstrahl zerflossen war.

Ohrenbetäubendes Lachen erfüllte das Zimmer, dann erlosch auch das glühende Augenpaar. Der Unheimliche hatte Cavillon wieder verlassen. Zurück blieb nur sein Umhang, der sich binnen weniger Sekunden auflöste und als Staub zwischen Lesirians Fingern zu Boden rieselte.

Und die Saat, die er ausgestreut hatte...

Das Inquisitionstribunal

Innerhalb der letzten Viertelstunde war es zu dunkel geworden, um mehr als unbestimmte Umrisse zu erkennen, doch die flachen, regelmäßigen Atemzüge des Mädchens neben ihm zeigten Aylon, daß es eingeschlafen war. Er griff nach seiner Kleidung, die neben dem Bett verstreut auf dem Boden lag, und zog einen knapp fingerlangen Metallstab aus einer Tasche des Gürtels. Ein Flämmchen sprang aus dem Stab, nachdem er auf einen kleinen Knopf gedrückt hatte, und er entzündete eine Kerze damit. In ihrem Schein betrachtete er den Stab nachdenklich. Einst hatte er seinem Vater gehört, bis dieser ihn Maziroc anvertraute. Der greise Magier hatte ihn fast zwei Jahrzehnte lang aufbewahrt und Aylon erst vor wenigen Wochen gegeben. Seinen Worten zufolge handelte es sich um ein »Feuerzeug«.

Es war ein nützliches Ding, zweifellos, aber anders als zunächst vermutet, hatte es nichts mit Magie zu tun, und inzwischen hatte Aylon die Funktion auch weitgehend ergründen können. Durch Drücken des Knopfes wurden zwei winzige Feuersteine aneinander gerieben, die ein brennbares Gas entzündeten. Im Grunde nichts Besonderes, wenn nicht alles so klein gewesen wäre. Niemand in den bekannten Ländern Arcanas war in der Lage, eine so winzige Düse und so feine Schrauben zu schmieden.

Sorgfältig verstaute Aylon das Feuerzeug wieder in der Tasche, dann beugte er sich über das Mädchen. Ein entspanntes Lächeln spielte noch im Schlaf um Lirs Mundwinkel. Sanft strich er ihr eine schwarze Haarlocke aus der Stirn und betrachtete ihre schlanke Figur. Eine Spur halbgetrockneten Schweißes glänzte im Tal ihrer Brüste, die sich im Rhythmus ihrer Atemzüge hoben und senkten. Aylon ließ seinen Blick weiterwandern, über ihren festen Bauch hin zu dem schwarzen Dreieck zwischen ihren Schenkeln. Der Anblick ihrer Scham erregte ihn nicht sonderlich, so wie ihr gesamter, unbestreitbar schöner Körper eher bewunderndes Interesse als Begierde in ihm weckte. Der Sex mit Lir war ekstatisch und voller Leidenschaft gewesen, aber wie schon in den vergangenen Nächten ohne sonderliche Befriedigung. Sie war für ihn nicht mehr als ein beliebiges Mädchen und er für sie nur irgendein – zudem reichlich unerfahrener – Mann, auch wenn Aylon zu spüren glaubte, daß sie ihn mehr mochte als ihre anderen Freier, denen sie nur rein körperlich zu Diensten war. Sie verlangte nicht einmal Geld von ihm, sondern begnügte sich damit, heimlich in seinem Bett zu schlafen, statt auf das unbequeme Lager in ihrem Zelt zurückzukehren.

Natürlich war es verboten, doch die Gefahr einer Entdekkung war gering. Die Satzungen der Ishar schrieben vor, daß jeder Adept die letzten zwei Wochen vor seiner Magierweihe abgeschieden von der Welt in seiner Kammer zu verbringen hatte, um durch Meditation innere Reinheit zu erlangen. Der Gedanke ließ Aylon spöttisch das Gesicht verziehen. Für jemanden wie ihn, der in Cavillon aufgewachsen war und fast sein gesamtes Leben hier verbracht hatte, stellte es kein Problem dar, das Kloster unbemerkt eine Weile zu verlassen.

Erneut beugte er sich über Lir. »Wach auf«, verlangte er und zeichnete mit dem Finger die Linien ihres Gesichts nach.

Sie stöhnte unwillig. »Ich will nicht.«

»Du mußt gehen«, beharrte er. »Du weißt, daß du heute nicht hier bleiben kannst.«

Lir öffnete die Augen. »Wie lange habe ich geschlafen?«

»Nur ein paar Minuten. Aber es wird Zeit. Maziroc kann jeden Moment kommen.« Als sein Lehrer und Ziehvater war der Magier der einzige, der während der zweiwöchigen Vorbereitungszeit zu ihm durfte, und er hatte angekündigt, ihn an diesem Abend noch einmal zu besuchen. »Morgen findet meine Weihe statt. Danach können wir uns treffen, so oft wir wollen.«

»Schon gut, ich gehe ja.« Lir stand auf und streifte ihr Kleid über.

Auch Aylon schlüpfte in sein Gewand.

»Übrigens, heute mittag ist ein Fremder nach Cavillon gekommen«, sagte sie. »Er behauptet, daß er dich kennt.«

Verwundert runzelte Aylon die Stirn. »Wie hieß er?«

»Das habe ich vergessen, aber ich kann ihn dir beschreiben.« Lir überlegte kurz. »Er ist schlank, einen halben Kopf größer als ich und hat schwarze Haare. Sieht recht gut aus. Er scheint Gaukler oder so etwas zu sein, jedenfalls trug er ein ziemlich auffälliges, buntes Kostüm.«

»Floyd?« erkundigte sich Aylon aufgeregt. »Hieß er vielleicht Floyd?«

Lir nickte. »Ich glaube ja, zumindest so ähnlich. Er sagt, daß er dich unbedingt noch heute nacht sprechen müßte. Soll ich ihm etwas ausrichten?«

»Aber ja, ich werde mich mit ihm treffen. Bring ihn um Mitternacht zu der Pforte, an der du immer auf mich wartest. Ich werde ihn dort abholen.«

»Ach, und für mich hast du keine Zeit?« Sie zog einen Schmollmund.

»Ab morgen wieder, so viel du willst. Und jetzt mach, daß du verschwindest. Ich kann nicht mehr mitkommen, aber du kennst ja den Weg. Und paß auf, daß dich niemand sieht.«

Es klopfte an der Tür. Lir gab ihm einen Abschiedskuß, dann schwang sie sich auf die Fensterbank und kletterte katzengleich an den Rankenpflanzen hinab, die das Mauerwerk an dieser Seite des Ostturmes bedeckten. Nach wenigen Sekunden war sie in der Dunkelheit verschwunden.

Aylon grinste, als er daran dachte, welchen Skandal es auslösen würde, wenn der Rat der Ishar von seinem nächtlichen Treiben erfahren sollte. Schon in der zweiten Nacht seiner Meditationszeit hatte er die Einsamkeit und Langeweile nicht länger ertragen und den ersten unerlaubten Ausflug unternommen. Anfangs war es nur ein Spaß gewesen, ein harmloser Verstoß gegen die in seinen Augen unsinnige Regel. Einige

Tage später hatte eine Gruppe reisender Händler und Künstler ihre Zelte vor den Mauern Cavillons aufgeschlagen. Er hatte sich heimlich unter das fahrende Volk gemischt und dabei Lir kennengelernt, die die Truppe begleitete. Es hatte ihn gereizt, sich von ihr tiefer in die Geheimnisse des Liebesspiels einweihen zu lassen, und sie war eine erfahrene Lehrerin gewesen, doch der eigentliche Grund, weshalb er sie mit auf sein Zimmer genommen hatte, war der Wunsch gewesen, ganz bewußt diesen ungeheuerlichen Frevel zu begehen. Was genau ihn dazu getrieben hatte, war ihm jedoch immer noch unklar. Noch vor kurzer Zeit wäre schon der bloße Gedanke daran für ihn unvorstellbar gewesen. Er war bei den Ishar aufgewachsen und hatte immer ein vollwertiges Mitglied des Ordens werden wollen. Auch jetzt noch bejahte er ihren Ehrenkodex und teilte die Werte, die sie vertraten, aber er hatte sich verändert, seit er mit Laira und Floyd, dem Gaukler, zusammengetroffen war. Mit Laira hatte er sein erstes sexuelles Erlebnis gehabt, und wenn er sich auch mittlerweile so gut wie sicher war, daß sie ihn hauptsächlich deshalb verführt hatte, um sich seiner Hilfe zu vergewissern, war es für ihn fast bedeutungsvoller gewesen als ihr gemeinsamer Kampf gegen den Kult der Drachenpriester. Sie hatte ihn mit einer ganz anderen Art zu denken konfrontiert, hatte ihm das Tor zu einer sinnlicheren, freizügigeren Art der Wahrnehmung aufgestoßen.

Seither war ihm das von starren Regeln beherrschte Leben in Cavillon manchmal schier unerträglich vorgekommen. Er hatte erlebt, welches Elend die Damonen verbreiteten, während die Ishar tatenlos abwarteten und sich aus allen politischen Angelegenheiten heraushielten, obwohl sie vermutlich die einzigen waren, die die Eindringlinge aus einer fremden Welt noch aufzuhalten vermochten. Der Gedanke erfüllte ihn mit ohnmächtiger Wut, und wenn er das Gebot der Askese mißachtete und sich statt dessen mit Lir vergnügte, geschah dies zum Teil als ein Akt der Auflehnung gegen den Orden, wenn auch nur vor sich selbst.

Wieder wurde an die Tür geklopft, lauter und fordernder

diesmal. »Ich komme ja schon!« rief Aylon. Er richtete die Dekken auf dem Bett flüchtig her, dann öffnete er. Ihm blieb gerade noch Zeit zu erkennen, daß es sich bei dem Besucher nicht um Maziroc handelte, dann überschlugen sich die Ereignisse. Ein halbes Dutzend Gestalten in grauen, bodenlangen Kutten drangen in sein Zimmer ein. Über den Köpfen trugen sie spitz zulaufende Kapuzen in der gleichen Farbe, die bis zu den Schultern reichten und nur zwei Schlitze vor den Augen freiließen. Aylon versuchte zu schreien, doch einer der Unbekannten preßte ihm eine behandschuhte, prankenartige Hand auf den Mund und erstickte seinen Schrei, so daß er nur ein leises Stöhnen hervorbrachte.

Aylon wehrte sich verbissen, aber er war niemals besonders kräftig gewesen, so daß die unheimlichen Gestalten nur wenige Sekunden brauchten, um ihn zu überwältigen. Mit einem grausamen Ruck wurden ihm die Arme auf den Rücken gedreht. Panik überfiel ihn, doch immer noch verschloß ihm die Hand des ersten Eindringlings den Mund und erstickte jeden Schrei.

»Bindet ihn!« ertönte eine Stimme vom Eingang her. Aylon erhaschte einen flüchtigen Blick auf etwas Violettes, dann wurde er brutal herumgerissen. Lederschnüre schlossen sich um seine Hand- und Fußgelenke, etwas wurde ihm über den Kopf gestülpt und nahm ihm die Sicht. Ein scharfer, stechender Geruch stieg in seine Nase, verwirrte ihm die Sinne. Aylon erkannte, daß es sich um eine betäubende Droge handelte. Er versuchte die Luft anzuhalten, doch in seinem Kopf schien sich bereits alles zu drehen, schneller und schneller, bis er aufhörte zu denken und willenlos in einem Meer aus bodenloser Schwärze ertrank.

Es roch nach Kerzentalg und würzigen Kräutern, aber darunter war noch schwach der Gestank von Feuchtigkeit und Moder wahrzunehmen. Der Geruch war Aylons erste Empfindung.

Nur langsam, fast widerwillig lichteten sich die schwarzen

Nebel um seinen Geist. Schrittweise kämpfte sich Aylon ins Bewußtsein zurück, doch während es ihm schon bald gelang, wieder klar zu denken, blieb sein Körper auch weiterhin wie gelähmt. Etwas Hartes umklammerte seine Handgelenke und hielt ihn aufrecht.

»Wir sollten ihn töten!« drang eine jugendlich klingende Stimme an sein Ohr. Beifälliges Murmeln ertönte. »Damit würden wir das Problem ein für allemal lösen.«

»Er hat es verdient«, stimmte ein anderer zu. »Wenn er eine solche Gefahr für den gesamten Orden darstellt, muß er sterben!«

»Wie sollen wir das Böse bekämpfen, wenn es sich erst einmal in unseren eigenen Reihen eingenistet hat?« Wieder die Stimme des ersten. »Wir müssen dieses Übel mit aller Entschlossenheit ausrotten, wenn wir etwas erreichen wollen.«

»Genug!« Die Stimme klang älter und auch befehlsgewohnter als die anderen. Mit Mühe gelang es Aylon, die Augenlider einen Spaltweit zu öffnen. Er sah die sechs Maskierten, die ihn überfallen hatten, aber auch noch einen weiteren Mann, der im Gegensatz zu den Kutten der anderen eine Robe aus düsterem, violettem Samt und eine ebensolche Kapuze trug. Nun breitete der Unbekannte in einer herrischen Geste die Arme aus. »Genug!« befahl er noch einmal. »Wenn wir für das Gute streiten, müssen wir auch die Grundzüge der Gerechtigkeit achten. Jeder menschliche Angeklagte hat das Recht, sich zu seiner Verteidigung zu äußern.«

»Jeder Mensch!« rief einer der anderen. »Aber ist Aylon einer? Spürt ihr bei ihm eine mentale Aura, wie sie jeder Mensch und erst recht jeder Magier besitzt? Nein, seine geistige Ausstrahlung ist nicht größer als die eines Steines. Auf diese Art verbirgt er das Böse, das ihn beherrscht.«

»Wenn er ein Mensch wäre, bräuchten wir erst gar nicht über ihn zu richten«, ergriff ein weiterer Maskierter das Wort. »Aber wir wissen alle, daß er es nicht ist, deshalb sind wir ja schließlich hier. Sein Vater stammte aus der höllischen Welt der Damonen, und in Aylon schlummert die gleiche finstere

Macht. Töten wir ihn, bevor er sie gegen uns richten kann! Er ist geschickt und verschlagen wie ein Fuchs.«

»Schweigt endlich!« Die Stimme des Mannes in der Robe klang scharf wie ein Peitschenhieb. »Ich bin der Großmeister der inquisitorischen Loge, und solange ihr nicht einmal zu Magiern geweiht seid, gebe ich allein die Befehle. Wir werden Aylon verhören. Seine Mutter war eine Hexe, also fließt auch menschliches Blut in seinen Adern. Notfalls wird die Folter ergeben müssen, wie stark der Anteil des Fremden ist.« Er machte eine Pause und sah zu Aylon herüber, dann trat er näher und blieb unmittelbar vor ihm stehen. »Oh, er ist erwacht. Ich weiß, daß du mich hörst, Aylon. Die Droge lähmt dein Rückgrat, und sie verhindert, daß du mit Magie gegen uns vorgehst, aber du kannst fühlen und auch sprechen.«

Aylon stöhnte. »Wer seid ihr? Was wollt ihr von mir?« Das Sprechen fiel ihm ungewohnt schwer, aber es ging, während er seinen Körper unterhalb des Halses zwar spürte, jedoch nicht zu bewegen vermochte. Hilflos hing er in den Ketten; sein gesamtes Körpergewicht zerrte an den eisernen Manschetten um seine Handgelenke, während seine Füße taub auf dem Boden ruhten. Zahlreiche Kerzen warfen flackerndes Licht über die niedrig hängende Decke und die Wände aus grob behauenem Fels. Offenbar hatte man ihn in eine Höhle außerhalb von Cavillon verschleppt, so daß er nicht auf die Hilfe anderer Magier hoffen durfte.

Die Augen hinter den Sehschlitzen glitzerten böse. »Wir«, antwortete ihm der Mann in der Robe gedehnt, »sind die Inquisition der Ishar, die Keimzelle eines erneuerten Ordens. Noch sind wir nur wenige, aber das wird sich bald ändern. Immer mehr Ordensbrüder wollen nicht mehr länger untätig zusehen, wie Arcana ein Opfer der Damonen wird, wie unsere Welt in Schutt und Asche sinkt. Wir werden uns dem Bösen mit aller Kraft entgegenstellen und dabei zunächst unseren eigenen Orden von all denen säubern, die entweder selbst zu den Mächten des Bösen gehören oder sie durch ihre Untätigkeit dulden.«

Zustimmende Rufe ertönten. Die Worte waren ungeschickt gewählt, klangen pathetisch und großspurig, dennoch verfehlten sie ihre Wirkung auch auf Aylon nicht. Das Verlangen der Männer, den Damonen und Magiern des Dunklen Bundes endlich aktiven Widerstand entgegenzusetzen, konnte er sogar gut nachvollziehen. Was ihm jedoch Angst einflößte, war der fast religiöse Fanatismus, der in den Worten mitklang. Und was er gehört hatte, als man ihn noch für bewußtlos hielt...

Inquisitionsgerichte waren nicht neu auf Arcana. Schon mehrfach in der Vergangenheit hatten Sekten und sogar große Kirchenbewegungen versucht, ihre Lehre mit Gewalt durchzusetzen und vermeintliche Ketzer oder Ungläubige zu verfolgen. Obwohl dergleichen im völligen Gegensatz zu den sittlichen Grundsätzen der Ishar stand, schien sich nun auch innerhalb des Magierordens in aller Heimlichkeit eine solche Splittergruppe gebildet zu haben. Wahnsinn, dachte Aylon fröstelnd.

»Was wollt ihr von mir?« stieß er hervor. »Ich habe mit den Damonen nichts zu tun.«

»O doch, das hast du. Schließlich stammst du von ihnen ab.«

»Das ist verrückt! Ihr lügt, ich bin ein Mensch wie –«

Ein harter, mit dem Handrücken ausgeführter Schlag traf seine Lippen und brachte ihn zum Verstummen. »Du hast nur zu reden, wenn ich dich frage.«

Wut und Trotz schossen in Aylon hoch, verdrängten beinahe die Angst. Er war nie besonders mutig gewesen, wohl aber jähzornig, wenn jemand ihn zu demütigen versuchte. Meist gelang es ihm, sich zu beherrschen; so auch diesmal. Mühsam zwang er sich zur Ruhe. »Ich weiß nicht einmal, wer meine Eltern waren«, sagte er.

»Versuch besser nicht, uns anzulügen. Hast du das verstanden?«

»Aber ich weiß wirklich nicht, wer sie waren.« Erst jetzt kam Aylon die bittere Ironie der Situation vollends zu Bewußtsein. Maziroc hatte versprochen, ihm anläßlich seiner Weihe mehr über seine Herkunft zu verraten, und ihn vermutlich deshalb an diesem Abend besuchen wollen. Die Maskierten waren ihm knapp zuvorgekommen.

Aylon hielt dem Blick seines Gegenübers stand, bis dieser den Kopf abwandte. »Vielleicht hast du recht. Es war auch für uns verdammt schwer, etwas herauszufinden. Maziroc hat dir nichts gesagt?«

»Nein, nichts«, beteuerte Aylon.

»Foltern wir ihn, bis er die Wahrheit gesteht!« verlangte einer der Umstehenden.

Wieder rann ein eisiger Schauer über Aylons Rücken. Sein Blick glitt zu dem Becken mit den glühenden Kohlen, das nicht weit von ihm entfernt stand. Daneben lagen verschiedene Zangen und andere Folterwerkzeuge auf einem Tisch ausgebreitet. Aylon biß die Zähne zusammen. Immer noch lähmte die betäubende Droge seinen Körper, aber auch ihre Wirkung auf seinen Geist war noch nicht ganz verflogen. Es fiel ihm schwer, klar zu denken. Die Situation war absurd; er fühlte sich wie in einem Alptraum gefangen, aber er wußte, daß er nicht aufwachen und sich irgendwo in Sicherheit befinden würde.

Was, bei allen Damonen, warf man ihm überhaupt vor?

Einen Augenblick wirkte der Inquisitor verunsichert, dann schüttelte er beinahe ärgerlich den Kopf. »Ich glaube nicht, daß er lügt. Maziroc war schon immer sonderbar.« Er wandte sich wieder Aylon zu. »Aber es spielt auch keine Rolle, wieviel du weißt. Wir werden nicht zulassen, daß du zum Ishar geweiht wirst. Es wäre eine Schande, vielleicht sogar das Verderben für den gesamten Orden. Du gehörst nicht zu uns, und du wirst nie einer von uns sein. Niemand kann deine mentale Aura wahrnehmen, niemand weiß, was sich an üblen Kräften und finsterer Magie in deinem Geist verbirgt.«

Aylon schwieg. Er hielt den Blick gesenkt, und die Gedanken überschlugen sich in seinem Kopf. Von Kindheit an hatte es ihm die Ablehnung, oft sogar die Furcht anderer eingetragen, daß sie seine Ausstrahlung mental nicht wahrnehmen konnten. Es hatte ihn zu einem Außenseiter gemacht. Nicht nur die anderen Jugendlichen in Cavillon, sondern auch viele der erwachsenen Magier begegneten ihm mit Mißtrauen. Einzig Maziroc hatte stets versucht, diese mentale Stille als eine besondere Begabung darzustellen, was aber nichts daran änderte, daß Aylon an ihr wie unter einem Fluch litt.

»Das gleiche Stigma wie bei deinem Vater«, sprach der Inquisitor mit lauter Stimme weiter. Seine Worte hallten von den Wänden wider. »Auch er besaß keine geistige Aura. Du weißt nichts über ihn? Nun, viel gibt es auch nicht zu wissen. Er kam zur gleichen Zeit wie die ersten Damonen nach Arcana, und von Anfang an galt sein größtes Interesse den Weltenbreschen. Auch wenn er abstritt, etwas mit den fremden Eindringlingen zu tun zu haben, waren die Zeichen überdeutlich für jeden, der sehen konnte. Viele aber blieben blind, manche glaubten gar in naivem Wahn, er sei ein Bote der Götter. Eine Hexe vom Orden der Vingala ließ sich mit ihm ein und gebar dich. Kurz darauf starb sie, wahrscheinlich durch die Hand deines Vaters, weil sie zu viel wußte. Man behauptete, auch er sei ein Opfer der Damonen geworden, doch in Wahrheit verschwand er, weil er seine Aufgabe erfüllt hatte. Es ging von Anfang an um dich, Aylon. Obwohl jeder wußte, daß du keiner von uns bist, hat der Rat der Ishar alle bösen Vorzeichen mißachtet. Diese Narren haben dich in Cavillon aufgenommen und dort aufwachsen lassen, und wenn wir nicht eingegriffen hätten, hätten sie dich morgen zur Magierweihe zugelassen, ohne zu begreifen, daß alles nur zu einem gewaltigen, finsteren Plan gehört. Gib zu, daß dies deine Aufgabe war!«

Aylon schüttelte stumm und mit weit aufgerissenen Augen den Kopf. Er brachte keinen Ton über die Lippen. Was er hörte, entsetzte ihn. Wahnsinn! dachte er noch einmal. Sein anfänglicher Verdacht, daß es sich bei seinen Entführern um Fanatiker handelte, war zur Gewißheit geworden. Was man ihm vorwarf, konnte nur einem von Grund auf kranken Hirn entspringen.

»Antworte!« herrschte der Inquisitor ihn an. Als Aylon auch

weiterhin schwieg, machte er eine knappe Geste mit der rechten Hand. Einer der anderen Maskierten löste sich aus der Reihe und verschwand aus Aylons Blickfeld. Ein weiterer trat an das Kohlenbecken. Mit einem Blasebalg fachte er den Brand zur Weißglut an und schob einen eisernen Schürhaken zwischen die Kohlen.

»Du kannst dir eine Menge Schmerzen ersparen, wenn du freiwillig sprichst. Was wäre nach der Weihe morgen geschehen?«

»Ihr seid wahnsinnig!« schrie Aylon. »Ich habe nichts mit den Damonen zu tun, ich bin ein Mensch wie ihr auch! Es gibt keinen Plan und . . .« Er schrie auf, als ein Hieb mit einer mehrschwänzigen Peitsche seinen Rücken traf. Obwohl er seinen Körper auch jetzt noch nicht bewegen konnte, spürte er den Schmerz mit unverminderter Deutlichkeit. Die Schnüre zerrissen das Hemd und brannten wie Säure auf seiner Haut.

»Sprich endlich!« donnerte der Inquisitor mit immer lauterer Stimme. Seine Augen glitzerten kalt wie Eisstücke. »Was wäre nach deiner Weihe geschehen? Eine besonders magische Konstellation, die den Orden von innen her zerfrißt? Ein Fluch?«

»Nichts davon«, stieß Aylon hervor. »Ihr irrt euch, es gibt keinen Plan.« Ein weiterer Peitschenhieb traf seinen Rücken. Aylon hatte den Schlag vorausgeahnt und instinktiv versucht, seine Muskeln anzuspannen, doch sein Körper gehorchte ihm nicht. Er konnte klar denken und völlig normal empfinden, dennoch war er seinen Peinigern auf Gedeih und Verderb ausgeliefert. Diese Hilflosigkeit war das Schlimmste von allem, weit schlimmer als die Peitschenhiebe. Sie taten zwar weh, waren aber vorerst nur dazu gedacht, seinen Widerstand zu brechen. Bislang hatten sie ihn noch nicht einmal ernsthaft verletzt. Wenn die Maskierten es wirklich darauf anlegten, konnten sie ihm die Haut in Fetzen peitschen.

»Ich bin ein Mensch!« schrie er. »Ich weiß nichts von einem Plan.«

Er wußte, daß seine Beteuerungen nichts nutzten. Kalter Schweiß bedeckte seine Stirn. Immer stärker wichen sein Zorn über die Demütigung und die eher unterschwellige Angst einer offenen Panik. Für die Wahnsinnigen, in deren Gewalt er sich befand, stand seine Schuld längst fest. Sie wollten ein Geständnis von ihm, und sie würden ihn so lange quälen, bis sie es erhielten. Aylon wußte, daß er irgendwann an den Punkt gelangen würde, an dem er alles zugab, was man ihm vorwarf, auch wenn er etwas erfand, nur um die Tortur zu beenden. Einen Augenblick spielte er mit dem Gedanken, dies schon jetzt zu tun, um sich unnötige Schmerzen zu ersparen, aber dann wurde er sich bewußt, daß ein solches Geständnis mit großer Wahrscheinlichkeit auch das Todesurteil für ihn bedeuten würde.

Aylon erwartete einen weiteren Peitschenhieb, doch diesen verhinderte der Inquisitor mit einer knappen Handbewegung. Tadelnd schüttelte er den Kopf. »Spielst du uns immer noch etwas vor, obwohl das Spiel längst aus ist, Aylon? Oder sagst du die Wahrheit? Ich könnte versuchen, diese Information aus dir herauspeitschen zu lassen, aber das wäre wohl vergebliche Mühe. Da du das Erbe der Damonen in dir trägst, werden solche Schmerzen dir nichts anhaben können.«

»Das ist Irrsinn«, flüsterte Aylon. »Ich lebe seit meiner Kindheit in Cavillon, und ich habe nie etwas getan, das dem Orden der Ishar schadet.«

»Natürlich nicht, weil erst morgen der entscheidende Tag gewesen wäre.« Der Inquisitor machte eine Pause. Mit hinter dem Rücken verschränkten Händen schritt er vor Aylon auf und ab. »Es ist sogar möglich, daß du gar nichts über den Plan deines Vaters weißt, sondern nur ein Werkzeug bist«, murmelte er nachdenklich. »Immerhin fließt dank deiner Mutter auch zur Hälfte menschliches Blut in deinen Adern. Das Böse in dir wird sich hinter dieser Maske verbergen und auf den günstigsten Augenblick zum Zuschlagen warten. Wenn wir also etwas erreichen wollen, müssen wir das Böse in dir durch die Folter zwingen, sich zu erkennen zu geben.«

Mit einem leisen Kichern zog der Mann am Kohlenbecken den Schürhaken aus der Glut, betrachtete ihn kurz und steckte ihn wieder zurück. »Noch zwei oder drei Minuten, dann ist er richtig weißglühend.«

»Ihr seid verrückt«, krächzte Aylon. Noch einmal bemühte er sich mit aller Kraft, die Gewalt über seinen Körper zurückzuerlangen oder die magischen Kräfte des Reifs an seinem Handgelenk freizusetzen, doch wiederum waren seine Versuche erfolglos. Die Wirkung der Droge hatte noch kein bißchen nachgelassen. Seine einzige Chance lag darin, mit den Männern zu sprechen. Auch wenn er nicht daran glaubte, daß es ihm gelingen würde, sie umzustimmen, schaffte er es vielleicht zumindest, ein wenig Zeit zu gewinnen. »Ihr selbst seid dabei, den Orden zu vernichten.« Er versuchte, seiner Stimme einen möglichst festen und überzeugenden Klang zu verleihen. »Was ihr vorhabt, verstößt gegen alle Werte, auf die sich der Orden der Ishar gründet.«

»Falsche Werte, wie die Geschichte gelehrt hat.« Der Mann in der Robe schnaubte verächtlich. »Werte, die unsere Welt an den Rand des Verderbens geführt haben. Schwäche und Nachgiebigkeit. Um den Mächten des Bösen trotzen zu können, müssen wir ebenso hart und gnadenlos wie sie werden. Nur dann werden wir den Sieg erringen können.«

»Und ihr werdet gleichzeitig so wie sie«, widersprach Aylon bitter. »Was bedeutet schon Gut oder Böse? Haltet ihr es für besonders heldenhaft, einen Wehrlosen zu quälen?«

»Nein, aber für notwendig. Manchmal muß man Opfer bringen, um ein größeres Unglück zu verhindern. Wir wollen nicht dich töten, sondern das Böse in dir vernichten. Vielleicht gelingt es, ohne daß du stirbst. Wir...«

Irgendwo kollerte leise ein Stein. Im Schein von Fackeln glitt ein überlebensgroßer Schatten aus dem Hintergrund der Höhle über die Wände, dann weitere. »Bleibt, wo ihr seid!« vernahm Aylon die Stimme Mazirocs. »Wenn ihr euch ergebt, verspreche ich euch ein faires Verfahren vor dem Rat der Ishar.«

Der Inquisitor fuhr herum. »Hört nicht auf ihn«, zischte er. »Greift sie an! Los, worauf wartet ihr? Ihr wißt, daß wir für eine gerechte Sache kämpfen.« Keiner der anderen Maskierten kam seinem Befehl nach. Zwei von ihnen hoben die Hände, die übrigen blieben reglos stehen. »Verräter!« geiferte er. »Dafür werdet ihr büßen!« Das fanatische Funkeln seiner Augen verstärkte sich noch. »Du hast meine Pläne durchkreuzt, Maziroc, aber noch hast du nicht gewonnen. Zumindest von diesem Diener des Bösen werde ich die Welt befreien. Ich weiß, daß du keine Waffe trägst, und selbst wenn, könntest du mich niemals töten. Dafür hast du zu viele Skrupel, und für einen magischen Bann bleibt dir nicht mehr genug Zeit.«

Mit einem haßerfüllten Keuchen sprang er auf Aylon zu. Die Klinge eines Dolches blitzte zwischen seinen Fingern auf. Mit einem Mal schien die Zeit quälend langsam zu vergehen. Aylon hatte das Gefühl, sein Herzschlag setze aus. Er schaffte es nicht einmal, einen Schrei auszustoßen.

Der Inquisitor riß die Hand hoch, um zuzustoßen. Er führte die Bewegung nicht zu Ende.

Urplötzlich zuckte er zusammen und verharrte, als wäre er erstarrt. Ein Blutschwall drang aus seinem Mund. Der Dolch entglitt seinen Händen, und in seinen Augen fror der Ausdruck abgrundtiefen Schreckens ein, als er im allerletzten Augenblick seines Lebens erkannte, welchen Fehler er begangen hatte. Sekundenlang blieb er noch reglos stehen, dann lief ein Zittern durch seine Gestalt, und er stürzte wie ein gefällter Baum zu Boden. Aus seinem Genick ragten die gekrümmten Zacken eines stählernen Wurfsterns; er war mit solcher Wucht und Präzision geschleudert worden, daß die Waffe fast zur Gänze im Hinterkopf des Inquisitors verschwunden war. Eine Blutlache breitete sich rasch unter dem Leichnam aus.

»Ich«, sagte Floyd mit einem grimmigen Lächeln und trat vor, »bin niemals unbewaffnet.«

Ein Entschluß

Mit tanzenden Flammenzungen leckte das Feuer über die Holzscheite im Kamin, fraß sich daran höher und verzehrte sie knisternd. Während es den Raum gleichermaßen mit Wärme und Behaglichkeit erfüllte, vertrieb es zugleich auch die letzten noch verbliebenen Schatten der Furcht.

»Lesirian war schon immer ein närrischer Hitzkopf«, erklärte Maziroc. »Er war wie besessen in seinem Wahn, gegen vermeintliche Mächte des Bösen kämpfen zu müssen. Ein paarmal bemühte er sich erfolglos, in den Rat der Ishar gewählt zu werden. Und nun diese Idee mit der Inquisition – er muß vollends den Verstand verloren haben.«

»Was ist mit den anderen?« wollte Aylon wissen.

»Ein paar Halbwüchsige. Keiner von ihnen hat bislang die Weihe erhalten, zwei waren sogar nicht einmal Magier, sondern nur Stallburschen. Lesirian hat ihnen eingeredet, nur durch diese Inquisition ließe sich der Orden vor dem Untergang bewahren. Wenn sie einsehen, daß sie falsch gehandelt haben, wird ihre Strafe wohl milde ausfallen.«

Aylon nickte. Ihm lag nichts an Rache. Man hatte ihm ein Gegenmittel zu der lähmenden Droge gegeben, und inzwischen vermochte er sich wieder normal zu bewegen. Die Höhle hatte knapp eine Reitstunde von Cavillon entfernt gelegen, und gegen Mitternacht waren sie in das Kloster zurückgekehrt. »Wie habt ihr mich überhaupt gefunden?«

»Das ist allein Lirs und Floyds Verdienst.« Der Magier lächelte. »Keine Angst, außer mir weiß keiner von dem Mädchen. Floyd verlangte, daß sie ihn heimlich zu dir führte. Ich überraschte ihn, als er gerade durch dein Fenster kletterte. Er hat uns zu der Höhle geführt, ohne seine Hilfe hätten wir dich nie gefunden. Lesirian hatte seine Spuren geschickt verwischt.« Maziroc machte eine Pause. »Du kannst dir vorstellen, daß es für mich ein ziemlicher Schock war, als ich von dem Mädchen erfuhr.«

Betreten senkte Aylon den Kopf. Von allen Ishar war Maziroc derjenige, gegen den sich dieses Handeln am allerwenigsten gerichtet hatte.

»Ich weiß nicht, was du dir bei diesem Unfug gedacht hast, und ich will es auch nicht wissen«, fuhr der Magier fort. »Wenn der Rat davon erführe, würde man dich für mindestens ein Jahrzehnt von der Weihe ausschließen, von weiteren empfindlichen Strafen erst gar nicht zu reden. Aus diesem Grunde werde ich niemandem von Lir erzählen, aber ich verlange im Gegenzug, daß du noch einmal über alles nachdenkst. Was du getan hast, zeugt nicht gerade von großer Reife. Deshalb möchte ich, daß du dir wirklich bewußt bist, was du tust, bevor du morgen die Weihe empfängst.«

Aylon lächelte unsicher. »Du versuchst doch nicht etwa, mich unauffällig davon abzubringen?«

»Noch ist es nicht zu spät dafür. Du bist noch nicht einmal neunzehn Jahre alt. Jeder würde es verstehen, wenn du um einen Aufschub von einigen Wochen oder auch Monaten bittest, vor allem nach den Ereignissen dieser Nacht.« Maziroc seufzte. »Ich will dich zu nichts überreden. Es ist allein deine Entscheidung, nur solltest du alle Konsequenzen gründlich überdenken. Der Orden der Ishar besteht seit Jahrtausenden, doch es hat in all der Zeit noch nie ein jüngeres Mitglied als dich gegeben.«

»Wie alt warst du, als du die Weihe empfangen hast?«

»Fast dreißig. Man hatte mir die Weihe auch schon früher angeboten, doch ich habe abgelehnt. Erst nachdem ich ausreichende Erfahrungen in der Welt gesammelt hatte, war ich zu diesem Schritt bereit, dann aber aus ganzem Herzen, und ich habe die Entscheidung nie bereut. Diese Zeit solltest du dir auch gönnen. Ich gebe zu, daß ich dagegen war, dich jetzt schon zur Weihe zuzulassen, doch Charalon und die anderen Mitglieder des Inneren Zirkels haben mich überstimmt.«

Ein Schatten huschte bei der Erwähnung des Namens über Aylons Gesicht. Er war immer noch zornig auf Charalon, den Ordensgründer der Ishar, der von unbekannten Mächten einst aufgrund eines Frevels für ewige Zeit in die Dämmerschmiede, einen geheimnisvollen Ort zwischen den Welten, verbannt wurde und seither von dort die Geschicke des Ordens lenkte. Aylon hatte seinen Reif, ein mächtiges magisches Skiil, aus den Katakomben unter Cavillon geborgen, nicht ahnend, daß dies nicht nur ein Geschenk, sondern der Beginn eines ungeheuerlichen Planes gewesen war, der schließlich zum Ende des Drachenkultes führte. Auch wenn die Intrige nicht gegen ihn gerichtet war, fühlte er sich von Charalon hintergangen und ausgenutzt.

Maziroc bemerkte Aylons Verstimmung und fuhr rasch fort: »Was dich morgen erwartet, ist nicht bloß eine Zeremonie, die dir zusätzliche Rechte verleiht. Du wirst einen Eid ablegen, der dich an den Orden und unseren Ehrenkodex mit all seinen Verpflichtungen und Verboten binden wird, und das bis zum Ende deines Lebens. Ein Zurück gibt es dann nicht mehr, oder du würdest zu einem Ausgestoßenen werden, einem Paria. Was das bedeutet, brauche ich dir nicht erst zu sagen.«

Aylon schwieg einige Sekunden. »Ich werde noch einmal darüber nachdenken«, versprach er. Die Worte des Magiers hatten ihn in der Tat verunsichert. Er hatte sie in ähnlicher Form schon oft gehört, dennoch war ihm die Weihe gerade in den letzten Wochen fast nur noch wie eine bedeutungslose Formalität erschienen. »Wieviel stimmt von dem, was Lesirian über meine Eltern erzählt hat?« wechselte er das Thema. »Du hast versprochen, mir zu meiner Weihe mehr über meine Herkunft zu sagen.«

»Ich weiß. Die Weihe ist zwar erst morgen, aber auf den einen Tag kommt es wohl nicht mehr an. Vielleicht ist es sogar besser so. Du wärst imstande, dich nur deshalb zum Ishar weihen zu lassen, um endlich etwas zu erfahren.« Der Magier machte eine kurze Pause. »Nichts von dem, was Lesirian behauptete, ist wahr. Oder doch, einiges schon, aber er hat völlig falsche Schlüsse daraus gezogen.« Er seufzte erneut. »Also gut, ich werde dir alles erzählen, was ich über deine Eltern weiß. Aber ich muß dich warnen, es ist nicht sehr viel.«

»Leben sie noch?« unterbrach ihn Aylon. Nach allem, was er an diesem Abend durchgemacht hatte, gelang es ihm, völlig ruhig zu bleiben. »Das ist für mich wichtiger als alles andere.«

»Nein.« Maziroc legte ihm die Hand auf den Arm. »Zumindest dein Vater nicht. Er war kein Damon, sondern wurde eines ihrer ersten Opfer.«

»Und was ist mit meiner Mutter?«

»Sie hieß Miranya und war wirklich eine Vingala. Soweit hatte Lesirian recht. Von ihr hast du deine magischen Kräfte geerbt. Einige Monate nach deiner Geburt verschwand sie spurlos. Ich habe jahrelang nach ihr geforscht – vergebens. Niemand weiß, was aus ihr geworden ist. Ich weiß, was du jetzt denkst, Aylon, aber mach dir keine falschen Hoffnungen. Es ist so gut wie ausgeschlossen, daß sie noch lebt.«

Aylon antwortete nicht. Er hatte nichts anderes erwartet. Seit Jahren schon fand er sich mit dem Gedanken ab, daß seine Eltern tot waren. Wäre es anders gewesen, hätte er nicht ohne einen einzigen Besuch von ihnen in der Obhut der Ishar aufzuwachsen brauchen. Doch auch wenn seine Trauer nicht besonders stark war, traf ihn diese endgültige Bestätigung seiner Vermutung härter, als er erwartet hatte. Er hatte seine Eltern nie kennengelernt, sie waren nur Fremde für ihn, und doch mußte er gegen Tränen ankämpfen, die ihm in die Augen stiegen. »Erzähl mir mehr von ihnen«, bat er mit belegter Stimme.

»Das... ist nicht so einfach«, murmelte Maziroc stockend. »Du wirst enttäuscht sein. Gerade was deinen Vater betrifft, gibt es so vieles, was ich selbst nicht verstehe.« Er zögerte. Einen Augenblick schienen seine Gedanken in weite Ferne zu schweifen, dann ging ein Ruck durch seine Gestalt, und er lächelte traurig. »Dein Vater hieß Ken. Ken Randall. Wo er herkam, trägt man Doppelnamen, aber wir nannten ihn nur Ken. Er war ein sehr... außergewöhnlicher Mann.«

Wieder machte Maziroc eine Pause, und sein Blick schien ins Leere zu irren. »Was war mit ihm?« hakte Aylon nach, als der Magier nicht von sich aus weitersprach. »Welche Verbindung gab es zwischen ihm und den Damonen?«

»Keine«, murmelte Maziroc. »Jedenfalls keine direkte. Bis heute weiß niemand, woher er in Wahrheit gekommen ist. Du hast sicherlich schon Vermutungen über das Feuerzeug angestellt. Es entstammt einer weit überlegenen Kultur, so viel ist sicher. Niemand in den uns bekannten Ländern könnte so etwas anfertigen, und dein Vater besaß noch mehr solcher Hilfsmittel. Er kam von sehr weit her. Das hat er zugegeben, aber ansonsten schwieg er über seine Herkunft. Als ich ihn erstmals traf, sprach er nicht einmal unsere Sprache, doch er lernte rasch. Genau wie bei dir konnte man auch seine mentale Aura nicht wahrnehmen. Dies und die bizarren Dinge, die er bei sich führte, schienen zu bestätigen, daß es sich entweder um einen Boten der Götter oder der Unterwelt handelte. Nur wenige haben ihn persönlich kennengelernt, doch von ihnen waren die meisten von seiner übernatürlichen Abstammung überzeugt, obwohl er dergleichen immer bestritten hat. Sogar Charalon verlangte ihn zu sehen. Dein Vater, Aylon, war der erste Sterbliche, der die Dämmerschmiede betreten durfte.«

Verwirrt senkte Aylon den Blick. »Aber da er starb, war er offenbar kein überirdisches Wesen«, sagte er mit dumpfer Stimme. »Wie ist es geschehen?«

»Dein Vater tauchte ungefähr zu der Zeit auf, als die ersten Weltenbreschen entstanden und die Damonen mit der Eroberung Arcanas begannen. Er war schweigsam und in sich gekehrt, trotzdem wurden wir Freunde«, berichtete Maziroc. Ihm fiel dieses Gespräch sichtlich schwer. Im Laufe seines nach Jahrtausenden zählenden Lebens war er abgeklärt und ruhig geworden, und seit Aylon ihn kannte, hatte er den Magier noch nie so nervös erlebt wie jetzt. Ununterbrochen knetete Maziroc seine Hände. »Die Weltenbreschen haben ihn von Anfang an interessiert, aber das bedeutet noch lange nicht, daß er durch sie aus der Welt der Damonen gekommen ist. Er war jedoch geradezu besessen von dem Gedanken, sie zu erforschen und zu schließen. Mehr als einmal riskierte er alles, um an sie heranzukommen. Das änderte sich erst, als er deine Mutter kennenlernte und du geboren wurdest. Als Miranya ihn wenig später völlig unerwartet verließ, brach für ihn eine Welt zusammen.«

»Und es gibt keinerlei Hinweis, wo sie geblieben ist?« unterbrach ihn Aylon. »Was ist mit den anderen Vingala? Wissen sie auch nichts?«

»Nein.« Maziroc schüttelte den Kopf. »Glaub mir, wir haben alles versucht, um sie zu finden, aber es war umsonst. Niemand hat sie seither gesehen.« Er räusperte sich, um seine Kehle freizubekommen. »Dein Vater ließ dich in meiner Obhut zurück und machte sich zusammen mit einigen Ishar zu einer neuen Expedition zu einer der Weltenbreschen auf. Sie gerieten in einen Hinterhalt der Damonen und starben, bis auf einen der Ishar, der fliehen konnte und alles erzählte.«

Einige Minuten herrschte Schweigen. Stumm hingen beide ihren Gedanken nach. »Demnach ist immer noch unbekannt, woher mein Vater stammte«, murmelte Aylon schließlich. »Und somit auch, wer ich bin. Möglicherweise hatte Lesirian sogar recht.«

»Unsinn!« widersprach Maziroc entschieden. »Fang bloß nicht erst an, dir so etwas einzureden.« Er musterte Aylon eindringlich. »Dein Vater wollte nicht, daß ich dir vor deiner Weihe etwas über ihn erzähle, aber ich hatte noch einen weiteren Grund dafür. Das Feuerzeug war nur eine Kleinigkeit, er hat noch ein anderes Erbe hinterlassen. Verborgen in einer Zitadelle, die allein du zu betreten vermagst, warten seine Besitztümer auf dich. Dort wirst du vielleicht auch über ihn mehr erfahren.«

»Was?« Aufgeregt sprang Aylon von seinem Stuhl hoch. »Wo ist diese Zitadelle? Ich werde –«

»Immer mit der Ruhe«, fiel ihm Maziroc ins Wort und drückte ihn mit sanfter Gewalt auf den Stuhl zurück. Dann griff er nach seiner mitgebrachten Tasche, nahm eine Karte heraus und entrollte sie auf dem Tisch. »Genau diese Reaktion habe ich erwartet – und befürchtet. Ich wußte, du würdest sofort dorthin wollen, aber du wirst dich wohl oder übel noch einige Monate gedulden müssen.« Er deutete auf einen Punkt fast am rechten oberen Kartenrand, noch östlich der Nordermark. »Die Zitadelle liegt hier, im Ödland von Sharolan, mitten im Todesstreifen. Eine Reise dorthin ist schon unter normalen Umständen gefährlich, um diese Jahreszeit wäre sie unmöglich. Um überhaupt nach Sharolan zu gelangen, muß man zunächst von Therion aus den Luyan Dhor überwinden. Die Bergpässe sind jedoch den gesamten Winter über eingeschneit. Vor dem Frühjahr besteht keine Chance, die Zitadelle zu erreichen.«

»Noch haben wir nicht Winter«, erinnerte Aylon. »Selbst im Nordosten kann es noch zwei, drei Wochen dauern, bis der erste Schnee fällt.«

»Aber man braucht mindestens zwei Monate, um den Luyan Dhor zu erreichen.«

»Nur wenn man die normale Route durch den Süden nimmt.« Aylon beugte sich tiefer über die Karte und zeichnete mit dem Finger eine direkte Verbindung zwischen Cavillon und der Zitadelle, eine gerade Linie durch die Nordermark. »So bräuchte man nur einen Bruchteil der Zeit.«

Maziroc lachte laut auf. »Du weißt ja nicht einmal, was du da sagst. Ein Spaziergang durch die Hügel von Skant, sicher. Wenn es weiter nichts ist... Kein Problem. Aber ich fürchte, du würdest mehr als nur zwei Wochen brauchen, um einen ausreichend großen Begleitschutz für einen solchen Ausflug ins Heimatland der Hornmänner anzuwerben, selbst wenn du genügend Geld hättest. Das gesamte Gebiet wird von den Clans beherrscht.« Er lachte noch einmal. »Nein, Aylon, vor dem Frühjahr läßt sich nichts machen, glaub mir.«

Mühsam zwang Aylon seine Enttäuschung nieder. Der Gedanke, wie bisher monatelang untätig warten zu müssen, obwohl er nun wußte, wo er einen konkreten Hinweis auf seine Herkunft erhalten konnte, erschien ihm unerträglich. »Warum gerade in dieser abgelegenen Gegend?« murmelte er.

»Ich weiß es nicht, aber er wird seine Gründe gehabt haben. Sobald die Pässe vom Schnee frei sind, werde ich eine Expedition für die Reise dorthin ausrüsten. Ich war schon einmal dort, kurz nach dem Tod deines Vaters, doch es gelang mir nicht, in die eigentliche Zitadelle einzudringen. Er hat sie nicht nur versiegelt, sondern sie auch durch ein System von Fallen gegen unbefugte Eindringlinge geschützt; aber er versprach mir, die Zitadelle werde dich erkennen, sobald du erst einmal dort seist. Möglicherweise werden die dort verborgenen Geheimnisse für den ganzen Orden von größter Wichtigkeit sein.«

»Vielleicht«, entgegnete Aylon ohne rechte Begeisterung. »Wir werden sehen.«

Maziroc stand auf. Er rollte die Karte zusammen und schob sie in seine Tasche zurück. »Jetzt brauchst du erst einmal Ruhe. Die Nacht ist schon halb vorbei, und morgen ist ein wichtiger Tag für dich. Versuch, noch ein paar Stunden zu schlafen. Und denk darüber nach, ob du dich wirklich schon reif genug für die Weihe fühlst.«

Aylon nickte. »Ich werde es mir durch den Kopf gehen lassen«, versicherte er noch einmal. Er zögerte. »Ich weiß, eigentlich dürfte ich außer dir keinen Besuch empfangen«, sagte er dann. »Aber nach den Geschehnissen heute abend kommt es darauf wohl nicht mehr an. Ich würde Floyd gerne sprechen und mich bei ihm bedanken. Es wird nicht lange dauern.«

»Darauf habe ich nur gewartet.« Maziroc lächelte. »Ich habe deshalb sogar schon mit dem Rat gesprochen. Da es sich um eine besondere Situation handelt, hat man nichts dagegen. Aber wirklich nur ein paar Minuten.« Er ging zur Tür. »Ich werde Floyd holen.«

Aylon wartete, bis die Tür hinter ihm ins Schloß gefallen war, dann zog er unter seinem Hemd die Karte hervor, die er Maziroc unbemerkt entwendet hatte. Der Magier hatte verlangt, er solle noch einmal über die Weihe nachdenken, doch Aylon hatte seine Entscheidung während der letzten Minuten bereits getroffen – eine andere Entscheidung als zuvor. Er verspürte ein schlechtes Gewissen, den beinahe väterlichen Freund so zu hintergehen, aber er wußte, daß er nicht anders handeln konnte. Bis zu einem gewissen Grad würde auch Maziroc dafür Verständnis haben. Seine Mahnungen bezüglich der Weihe waren unnötig gewesen. Aylon war entschlossen, zu diesem Zeitpunkt bereits viele Meilen von Cavillon entfernt zu sein. Noch vor Anbruch der Morgendämmerung würde er die Ordensburg heimlich verlassen. Natürlich konnte er es offen tun, er war erwachsen und niemandem über sein Handeln Rechenschaft schuldig, aber er wußte, daß Maziroc dennoch mit allen nur möglichen Mitteln versuchen würde, ihn zurückzuhalten.

Mittlerweile war Aylon fast dankbar für die Entführung. Ohne diesen Vorfall hätte er am nächsten Tag vermutlich die Weihe über sich ergehen lassen, ohne weiter darüber nachzudenken. Ausgerechnet Lesirian hatte ihm die Augen geöffnet, was für ein Fehler das gewesen wäre. Die Magierweihe war in der Tat mehr als nur eine formelle Aufnahme in den Orden. Der Eid würde ihn bis ans Ende seines Lebens an die Ishar binden, und dazu fühlte sich Aylon noch nicht bereit, sogar weniger als je zuvor. Nicht, solange er nicht wußte, wer er wirklich war. Lesirian mit seinen Träumen von Inquisition und einer Erneuerung des Ordens mochte in seiner Radikalität eine Ausnahme sein, aber viele Ishar dachten zumindest ähnlich wie er. Cavillon war für Aylon nie eine wirkliche Heimat gewesen, und nun fühlte er sich mehr als zuvor wie ein Fremder, den man höchstens duldete, deshalb jedoch noch lange nicht bejahte oder gar mochte.

Er gehörte nicht hierher, und daraus würde er noch in dieser Nacht die Konsequenzen ziehen.

Ohne anzuklopfen öffnete Floyd die Tür und trat ein. Er trug noch die gleiche geckenhafte Kleidung wie in der Höhle, wo sie sich jedoch nur kurz gesehen hatten: ein schreiend buntes Hemd mit Rüschenbesatz und aufgeplusterten Ärmeln, um die Schultern einen ebenfalls bunt gemusterten Umhang und auf dem Kopf einen Hut mit breiter, an einer Seite hochgebogener Krempe und einer Pfauenfeder daran. Floyd war ein Mann mit vielen Talenten und noch mehr Berufen; er war Gaukler, Abenteurer, Taschendieb, Schausteller, Akrobat,

Grimassenschneider, Sänger, Spieler und anderes mehr, und doch war alles letztlich nur eine Tarnung, die ihn seit mittlerweile rund einem vollen Jahrzehnt schützte. Niemand, der ihn nicht näher kannte, würde hinter seiner Maske den Floyd T'sarill vermuten, der von den Clans der Hornmänner gejagt wurde wie kein anderer Mensch.

»Aylon!« Floyd eilte auf ihn zu und umarmte ihn. »Ich habe gedacht, du seist tot.«

»Dazu gehört schon mehr als ein lausiger Drache«, gab Aylon lächelnd zurück, die damaligen Ereignisse bewußt verharmlosend.

»Warum hast du in der ganzen Zeit nichts von dir hören lassen? Ich habe nur durch reinen Zufall von deiner Weihe erfahren. Es ist fast ein Wunder, daß es mir noch rechtzeitig gelungen ist herzukommen.«

»Hauptsache, du hast es geschafft.«

»Ja, und ich muß unbedingt mit dir sprechen, bevor du morgen diesen Eid ablegst. Ich hoffe für dich, daß du weißt, was du tust.«

Aylon schmunzelte. »Hat Maziroc dich gebeten, mir das zu sagen, weil er hofft, daß ich auf dich eher höre als auf ihn?«

»Nein.« Floyd schüttelte ernst den Kopf. »Ich bin in erster Linie nach Cavillon gekommen, um dich davor zu warnen. Ich habe ein einziges Mal in meinem Leben vor einer vergleichbaren Entscheidung gestanden. Auch wenn ich damals im Gegensatz zu dir nicht frei wählen konnte, habe ich noch heute darunter zu –«

»Gib dir keine Mühe«, fiel ihm Aylon ins Wort. »Du brauchst mich nicht erst zu überreden. Ich werde den Eid nicht leisten, sondern Cavillon noch in dieser Nacht verlassen. Kommst du mit?«

Floyd schluckte und musterte ihn mit einer Mischung aus Überraschung und Ungläubigkeit. Er war überrumpelt worden, und es dauerte einen Augenblick, bis er begriff, was die Worte zu bedeuten hatten. »Du willst – was?«

»Cavillon verlassen, und zwar heimlich«, sagte Aylon entschlossen. »Es dürfte nicht schwer sein, sich bei den Händlern vor dem Kloster ein Pferd und Proviant zu besorgen. Wirst du mich begleiten? Glaub mir, ich kann jede Hilfe dringend gebrauchen.«

»Wohin willst du denn überhaupt?«

Aylon sagte es ihm.

Der überraschte Ausdruck auf Floyds Gesicht wechselte zu Bestürzung, dann offenem Schrecken. »Nicht einmal ein Wahnsinniger würde dir dabei helfen«, keuchte er.

Aylon lächelte still vor sich hin.

Die Nomaden

Der Busch wuchs dicht wie ein Dschungel auf dieser Seite des Flusses, eine düstere Wand aus niedrig hängenden Zweigen, mannshohem Unterholz und ineinander verwobenen Schatten. Die Kronen der alten Bäume waren im Laufe der Zeit zu einem fast undurchdringlichen Dach zusammengewachsen, unter dem es auch am hellen Tag noch dämmrig war, so daß die Nacht hier niemals ganz zu enden schien. Nur vereinzelt drang fahles Sonnenlicht zwischen den Blättern durch und malte helle Flecken auf den Waldboden.

Der Tag war überraschend warm für diese Jahreszeit; es herrschte eine feuchte, stickige Wärme, die durch den kühlen Hauch, den der Wind von Zeit zu Zeit von der Wasseroberfläche herüberwehte, nur noch betont zu werden schien. Auch wenn nach dem Kalender längst der Herbst hereingebrochen war, so stöhnte das Land hier doch noch unter der Glut, die die Sonne von einem wolkenlosen Himmel sandte. In der Luft lag der Geruch des Dschungels, aber der Wind brachte auch den Geruch ausgedörrter, verbrannter Erde und fauligen Wassers mit sich. Eine bedrückende, grabesähnliche Stille hatte in weitem Umkreis vom Wald Besitz ergriffen. Die Vögel, die normalerweise in den Zweigen der dichtstehenden Bäume nisteten und den ganzen Tag über lärmten und schrien, waren ebenso wie die anderen Tiere geflohen oder verstummt, und selbst das unermüdliche Flüstern des Windes im Blätterdach des Waldes wirkte gedämpft.

Aylon spürte eine leichte Berührung im Nacken und erschlug mit einer mittlerweile schon fast zur Gewohnheit gewordenen Bewegung eine Stechmücke. Vorsichtig erhob er sich auf Hände und Knie, lauschte einen Augenblick mit angehaltenem Atem und stemmte sich dann in eine halb liegende, halb hockende Position hoch. Sein Blick glitt nervös über das schmale Band des Flusses und die braunen, verbrannt wirkenden Büsche, die das jenseitige Ufer säumten. Er wußte, daß er – obwohl kaum eine Armeslänge vom Waldrand und dem Ufer des Larc entfernt – von der anderen Seite aus praktisch unsichtbar war. Er war zusammen mit Floyd drüben gewesen, und von dort wirkte der Dschungel im Gegenlicht der Sonne wie eine massive, mit grünen und braunen Tupfern gesprenkelte Wand, die nicht nur jeden Laut, sondern auch jede Bewegung verschluckte.

Nein, gesehen werden konnten sie nicht, aber das mußte nicht viel zu bedeuten haben. Die Stille war um so verräterischer. Wenn die Männer, die dort drüben lagerten, nicht gerade taub waren, sondern die Stimmen der Natur auch nur ansatzweise zu deuten vermochten, dann würden sie spüren, daß hier etwas nicht stimmte. Floyd und er lagen seit mehr als zwei Stunden hier, regungslos und ohne auch nur das geringste Geräusch zu verursachen, aber ihre Hoffnung, daß die Vögel und die anderen Waldbewohner, die sie mit ihrem Auftauchen vertrieben hatten, zurückkehren würden, hatte sich bislang nicht erfüllt. Der Wald war so still wie ein gewaltiges, grünes Grab.

Und mit ein klein wenig Pech würde es *ihr* Grab werden, dachte Aylon unbehaglich. Die Schwarzseherei gehörte im allgemeinen nicht gerade zu seinen ausgeprägtesten Charaktereigenschaften, aber er hatte gelernt, sich auf seine Nase zu verlassen, wenn es darum ging, einen Hinterhalt zu wittern, und hier roch es nicht nur nach einer Falle.

Es stank geradezu danach.

Das Gebiet, in dem sie sich befanden, gehörte zu den gefährlichsten Landstrichen Arcanas, dennoch wirkte alles so friedlich, als handelte es sich um einen der Parks in Cavillon. Und die Männer auf der anderen Seite des Flusses... Aylon mußte sich fast mit Gewalt ins Gedächtnis rufen, daß sie es nicht mit unerfahrenen Dummköpfen zu tun hatten, einer Bande gewöhnlicher Räuber und Halsabschneider, die sich mit einigen Taschenspielertricks an der Nase herumführen ließen. Diesen Fehler hatten schon andere begangen. Die Gerippe, die vor der Furt auf Pfähle gespießt waren und in der Sonne bleichten, kündeten von ihrem Schicksal.

Am jenseitigen Ufer entstand Bewegung. Die verbrannten Büsche teilten sich, und eine hochgewachsene, von Kopf bis Fuß in eine Rüstung aus dunklem, matt schimmerndem Horn gehüllte Gestalt trat an den Fluß. Einige Sekunden blieb der Mann reglos stehen und sah sich um. Aylon verspürte ein unangenehmes Kribbeln im Nacken und hatte einen schrecklich langen Augenblick das Gefühl, der Unbekannte starre ihn direkt an. Dann ließ dieser sich in die Hocke sinken, löste seine Feldflasche vom Gürtel und füllte sie aus dem Fluß, bevor er sich nach einer Weile wieder erhob und zwischen den Büschen verschwand.

Aylon atmete erleichtert auf. Der Anblick hatte ihn innerlich aufgewühlt, ihm die Erinnerung an seine erste Begegnung mit den Hornmännern in Maramon und die damit verbundenen Geschehnisse im Tempel des Drachen ins Gedächtnis zurückgerufen. Damals hatte er gehofft, ihnen niemals wieder begegnen zu müssen. Nein, dachte er noch einmal, sie durften ihre Gegner nicht unterschätzen. Jeder noch so kleine Fehler würde ihr letzter sein. Die Männer in den Hornrüstungen waren Killer.

Mehr noch: die berüchtigtsten, die es gab.

Clanskrieger.

Von Kindheit an hatte man sie zu skrupellosen Mördern ausgebildet, die für Geld – und manchmal auch zum puren Vergnügen – töteten und überall, wo sie auftauchten, eine Spur von Tod und Leid zurückließen. Aylon machte sich nichts vor. Gnade hatten Floyd und er nicht zu erwarten, falls sie entdeckt wurden. Mit viel Glück vielleicht einen schnellen und schmerzlosen Tod, und selbst das war kaum mehr als ein hoffnungsvoller Wunsch, vor allem, was Floyd betraf. Der Gaukler hatte einst zu den Hornmännern gehört und war von ihnen abtrünnig geworden. Für diesen Verrat stand er seit fast einem Jahrzehnt auf der Todesliste der Clans ganz oben. Fiel er ihnen lebend in die Hände, würde das Maß seiner Folterqualen zur Legende werden, und als sein Begleiter hatte Aylon eine nicht minder harte Strafe zu erwarten.

Behutsam stand er auf und zog sich – rückwärts gehend und ohne den Blick auch nur eine Sekunde vom Larc und dem jenseitigen Ufer abzuwenden – tiefer in den Dschungel zurück. Das glitzernde blaue Band des Flusses verschwand schon nach wenigen Schritten hinter einer verfilzten Wand aus Blättern und dornigen Zweigen. Erst jetzt wagte er es, sich umzudrehen und etwas schneller zu gehen. Er erreichte die kleine Lichtung, auf der sie ihr Lager aufgeschlagen hatten. Floyd war nicht hier, lag wie er zuvor irgendwo am Waldrand und beobachtete den Rastplatz der Hornmänner. Aylon ließ sich auf einen umgestürzten Baumstamm sinken und griff nach dem Beutel mit ihren Vorräten. Jeder Muskel in seinem Körper schmerzte vom langen bewegungslosen Liegen, und seine Haut juckte am ganzen Körper so stark, daß er nur mühsam dem Drang widerstehen konnte, sich zu kratzen – was den Juckreiz letztlich nur noch verstärkt hätte, wie er wußte. Er trank einen Schluck Wasser und kaute lustlos an dem zähen, trockenen Dörrfleisch herum, das sie vor drei Tagen von einem Händler gekauft hatten, nachdem ihr aus Cavillon mitgeführter Proviant zur Neige gegangen war. Das Fleisch schmeckte entsetzlich und verursachte ihm Übelkeit, aber er zwang sich trotzdem zum Essen. Sie hatten nicht gewagt, ein Feuer zu entzünden, obwohl der dichte Dschungel wahrscheinlich den Schein der Flammen wie auch den Rauch verschluckt hätte. Aber in ihrer Situation konnten sie gar nicht vorsichtig genug sein. Eine einzige Nachlässigkeit würde den Tod bedeuten.

Es raschelte leise im Gebüsch, dann teilten sich die Zweige, und Floyd trat auf die Lichtung. Aylon sah flüchtig auf und grüßte ihn mit einem Kopfnicken. Der Gaukler wirkte ebenso müde wie er selbst. Schon als sie vor fünf Tagen die Grenze zur Nordermark überschritten hatten, hatte er sein auffällig buntes Gewand gegen einen erdfarbenen Umhang sowie ein Wams und eine Hose aus dunklem Leder vertauscht, die inmitten des Waldes eine ebenso gute Tarnung darstellten wie Aylons dunkelgrüne Kleidung. Zahlreiche Pusteln und kleine Beulen bedeckten sein Gesicht und die nackte Haut an Armen und Beinen. Das einzige Leben, das sie bei ihrer Ankunft nicht verscheucht, sondern anscheinend eher sogar angelockt hatten, waren Insekten. Und sie hatten sich – vor allem bei Floyd – ausgiebig für die Vertreibung ihrer üblichen Nahrung entschädigt.

»Sie haben Zelte aufgeschlagen«, berichtete der Gaukler überflüssigerweise. »Nach einer kurzen Rast sieht das nicht aus. Ich fürchte, sie werden über Nacht hier lagern.«

Aylon wartete, bis er sich gesetzt hatte, und hielt ihm stumm den Beutel mit Lebensmitteln hin.

Floyd verzog das Gesicht. »Willst du mich vergiften?« fragte er, griff dann aber doch zu und begann – wenn auch mit sichtlichem Widerwillen – zu essen. »Wenn wir den Hornmännern etwas von diesem Zeug unterjubeln könnten, wären unsere Probleme gelöst«, kommentierte er. »Selbst sie würden vor diesem Fraß die Flucht ergreifen.«

Aylon raffte sich zu einem müden Lächeln auf, sagte aber nichts, sondern erhob sich, um nach den Pferden zu sehen, die sie ein paar Schritte entfernt an einem Baum angebunden hatten. Die Tiere waren unruhig und begrüßten ihn mit nervösem Schnauben. Es waren langbeinige, schlanke Steppenpferde mit glänzendem Fell und schlanken Fesseln, Tiere, die für die weiten Ebenen des Westens geboren waren. Der dicht wuchernde Dschungel bereitete ihnen sichtliches Unbehagen. Aylon tätschelte ihnen kurz die Hälse und band ihnen dann die Futtersäcke um. Geduldig wartete er, bis sie gefressen hatten, verstaute die Beutel sorgfältig wieder und stellte zwei Schalen mit Wasser vor sie. Die Tiere bekamen in den letzten Tagen weitaus mehr Pflege als ihre Reiter, aber das stand ihnen auch zu. In diesem Teil des Landes hing das Leben eines Menschen weitgehend von seinem Pferd ab. Ein Reiter konnte sich zur Not noch halb bewußtlos im Sattel halten oder sogar festbinden, wenn es gar nicht mehr anders ging – war aber sein Pferd erschöpft oder gar verletzt, dann waren beide verloren. Es gab einige Nomadenstämme hier, die Karawanen gegen Bezahlung freies Geleit durch ihr Gebiet garantierten, aber das bedeutete noch lange nicht, daß man auf ihre Hilfe hoffen durfte. Im Gegenteil, auch sie waren stets auf leichte Beute aus, und es gab Gerüchte, wonach so mancher verschollene Reisende nicht den Hornmännern, sondern den Nomaden in die Hände gefallen war.

Als Aylon auf die Lichtung zurückkam, hatte Floyd sein karges Mahl beendet. »Wir sollten weiterreiten«, drängte der Gaukler, schluckte den letzten Bissen hinunter und spülte mit einem Schluck Wasser nach, bevor er sich die Hände an einem Grasbüschel abwischte. »Vielleicht finden wir eine andere Furt in der Nähe.«

Aylon setzte sich neben ihn, verschränkte die Hände hinter dem Kopf und lehnte sich gegen einen Baumstamm. Eine wohltuende, schwere Müdigkeit ergriff von seinem Körper Besitz, eine Müdigkeit, die ihm in den letzten Tagen zu einem fast vertrauten Begleiter geworden war und nur auf einen unachtsamen Augenblick wartete, um ihn zu überwältigen. Er schloß kurz die Augen, riß die Lider aber mit einem Ruck wieder auf, als er spürte, wie der Schlaf nach ihm griff. Seufzend nahm er die Hände herunter, setzte sich wieder auf und schüttelte den Kopf. »Vielleicht«, murmelte er. »Aber so langsam, wie wir in diesem Dschungel vorankommen, kann es auch mehrere Tage dauern. Es gibt nun mal keine genauen Karten von diesem Gebiet. Wir sind jetzt schon ziemlich weit von unserem Weg abgekommen. Jede weitere Meile müssen wir am anderen Ufer wieder zurückreiten.«

Floyd schnaubte und starrte finster zu Boden. »Die ganze Sache ist vorsätzlicher Selbstmord. Ich frage mich, warum ich bei diesem Wahnsinn auch noch mitmache. Wir sollten umkehren und die südliche Route über die freien Städte nehmen, wie ich es von Anfang an vorgeschlagen habe.«

»Das hätte einen Umweg von mindestens einem Monat bedeutet«, hielt Aylon ihm entgegen. »Sogar eher noch mehr.«

»Und wenn schon. Lieber später als gar nicht ans Ziel kommen. Zumindest hätten wir auf eine Karawane warten und uns ihr anschließen sollen.«

Aylon schwieg und scharrte mit den Füßen im herabgefallenen Laub, das die Lichtung bedeckte. Er wußte, daß Floyd im Grunde recht hatte. Die Nordermark war kein politisch geeintes Reich, sondern zerfiel in zahlreiche unabhängige Stadtstaaten. Besonders die nördlichen Landesteile mit ihren unübersichtlichen Hügelketten, unerforschten Wäldern und schwer zugänglichen Sümpfen boten den Hornmännern eine Vielzahl an Verstecken; zudem gab es hier nur wenige bedeutende Städte, und sie waren untereinander zu stark zerstritten, um wirksam gegen die Clans vorgehen zu können. Nach dem Fall der großen Clansburgen hatten die Hornmänner an Macht verloren, doch während das Bündnis der Städte zerbrochen war, hatten die Clans nur wenige Monate gebraucht, um sich von der Niederlage zu erholen. Um dem Hungertod zu entgehen, hatten sich sogar – bittere Ironie des Schicksals – viele der arbeitslosen Söldner aus Verzweiflung ihren ehemaligen Feinden angeschlossen, einer der Gründe, warum einige Clans trotz des verlorenen Krieges schon wieder fast so stark wie früher geworden waren. Statt auf den Schutz ihrer Festungsmauern zu vertrauen, hielten sie die Standorte ihrer Lager geheim und schlugen aus dem Verborgenen zu. Sie waren die wahren Herrscher dieses Landes; höchstens schwer bewachte Karawanen boten Schutz vor ihren Überfällen. Einzelne Reisende jedoch, die versuchten, den Norden der Nordermark ohne Begleitschutz zu durchqueren, besaßen kaum eine Chance.

Der fruchtbarere Süden des Landes war dichter besiedelt, und nur selten drangen die Clanskrieger bis dorthin vor, es sei denn auf ausgedehnten Raubzügen. Dennoch hatte sich Aylon dagegen entschieden, diese weniger gefährliche Route einzuschlagen. Zum einen trieb ihn die Ungeduld voran, doch dies war nicht der einzige Grund für seine Entscheidung. Das milde Klima und die hier noch sehr üppige Vegetation konnten nicht darüber hinwegtäuschen, daß sich der Herbst seinem Ende entgegenneigte, und es würde nicht mehr lange dauern, bis der erste Schnee fiel. Weiter im Nordosten konnte es schon jetzt ganz anders aussehen. Waren die Pässe des Luyan Dhor erst einmal eingeschneit und dadurch unpassierbar geworden, war alles umsonst gewesen. Dann hätte er auch in Cavillon bleiben und in einigen Monaten zusammen mit Maziroc reisen können.

Floyd war im nördlichen Teil der Nordermark aufgewachsen. Dank seiner Ortskenntnisse, hoffte Aylon, würde es ihnen gelingen, die gefährlichen Gebiete unentdeckt zu durchqueren, und der bisherige Erfolg schien ihm recht zu geben. Seit fünf Tagen hielten sie sich bereits in der Nordermark auf und waren abseits der üblichen Karawanenstrecken tief in die noch weitgehend unerforschten Wälder vorgedrungen, bis sie auf den Fluß gestoßen waren, jenseits dessen das Hügelland von Skant begann, die eigentliche Heimatregion der Clans. Sie waren sogar schon durch die Furt geritten und hatten unbeschadet die andere Seite erreicht, aber dann hatten sie den sich nähernden Trupp Hornmänner bemerkt, und da die karge Vegetation am jenseitigen Ufer kaum Möglichkeiten zum Verstecken bot, war ihnen nichts anderes übrig geblieben, als wieder umzukehren und im Dickicht des Waldes Schutz zu suchen. Seither warteten sie.

»Um einen anderen Übergang zu suchen, müßten wir noch tiefer in das Gebiet der Nomaden eindringen«, nahm Aylon nach einer Weile das Gespräch wieder auf. »Auch keine sonderlich verlockende Aussicht. Ich möchte es nicht darauf ankommen lassen, ob sie sich an die Verträge halten oder nicht.«

Floyd grinste unfroh. »Keine falschen Hoffnungen«, sagte er. »Wir befinden uns bereits seit heute morgen auf ihrem Territorium. Was glaubst du, warum die Hornmänner am anderen Ufer ihr Lager aufschlagen, obwohl es noch Stunden bis zum Sonnenuntergang dauert?« Der Gaukler sah flüchtig zum Himmel hinauf, warf einen Blick in die Richtung, wo hinter der grünen Wand des Waldes der Fluß und dahinter der Rastplatz der Hornmänner lagen, und schaute dann wieder Aylon an. »Sie sind mindestens dreißig, wenn nicht vierzig. Trotzdem fürchten selbst sie einige der Nomadenstämme zu sehr, als daß sie ihren Raubzug heute noch fortsetzen und über Nacht auf dieser Seite des Flusses rasten.«

»Dann warten wir eben, bis sie morgen früh übergesetzt haben, und reiten dann weiter.« Aylon machte eine weitausholende Geste. »Wenn die Nomaden uns bisher nicht entdeckt haben, werden sie es wohl auch in den nächsten Stunden nicht tun. Und falls sie doch wissen, daß wir hier sind, wollen sie uns offenbar nicht angreifen.«

»Oder ihre Späher sind gerade unterwegs zum Lager, um Verstärkung zu holen«, murmelte Floyd düster. »Aber wahrscheinlich würde es uns wirklich nichts nützen, wenn wir heute noch weiterreiten und eine andere Furt suchen.«

Einige Minuten saßen sie schweigend zusammen, dann erhob sich der Gaukler. »Ich werde noch mal nachsehen, wie es am Flußufer aussieht. Sicher ist sicher.«

Aylon wollte zustimmend nicken, runzelte dann aber plötzlich die Stirn und sprang auf. Lauernd sah er sich um. Ein Ausdruck höchster Konzentration erschien auf seinem Gesicht.

»Was ist?« raunte Floyd. Er legte die Hand auf den Knauf seines Schwertes, blickte sich ebenfalls um und lauschte, konnte aber nichts Verdächtiges wahrnehmen.

»Ich empfange mentale Impulse«, flüsterte Aylon ihm zu. »Mehrere Menschen. Sie sind ganz in der –«

Das leise Sirren einer Bogensehne ließ ihn verstummen. Etwas Schlankes, Dunkles raste auf ihn zu, und im nächsten Moment bohrte sich der Pfeil dicht vor seinen Füßen in den Boden, wo er zitternd stecken blieb.

Floyd zuckte zusammen und versuchte sein Schwert zu ziehen, aber er führte die Bewegung nicht zu Ende. Ein weiterer Pfeil kam aus dem Dickicht um die Lichtung herangezischt, verfehlte seine Hand nur um eine Winzigkeit und bohrte sich ins Holz des Baumstamms hinter ihm. Der Gaukler erstarrte ebenso wie Aylon. Ganz langsam zog er die Hand vom Knauf des Schwertes zurück. Solange sie auf dem freien Grund lebende Zielscheiben abgaben, während ihre Gegner unsichtbar blieben, würde ihm die Waffe nichts nutzen. Aylon spürte nun deutlich die mentale Ausstrahlung von mindestens einem Dutzend Menschen um sie herum. Die Lichtung war zu einer Falle geworden. Knapp drei Schritte trennten ihn vom Waldrand. Vielleicht konnte er sie mit einem weiten Satz überwinden, aber er würde noch einen weiteren brauchen, um tief genug in das Gebüsch einzudringen, daß es ihn schützte. Er verwarf den Gedanken sofort wieder. Die Pfeile würden seinen Fluchtversuch beenden, bevor er sich auch nur umgedreht hätte.

Einige Sekunden lang geschah nichts, dann teilte sich ein paar Schritte vor ihm das Gebüsch. Eine schlanke, nur in ein knielanges Gewand aus grober brauner Wolle gekleidete Frau trat auf die Lichtung und sah sie verächtlich an. In der rechten Hand hielt sie ein wuchtiges Breitschwert; ihr linker Arm und die Schulter verbargen sich hinter einem runden hölzernen Schild. Ihr dunkles, bis über die Schultern fallendes Haar war zum Teil unter einem martialisch anmutenden Helm mit nach oben gebogenen Hörnern versteckt. Rechts und links von ihr schimmerten die Kleider weiterer Männer und Frauen durch das Grün des Unterholzes. Und die Spitzen von ungefähr einem Dutzend Pfeilen.

Mindestens.

Die Unbekannte blieb stehen und musterte erst Floyd einige Sekunden, bevor sie ihren Blick zu Aylon wandern ließ. Der Helm reichte ihr bis über die Nase und ließ nur zwei Schlitze für die Augen frei. Trotzdem konnte Aylon erkennen, daß sie noch sehr jung war. Sie musterten einander schweigend. Ihre Augen waren blau und kalt wie aus Glas, und wenn sich überhaupt ein Gefühl darin zeigte, dann nur hochmütiger Stolz. Aylon spürte, wie sich Schweiß auf seiner Stirn bildete. Es fiel ihm mit jeder Sekunde schwerer, ihrem Blick standzuhalten, und er mußte sich beherrschen, um nicht nervös von einem Fuß auf den anderen zu treten. Die Frau musterte ihn auf eine Art, wie er selbst vielleicht ein fremdartiges Insekt betrachtet hätte, das nicht einmal einer gewissen Verachtung wert war und das man nur so lange in seiner Nähe duldete, bis man das Interesse verlor und es zerdrückte, bevor es einen zu stechen oder zu beißen versuchte.

Aylon wußte nicht zu sagen, wie lange das stumme Duell dauerte und wann die Unbekannte das Gesicht schließlich zu einem abfälligen Lächeln verzog. »Ich frage mich, ob ihr wirklich so dumm oder ob ihr einfach nur eures Lebens überdrüssig seid«, sagte sie spöttisch. »Ihr macht einen Lärm, als wärt ihr die einzigen Menschen weit und breit.«

»Bisher«, sagte Aylon, »dachten wir das auch, sieht man von den Hornmännern am anderen Flußufer ab. Und bis dorthin wird man uns bestimmt nicht hören. Ihr seid Nomaden, nicht wahr?«

»Dumm scheinst du nicht gerade zu sein«, erwiderte die Frau, ohne auf seine Frage einzugehen. »Also offenbar lebensmüde.« Sie trat einen Schritt näher, schob ihre Waffe in den Gürtel zurück und maß Aylon mit einem provozierenden Blick, in dem er glaubte plötzlich auch so etwas wie flüchtiges Interesse aufblitzen zu sehen. Ihr Gesicht, soweit es zu erkennen war, wirkte offen und nicht einmal unsympathisch, aber ihr Blick und vor allem der Klang ihrer Stimme bewiesen deutlich, daß sie es gewohnt war, Befehle zu geben. »Wer seid ihr, und was wollt ihr hier?« fragte sie.

»Ich heiße Aylon, und das ist Floyd. Wir sind Reisende und haben –«

Die Frau runzelte unwillig die Stirn, und noch bevor Aylon reagieren konnte, schlug sie ihm mit dem Handrücken über den Mund. Der Hieb war so kräftig, daß er einen Schritt zurücktaumelte und seine Lippe aufplatzte.

»Für die nächste Lüge schneide ich dir eine Hand ab«, sagte sie kalt. »Wenn ihr harmlose Reisende seid, warum belauert ihr dann die Männer am anderen Ufer? Ihr seid seit Tagesanbruch auf unserem Territorium, und wir mögen es nicht, wenn jemand hier herumschleicht.«

»Euer Territorium?« Aylon schaute kurz zu Floyd hinüber, mißachtete dessen warnenden Blick jedoch und begann laut und bewußt abfällig zu lachen. Er spürte, daß sie verloren waren, wenn sie sich allzu ängstlich zeigten. »Man duldet eure Stämme zwar in diesem Gebiet, aber dafür habt ihr jedem Reisenden freies Geleit garantiert. Wer seid ihr, daß ihr glaubt, dieser Wald gehöre euch?«

In den Augen der Fremden blitzte es auf, und man sah ihr an, daß sie sich nur noch mit Mühe beherrschte. »Mein Name ist Shantal«, zischte sie. »Wir sind Collin, und unser Gebiet ist immer da, wo wir gerade sind. Wir hatten es niemals nötig, irgendwelche Verträge zu unterschreiben.«

»Collin?« keuchte Floyd. Aylon sah zu ihm hinüber und bemerkte, wie der Gaukler erbleichte und ein neuer, beinahe ängstlicher Ausdruck in seine Augen trat. »Bei den Damonen, jetzt verstehe ich, warum die Hornmänner am anderen Ufer warten.«

»Du scheinst besser über uns Bescheid zu wissen.« Shantal trat auf Floyd zu. »Dann solltest du deinen Begleiter über uns aufklären. Vielleicht erspart ihm das eine Menge Ärger. Und dir auch.«

Floyd schluckte mühsam. »Die Collin haben nichts mit den anderen Stämmen zu tun«, stieß er hervor. »Sie haben die Verträge nie akzeptiert. Es heißt, sie töten jeden, der ihnen in die Hände fällt.«

»Nicht jeden«, verbesserte ihn Shantal in einem Tonfall, als fühle sie sich von Floyds Worten geschmeichelt. »Jedenfalls nicht sofort.« Sie trat einen weiteren Schritt auf den Gaukler zu, zog sein Schwert aus der Scheide und warf es achtlos hinter sich. Dann sah sie ihn abschätzend an und ließ ihre Fingerspitzen über seine Brust gleiten, eine Geste, die jeder Erotik entbehrte und ihn bewußt demütigen sollte. »Wenn mir ein Mann gefällt«, fuhr Shantal fort, »dann lasse ich ihn manchmal noch eine Weile am Leben. Jedenfalls so lange, bis er anfängt, mich zu langweilen.« Sie lächelte noch einmal, trat einen Schritt zurück und wurde übergangslos wieder ernst. »Also«, fuhr sie in verändertem Tonfall fort, »was habt ihr mit den Clanskriegern dort drüben zu schaffen? Und was wollt ihr hier?«

»Über den Fluß«, erwiderte Aylon an Floyds Stelle. »Wir hätten euer Gebiet längst verlassen, wenn nicht die Hornmänner dort drüben aufgetaucht wären.« Er breitete die Hände aus. »Durchsucht uns. Außer ein paar larquinischen Kupfermünzen haben wir nichts bei uns, was sich zu stehlen lohnt. Wenn ihr uns sagt, ob es in der Nähe noch eine andere Furt gibt, werden wir in Frieden weiterziehen. Wir haben keinen Streit mit euch.«

»Wie beruhigend! Ich hatte schon Angst, ihr wolltet uns überfallen.« Shantal lächelte spöttisch. »Nur glaube ich dir kein Wort. Niemand, der noch bei klarem Verstand ist, reist freiwillig nach Skant. Ihr würdet nicht einmal einen Tag dort überleben. Ein Mann und ein halbes Kind gegen die Hornmänner, welch ein Witz! Glaubt ihr ernsthaft, wir würden euch eine solche Geschichte abnehmen?«

»Und was sollen wir deiner Meinung nach sonst hier wollen?« erkundigte sich Aylon. In seine Furcht mischte sich immer stärker werdender Zorn.

»Was wohl? Spionieren natürlich!« erwiderte Shantal. »Für wie dumm haltet ihr uns? Es war zu erwarten, daß die Hornmänner weitere Spitzel schicken würden, nachdem ihr erster Versuch mißlungen ist. Eure Vorgänger... ihr habt bestimmt ihre Gebeine unten an der Furt gesehen.«

»Aber das ist absurd!« keuchte Aylon. »Die Hornmänner sind unsere Feinde, so wie sie eure Feinde sind.«

»Wer sagt das?« fragte Shantal lauernd. »Woher willst du wissen, daß sie unsere Feinde sind?«

»Aber –«

»Außerdem spielt das jetzt keine Rolle«, fiel sie ihm ins Wort. »Ihr seid unerlaubt in unser Gebiet eingedrungen, das ist bereits Verbrechen genug.« Sie hob die linke Hand. Hinter ihr teilten sich die Büsche, und mehr als ein Dutzend bewaffneter Männer und Frauen traten auf die Lichtung, ihre Bögen schußbereit in den Händen und die Pfeilspitzen unverwandt auf Aylon und Floyd gerichtet. Shantal drehte sich um und wollte auf sie zugehen.

»Warte«, rief Aylon hastig und streckte die Hand aus, um nach ihr zu greifen und sie festzuhalten, führte die Bewegung aber nicht zu Ende, als ihm bewußt wurde, wie leicht man die Geste mißverstehen konnte. »Was geschieht nun mit uns?«

Widerstrebend blieb das Mädchen stehen und drehte sich noch einmal zu ihm um. »Wir bringen euch zu unserem Lager. Dort werden wir endgültig entscheiden, was mit euch geschehen soll.« Sie zögerte einen Augenblick und fügte dann hinzu: »Was mich betrifft, so steht eure Schuld bereits fest. Falls es nach mir ginge, würde ich mir erst gar nicht so viele Umstände machen, sondern euch gleich hier umbringen. Ich wäre euch also nur dankbar, wenn ihr mir einen Vorwand dafür liefern würdet.« Mit diesen Worten wandte sie sich endgültig ab und gab das Zeichen zum Aufbruch.

Aylon schluckte. Er hatte wirklich an Widerstand gedacht, gab den Gedanken jedoch fast sofort wieder auf. Die Übermacht war einfach zu gewaltig, und er zweifelte nicht daran, daß Shantal ihre Drohung wahr machen würde. Sie erweckte nicht den Eindruck, als ob ein Menschenleben ihr sonderlich viel bedeutete. Daß man es nicht einmal für nötig hielt, sie nach weiteren Waffen zu durchsuchen, zeigte nur zu deutlich, wie überlegen sich die Nomaden fühlten.

Einer der Krieger versetzte ihm einen harten Stoß in den

Rücken, der ihn vorwärtstaumeln ließ. Drei weitere Krieger traten zwischen ihn und Floyd, so daß sie nicht einmal miteinander sprechen konnten. Eskortiert von den Nomaden, drangen sie auf für Aylons Augen fast unsichtbaren Trampelpfaden tiefer in den Wald ein. Die Pferde wurden von den Nomaden am Zügel mitgeführt. Er begann, seine Schritte zu zählen, gab es jedoch bald wieder auf. Es spielte keine Rolle, wie weit sie sich vom Fluß entfernten. Selbst wenn es ihnen gelingen sollte, den Nomaden zu entkommen, würden sie gerade dorthin mit Sicherheit nicht zurückkehren können.

Aber seine Hoffnungen auf eine Flucht schwanden ohnehin mit jeder verstreichenden Minute ein klein wenig mehr. Er konnte nicht anders, als die Geschicklichkeit ihrer Bewacher zu bewundern, die Eleganz ihrer Bewegungen und die Leichtfüßigkeit, mit der sie über den morastigen Boden huschten, der wie mit unsichtbaren Händen an seinen und Floyds Beinen zu ziehen schien. Immer wieder schlugen ihm Zweige ins Gesicht, zerkratzten ihm Dornen und scharfkantige Blätter die Haut, und ein paarmal mußte er sich mühsam durch das Dikkicht zwängen, während die Nomaden wie spielerisch zwischen den Büschen hindurch zu tänzeln schienen. Shantal hatte recht, dies war das Gebiet der Collin, nicht deshalb, weil sie es beanspruchten, sondern weil es ihr Lebensraum war, dem sie sich perfekt angepaßt hatten, während Floyd und er nicht mehr als Eindringlinge waren, die mit der Plumpheit einer Panzerechse vorwärtsstampften.

Fast eine Stunde lang marschierten sie durch den Wald und legten dabei annähernd zwei Meilen zurück, ehe sie endlich das Lager der Nomadenkrieger erreichten. Es lag auf einer runden, sorgfältig gerodeten Lichtung mitten im Dschungel und bestand aus drei, vielleicht vier Dutzend zeltähnlicher Hütten, die aus Zweigen, Laub und Moos errichtet waren. In einem Pferch an der gegenüberliegenden Seite der Lichtung waren an die hundert Pferde untergebracht, und überall sah Aylon Holzgestelle mit Speeren, Schilden und anderen Waffen. Nach Floyds Worten hatte er eine Art Räuberbande erwartet, aber das, was er hier sah, gab ihm eher das Gefühl, direkt ins Lager einer gut organisierten Armee hineinzumarschieren – ein Gedanke, der ihm ganz und gar nicht gefiel.

Shantal führte sie ohne zu zögern quer über die Lichtung zu einer der Laubhütten, die etwas größer als die übrigen war. Vor dem Eingang blieb sie stehen und streckte ihnen fordernd die Hände entgegen. »Falls ihr noch Waffen bei euch habt, so solltet ihr sie mir lieber freiwillig geben.«

Aylon versuchte zu lächeln, als ihm bewußt wurde, daß man sie offenbar doch noch für zu gefährlich hielt, um sie dem Stammesoberhaupt bewaffnet gegenübertreten zu lassen, aber es wurde nur eine Grimasse daraus. Er zog ein Messer unter dem Gewand hervor, das ihm eher als Werkzeug denn als Waffe gedient hatte. Floyd fischte einen Dolch aus dem Stiefel und band seinen Schwertgürtel los, in dem mehrere Wurfsterne steckten. Beides ließ er fallen.

Shantal verfolgte ihre Bewegungen mit mißtrauischen Blikken. »War das alles?« fragte sie. Als Floyd stumm nickte, gab sie einem der Krieger einen Wink. »Durchsuch sie!«

Der Mann tastete erst Floyd und dann Aylon mit geübten Bewegungen von Kopf bis Fuß ab. Er fand auch das Feuerzeug und betrachtete es einige Sekunden mißtrauisch, entschied dann aber, daß es sich schwerlich um eine Waffe handeln könne, und steckte es in die Gürteltasche zurück. »Nichts«, meldete er.

Ein fast enttäuschter Ausdruck huschte über Shantals Gesicht. »Euer Glück«, stieß sie hervor und bedeutete ihnen mit einer Handbewegung weiterzugehen. Gebückt betraten sie die Hütte. Ihr Inneres war geräumiger, als Aylon geglaubt hatte, aber es war so dunkel, daß er im ersten Augenblick außer unbestimmten Schatten nichts erkennen konnte. Shantal versetzte ihm einen Stoß in den Rücken, der ihn zu Boden schleuderte. Er fiel auf Hände und Knie, stemmte sich hoch und stürzte gleich darauf abermals, als sie ihm den Fuß in den Nacken setzte. »Bleib unten, wenn du mit unserem Herrn sprichst!« zischte sie. Floyd erging es nicht anders.

Aylon hob, vorsichtig geworden und langsamer, den Kopf. Auf der anderen Seite der Hütte, direkt vor der aus Zweigen geflochtenen Wand und flankiert von zwei finster dreinblikkenden Kriegern, hockte ein vielleicht fünfzigjähriger, breitschultriger Mann auf einem für seinen massigen Körper viel zu klein erscheinenden Thron. Er war ähnlich wie Shantal gekleidet, trug jedoch über dem einfachen braunen Rock einen weißen, mit Gold und Rubinen reich bestickten Mantel. An seinem Gürtel blitzte der ebenfalls juwelenbesetzte Griff eines Schwertes.

»Ihr also seid die beiden Fremden, von denen meine Späher berichtet haben«, sagte er mit unangenehm dumpfer Stimme, nachdem er Aylon und Floyd eingehend gemustert hatte. »Eigentlich seht ihr nicht wie Männer aus, die ihr Leben leichtfertig wegwerfen.«

»Wir wußten nicht, daß wir Euer Gebiet betreten«, sagte Aylon hastig. Er ahnte, daß sein und Floyds Leben nur noch an einem seidenen Faden hing, und suchte verzweifelt nach den richtigen Worten. Sie waren das einzige, was ihm noch zu seiner Verteidigung blieb – ein schlüpfriger und für einen ungeübten Redner wie ihn mehr als ungewohnter Schutz, der sich nur zu leicht gegen den wenden konnte, der ihn nicht richtig einzusetzen verstand. »Wir... sind keine Spione«, fuhr er stockend fort, während er erfolglos versuchte, den Kopf ein wenig zu drehen, um zu sehen, was mit Floyd war. »Das ist alles nur ein –«

Der Druck von Shantals Fuß auf seinem Nacken verstärkte sich und brachte ihn zum Verstummen. Aylon bekam kaum noch Luft und spürte zum zweiten Mal, daß sie kräftiger als mancher Mann war. Ein wenig erinnerte sie ihn an Laira, doch sie war ungleich wilder und skrupelloser als die Vingala. Er konnte ein leises Stöhnen nicht ganz unterdrücken und wußte nicht einmal zu sagen, was ihm mehr weh tat: der Schmerz oder die Erniedrigung.

»Nicht doch, Shantal«, sagte der Nomadenführer mit mildem Tadel in der Stimme. »Ich glaube, er hat begriffen – laß ihn los. Ich mag es nicht, wenn tapfere Männer vor mir kriechen müssen.«

»Tapfer? Sie sind nichts als dreckige Spitzel«, entgegnete Shantal verächtlich, zog ihren Fuß dann aber doch zurück, als die Augen des Alten zornig aufblitzten. »Wie du befiehlst, Orban«, murmelte sie und nahm neben dem Eingang Aufstellung.

Aylon atmete ein paarmal tief durch und setzte sich auf. Er massierte seinen schmerzenden Nacken und nickte dankbar.

»Also«, begann Orban noch einmal. »Wer seid ihr, und was wollt ihr hier? Meine Späher berichten, daß ihr die Hornmänner beobachtet habt. Warum?«

»Das sind eine Menge Fragen auf einmal«, murmelte Aylon.

»Dann beantworte sie«, gab Orban ungerührt zurück. »Ich habe viel Zeit, aber ich rate dir, meine Geduld nicht unnötig zu strapazieren.«

»Wir kommen... aus dem Westen«, sagte Aylon, nachdem er einen kurzen Blick mit Floyd gewechselt und dieser ihm mit einem angedeuteten Achselzucken und anschließendem Niederschlagen der Augen die Rolle als Erzähler zugewiesen hatte. Der Gaukler vermochte meisterhaft ein Schwert zu führen, und seine Geschicklichkeit im Umgang mit Karten und Würfeln war mindestens genauso groß, doch er war nie ein Mann vieler Worte gewesen.

»Westen?« Zwischen Orbans Augen entstand eine steile Falte. »Das ist ein ziemlich weiter Begriff, findest du nicht?«

»Aus Larquina«, ergänzte Aylon hastig. »Wir sind auf dem Weg nach Therion.« Die Stadt lag fast am Fuße des Luyan Dhor und war das Ziel vieler Karawanen, so daß es Aylon unverdächtig erschien, ihren Namen zu nennen. Sie würden tatsächlich dorthin müssen, um sich mit Proviant einzudecken und jemanden anzuheuern, der ihnen den Weg über die Pässe zeigte.

»Nach Therion«, wiederholte Orban in einem Tonfall, der deutlich machte, daß er kein Wort glaubte. »Und was wollt ihr dort? Es muß sich um etwas ziemlich Wichtiges handeln, wenn ihr dafür auf eigene Faust Skant durchqueren wollt, statt euch einer Karawane anzuschließen oder den Weg über die Städte im Süden zu nehmen.«

»Wir haben gehofft, daß wir zu zweit weniger auffallen als mit großer Begleitung«, sagte Aylon nervös. »Aber es ist... eine lange Geschichte.«

»Erzähl sie ruhig«, sagte Orban und lächelte. Es sah beinahe herzlich aus. »Vielleicht ist es das letzte Mal, daß du Gelegenheit dazu hast.«

Aylon schluckte. Er wollte antworten, aber in diesem Augenblick löste sich Shantal mit einem zornigen Laut von ihrem Platz und trat zwischen ihn und Orban. »Wir verschwenden nur unsere Zeit«, sagte sie wütend. »Die beiden sind Spione der Hornmänner, daran gibt es keinen Zweifel. Es lohnt nicht, Zeit mit ihnen zu verschwenden.«

»Das stimmt nicht«, protestierte Aylon heftig. »Wir sind keine Spitzel. Sonst hätten wir doch wohl versucht, uns an euer Dorf heranzuschleichen, statt die Hornmänner zu belauern.«

»Vielleicht habt ihr das schon längst getan. Oder ihr habt gehofft, wir würden euch glauben und dann könntet ihr in aller Ruhe –«

»Es reicht«, fiel Orban der Kriegerin ins Wort. »Bislang haben die beiden uns keinen Anlaß zu einem solchen Verdacht gegeben. Wir sollten nicht wie Kinder darüber streiten, was sie vielleicht vorhatten. Und vor allem sollten wir es nicht vor ihren Ohren tun.« Die letzten Worte hatte er deutlich schärfer ausgesprochen, und Aylon sah, wie Shantal zusammenzuckte. Gleich darauf straffte sie ihre Gestalt jedoch wieder.

Einige Sekunden herrschte Schweigen. Irgend etwas war falsch, dachte Aylon verwirrt. Er wußte nicht sicher, was dieses Gefühl in ihm auslöste, doch es irritierte ihn und war sogar noch stärker als die Furcht, die er sich zwar fast krampfhaft nicht zu zeigen bemühte, aber trotzdem empfand. Shantals Verhalten, ihre so deutlich zur Schau getragene Verachtung wirkten eine Winzigkeit zu übertrieben, um wirklich echt zu sein. Er wurde den Eindruck nicht los, Zeuge einer sorgsam geplanten Inszenierung zu sein, ohne zu begreifen, welcher Sinn dahinterstecken mochte. Und vor allem fragte er sich, ob es ihnen irgendwelchen Nutzen oder eher Schaden bringen würde, falls sein Gefühl ihn nicht trog.

»Bringt die beiden fort«, befahl Orban schließlich. »Ich werde überlegen, was mit ihnen geschehen soll.«

Vergangenheit: Kinsai

»Eibiem«, murmelte Floyd mit einer Mischung aus Ehrfurcht, Schrecken und Unglauben in der Stimme. Er ließ seinen Blick über die titanische Festung gleiten, die fast hundert Fuß hoch aufragenden Mauern, die Wirtschaftsgebäude und die Türme. Hinter den Zinnen waren Krieger zu sehen, die aus dieser Entfernung winzig wie Tonpüppchen erschienen. Auf den Türmen wehte das Clansbanner: eine zum Schlag erhobene Faust in einem stählernen schwarzen Handschuh, bereit, jeden nur denkbaren Gegner zu zerschmettern.

Auch Shawn, der während des mehrtägigen Ritts kaum von Floyds Seite gewichen war, war sichtlich beeindruckt. Von früher Kindheit an waren sie in Cavar, hoch im Norden Skants, aufgewachsen, das sie bislang ebenfalls für eine imposante Festung gehalten hatten, aber verglichen mit Eibiem war es nicht viel mehr als eine durch einen Zaun gesicherte Ansammlung von Lehmhütten.

»Ich habe es die ganze Zeit nicht richtig glauben können«, fuhr Floyd fort und warf einen scheuen Blick auf Yenom, der an der Spitze der Kolonne ritt. »Irgendwie habe ich befürchtet, alles werde sich doch als schlechter Scherz herausstellen.«

»Denkst du, mir wäre es anders gegangen?« gab Shawn zurück. »In unserem Alter schon zu Kinsai zu werden...«

Kinsai.

Das Wort besaß einen fast magischen Klang. Selbst innerhalb der Clans bildeten die Kinsai eine Elitetruppe, deren Namen viele nur hinter vorgehaltener Hand zu flüstern wagten. An ihrer Spitze stand Yenom, als Herrscher der Kinsai und damit des mächtigsten Clans schon zu Lebzeiten eine Legende. Wie wohl jeder zukünftige Hornkrieger hatte Floyd seit seiner Kindheit davon geträumt, eines Tages zu seinen Gefolgsleuten zu gehören, aber bis vor ein paar Tagen war es eben nur ein Traum gewesen. Sicher – er war intelligenter als die meisten seiner Altersgenossen, und in der Kunst des Schwertkampfes übertraf er trotz seiner erst sechzehn Jahre schon die meisten seiner früheren Lehrer um Längen. Dennoch hatte er sich keine Illusionen gemacht. Gute Schwertkämpfer gab es gerade unter den Hornmännern wie Sand am Meer – Kinsai aber wurden nur die allerbesten. Oder die, die entsprechende Anlagen besaßen, es einmal zu werden, wie er inzwischen wußte. Seine wirkliche Ausbildung würde erst beginnen.

»Ohne dich hätte ich es niemals geschafft«, murmelte Shawn.

»Unsinn.« Floyd schüttelte unwillig den Kopf. Er mochte kein Lob, schon gar nicht von Shawn, seinem besten Freund. »Ich habe dir ein paar Tricks beigebracht, mit denen du die anderen beeindrucken konntest, das ist alles.«

Es war nicht alles. Vor knapp einer Woche war Yenom im Verlauf einer Reise zu mehreren Clansburgen auch nach Cavar gekommen, um nach Kriegern zu suchen, die es wert waren, zu Kinsai ausgebildet zu werden. Es hatte eine Unzahl von Prüfungen – hauptsächlich Wettkämpfen – gegeben, und als es für Shawn schon nicht mehr besonders gut aussah, hatte Floyd ihn im Schwertkampf gewinnen lassen und seinen eigenen Ausschluß riskiert. Trotzdem hatten sie zusammen mit drei anderen als Beste abgeschnitten. Shawn mochte ahnen, daß bei dem Zweikampf nicht alles mit rechten Dingen zugegangen war, aber natürlich hatte Floyd alles geleugnet und seine Schwäche mit den Anstrengungen der vorangegangenen Kämpfe erklärt.

Fanfarenstöße erklangen, als sie durch das Portal Eibiems zogen. Unwillkürlich machte sich Floyd Gedanken über die Verteidigungsanlagen, soweit sie zu sehen waren, doch er fand nicht einen einzigen Schwachpunkt. Nach menschlichem Ermessen war die Festung so gut wie uneinnehmbar.

Hunderte von Hornmännern hatten sich auf dem großen Innenhof zu einem stummen Spalier zusammengefunden, um den Fürsten und ihre zukünftigen Kameraden zu begrüßen. Obwohl ihm nach dem Gewaltritt – der mit Sicherheit zu ihrer neuen Art von Ausbildung gehörte – nahezu jeder Knochen im Leib weh tat und er kaum noch wußte, wie er sich im Sattel halten sollte, ließ sich Floyd seine Schwäche nicht anmerken. Bei jeder Bewegung zuckten neue Schmerzwellen durch seinen Körper, aber er ritt hochaufgerichtet weiter, ganz im Gegensatz zu vielen der anderen Rekruten, die einen wesentlich weniger imposanten Anblick boten.

In der Mitte des Hofes hielt der Zug an. Ohne sich auch nur einmal umzublicken, verschwand Yenom in einem der Gebäude. Floyd folgte dem Beispiel der anderen und stieg ab. Ein Hornmann grüßte flüchtig und griff nach dem Zügel des Pferdes, während ein anderer die Ankömmlinge durch eine Tür führte. Sie stiegen einige Treppen hinauf und gelangten auf einen Gang mit zahlreichen Türen, hinter denen kleine, zellenartige Unterkünfte lagen. Zu seiner Erleichterung bekam Floyd ein gemeinsames Quartier mit Shawn zugeteilt.

»Ich fürchte, ich kann mindestens eine Woche lang nicht mehr sitzen«, klagte Shawn und ließ sich auf sein hartes, nur aus einer Decke und etwas Stroh bestehendes Lager sinken.

Floyd grinste. »Das war erst der Anfang, verlaß dich darauf. Du wolltest doch unbedingt Kinsai werden. Ich schätze, wir werden uns noch mehr als einmal nach Cavar zurücksehnen.«

Man ließ ihnen gerade genug Zeit, ihre Habseligkeiten zu verstauen, dann wurden sie auf den Hof gerufen. Yenom erwartete sie auf einem Podest, das man in einer Ecke errichtet hatte. Floyd hatte während der vergangenen Tage ausreichend Gelegenheit gehabt, ihn zu mustern, und immer noch fiel es ihm schwer, den alten, fast unscheinbaren Mann mit dem Bild des legendenumwobenen Clansfürsten in Einklang zu bringen, das ihn durch seine Kindheit begleitet hatte.

Yenom besaß eine Autorität, die anders war als alles, was Floyd bislang kennengelernt hatte. Der alte Mann hätte ein freundlicher Großvater sein können, der seinen Enkelkindern am Kamin Märchen erzählte, und doch hatte er nicht ein einziges Mal während des Ritts laut zu werden brauchen, um sich Respekt zu verschaffen. Eine winzige Geste, ein einziges Wort von ihm genügten, nicht nur die neuen Rekruten, sondern auch die stolzesten Recken unter seinen Begleitern in unterwürfige Diener zu verwandeln. Auch Floyd fühlte sich alles andere als wohl, wenn er Yenoms Blick länger als zwei Sekunden auf sich ruhen fühlte. Es lag nicht allein an der unvorstellbaren Macht, die der Greis besaß, dachte er. Es lag daran, daß Yenom diese Macht auf geradezu ideale Art verkörperte.

»Hornmänner!« sagte Yenom, und augenblicklich herrschte Totenstille auf dem Platz. »Es wird nicht nötig sein, viele Worte zu machen. Ihr wißt, daß ihr die besten Krieger eurer bisherigen Clans wart, und ihr wißt, daß ihr hier seid, um eine ganz besondere Schule zu durchlaufen. Ihr werdet schon sehr bald merken, daß nicht nur Kraft und Geschicklichkeit einen Kinsai ausmachen. In erster Linie ist es eine Frage der Einstellung. Ihr werdet lernen, euren Körper eurem Geist vollkommen zu unterwerfen, ihn zu einer perfekten Waffe zu schmieden. Jeder von euch kennt den Wappenspruch der Clans: Treue, Härte, Gehorsam. Gerade für einen Kinsai gilt er in besonderer Weise. Ich fordere absolute Treue von euch, und wenn ihr sie mit dem Leben bezahlen müßt. Ihr werdet Härte lernen, Härte gegen andere und vor allem Härte gegen euch selbst. Und ihr werdet mir bedingungslosen Gehorsam leisten. Jeder Verstoß gegen eine dieser Tugenden wird als Verrat am gesamten Clan geahndet.«

Er machte eine kurze Pause und ließ seinen Blick über die Menschen auf dem Hof schweifen. Floyd wagte kaum zu atmen. Wie gebannt hing sein Blick an den Lippen des Greises.

»Die Zeiten haben sich geändert«, sprach Yenom weiter. »Auch die Clans müssen inzwischen um ihr Überleben kämpfen. Wir haben nicht mehr das goldene Zeitalter, sondern das eiserne. Das Zeitalter von Eisen und Feuer. Die freien Städte haben sich miteinander verbündet und heuern Söldner aus allen Ländern an. Gewaltige Armeen werden zum Kampf gegen uns zusammengezogen, aber wir werden sie schlagen, so stark sie auch sein mögen. Unsere Feinde sind Söldner, sie kämpfen ohne eigenen Antrieb, während wir eine Philosophie verkörpern. Wir alle sind Teil einer Volksgemeinschaft, und unser Volk sind die Clans. Unser eigenes Leben ist bedeutungslos, aber gemeinsam sind wir stark, und nur das Überleben der Clans zählt. Deshalb werden wir jeden Feind besiegen. Wir sind die Menschen von morgen. Gefühle bedeuten Schwäche. Skrupel, Mitleid, Liebe und Hilfsbereitschaft sind etwas für Schwächlinge und stehen jeder Weiterentwicklung im Wege. Unsere Aufgabe ist es, diese Relikte der Vergangenheit endgültig zu beseitigen. Nur das Starke wird überleben. Wenn ihr das niemals vergeßt, werdet ihr unbesiegbar sein und reicher als jeder andere Mensch werden. Alles, was ich dafür von euch verlange, ist ein Treueid auf diese Tugenden der Clans.«

Nachdem er geendet hatte, herrschte minutenlanges ergriffenes Schweigen. Yenom hatte die pathetischen Worte mit solcher Überzeugungskraft gesprochen, daß keiner der Anwesenden sich ihrer Wirkung entziehen konnte. Ebenso tief beeindruckt wie die anderen, schwor auch Floyd dem Banner der Clans die Treue, ohne einen Augenblick zu zögern, und anschließend erhielten sie den traditionsreichen Kopfschmuck der Kinsai: einen Helm aus Hornschuppen, wie ihn auch die anderen Clanskrieger trugen, jedoch verziert mit zwei silbernen Schlangen, deren Häupter wie kleine Hörner abstanden.

Die nächsten Wochen und Monate verstrichen ohne besondere Vorkommnisse. Schon bald verflog Floyds erster rauschartiger Stolz und machte der Ernüchterung des Alltags Platz. Seine anfängliche Vermutung bestätigte sich – die wahre Ausbildung begann erst, und sie war noch viel härter, als er erwartet hatte. Seine Tage waren angefüllt mit Kampfübungen, so daß er abends zu Tode erschöpft einschlief, kaum daß er sich hingelegt hatte. Er trug unzählige Verwundungen davon, aber mit Zähigkeit und Ausdauer lernte er allmählich Schmerz und Schwäche bezwingen, so daß er bald nicht nur den meisten anderen Neuen überlegen war, sondern auch manchem erfahrenen Hornmann Respekt abverlangte. Seine Leistungen blieben nicht unbemerkt. Von Zeit zu Zeit entdeckte Floyd, daß Yenom ihn mit nachdenklichem Gesicht beobachtete. Gelegentlich wechselte der Clansfürst ein paar Worte mit ihm, wobei Floyd nie das Gefühl los wurde, daß das scheinbar belanglose Gerede über Waffen, Strategien und Kampftechniken in Wahrheit eine Art von Test darstellte. Zu seinem Leidwesen erfuhr er nie sicher, was man wirklich über ihn dachte, doch er meinte zu spüren, daß Yenom ihm großes Wohlwollen entgegenbrachte.

Dennoch wurde er davon überrascht, daß er bereits nach kaum einem halben Jahr Ausbildung als erster der neuen Rekruten an einem Raubzug teilnehmen durfte, was er als eine besondere Auszeichnung wertete. Er wurde in aller Frühe geweckt und aufgefordert, sich auf einen Ausflug vorzubereiten. Erst als er zusammen mit zwanzig anderen Hornmännern unter der Führung Echriks, eines engen Vertrauten Yenoms, Eibiem verließ, begann er zu begreifen, was es mit diesem »Ausflug« in Wahrheit auf sich hatte.

Mehr als zwei Wochen lang ritten sie in südlicher Richtung, bis sie von einer Anhöhe aus eine kleine Siedlung entdeckten, die ihnen geeignet erschien. Zwar handelte es sich nur um kaum ein Dutzend Hütten, die am Ufer eines kleinen Flusses standen, doch die umliegenden Felder waren so fruchtbar, daß unter den Bewohnern bestimmt keine Armut herrschte.

Floyd folgte dem Beispiel der anderen, band sein Pferd hinter der Hügelkuppe an einem Baum fest und kroch im Sichtschutz des Unterholzes näher. Er schirmte die Augen mit der Hand ab und blinzelte ins Tal hinunter. Einige Männer arbeiteten nahe den Häusern auf den Feldern, Frauen holten Wasser vom Brunnen oder standen zusammen und unterhielten sich. Alles bot ein durch und durch friedliches Bild – für Floyds Geschmack fast schon ein wenig *zu* friedlich.

»Was hältst du davon?«

Es dauerte einen Augenblick, bis er merkte, daß Echriks Frage ihm galt. »Ich weiß nicht recht«, entgegnete er zögernd. »Sieht ziemlich harmlos aus. Wir dürften keine Schwierigkeiten haben. Die paar Bauerntölpel werden uns nicht aufhalten.« Er machte eine kurze Pause. »Ich frage mich nur, ob sie das nicht selbst auch wissen.«

Echrik sah ihn überrascht an. »Wie meinst du das?«

»Na ja, eine ziemlich einsame Gegend, trotzdem dürfte man selbst hier schon gehört haben, daß Krieg herrscht. Das Dorf liegt aber da wie auf dem Präsentierteller. Ich würde mich wohler fühlen, wenn man wenigstens Ansätze von Verteidigungsbereitschaft erkennen könnte.«

»Beachtlich«, murmelte Echrik. Sein Gesicht war hinter dem heruntergeklappten Visier verborgen, doch durch die Schlitze sah Floyd, daß ein mildes Lächeln um seine Augenwinkel spielte. »Dafür, daß es dein erster Überfall ist, denkst du beachtlich umsichtig. Allerdings beobachtest du noch nicht aufmerksam genug. Sieh dir einmal genau an, wie die Heuwagen, die Fässer, Kisten, Leitern und das ganze Zeug stehen. Es sieht alles wahllos verstreut aus, aber mit nur einigen wenigen Handgriffen lassen sich in Windeseile Barrikaden bauen.«

Floyd ließ seinen Blick genauer über die Ansammlung ärmlicher Hütten, Scheune und Ställe gleiten. Echrik hatte recht, sobald die Bewohner eine Gefahr bemerkten, konnten sie aus dem Gerümpel Barrikaden errichten. Für einen Trupp Kinsai sicherlich kein großes Hindernis, aber ein Angriff würde beträchtliche Opfer kosten. Und noch etwas fiel Floyd jetzt auf. »Der große Stall in der Ortsmitte«, stieß er hervor. »Niemand kommt auch nur in seine Nähe. Plötzlich glaubte er das Schimmern von Metall hinter dem Spalt zwischen den fast geschlossenen Torflügeln zu sehen. »Das ist eine Falle! In dem Stall halten sich Soldaten versteckt!«

Diesmal war Echriks Überraschung echt. »Du mußt dich täuschen«, keuchte er. Mehrere Minuten starrte er wie gebannt auf den Stall, dann nickte er schließlich. »Bei allen Damonen, du hast recht, Floyd. Das müssen Söldnertruppen sein. Wahrscheinlich haben uns diese Hunde schon vor Stunden entdeckt, haben sich aber nicht getraut, uns in freiem Gelände anzugreifen. Stattdessen sind sie vorausgeritten, um uns diese Falle zu stellen.«

»Und was machen wir nun?« mischte sich einer der anderen Hornmänner ein. »Ich glaube kaum, daß wir hier genug holen können, so daß sich ein Kampf wirklich lohnt. Suchen wir woanders unsere Beute!«

»Nein«, entschied Echrik schroff. »Wir werden nicht vor ein paar Söldnern davonlaufen. Es muß eine Möglichkeit geben, sie zu überlisten.«

»Wenn einer von uns unbemerkt an den Stall herankäme, hätten wir eine gute Chance«, sagte Floyd zögernd. »Es gäbe vielleicht sogar eine Möglichkeit. Die Büsche am Flußufer bieten eine gute Deckung.«

»Und dann?« erkundigte sich Echrik.

»Wenn sich jemand dort anschleicht, könnte er den Stall in Brand setzen. Es gibt bestimmt genügend Heu da drin, das wie verrückt brennt. Die Tiere würden in Panik geraten, so daß ein geordneter Rückzug für die Soldaten unmöglich würde. Das wäre dann der ideale Augenblick für einen Angriff.«

Echrik überlegte kurz. »Yenom hat sich offenbar nicht in dir getäuscht«, sagte er dann lächelnd. »Du wirst es mal weit bringen, Junge. Also gut, wir machen es, wie du vorgeschlagen hast. Und bei diesem Jemand hast du sicherlich auch an eine ganz bestimmte Person gedacht, nicht wahr?« Sein Lächeln vertiefte sich. »Also gut, du sollst eine Chance bekommen. Aber ich warne dich: Wenn du versagst, reiße ich dir höchstpersönlich den Kopf ab, sofern mir die Soldaten noch genug dafür übriglassen.«

Floyd nickte hastig. Sein Gesicht glühte vor Aufregung, als er begann, seinen Plan in die Tat umzusetzen. Hinter dem Hügel konnte er mühelos bis auf hundert Meter aufrecht an den Fluß herangehen. Das restliche Stück mußte er kriechen, wobei hohes Unkraut ihm eine recht gute Deckung bot. Vorsichtig ließ er sich ins Wasser gleiten. Im ersten Augenblick kam es ihm eisig vor, aber das lag daran, daß er verschwitzt war. Ein kurzes Stück schwamm er, aber als er sich dem Dorf bis auf eine halbe Meile genähert hatte, kroch er im Schutz des zum Teil überhängenden und mit Schilf bewachsenen Ufers weiter. Auf halbem Weg kam er so dicht an zwei Männern vorbei, daß er hören konnte, wie sie sich unterhielten, wenn er ihre Worte auch nicht verstand. So leise er nur konnte, kroch Floyd weiter durch den Uferschlamm und atmete erst auf, als die Stimmen hinter ihm verklangen.

Ein paar Minuten später erreichte er die Siedlung. Einige der Hütten standen nicht weiter als ein, zwei Dutzend Schritte vom Fluß entfernt. Vorsichtig hob Floyd den Kopf und spähte über die Uferböschung. Niemand befand sich in seiner Nähe. Er vermutete, daß die meisten Menschen sich in den Gebäuden verkrochen hatten und sich nur so viele im Freien aufhielten, wie gerade nötig waren, um die Falle nicht zu offensichtlich werden zu lassen. Geduckt hastete er auf die Hütten zu. Er gelangte unbemerkt bis zur Rückfront des Stalls, kauerte sich unter ein Fenster und lauschte. Das Scharren von Pferdehufen drang aus dem Inneren, aber auch gedämpftes Murmeln. Floyd lächelte grimmig. Er hatte sich also nicht getäuscht.

Er rupfte ein paar vertrocknete Grasbüschel aus und brachte sie mit seinen Feuersteinen zum Glimmen. Einen kaum handlangen, an der Spitze mit trockenen Lappen umwickelten Stock hatte er mitgebracht. Er entzündete die Tücher, wartete, bis sie richtig brannten, und richtete sich dann auf. Ein kurzer Blick durch das Fenster genügte, um ihm zu zeigen, wo das Heu aufgeschichtet war. Er schleuderte die improvisierte Fackel in den Stall. Erschrockene Rufe klangen auf, dann Flüche und das schrille Wiehern von Pferden. Das Heu fing sofort Feuer, und die Soldaten verschwendeten kostbare Sekunden mit dem unsinnigen Versuch, es zu löschen.

Floyd rannte, so schnell er konnte, während Echrik und die anderen Hornmänner den Hügel herabgaloppiert kamen. Erst als er sich ein Stück von der Siedlung entfernt hatte, blieb er stehen und drehte sich um.

Die Bewohner versuchten ihre Barrikaden zu bauen, gerieten jedoch in Panik, als die ersten Flammen aus dem Dach des Stalls schlugen. Die Soldaten – es mußten mehr als zwanzig sein, wie Floyd jetzt erkannte – hatten das Tor aufgerissen. Viele von ihnen wurden von den Pferden niedergetrampelt, die sich losgerissen hatten und blindlings in Freie stoben.

Im nächsten Augenblick waren die Hornmänner heran. Ohne den Schutz der Soldaten gelang es den Einwohnern nicht, sie länger als ein paar Sekunden aufzuhalten, dann lagen die meisten von ihnen erschlagen auf dem Boden, und die übrigen rannten schreiend davon. Sie wurden von den Hornmännern ebenso wenig verschont wie die Soldaten, die dem Flammeninferno entkommen waren, jedoch nicht einmal dazu kamen, sich zu einer halbwegs erfolgversprechenden Verteidigung zu formieren.

Die gnadenlose Präzision, mit der seine Kameraden vorgingen, faszinierte Floyd im ersten Moment, aber schon nach wenigen Sekunden schlug seine Faszination in Entsetzen um, als er mitansah, wie sie fliehende Menschen – gleich ob Männer oder Frauen – erschlugen, die meisten von hinten und ohne auch nur ihre Pferde zu zügeln.

»Härte!« hämmerten Yenoms Worte in seinem Kopf. »Keine Gefühle, keine Skrupel, keine Gnade!« Aber es waren nicht länger nur leere Worte, abstrakt und ohne konkreten Bezug. Was er sah, war ein Massaker, und es war das Entsetzlichste, was er je in seinem Leben gesehen hatte. Würgend erbrach er sich, trotzdem verspürte er keine Erleichterung. Im Gegenteil. Sein Ekel vor dem, was er sah – und was vorzubereiten er selbst geholfen hatte –, steigerte sich nur noch.

Echrik kam auf ihn zu; wilder Triumph loderte in seinen Augen. »Gut gemacht, Junge!« rief er und schwang sein Schwert. »Los, komm schon.«

Wie in Trance folgte Floyd ihm. Seine Kameraden drangen in die Hütten ein, rafften alles an sich, was auch nur einigermaßen wertvoll aussah, und töteten auch die letzten Einwohner, die sich noch irgendwo verkrochen hatten. Als Floyd hinter Echrik an einem der vermeintlichen Toten vorbeiging, der neben dem Eingang einer Hütte lag, schlug der Mann die Augen auf. Hastig überzeugte sich Floyd, daß niemand ihn beobachtete, dann hob er den Verletzten auf und trug ihn in einen kleinen Holzverschlag hinter dem Haus, der bereits durchsucht worden war. Dort legte er den Mann ab, der bereits wieder das Bewußtsein verloren hatte, und untersuchte seine Wunde. Ein Schwerthieb hatte ihm die Schulter gespalten, aber mit ein wenig Glück würde er überleben. Floyd zerriß ihm das Hemd und legte einen provisorischen Verband an, um die Blutung einzudämmen, dann eilte er zurück.

Als er die Hütte betrat, sah er, wie Echrik auf einen höchstens dreijährigen Jungen zuging, der sich wimmernd in eine Ecke kauerte. Er wollte schreien, Echrik anflehen, wenigstens das Kind zu verschonen, doch seine Kehle war wie zugeschnürt.

Aber Echrik tötete den Jungen nicht, sondern packte und zerrte ihn unsanft mit sich.

»Was... was geschieht mit ihm?« brachte Floyd heraus. Er sah nun, daß auch aus anderen Hütten Kinder gezerrt oder getragen wurden. Es handelte sich ausnahmslos um Jungen, die nicht älter als zwei oder drei Jahre waren. Floyd verdrängte den Gedanken, was mit den Mädchen und den älteren Jungen geschehen war.

»Was wohl?« entgegnete Echrik. »Wir werden ihn aufziehen und dafür sorgen, daß er vergißt, was hier geschehen ist. Die Kinder, die bei uns aufwachsen, werden später die besten Hornmänner. Die meisten, die freiwillig als Erwachsene zu uns stoßen, können entweder ihr früheres Leben und ihre Gefühle nicht mehr völlig abschütteln, oder sie sind primitive, undisziplinierte Schlächter, die unsere Philosophie nie begreifen. Die Jungen hingegen, die von Kindheit an bei uns aufwachsen...« Er vollendete seinen Satz mit einer vieldeutigen Handbewegung.

Vor Erleichterung, daß die Kinder nicht ebenfalls ermordet werden sollten, wollte Floyd aufatmen, dann erst begriff er die volle Tragweite dessen, was er gehört hatte. Er schluckte mühsam, um den Kloß loszuwerden, der in seinem Hals zu sitzen schien. »Das bedeutet, daß ihr alle... daß auch ihr als Kinder entführt worden seid? Und ich ebenfalls?«

»Genau das bedeutet es«, antwortete Echrik. »Ich kann es dir ja ruhig erzählen. Nach dem, was du heute für uns getan hast, hast du wohl ein Recht darauf. Du warst noch ein Kind, als man dich nach Cavar brachte, nur ein paar Monate alt. Du warst mit deinen Eltern mit einer Karawane unterwegs, die überfallen wurde.«

»Und meine Eltern? Wurden sie auch umgebracht?« Es war eine dumme Frage, die Antwort lag auf der Hand.

»Sicher«, erwiderte Echrik leichthin, dann musterte er ihn mit jäh erwachendem Mißtrauen. »Was ist los mit dir? Du bist schon die ganzen letzten Minuten so sonderbar. Natürlich ist Töten nicht schön, aber es ist notwendig, wenn wir nicht untergehen wollen. Dir werden doch hoffentlich nicht plötzlich Skrupel kommen?«

»Nein, nein«, versicherte Floyd hastig. »Keine Sorge, ist schon wieder alles in Ordnung.«

Es war eine Lüge; vielleicht die größte, die je über seine Lippen gekommen war.

Aber er haßte sich selbst wegen seiner Feigheit.

Orban

Vor dem niedrigen, dreieckigen Ausgang brach die Dämmerung herein, aber im Inneren der Hütte war es schon vor einiger Zeit dunkel geworden. Die Wände aus ineinander verflochtenen Zweigen ließen nur wenig Licht herein, und eine Fackel oder Lampe hatte man ihnen nicht gegeben. Die Hütte war vollkommen leer. Der Boden bestand aus nacktem, festgestampftem Erdreich, und beiderseits des Eingangs waren rohe, knapp meterhohe Holzpflöcke eingeschlagen worden, die wohl normalerweise eine Hängematte trugen, jetzt aber leer waren.

Floyd hatte bereits vor Minuten aufgehört, von seiner Jugend bei den Clans zu erzählen. Seither saß er stumm in einer Ecke, starrte mit düsterem Gesicht vor sich hin und hing seinen Erinnerungen nach. Nun schüttelte er mit einem unwilligen Knurren den Kopf, als wollte er die Schatten der Vergangenheit vertreiben.

»Warum erzählst du nicht weiter?« murmelte Aylon. »Du sollst eine wichtige Rolle während der großen Clanskriege gespielt haben. Stimmt das?«

»Zum Teil.« Unbehaglich senkte Floyd den Kopf. Er saß, nur scheinbar entspannt gegen die Blätterwand gelehnt, auf dem Boden. Im dämmrigen Licht wirkte sein Gesicht wie eine schwarze, umrißlose Fläche. »Ich erzähle dir den Rest später einmal. Du weißt, daß ich mich nicht gern daran erinnere und darüber rede. Es fällt mir schon schwer genug, überhaupt nach Skant zurückzukehren. Shawn war der einzige wirklich gute Freund, den ich je hatte. Ich habe ihn damals verloren und...« Er verstummte und zuckte mit den Schultern.

»Tut mir leid. Ich wollte keine alten Wunden aufreißen«, erklärte Aylon beklommen. »Ich werde dich nicht drängen.«

Sie schwiegen wieder. Aylon beobachtete mißtrauisch die allmählich länger werdenden Schatten der beiden Nomadenkrieger, die neben dem Eingang Wache standen. Er hatte, seit man sie hier eingesperrt hatte, bereits mehr als ein Dutzend Fluchtpläne ersonnen und alle ebenso rasch wieder verworfen. Die dünnen Wände hätten Floyd und ihm kaum Widerstand entgegengesetzt, und vermutlich wären sie auch mit den beiden Wächtern fertig geworden, aber die Hütte, in der man sie untergebracht hatte, lag fast in der Mitte des Lagers, und ein gewaltsamer Ausbruch würde zwangsläufig Lärm verursachen. Nein, eine solche Flucht wäre von vornherein aussichtslos.

Es gab jedoch noch eine andere Möglichkeit. Gedankenverloren spielte er mit dem Reif an seinem Handgelenk.

»Woran denkst du?« fragte Floyd leise.

Aylon wandte müde den Kopf. »An nichts Besonderes«, antwortete er nach einer kurzen Pause. »Nur daran, wie wir von hier wegkommen.«

Floyd lachte unfroh. »Vergiß es«, sagte er. »Niemand entkommt den Nomaden. Jedenfalls nicht den Collin. Sie werden uns umbringen.«

»Bisher haben sie es nicht getan.«

»Ja, und das ist fast schon ein Wunder. Wahrscheinlich überlegen sie sich gerade eine besonders kurzweilige Methode, uns ins Jenseits zu befördern«, murmelte Floyd.

Aylon seufzte. »Unsinn. Vielleicht sind sie gegenüber Fremden wirklich so hart, wie du behauptest, aber ich glaube nicht, daß sie unnötig grausam sind. Wenn es ihnen darum ginge, uns zu töten, dann hätten sie es gleich unten am Fluß getan. Wir hätten nicht einmal etwas gemerkt, ehe wir ihre Pfeile im Rücken gehabt hätten.«

»Es sind Collin-Nomaden!« antwortete Floyd, als wäre dies allein schon Erklärung genug. »Sie brauchen keinen Grund, um jemanden umzubringen. Nein, Aylon, du machst dir selbst etwas vor, weil du diese Gegend nicht kennst. Collin überfallen nicht nur Reisende, sondern terrorisieren sogar die anderen, friedlichen Nomadenstämme. Sie sind wegen ihrer Grausamkeiten berüchtigt.«

Aylon schüttelte unwirsch den Kopf. »Das hast du nun schon oft genug gesagt. Aber sie sind weder Dummköpfe noch Barbaren. Wenn es ihnen darum ginge, andere Eindringlinge abzuschrecken, wäre das nur ein Grund mehr, uns wie die anderen unten am Fluß zu töten, wo man unsere Leichen findet, nicht hier, mitten im Wald. Ich bin sicher, daß sie etwas von uns wollen.«

»Und was soll das sein?«

»Das weiß ich nicht«, gestand Aylon. »Aber ich will es herausfinden, und dazu bleibt uns wohl nichts anderes übrig, als abzuwarten.« Er machte eine kurze Pause und fügte dann mit noch leiserer Stimme hinzu: »Sonst wäre ich schon längst geflohen.«

Floyd verzog das Gesicht. »Mir ist nicht nach Witzen zumute. Vor allem nicht nach so schlechten.«

»Mir auch nicht. Aber vergiß nicht, daß ich ein Magier bin. Du kennst die Kräfte von Charalons Reif. Ich glaube kaum, daß sich die Nomaden noch um uns kümmern, wenn ich ihnen eine Feuersbrunst oder etwas Ähnliches vorgaukele.«

»Dann tu es«, verlangte Floyd mit wiedererwachter Hoffnung. »Alles andere wäre zu gefährlich.«

»Nein.« Aylon schüttelte den Kopf. »Fliehen können wir immer noch. Zuerst will ich herausfinden, was diese Vorstellung vorhin sollte. Shantal und Orban haben sich doch so betont unauffällig die Worte in den Mund gelegt und sich gegenseitig Stichworte gegeben, daß es jeder Dummkopf merken mußte.«

»Natürlich war das nur ein Possenspiel. Und noch dazu ein miserables. Jede armselige Wanderbühne hat mehr zu bieten.« Floyd schnaubte verächtlich. »Erst jagt uns diese verrückte Amazone mit ihrem Fanatismus Angst ein, dann stellt sich Orban schützend vor uns, damit wir Vertrauen zu ihm fassen. Aber das heißt noch lange nicht, daß man etwas von uns will. Es kann auch alles nur ein böses Spiel auf unsere Kosten sein, ein Trick, um uns falsche Hoffnungen zu machen. Vielleicht sollen wir genau das denken, worüber du dir gerade den Kopf zerbrichst. Wahrscheinlich amüsieren sich die Nomaden köstlich über uns.«

»Dann sollten wir uns anstrengen, daß es auch so bleibt«, erwiderte Aylon ernsthaft. »Damit sie nicht zu schnell das Interesse an uns verlieren.«

Einige Minuten hingen sie schweigend ihren Gedanken nach.

»Du kennst Skant besser als ich«, ergriff Aylon schließlich

wieder das Wort. »Vorausgesetzt, wir können von hier entkommen – wie hoch schätzest du unsere Chancen ein, bis nach Therion zu kommen?«

Floyd zuckte mit den Schultern. »Wir können es schaffen, sonst hätte ich dich nicht begleitet. Aber es wird verdammt schwer werden. Ich bin seit über zehn Jahren nicht mehr dort gewesen. In der Zwischenzeit kann sich viel verändert haben. Ich weiß nicht, wo die Lager der Hornmänner liegen und welche Straßen sie besonders scharf bewachen.«

»Genau das meine ich. Ich schätze, die Nomaden werden sich einigermaßen gut in Skant auskennen. Wenn sie wirklich etwas von uns wollen, können wir als Gegenleistung vielleicht einige Informationen von ihnen verlangen. Dann würde es sich lohnen, noch abzuwarten.«

Als wären seine Worte ein Signal gewesen, legte sich ein Schatten über den Eingang, dann betrat Shantal gebückt den niedrigen Raum. Sie hatte ihre Waffen und auch ihren Helm abgelegt, und Aylon entdeckte, daß ihr Gesicht viel hübscher war, als es unter dem Visier den Anschein gehabt hatte. Sie war keine Schönheit, besaß nichts von dem sanften Liebreiz vieler Frauen in Larquina. Ihre Wangenknochen waren eine Spur zu hoch angesetzt, und die schmalen Lippen verliehen ihrem Gesicht einen herben Zug, aber gerade das ließ es besonders faszinierend wirken. Es wunderte Aylon, daß er überhaupt darauf achtete, und er verdrängte diese Gedanken ein wenig ärgerlich.

Shantal hielt eine Fackel in der Hand, die sie in den Boden rammte. Dann deutete sie mit einer knappen Geste auf Floyd. »Komm mit«, befahl sie.

Der Gaukler stand gehorsam auf. Auch Aylon wollte sich erheben, aber Shantal wies ihn zurück. »Du bleibst«, sagte sie. Dann wandte sie sich wieder um und verließ die Hütte.

Aylon tauschte einen letzten, verwirrten Blick mit dem Gaukler und nickte ihm mit nicht mehr ganz so großer Zuversicht zu, dann trat Floyd hinter der jungen Kriegerin ins Freie. Aylon blieb allein zurück und hing düsteren Gedanken nach.

Er fragte sich, warum er Floyd nicht die ganze Wahrheit erzählt hatte. Zusätzlich zu den aufgeführten Gründen gab es einen noch weit wichtigeren, warum er vorerst davor zurückschreckte, die Kräfte des Reifs für einen Fluchtversuch zu nutzen. Deutlich spürte er die mentale Aura eines anderen Magiers, der sich ebenfalls im Dorf der Nomaden aufhielt.

Mit dem Einbruch der Nacht wurde es merklich kühler. Die Sonne war hinter den Bäumen verschwunden, und der Himmel flammte in dunklem Rot und Orange. Shantal war bereits ein Stück vorausgegangen und sah nicht ein einziges Mal zurück, um sich zu vergewissern, ob Floyd ihr folgte. Es war auch nicht nötig. Floyd bemerkte viel mehr Krieger als beim ersten Mal im Lager, während er hinter Shantal auf die Hütte Orbans zuging, und auch die erregte Stimmung im Lager entging ihm nicht. Er konnte die aggressive, nur mühsam zurückgehaltene Spannung geradezu fühlen. Die Stimmung unter den Kriegern stand kurz vor dem Siedepunkt, doch er spürte auch, daß sich ihre Feindseligkeit nicht gegen ihn richtete. Die Blicke, die man ihm zuwarf, waren schwer zu deuten, aber er glaubte, fast so etwas wie eine schwache Hoffnung darin zu entdecken, die ihn mehr verwirrte als alles andere. Er wertete es als Hinweis, daß Aylons Vermutung möglicherweise doch nicht ganz abwegig war.

Als er die Laubhütte betrat, saß Orban noch am gleichen Platz, selbst in der gleichen Stellung da wie bei ihrem ersten Gespräch, beinahe so, als hätte er sich die ganze Zeit über nicht bewegt. Aber neben ihm standen jetzt keine Krieger mehr, sondern zwei alte, in fließende graue Gewänder gekleidete Frauen. Floyd wollte, um einer weiteren schmerzhaften Lektion zuvorzukommen, auf die Knie fallen, aber der alte Mann hielt ihn mit einem raschen Kopfschütteln zurück. Er musterte Floyd einige Sekunden, dann machte er eine fast unmerkliche Geste mit der rechten Hand. Eine der Frauen neben ihm bückte sich, hob ein Schwert vom Boden auf und trat damit auf Floyd zu. Verwundert erkannte er seine eigene Waffe.

»Dein Schwert«, erklärte der Nomadenfürst überflüssigerweise und bedeutete Floyd mit einer ungeduldigen Handbewegung, es zu nehmen. »Im Gegensatz zu deinem Begleiter bist du bewaffnet gewesen, deshalb habe ich *dich* rufen lassen. Aber kannst du auch mit einem Schwert umgehen?«

Floyd wollte impulsiv nach der Waffe greifen, verharrte dann aber und zog die Hand so plötzlich zurück, als hätte er glühendes Eisen berührt.

Orban lächelte spöttisch. »Kannst du damit umgehen?« erkundigte er sich abermals. Trotz des Lächelns klang ein eindeutig lauernder Unterton in seiner Stimme mit.

Floyd nickte, zuckte gleich darauf mit den Achseln und lächelte. Dann schüttelte er den Kopf.

»Was heißt das – ja oder nein?«

Floyd nickte zögernd. »Es geht«, sagte er, bewußt untertreibend. Auch wenn er einst ein Kinsai gewesen war, einer der besten Krieger der Welt, so lag diese Zeit lange zurück, und er hatte seither nicht sehr oft von dem Schwert Gebrauch gemacht. Außerdem hatte er plötzlich das sichere Gefühl, daß es günstiger war, nicht zu viel von seinen Fähigkeiten zu verraten. Sollte man ihn ruhig unterschätzen, das verschaffte ihm Gelegenheit, sich den günstigsten Zeitpunkt für einen Gegenbeweis auszusuchen. »Ich... kann mich meiner Haut einigermaßen wehren«, fügte er nach einer kurzen Pause hinzu. »Wenn es nicht anders geht.«

Orban nickte. Sein Lächeln vertiefte sich und zeigte Floyd, daß sich der so harmlos aussehende alte Mann nicht täuschen ließ. »Dann zeig es«, forderte er wie beiläufig.

Floyd starrte ihn verblüfft an und fuhr herum, als er ein Geräusch hinter sich hörte. Shantal hatte ihr Schwert gezogen und geduckt hinter ihm Aufstellung genommen. Ihre Haltung wirkte angespannt, aber trotzdem ruhig, und die Art, in der sie die Waffe hielt, zeigte Floyd sofort, daß sie es gewohnt war, die Klinge zu führen.

»Also los«, sagte Orban auffordernd. »Kämpfe. Wenn du sie besiegen kannst, bist du frei.«

Floyd starrte ihn ungläubig an. »Das... ist ein Trick«, vermutete er. Man würde ihn nicht lebend gehen lassen. Er wußte, wo sich das Lager befand, und es würde den sorgsam aufgebauten Ruf der Grausamkeit zerstören, der die Collin wie ein schützender Wall umgab, wenn bekannt wurde, daß sie einen Gefangenen freigelassen hatten. Unabhängig davon – und auch ganz abgesehen davon, daß es alle seine Theorien der vergangenen Minuten über den Haufen warf – hätten sie Aylon und ihn nicht extra hierherbringen müssen, wenn es ihnen nur auf einen Kampf angekommen wäre. »Ein Trick«, wiederholte er.

Die Maske der Freundlichkeit verschwand schlagartig von Orbans Gesicht. Etwas blitzte in seinen Augen auf. »Kein Nomade bricht jemals sein Wort! Wenn du Shantal besiegst, bist du frei«, zischte er. Gleich darauf glättete sich sein Gesicht wieder, und er fügte in etwas versöhnlicherem Tonfall hinzu: »Im Gegensatz zu den anderen Feiglingen, die uns in die Hände gefallen sind, habt ihr nicht um euer armseliges Leben gewinselt. Ich schätze Tapferkeit. Und jetzt zeige, ob du mehr beherrschst als nur große Worte.«

Immer noch nicht völlig von der Aufrichtigkeit des unerwarteten Angebots überzeugt, griff Floyd nach seinem Schwert. Die Waffe erschien ihm plötzlich viel unhandlicher und schwerer als sonst.

Er musterte Shantal scharf und versuchte, ihre Bewegungen schon im Ansatz zu erkennen, doch ihr Angriff kam trotz allem völlig unerwartet. Ihre Klinge zuckte wie eine Schlange vor, hackte in einem blitzschnellen Täuschungsmanöver nach seinem Gesicht und jagte in einem engen Kreis nach unten. Floyd durchschaute das Manöver erst im allerletzten Augenblick, sprang zurück und brachte seine eigene Waffe nur noch mit Mühe zwischen sich und Shantals Schwert. Die Klingen prallten funkensprühend aufeinander. Shantals Schwert rutschte an seinem herab, krachte auf den Handschutz und prellte ihm die Waffe fast aus der Hand.

Floyd keuchte überrascht und brachte sich mit einem verzweifelten Satz in Sicherheit, als Shantal erneut zuschlug. Ihre Hiebe kamen mit unglaublicher Genauigkeit und zudem so schnell, daß er ihre Klinge kaum noch sah, sondern nur noch einen flirrenden Schatten wahrnahm. Und trotzdem spielte sie nur mit ihm, das spürte er, und er beschloß, in Zukunft nichts mehr zu glauben, was man ihm über das angeblich schwache Geschlecht erzählte. Shantal mochte vielleicht wie ein zerbrechliches Mädchen aussehen, war jedoch stark wie ein Mann und bewegte sich mit einer fast katzenhaften Geschmeidigkeit. Schon der erste kurze Schlagabtausch zeigte ihm, daß sie eine Meisterin der Schwertkunst war – wenn sie wirklich gewollt hätte, hätte sie ihn schon mit dem ersten Hieb töten oder zumindest schwer verwunden können.

Aber auch so würde er sich nur noch wenige Augenblicke halten können, wenn er sich weiterhin nur auf seine eigene Kraft und Schnelligkeit verließ. Er hatte Shantal gewaltig unterschätzt. Nun, da er ihre wahre Stärke kannte, würde ihm so ein leichtsinniger Fehler nicht mehr unterlaufen. Er wußte, daß er sie besiegen konnte, wenn er es wirklich wollte, so wie er jeden Gegner bezwingen konnte, der nicht ebenfalls eine Ausbildung zum Kinsai durchlaufen hatte; aber es würde Shantals Tod bedeuten. Die Hornmänner waren anderen Kämpfern nicht allein deshalb überlegen, weil sie ihre Waffen besonders geschickt zu führen verstanden, sondern weil sie sich während eines Kampfes kurzfristig in einen tranceähnlichen Zustand zu versetzen vermochten, in dem sie sich mit einer schier unvorstellbaren Konzentration und Schnelligkeit bewegten. Auch er hatte gelernt, auf diese Art Kräfte freizusetzen, über die er normalerweise nicht verfügte. Dieser Kampf aber war nur eine Probe, keine tödliche Auseinandersetzung, während die Kampfart der Hornmänner nicht auf einen ritterlichen Zweikampf, sondern auf die schonungslose und möglichst rasche Vernichtung des Gegners zielte.

Floyd wich weiter zurück. Verzweifelt suchte er nach einem Ausweg aus dem Dilemma. Kämpfte er wie ein Kinsai, würde er Shantal töten und damit vermutlich auch seinen eigenen

Tod besiegeln. Kämpfte er hingegen nur mit halber Kraft, würde er die Probe verlieren und damit wahrscheinlich auch seine letzte Chance. Viel Zeit blieb ihm nicht, um eine Entscheidung zu fällen. Schon jetzt hatte die Nomadenkriegerin ihn fast bis zur Wand zurückgedrängt und seine Bewegungsfreiheit dadurch weiter eingeschränkt. Der Ausdruck auf ihrem Gesicht zeigte ihm, daß sie sich ihrer Überlegenheit nur zu deutlich bewußt war, aber vielleicht war gerade das auch ihre größte Schwäche. Er tauchte unter einem Schwerthieb weg, sprang zwei, drei Schritte zurück und schleuderte seine Waffe zu Boden.

Shantal stockte überrascht. Auf ihren Zügen erschien zuerst Verblüffung, dann Abscheu. »Wenn du glaubst, daß ich dich schone, nur weil du aufgibst, dann irrst du dich«, sagte sie. »Wir haben keinen Platz für Feiglinge.«

Floyd schüttelte den Kopf. »Wer sagt denn, daß ich aufgebe?« fragte er in so bewußt herausforderndem Tonfall, daß ihr im Grunde keine andere Wahl blieb, als darauf einzugehen. »Ich kämpfe nur nicht mit dem Schwert gegen Frauen.«

Shantal schien einen Augenblick sprachlos, aber sie hatte sich fast sofort wieder in der Gewalt. Dennoch zeigte ihr Zögern Floyd, daß er einen wunden Punkt getroffen hatte. »Wie edel«, spottete sie, wie er es erwartet hatte. »Und welch ein Pech für dich, daß ich keine Hemmungen habe, mit dem Schwert gegen *Männer* zu kämpfen.« Mit einem abfälligen Lachen riß sie ihre Waffe hoch und drang erneut auf Floyd ein, im Gegensatz zu ihrer zuvor umsichtigen Kampfweise jetzt von solcher Siegessicherheit erfüllt, daß sie jede Vorsicht außer acht ließ. Ihr Verhalten wurde nur von dem Haß diktiert, den er geschürt hatte, und dem unbedingten Willen, ihm ihre Überlegenheit zu zeigen.

Erst im letzten Moment sprang er zur Seite. Shantals Klinge zischte so dicht neben seiner Schulter nieder, daß er den Luftzug spüren konnte, beschrieb einen Halbkreis und hackte nach seinem Gesicht. Er duckte sich, packte ihr Handgelenk, als das Schwert über seinen Kopf hinwegzischte, und verdrehte ihr mit einem plötzlichen Ruck den Arm. Sein Fuß kam hoch und traf ihren Ellbogen – nicht so hart, wie er gekonnt hätte, denn er wollte ihr trotz allem nicht das Gelenk brechen und sie für den Rest ihres Lebens verkrüppeln, aber hart genug, daß sie aufschrie und die Waffe fallen ließ. Mit einer fast gemächlichen Bewegung bückte er sich nach ihrem Schwert, hob es auf und wog es einen Moment nachdenklich in der Hand, ehe er es ebenfalls zur Seite warf.

Shantal keuchte. Sie war bis zur Wand zurückgeprallt und umklammerte ihren schmerzenden Ellbogen. Aber selbst jetzt stand in ihrem Blick noch keine Furcht, sondern nur Verachtung zu lesen, und gerade diese Überheblichkeit entfachte seinen Zorn. Es reichte Floyd plötzlich nicht mehr, sie nur zu besiegen, sondern er wollte ihr eine Lehre erteilen, die sie so schnell nicht wieder vergessen würde.

»Ich«, sagte er betont, »verschone dich gerne, wenn du mich darum bittest.«

Shantals Züge verfinsterten sich. Die Wut über die Beleidigung ließ sie ihre Schmerzen vergessen. Sie stieß einen unbeherrschten Schrei aus, sprang vor und schlug mit der Handkante nach seinem Hals. Floyd wehrte den Hieb mit einer fast spielerischen Bewegung ab, wirbelte einmal um die eigene Achse und trat zu. Sein Fuß traf sie dicht unterhalb der Brust, schleuderte sie ein zweites Mal gegen die Wand und ließ sie, keuchend und mühsam nach Atem ringend, in die Knie brechen. »Gib endlich auf«, stieß er hervor. »Ich will dich nicht verletzen.«

Mühsam stemmte sie sich auf die Füße. Ihr Gesicht war vor Schmerzen verzerrt, aber sie griff trotzdem noch einmal an. In ihrer Hand blitzte plötzlich ein dünner, zweischneidiger Dolch. Floyd wich der Waffe mit einem verzweifelten Satz aus, trat nach ihrem Handgelenk und traf es. Der Dolch flog im hohen Bogen durch die Luft und prallte gegen die Wand. Floyd tauchte unter ihren Händen durch, umschlang ihren Oberkörper mit den Armen und verschränkte die Hände, von hinten an ihrem Hals vorbeigreifend, unter ihrem Kinn. Shantal wehrte sich mit verbitterter Kraft, aber diesmal ließ ihr Floyd keine Chance mehr. Langsam drückte er ihren Kopf nach hinten und preßte sie gleichzeitig mit den Armen an sich, so daß sie den Druck nicht mehr durch Biegen des Oberkörpers ausgleichen konnte. »Gib auf«, sagte er noch einmal. »Gib auf, oder ich breche dir das Genick.«

Shantal stöhnte und versuchte, seinen Griff zu sprengen. Ihre Finger verkrallten sich in seinem Haar, glitten über sein Gesicht und suchten seine Augen. Floyd verstärkte den Druck eine halbe Sekunde, und Shantal ließ mit einem schmerzerfüllten Schrei von ihm ab.

»Genug!«

Orbans Stimme schnitt laut in die plötzliche Stille. Floyd sah ihn an und schüttelte den Kopf, ohne Shantal loszulassen. »Ich sagte, es ist genug«, wiederholte Orban befehlend. »Du solltest sie besiegen, nicht umbringen!«

»Dann sagt ihr das!« keuchte Floyd. Shantal wehrte sich noch immer wie eine Rasende gegen seinen Griff. »Ich habe keine Lust, mir von ihr die Augen auskratzen zu lassen.«

»Sie gibt auf!« sagte Orban laut. Er war aufgesprungen und einen halben Schritt auf ihn und Shantal zugekommen. Seine Hand krampfte sich um den Schwertgriff in seinem Gürtel, aber in seinen Augen stand plötzlich fast so etwas wie Furcht. »Sie gibt auf«, sagte er noch einmal, und diesmal ließ seine Stimme keinen Zweifel daran, daß er keinen Widerspruch mehr dulden würde. »Du hast gewonnen, also laß sie los!«

Floyd nickte. Er hatte erreicht, was er erreichen wollte, und es würde seine Position nur verschlechtern, wenn er die Situation auf die Spitze trieb. Er konnte das Mädchen töten, und weder Orban noch irgend jemand sonst wäre schnell genug, ihn davon abzuhalten, aber es hätte auch sein eigenes Todesurteil bedeutet. Ruckartig preßte er die Arme zusammen, dann löste er seinen Griff und fing Shantal auf, als sie bewußtlos zusammensackte. Floyd konnte nicht anders, als ihr widerwillige Bewunderung zu zollen. Kaum ein Mann, den er kannte, hätte diesen Griff auch nur die halbe Zeit ausgehalten. Ihr Genick wäre gebrochen, hätte er den Druck seiner Hände auch nur um eine Winzigkeit verstärkt.

»Du kämpfst sehr... sonderbar«, sagte Orban stockend. Er starrte Floyd lauernd an, als er nach einer genau bemessenen Pause hinzufügte: »Beinahe wie ein Clanskrieger.«

»Ein echter Hornmann hätte sein Schwert nicht weggeworfen. Er hätte sie innerhalb von ein paar Sekunden getötet«, erwiderte Floyd, darum bemüht, möglichst gleichgültig zu wirken. »Ich habe in den Clanskriegen gegen sie gekämpft und ihnen dabei wohl einige Techniken abgeschaut.« Nach einer kurzen Pause fügte er hinzu: »Wenn ich sie kenne, dann nicht, weil ich für sie spioniere, falls Ihr wieder darauf hinaus wollt.«

»Das weiß ich«, behauptete Orban. »Ich habe von Anfang an nicht daran geglaubt, sonst wärst du längst tot. Es erfordert eine Menge Mut, allein mit diesem Jungen durch Skant reiten zu wollen. Nun, das ist deine Angelegenheit.«

Floyd lächelte, schwieg aber vorsichtshalber.

Auf einen Wink des Nomadenfürsten hin brachte eine der Dienerinnen ein kleines Bündel und legte es vor dem Gaukler auf den Boden. Es handelte sich um seinen sorgsam aufgerollten Gürtel mit der ledernen Schwertscheide daran. Selbst sein Wurfdolch war da. Nach kurzem Zögern griff Floyd danach, band sich den Gürtel um die Hüfte und steckte sein Schwert in die Scheide.

»Sind das alle deine Sachen?«

Floyd nickte. »Zumindest alles, was ich bei mir hatte«, sagte er. Er glaubte immer noch nicht richtig daran, daß man ihn einfach so gehen ließ. »Die Pferde...«

»Dein Pferd und die Packtaschen sind unberührt.« Orban lächelte dünn. »Du wirst alles bekommen. Wie du siehst, halte ich mein Versprechen. Du bist frei und kannst gehen, wohin du willst.«

»Ich?« Ein böser Verdacht keimte plötzlich in Floyd auf. »Und... Aylon?« fragte er erschrocken.

»Unsere Abmachung galt nur für dich. Von ihm war nie die Rede.«

Einige Sekunden herrschte Schweigen. Floyd öffnete den Mund, um etwas zu sagen, brachte aber keinen Ton heraus. Fassungslos starrte er den Nomadenfürsten an. »Das... das könnt Ihr nicht machen«, preßte er schließlich bitter hervor und ballte die Fäuste. Seine Verzweiflung schlug jäh in rasenden Zorn um. Er sprang auf Orban zu, doch wie aus dem Nichts standen plötzlich zwei Krieger neben ihm und rissen ihn zurück. Sie versetzten ihm einen harten Stoß, der ihn zu Boden stürzen ließ. Sofort sprang er wieder auf und wollte nach seinem Schwert greifen, doch dann sah er die Krieger, die hinter dem Nomadenfürsten standen und gespannte Bogen in den Händen hielten. Der Anblick brachte ihn wieder zur Besinnung. Langsam zog er die Hand vom Schwertknauf zurück und starrte Orban haßerfüllt an. »Ich habe von Anfang an geahnt, daß alles nur ein gemeiner Trick ist. Ihr wußtet, daß ich nicht ohne...«

»Kein Trick«, unterbrach ihn Orban ruhig. »Ich habe die ganze Zeit nur von dir gesprochen, nicht ein einziges Mal von deinem Freund. Gib mir nicht die Schuld, wenn du nicht richtig zuhörst.«

»Dann laßt mich ein zweites Mal kämpfen – für ihn. Gegen deinen besten Krieger«, verlangte Floyd impulsiv und bedauerte seine Worte im nächsten Moment schon wieder. Er wußte, daß er keinen weiteren solchen Kampf durchstehen würde. Gegen Shantal hatte er nur mit viel Glück gewonnen. Jetzt war er geschwächt, und ein zweites Mal würde niemand auf seine Tricks hereinfallen.

Orban lachte leise, und einen Augenblick sah es fast so aus, als ob er das Angebot annähme. Aber dann schüttelte er nur amüsiert den Kopf. »Shantal *ist* meine beste Kriegerin, und ich brauche sie noch eine Weile. Vielleicht tut ihr die Lehre sogar ganz gut, daß es beim Kämpfen auf den Verstand genauso ankommt wie auf Kraft und Schnelligkeit«, sagte er. Dann wurde er ernst. »Ich habe diesen Kampf nicht angeordnet, um mir die Langeweile zu vertreiben«, fuhr er fort. »Ich wollte sehen, ob du wirklich der Mann bist, für den ich dich gehalten habe.«

»Und für wen hast du mich gehalten?« fragte Floyd.

Orban lächelte erneut. »Für einen Kämpfer. Nicht nur für jemand, der mit dem Schwert umgehen kann, sondern für jemand, der sich selbst in der Gewalt hat. Ich hätte nicht geglaubt, daß du Shantal besiegen würdest, und wollte lediglich sehen, wie du dich verhältst. Primitive Killer kann man überall finden.«

Floyd verstand. Also war Aylons Vermutung doch richtig gewesen. »Und was soll ich tun? Darauf läuft doch alles hinaus, oder?«

Orban sah ihn eine Weile ernst an, ging zu seinem Platz zurück und setzte sich, ehe er antwortete. »Du begreifst schnell. Ja, du sollst etwas für uns erledigen. Der Preis ist das Leben deines Freundes. Du kannst ihn zu retten versuchen oder dich einfach aus dem Staub machen. Aber das wirst du nicht tun, nicht wahr?«

Floyd antwortete nicht. Einen Augenblick loderte heißer Haß in ihm auf. Der Haß galt nicht der schmutzigen Erpressung; ohne sich dessen bewußt zu sein, hatte er die ganze Zeit über etwas Derartiges geahnt. Er galt der verächtlichen Art, in der Orban über Aylons Leben sprach, es zu einem Besitz herabwürdigte, einem Spieleinsatz, als handele es sich um ein paar Münzen. Floyd mußte sich mühsam zurückhalten, um sich nicht auf den Alten zu stürzen. Aber er begriff gleich darauf, daß Orban genau diesen Haß schüren wollte, um seine Bereitschaft noch zu vergrößern, alles für Aylons Freiheit zu tun. Der Alte kämpfte mit dem gleichen Trick, den Floyd selbst während des Kampfes gegen Shantal angewandt hatte.

Der Nomadenfürst machte eine einladende Handbewegung und wartete, bis Floyd sich gesetzt hatte. Neben ihnen stemmte sich Shantal mühsam auf Hände und Knie hoch. Sie hustete, rang mühsam nach Atem und preßte die Hände gegen den Hals. Einen Augenblick blieb sie hocken und stand dann vollends auf. Sie schwankte. Zwei Krieger mußten sie stützen, als sie die Hütte verließ.

Stirnrunzelnd sah Orban ihr nach. »Ich fürchte, ich habe einen Fehler gemacht. Es war doch keine so gute Idee, sie gegen dich kämpfen zu lassen«, murmelte er. »Du hast sie gedemütigt, Floyd. Sie wird dich hassen, und daran liegt mir nichts.«

Floyd machte eine gleichgültige Geste. »Ich werde hoffentlich nicht lange genug hier sein, um ihren Haß fürchten zu müssen«, sagte er. »Was ist das für eine Aufgabe? Soll ich jemand umbringen? Oder vielleicht eine Karawane für euch überfallen?« Es gelang ihm nicht, seine Stimme ganz so spöttisch klingen zu lassen, wie er es wollte.

»Weder noch.« Orbans Mundwinkel zuckten, aber sein Gesicht blieb ernst. »Anders als dein Begleiter stammst du aus der Nordermark, man hört es an deinem Akzent. Wenn mich nicht alles täuscht, sogar aus Skant. Richtig?«

»Ich bin dort aufgewachsen«, bestätigte Floyd. »Aber ich war schon lange nicht mehr in der Gegend.«

»Das macht nichts. Shantal hat Unsinn geredet, als sie sagte, daß ihr wie Panzerechsen durch unser Gebiet gestapft wärt. Ganz im Gegenteil, für Fremde habt ihr euch verblüffend geschickt verhalten. Anders als wir kennt ihr die Gesetze des Waldes nicht, doch in freiem Gelände hätte euch vermutlich niemand entdeckt. Das möchte ich mir zunutze machen. Du wirst für mich nach Skant reiten.« Er beobachtete Floyd scharf, während er hinzufügte: »Zum Tempel von Mithyr.«

Der Gaukler runzelte die Stirn. »Ihr solltet eigentlich wissen, daß es sich dabei nur um eine Legende handelt«, sagte er ohne wirkliche Überzeugung.

»Und du solltest wissen, daß ich meine Zeit nicht mit Hirngespinsten vergeude«, erwiderte Orban mit einem sanften Lächeln. »Viele halten den Tempel für eine Legende, aber ich habe sichere Beweise, daß er existiert. Du wirst ihn für mich aufsuchen.«

Floyd schwieg eine Weile und bemühte sich, alles an Wissen zusammenzukratzen, was er jemals über den Tempel von Mithyr erfahren hatte. Mithyr war ein gewaltiges Waldstück im Nordwesten Skants, in dem irgendwo der Tempel einer uralten Gottheit liegen sollte, angeblich bewacht von einer Rasse geheimnisvoller Wesen mit Zauberkräften. Bereits mehrfach hatten Gruppen von Hornmännern den gesamten Wald durchsucht, ihn sogar teilweise niedergebrannt, ohne auch nur das geringste Anzeichen des Vorhandenseins eines solchen Bauwerks zu finden. An den unzähligen Legenden änderte sich dadurch freilich nichts.

»Nehmen wir an, es gäbe ihn«, murmelte Floyd schließlich. »Was soll ich dort?«

»Etwas tun, das auch dir und deinem Begleiter Nutzen bringt. Schon seit langem herrscht Krieg zwischen uns und den Clans. Es gibt Bemühungen, erneut ein Bündnis sowohl zwischen verschiedenen Nomadenstämmen wie auch mehreren der freien Städte gegen die Clans zu schließen. Auch wenn du offenbar anderer Meinung bist, ist es zur Zeit unmöglich, Skant zu durchqueren, was jedoch eine Voraussetzung für das Gelingen solcher Verhandlungen wäre. Es gibt geheime Wege, aber nur die Wächter von Mithyr kennen sie, und deshalb brauchen wir ihre Hilfe. Du wirst ihnen eine Botschaft überbringen, in der wir sie um ihre Bedingungen für einen Handel bitten.«

»Ich verstehe.« Floyd nickte ernst. »Ich brauche also nur heimlich nach Mithyr zu reiten und diesen Tempel zu finden. Wenn es weiter nichts ist, gern. Das einzige unbedeutende Problem dabei dürfte sein, wie ich überhaupt nach Skant komme. Soll ich mich von einer Eskorte Hornmänner durch die Furt führen lassen, oder soll ich einfach über den Fluß fliegen?«

»Welch ein Glück, daß du alles so ungemein lustig findest«, erwiderte Orban. Sein Gesicht war nach wie vor freundlich, aber er sprach in einem Tonfall, der Floyd die Bedeutung der Redewendung »gefährlich leise« deutlich machte. »Humor ist wichtig; wenn es nichts zum Lachen gibt, kann er allerdings auch sehr störend sein. Vielleicht sollte ich deinem Freund erst einmal ein paar Finger abschneiden lassen, damit wir uns dann etwas ernsthafter miteinander unterhalten können.«

»Schon gut, ich bin völlig ernst«, versicherte Floyd hastig und hob abwehrend die Hände. »Sagt mir, was Ihr vorhabt.«

»Es ist kein Zufall, daß die Hornmänner direkt an der Furt lagern. Sie bewachen sie schon seit geraumer Zeit, weil sie wissen, daß wir etwas vorhaben. Es war reiner Zufall, daß ihr heute mittag fast hinübergekommen wärt. Ein klassisches Patt, niemand gelangt unbemerkt auf die Seite des anderen. Es gibt jedoch eine weitere Furt in südlicher Richtung, von der die Hornmänner vermutlich nichts wissen. Sie ist gefährlich: schmal und unberechenbar, aber deshalb kennt sie auch kaum jemand. Dort kannst du übersetzen. Und für den Weg nach Mithyr gebe ich dir eine Karte mit.«

»Nicht nötig. Wenn ich erst einmal in Skant bin, weiß ich, wie ich den Wald erreiche. Aber wie finde ich den Tempel, falls er wirklich existiert?«

»Es gibt ihn, verlaß dich darauf, aber er wird durch Magie geschützt, ebenso wie die Wege, von denen ich sprach. Es wird nicht nötig sein, daß du den Tempel findest. Die Wächter wissen alles, was in ihrem Wald vorgeht. Es genügt, wenn du die Botschaft irgendwo ablegst und auf Antwort wartest. Möglicherweise wird dich sogar ein Bote hierher begleiten, so daß auf dem Rückweg keinerlei Gefahr mehr besteht.«

Floyd zögerte. Die ganze Sache gefiel ihm nicht, nicht nur das Gerede über geheime Wege und die Wächter eines legendären Tempels, sondern die ganzen Voraussetzungen dieses Auftrags. »Warum gerade ich?« erkundigte er sich. »Wer garantiert Euch, daß ich nicht einfach davonreite, sobald ich auf der anderen Seite des Flusses bin?«

Der Nomadenfürst zuckte gleichmütig die Achseln. »Niemand. Du bist frei. Was du tust, tust du nur für deinen Freund. Er bleibt gefangen, aber ihm geschieht nichts, und es wird ihm den Umständen entsprechend gut gehen. Du hast mein Wort darauf, und diesmal gibt es keine Spitzfindigkeiten. Wenn du wirklich willst, kannst du ihn seinem Schicksal überlassen. Aber wir wissen beide, daß du das nicht tun wirst, nicht wahr?«

»Möglich wäre es immerhin. Warum schickt Ihr nicht einfach einen Eurer eigenen Krieger?«

Diesmal zögerte Orban kurz, ehe er antwortete. »Eine gute Frage, Floyd. Ich könnte jetzt sagen, daß ich im Falle eines Fehlschlags lieber das Leben eines Fremden opfere als das eines meiner Leute, aber das wäre nicht die ganze Wahrheit. Um ehrlich zu sein: Ich habe bereits fast ein halbes Dutzend Boten geschickt. Keinem ist es gelungen, Mithyr auch nur zu erreichen. Du hast die Toten an der Furt gesehen. Es waren keine Spione der Clans, und wir haben sie auch nicht getötet, wie Shantal sagte. Es waren meine Boten, die von den Hornmännern dort aufgespießt wurden.«

»Aha, und ich soll ihnen Gesellschaft leisten«, erwiderte Floyd sarkastisch.

»Nein, du sollst es geschickter anfangen als sie«, sagte Orban ruhig. »Die Erfolgsaussichten stehen für dich ganz einfach besser. Wir Collin leben im Wald. Er ist unser natürlicher Lebensraum, in dem wir uns meisterhaft anschleichen und tarnen können. Hier sind wir so gut wie unschlagbar, doch in der kargen Vegetation von Skant sind wir den Hornmännern hoffnungslos unterlegen. Du stammst von dort, und deshalb bist du uns gegenüber weit im Vorteil. Du mußt dir Chancen ausrechnen, sonst hättest du nicht vor, mit diesem Aylon durch Skant zu reisen.«

Floyd ließ sich Zeit, über eine Antwort nachzudenken. Orbans Gründe klangen stichhaltig. Er meinte zu spüren, daß der Nomadenfürst es ehrlich meinte, und letztlich blieb ihm keine große Wahl. Er stand auf. Sekundenlang starrte er ins Leere, dann bückte er sich nach seinem Schwert, hob es auf und schob es mit einer betont entschlossenen Bewegung in seinen Gürtel. »Also gut«, murmelte er. »Ich werde es versuchen.«

Orban lächelte zufrieden. »Ich wußte, daß du vernünftig sein würdest«, sagte er.

Die Formerin

Das Kind saß still in einer Ecke, als Shantal die Hütte betrat, scheinbar intensiv in das Geduldsspiel vor sich auf dem Boden vertieft. Es hob kurz den Kopf, senkte ihn aber sofort wieder, als sein Blick dem seiner Mutter begegnete. Shantal war unverkennbar wütend, und wenn sie sich in solcher Stimmung befand, war es am besten, wenn man so tat, als wäre man gar nicht da. Ansonsten würde es höchstens barsche Worte oder gar Schläge geben. Mutter sah aus, als wäre sie *sehr* wütend.

Ob es etwas mit den Fremden zu tun hatte, die mit ihr ins Dorf gekommen waren? Natürlich, dieser Grund lag auf der Hand. Etwas war seltsam an den beiden Fremden, zumindest an einem von ihnen. Obwohl er sich fast am entgegengesetzten Ende des Dorfes befand, konnte das Kind seine Anwesenheit deutlich spüren, aber etwas daran war sonderbar, falsch. Schließlich konnte das Mädchen seine Neugier nicht länger bändigen. »Mutter?«

»Was ist, Flair?« Stirnrunzelnd wandte sich Shantal zu ihr um und blickte sie verärgert an. »Was willst du?«

Die Härte in ihrer Stimme ließ das Mädchen schaudern, nahm ihm den Mut zum Weitersprechen. Oft schon hatte es sich voller Verzweiflung gefragt, warum ausgerechnet Shantal seine Mutter war, die es von allen Frauen des Dorfes am allerwenigsten zu mögen schien. Viele der anderen zeigten sich Flair gegenüber nett, sprachen freundlich mit ihr und machten ihr gelegentlich sogar Geschenke, Shantal jedoch vermochte ihrer Tochter nichts als Ablehnung und kalte Wut entgegenzubringen, im günstigsten Fall Gleichgültigkeit. Flair wußte, daß es irgend etwas mit ihrem Vater zu tun hatte, den sie niemals kennengelernt hatte, aber sie hätte nie danach zu fragen gewagt. Statt dessen hatte sie alles versucht, die Liebe ihrer Mutter zu erringen, doch vergeblich. Shantal haßte sie, und nichts schien daran etwas ändern zu können. Das Mädchen hatte sich damit abgefunden, auch wenn es das Gefühl hatte, in der

Hölle zu leben, und ein Tag schlimmer als der vorhergegangene erschien.

»Was ist denn?« fragte Shantal noch einmal, in deutlich gereizterem und ungeduldigerem Tonfall.

Flair zuckte die Achseln. »Schon gut«, murmelte sie und wandte sich wieder dem Geduldsspiel zu. Sie hatte es selbst erfunden und angefertigt. Es war wesentlich komplizierter, als es auf den ersten Blick aussah, bestand aus einer Vielzahl kleiner Holzklötze von verschiedener Form, die sich ineinanderschieben und verdrehen und so zu neuen, größeren Formen zusammenfügen ließen. Flair liebte es, Dinge zu ordnen und neu zu formen. Es war weit mehr als nur ein Spiel für sie; es war eine Leidenschaft, die eine eigene Welt bedeutete, in die sie sich zurückziehen konnte, um der Realität eine Weile zu entrinnen. Die Teile, mit denen sie sich im Augenblick beschäftigte, ergaben auch zusammengefügt keinen Sinn, aber es ging ihr schließlich nicht um das Spiel. Sie sah ein, daß es keinen Sinn hatte, ihre Mutter nach den Fremden zu fragen, und wollte sich so unauffällig wie möglich verhalten, um nicht weiter beachtet zu werden. Wenn sie etwas erfahren wollte, dann mußte sie es selbst herausfinden.

Und genau das würde sie tun. Es war eine Chance für sie, wie sie sich vielleicht nie wieder bieten würde.

Nach einer Weile verließ Shantal die Hütte. Flair wartete ein paar Minuten, dann trat sie ebenfalls ins Freie. Es dämmerte bereits stark; in ein paar Minuten würde es vollends dunkel geworden sein. Unbemerkt schlich Flair durch das Lager. Sie war sich nicht sicher, ob sie wirklich durfte, was sie vorhatte, und deshalb war es ihr lieber, wenn man sie nicht sah. Als sie nah genug herangeschlichen war, entdeckte sie die Wachtposten vor dem Eingang der Hütte. Sie spürte, daß sich nur noch einer der Fremden darin aufhielt, glücklicherweise der, auf den sie so neugierig war. Aus der Nähe konnte sie noch viel deutlicher als zuvor fühlen, daß etwas an ihm ungewöhnlich war, völlig anders als bei allen Menschen, die sie bislang kennengelernt hatte, auch wenn sie nicht wußte, um was es sich handelte.

Unschlüssig betrachtete sie die Hütte ein paar Minuten. Sie verspürte Angst, doch ihre Neugier erwies sich als stärker. Vorsichtig kroch sie das letzte Stück auf Händen und Knien, bis sie in die Schatten an der Rückwand eintauchte, mit ihnen verschmolz und sich so einen Weg ins Innere der Hütte schuf, wo Aylon bereits auf sie wartete.

Die Entdeckung, daß es noch einen weiteren Magier im Lager der Nomaden gab, war ein Schock für ihn gewesen. Ob ihm die Flucht gelang, würde in erster Linie von diesem Unbekannten und seinen Kräften abhängen. Schon vor Monaten hatte Maziroc ihn dazu angehalten, die mentale Ausstrahlung eines Menschen nachzuahmen, um kein unnötiges Aufsehen zu erregen. Mittlerweile war Aylon dies so in Fleisch und Blut übergegangen, daß er es unbewußt ständig machte. Auch seine Augen verrieten nichts von seinen Fähigkeiten, denn zwar konnte er sie grün wie die aller Magier werden lassen, doch meist zeigte seine Iris eine bräunliche Färbung. Niemand, der ihn nicht näher kannte, hätte bei ihm magische Kräfte vermutet – jedenfalls nicht, solange er sie nicht anwandte.

Aylon fragte sich, was ein Magier freiwillig an einem Ort wie diesem machte. Um einen Ishar oder eine Vingala handelte es sich bestimmt nicht, die hätten nicht tatenlos zugesehen, wie man Floyd und ihn gefangennahm. Am sonderbarsten erschien ihm jedoch die Tatsache, daß der Magier nicht bei dem Verhör durch Orban anwesend gewesen war. Aber wie es schien, brauchte er nicht mehr lange zu warten, um Antworten auf seine zahlreichen Fragen zu erhalten. Schon seit Minuten wurden die mentalen Impulse stärker. Der oder die Unbekannte näherte sich, wenn auch nur langsam, als zögerte er. Nun jedoch mußte er die Hütte fast erreicht haben. Gebannt starrte Aylon in Richtung des Eingangs.

»Nicht erschrecken«, vernahm er eine leise Stimme hinter sich.

Aylon fuhr herum. In einer Ecke gegenüber dem Eingang stand ein Mädchen von dreizehn, vielleicht vierzehn Jahren.

Überrascht starrte er die Unbekannte an, die ihn mit ebenso unverhohlener Neugier musterte. Ihr helles, für ein Nomadenkind dieses Alters ungewöhnlich sauberes Kleid reichte ihr bis zu den Knien. Mit offensichtlicher Nervosität knetete sie die Hände und scharrte mit den bloßen Füßen im Erdreich. Sie hatte glattes blondes Haar, das sie seitlich und nach hinten gekämmt trug, so daß es ihre hohe Stirn frei ließ und ihr Gesicht fast wie ein goldener Schimmer umgab, bevor es offen bis weit über die Schultern fiel. Ihre Nase war etwas spitz, doch im Ganzen wirkte ihr Gesicht so ebenmäßig und unschuldig, daß es Aylon ein wenig an das Bild einer Fee oder Nymphe erinnerte, das er vor Jahren bei einem fahrenden Händler gesehen hatte.

Auch ohne in ihre Augen zu sehen, deren Iris die Farbe von frischem Moos hatte, wußte er, daß das Mädchen der Ursprung der magischen Aura war. Er vernahm ihre mentale Ausstrahlung wie ein lautes Rauschen in seinen Gedanken. »Wer bist du?« fragte er verblüfft.

Das Mädchen schrak zusammen und legte rasch den Zeigefinger über die Lippen. »Nicht so laut, sonst hören uns die Wachen. Ich bin Flair.«

»Und... wie bist du hereingekommen?« Aylon ließ seinen Blick über die aus ineinanderverflochtenen Zweigen bestehende Rückwand gleiten. Nirgendwo gab es eine Öffnung, durch die auch nur eine Faust gepaßt hätte.

»Ich habe die Wand aufgemacht«, erklärte Flair. »Und hinterher habe ich sie wieder so geformt, wie sie vorher war.« Sie sah ihn mit großen Augen an und legte dabei den Kopf etwas schief. »Ich forme gerne irgendwelche Sachen. Du wirst doch nichts davon verraten?«

»Was verraten?« Verständnislos runzelte Aylon die Stirn. »Wovon sprichst du überhaupt?«

»Na, daß ich hier bin und wie ich hereingekommen bin. Ich möchte nicht, daß jemand weiß, wie gut ich etwas formen kann.«

Langsam begann Aylon zu begreifen. War es möglich, daß sie ihre magische Begabung meinte und keiner der Nomaden etwas davon ahnte? »Erzähl mir mehr davon«, bat er. »Was meinst du damit, daß du die Dinge formst?«

Flair zögerte einen Moment und musterte ihn abwägend. »Du wirst wirklich niemand etwas davon erzählen?«

»Ich verspreche es.«

Sie nickte zufrieden, dann kam sie näher und setzte sich neben ihm auf den Boden. »Ich habe schon immer gern Sachen geordnet«, berichtete sie. »Wenn man sich umsieht, ist vieles so unvollkommen. Sieh mal das Holz.« Sie brach einen kleinen, kaum fingerlangen Zweig ab. »Es besteht aus vielen, vielen einzelnen Teilen, aber so, wie sie jetzt aneinandergefügt sind, ist es weich und wird bald verfaulen. Soll ich sie mal etwas anders ordnen?«

Aylon nickte beklommen. Mit seinen empfindlichen Sinnen spürte er die frei werdende magische Kraft, als Flair sich auf den Zweig konzentrierte. Fasziniert beobachtete er, wie dieser sich veränderte, wie das Holzstück dunkler und gleichzeitig dünner wurde. Flair reichte es ihm. Es fühlte sich wirklich hart wie Stahl an. »Nun ist es besser geformt. Niemand kann es mehr zerbrechen«, sagte sie. »Aber es ist sehr anstrengend, wenn ich das tue, und es geht nicht bei allen Sachen. Nur bei denen, die leben.«

»Organische Materie«, murmelte Aylon mehr zu sich selbst als an das Mädchen gewandt. Er schwieg einige Sekunden. Von einer Begabung wie dieser hatte er noch nie gehört. Es kam selten vor, daß jemand ohne ein Skiil in der Lage war, Magie anzuwenden, und wenn, dann handelte es sich nur um einen einfachen Zauber. Selbst wenn Flair die nötigen Anlagen besaß, hätte sie diese normalerweise nur unter fachkundiger Anleitung durch Meditation und Konzentrationsübungen zu solcher Fertigkeit steigern können.

»Und du sagst, daß niemand hier davon weiß?« erkundigte er sich.

Sie schüttelte den Kopf. »Es ist noch nicht lange her, daß ich es zum ersten Mal gemacht habe. Vorher habe ich immer nur einfache Dinge geformt, und dann nur mit den Händen, nicht mit dem Kopf. Mutter würde es mir bestimmt verbieten, wenn sie davon wüßte. Sie verbietet mir fast alles. Sie mag mich nicht.«

»Wer ist deine Mutter?«

»Shantal. Du kennst sie. Sie war es, die dich und deinen Freund hergebracht hat.«

»Und wer ist dein Vater?«

»Weiß ich nicht. Er ist weggegangen, bevor ich auf die Welt kam.« Flair zuckte unbekümmert mit den Schultern. »Ich habe ihn nie gesehen.«

»Und wie alt bist du?«

»Elf.«

»Erst? Du siehst älter aus.«

»Wirklich?« Flair schien nicht gerade glücklich darüber zu sein. Sie machte eher den Eindruck, als hätte man sie bei etwas Verbotenem ertappt. Erst nach einigen Sekunden begriff Aylon, daß vermutlich genau das der Fall war. Bei ihren geistigen Fähigkeiten dürfte es durchaus auch in ihrer Macht stehen, auf ihr eigenes normales Wachstum innerhalb gewisser Grenzen Einfluß zu nehmen. »Aber nun habe ich dir genug Fragen beantwortet«, sagte sie rasch, um ihr Unbehagen zu verbergen. »Sag mir jetzt einmal, wer du eigentlich bist.«

»Ich heiße Aylon.«

»Gibt es da, wo du herkommst, noch mehr wie dich?«

Er stutzte. »Wie meinst du das?«

Das Mädchen senkte verlegen den Blick, gleich darauf hob es den Kopf wieder und sah ihn fast herausfordernd an. »Du verstellst dich, aber wir sind uns irgendwie ähnlich. Das habe ich sofort gemerkt. Auf jeden Fall bist du anders als die anderen. Weißt du, was ich meine?«

Aylon wollte nicken, dann erst begriff er, was ihre Worte wirklich zu bedeuten hatten. Er erschrak. Flair war auf dem besten Weg, seine Tarnung zu durchdringen. Natürlich waren sie sich aufgrund ihrer magischen Kräfte ähnlich, aber niemand konnte die seinen spüren, da er keine mentale Aura besaß, sondern nur die eines Menschen vortäuschte. Wenn Flair jedoch in der Lage war, die Strukturen von Dingen und anscheinend auch von Lebewesen bis in ihre kleinsten Bestandteile hinein zu erkennen, war es so gut wie unmöglich, etwas vor ihr zu verbergen. Sie konnte zwar wahrscheinlich keine Gedanken lesen, mit entsprechender Konzentration aber wohl aufgrund biologischer Vorgänge feststellen, ob und wann jemand dachte. Die Vorstellung ließ ihn schaudern.

»Verstehst du, was ich meine?« fragte das Mädchen noch einmal, jetzt drängender.

»Nein«, stieß Aylon grob hervor, schärfer als beabsichtigt. Er schüttelte den Kopf, darum bemüht, sich seine Unsicherheit nicht allzu deutlich anmerken zu lassen. »Du täuschst dich. Was sollten wir gemeinsam haben? Wir haben uns bisher noch nie gesehen.«

»Ich weiß nicht.« Flair wirkte niedergeschlagen. »Da ist etwas in dir, das...« Sie brach ab, fast ein bißchen erschrocken, wie es schien. »Du bist mir doch nicht böse? Ich möchte nicht, daß du Angst vor mir hast.«

»Schon gut.« Aylon zwang sich zu einem Lächeln. »Es gehört sich nicht, in den Kopf anderer Leute einzudringen, also hör auf damit, wenn du willst, daß wir Freunde werden.«

»Freunde?« Etwas in ihren Augen leuchtete hoffnungsvoll auf und zeigte ihm, daß er auf der richtigen Spur war. »Ich habe noch nie Freunde gehabt.«

»So etwas läßt sich nicht erzwingen.« Aylon fühlte sich nicht ganz wohl dabei, sie so zu belügen. Er hatte nicht vor, die Gastfreundschaft der Nomaden länger als nötig in Anspruch zu nehmen. Nachdem sich der unbekannte Magier als Kind entpuppt hatte, von dem ihm bei einer Flucht bestimmt keine Gefahr drohte, hielt ihn nur noch die Neugier fest. Sobald Floyd zurückkehrte, würden sie beraten, was zu tun war, und dann so schnell wie möglich aus dem Lager verschwinden.

»Wenn du mein Freund sein willst, mußt du mir etwas versprechen«, sagte Flair und sah ihn voller Vorfreude an. »Ich möchte nicht hier bleiben. Versprichst du mir, daß du mich mitnimmst, wenn du wieder von uns weggehst?«

Erschrocken zuckte Aylon zusammen. Konnte es wirklich noch Zufall sein, oder war sie etwa doch in der Lage, Gedanken zu lesen? Aber dann mußte sie auch wissen, daß ihre Bitte sinnlos war. Davon war jedoch nichts zu merken. Sie sprach mit kindlicher Unbefangenheit, dennoch schwang in ihren Worten eine Verzweiflung mit, die ihn rührte und gleichzeitig seine Schuldgefühle verstärkte. Ihre Augen schienen groß wie die eines Rehs zu sein.

»Das... kann ich noch nicht sagen«, erwiderte er stockend. »Vielleicht. Wir werden sehen.«

Wie sollte er ihr erklären, daß sie etwas Unmögliches verlangte? Er hatte weder die Zeit noch das Recht, sich in ihr Leben einzumischen, und selbst wenn, würde er es nicht wollen. Sein einziges Interesse war, möglichst schnell von hier wegzukommen und die Reise zur Zitadelle fortzusetzen. Das letzte, was er dabei gebrauchen konnte, war die Begleitung eines Kindes, auf das er aufpassen mußte, auch wenn es magische Kräfte besaß. Er konnte sich höchstens nach einer Rückkehr von der Zitadelle um diese Angelegenheit kümmern. Wenn Flair die Nomaden unbedingt verlassen wollte, würden einige Vingala als Unterhändler vielleicht erreichen, daß man sie der Obhut des Ordens anvertraute.

»Nicht vielleicht«, widersprach Flair. »Ganz bestimmt. Du hast gesagt, daß wir Freunde seien, und Freunde läßt man nicht im Stich. Also hast du es indirekt schon versprochen.« Sie stand auf. »Ich muß jetzt gehen, bevor mich jemand hier findet. Bis bald.«

»Bis bald«, sagte Aylon und amüsierte sich über ihre Logik.

Flair trat auf die Rückwand der Hütte zu, verharrte dort aber und drehte sich um. »Noch etwas«, sagte sie und lächelte mit kindlicher Unschuld. »Du solltest dein Versprechen besser nicht brechen.« Ihre Stimme klang plötzlich härter, die Drohung in ihren Worten war nicht zu überhören. Gleichzeitig schien sich ihr Lächeln in ein boshaftes Grinsen zu verwandeln. »Glaub mir, es täte dir sehr leid, wenn du versuchtest, heimlich von hier wegzugehen, ohne mich mitzunehmen.«

Aylon schluckte schwer. Er wurde einen Augenblick abgelenkt, als er sich nähernde Schritte hörte. Als er sich wieder umwandte, war er allein. Flair hatte die Hütte auf die gleiche unheimliche Art verlassen, auf die sie gekommen war, doch ihre Worte klangen ihm noch im Ohr. Aylon betrachtete den verwandelten Zweig, den er immer noch in der Hand hielt, dann ließ er ihn so plötzlich fallen, als hätte er sich daran verbrannt.

Ihm wurde jäh bewußt, daß er Angst verspürte, Angst vor einem elfjährigen Kind, in die sich immer stärker Schrecken mischte, als er begriff, wie ernst Flair ihre Worte gewesen waren.

Der Überfall

Floyd gähnte und blinzelte ein paarmal. Es dauerte einige Sekunden, bis er in die Wirklichkeit zurückfand. Er hatte nicht lange geschlafen, aber wie so oft in den vergangenen Jahren – und besonders, seit er zusammen mit Aylon aufgebrochen war – hatte er von seiner Jugend in Skant geträumt. Nur mühsam gelang es ihm, die Schatten der Vergangenheit zu verdrängen. Solange er wach war, konnte er zu vergessen suchen, was er einmal gewesen war, und meist gelang es ihm auch, doch in seinen Träumen kehrte die verhaßte Erinnerung immer wieder zurück. Vielleicht war es ganz gut, daß er endlich jemandem davon erzählt hatte, wenn auch vorerst nur einen Teil der Geschichte.

»Wach endlich auf«, vernahm er Shantals Stimme. Sie riß ihn endgültig aus der Benommenheit. Schlagartig fiel ihm wieder ein, wo er sich befand und was geschehen war. Er nickte und erhob sich.

Am liebsten wäre er direkt nach dem Gespräch mit Orban aufgebrochen, aber dieser hatte darauf bestanden, daß er sich zuerst ausruhte und einige Stunden schlief. Zuerst nur widerwillig hatte sich Floyd der Entscheidung gebeugt, aber rasch eingesehen, daß es das einzig Vernünftige war. Er war übermüdet und daher anfällig für Fehler, die ihm bei klarem Verstand nicht unterlaufen würden. Zudem war es Unsinn, wenn er bei Nacht ritt. Die Gefahr, von jemand entdeckt zu werden, mochte geringer erscheinen, aber das galt nur, wenn man sich auf vertrautem Gelände bewegte. Er war schon lange nicht mehr in Skant gewesen, und nur ein Narr würde freiwillig in der Dunkelheit durch eine fremde Umgebung reisen, in der er zum einen leicht die Orientierung verlieren und zum zweiten einen Hinterhalt erst erkennen würde, wenn es bereits zu spät war. Zwar konnte er den Fluß noch während der Nacht überqueren, aber es wäre unvernünftig gewesen, vor Anbruch der Morgendämmerung den Weg durch Skant fortzusetzen.

Ehe er die Hütte verließ, warf er einen schnellen Blick in die Runde. Aylon war ebenfalls aufgewacht und nickte ihm aufmunternd zu. Sie hatten noch am Abend eine Weile über ihr weiteres Vorgehen beratschlagt und beschlossen, auf die Forderung der Nomaden einzugehen. Wenn Floyd den Auftrag ausführte und allein nach Mithyr ritt, war die Gefahr geringer, als wenn sie gemeinsam auf eigene Faust durch ganz Skant ritten. Ein eventueller Erfolg dieses Versuchs rechtfertigte auch das noch verbleibende Risiko. Darüber waren sie sich schnell einig geworden; sonderbarerweise war vor allem Aylon sofort damit einverstanden gewesen. Floyd hatte das Gefühl gehabt, daß der junge Magier ihm etwas verschwieg, war aber nicht weiter in ihn gedrungen.

»Viel Erfolg«, wünschte Aylon und lächelte. »Und laß mich bloß nicht im Stich.«

»Keine Sorge. Aber falls mich die Hornmänner erwischen, dann leg mir wenigstens gelegentlich frische Blumen aufs Grab.«

Floyd zwinkerte und trat aus der Hütte. Schweigend führte Shantal ihn zum Rande des Dorfes, wo bereits fünf Reiter in der Dunkelheit auf sie warteten. Als er nahe genug heran war und einer der Reiter ihm die Zügel seines Pferdes in die Hand drückte, erkannte er, daß es sich ausnahmslos um Frauen handelte. Sie würden ihn bis zu der geheimen Furt begleiten, von der Orban gesprochen hatte.

Der Ritt durch den Wald wurde eine Tortur. Von der schwülen Hitze des Tages war nichts mehr zu spüren. Die Nächte waren auch hier bereits ziemlich kalt, aber die Temperatur lag immer noch ein gutes Stück über dem Gefrierpunkt, und er fror nicht einmal sonderlich. Etwas anderes machte ihm viel mehr zu schaffen. Das Mondlicht drang nur vereinzelt durch das dichte Blätterdach, so daß er kaum etwas von seiner Umgebung erkennen konnte. Immer wieder peitschten ihm Zweige ins Gesicht oder prallte er mit dem Kopf gegen Äste, während die Nomaden offenbar selbst im Dunkeln zu sehen vermochten und jedem Hindernis auswichen. Floyd war überzeugt, daß Shantal absichtlich genau deshalb diese Strecke gewählt hatte.

Er verlor jedes Gefühl für die Zeit. Sie mußten annähernd zwei Stunden unterwegs gewesen sein, bis sich die Bäume plötzlich vor ihm lichteten. Erst als er das gewundene Band des Larc silbern im Mondlicht glitzern sah, begriff er, daß sie das Ende des Dschungels erreicht hatten. Er zügelte sein Pferd und drängte das Tier ein paar Schritte zurück, bis er wieder im Sichtschutz der Bäume war. Der Wald reichte an dieser Stelle nicht ganz bis zum Fluß hinab, sondern endete eine Pfeilschußweite davor, als hätte der verbrannte Steppenboden am jenseitigen Ufer die Grenze, die das Flußbett darstellte, überschritten, um zu einem stummen Angriff auf die fruchtbareren Landstriche anzutreten.

Hinter ihm erklang ein gedämpftes Schnauben, dann das unruhige, nervöse Stampfen schwerer Pferdehufe auf dem Waldboden. Trotzdem konnte er nicht die geringste Spur von Shantal oder ihren Begleitern entdecken, als er sich umwandte und aus zusammengekniffenen Augen in den Wald zurücksah. »Von hier aus mußt du allein weiter«, drang ihre Stimme zwischen den Bäumen hervor. Das Unterholz teilte sich raschelnd, als die Kriegerin ihr Pferd an seine Seite lenkte und, behutsam im Schatten der Bäume bleibend, anhielt. »Die Furt liegt direkt vor dir.« Sie deutete auf den Fluß, dann sah sie Floyd an. Ihr Gesicht wirkte auch jetzt so verschlossen wie schon während der ganzen Zeit, die sie sich kannten.

»Hier soll eine Furt sein?« Ungläubig starrte Floyd in das schäumende Wasser. Es war voll kleiner Strudel und brodelte, als kochte es. »Sieht mir eher nach Stromschnellen als nach einem Übergang aus.«

»Es ist nicht ganz ungefährlich, das hast du schon vorher gewußt. Was glaubst du wohl, warum kaum jemand diese Furt kennt?«

»Es wäre Wahnsinn, da hinüberzureiten«, beharrte Floyd. »Die Strömung ist zu stark.«

»Man kann es schaffen, allerdings nicht im Sattel. Du wirst dein Pferd am Zügel führen müssen. Der Untergrund ist uneben, es liegen an dieser Stelle viele Felsen im Fluß. Sie lassen das Wasser so reißend erscheinen, aber es wird dir nicht einmal bis zum Gürtel reichen. Dir bleibt keine andere Wahl.«

Floyd zögerte. Er hielt ihrem Blick noch einen Herzschlag lang stand, wandte dann mit einem plötzlichen Ruck den Kopf und wollte losreiten, aber Shantal griff rasch nach seinen Zügeln und hielt ihn zurück. »Noch etwas, Floyd«, sagte sie. »Ich möchte, daß es keine Mißverständnisse gibt. Es ist mir egal, was Orban gesagt hat. Wenn es dir in den Sinn kommen sollte, deinen Freund im Stich zu lassen und einfach zu verschwinden, hast du keine Chance. Wir haben überall unsere Späher, sogar auf der anderen Seite von Skant. Und selbst wenn dir die Flucht gelingt, wird dein Freund doppelt hart dafür büßen.«

Floyd musterte sie finster. »Ist das deine Art, Wort zu halten?« erkundigte er sich.

»Du hast Orbans Wort, nicht meines«, erwiderte Shantal kalt. »Entweder kehrst du mit einer Antwort der Wächter von Mithyr zurück oder gar nicht.«

»Und... wenn es sie nicht gibt? Oder wenn sie kein Interesse an einem Handel haben?«

»Dann«, antwortete Shantal, »verkriechst du dich am besten irgendwo in einer Höhle, bis du an Altersschwäche stirbst. Oder du lernst fliegen, sehr hoch und sehr weit, denn sonst werde ich davon erfahren und dich finden, wenn du Skant verläßt. Und du solltest nicht zu sehr auf Orban vertrauen. Verlaß dich darauf, daß du gar nicht erst bis zu ihm kommst, um ihm Bericht zu erstatten.« Sie sah ihn einen Augenblick durchdringend an, nahm die Hand vom Zaumzeug seines Pferdes und straffte sich. »Und noch etwas, Floyd«, fügte sie etwas leiser hinzu. »Tu das, was du gestern getan hast, nie wieder.«

»Was meinst du?«

Sie lachte hart. »Wirf nie wieder deine Waffe fort, wenn du mit jemand kämpfst. Auch ein Schwert, mit dem man nicht umgehen kann, hat eine Spitze.«

Floyd setzte zu einer Antwort an, aber Shantal wandte ihr Pferd mit einer ungeduldigen Bewegung um und verschwand im Unterholz, ehe er Gelegenheit dazu bekam; dann hüllte ihn wieder das Schweigen des Waldes ein. Mit einem lautlosen Seufzen gab er seinem Pferd die Sporen und ritt weiter. Unmittelbar am Ufer stieg er ab und ergriff das Tier am Zügel. Es wieherte schrill und weigerte sich weiterzugehen, so daß er alle Geschicklichkeit aufbringen mußte, bis es ihm ins Wasser folgte.

Es war, wie Shantal gesagt hatte: Der Fluß strömte auch hier so rasend schnell dahin, daß seine Oberfläche zu einem glitzernden, nur von einigen Felsbuckeln und Strudeln unterbrochenen Spiegel wurde, durch den man den Grund nicht mehr erkennen konnte; aber das Wasser reichte ihm nur bis dicht über die Knie. Dennoch war die Überquerung alles andere als ein Kinderspiel. Der Grund der Furt war uneben, und Floyd konnte sich nur blindlings mit den Füßen vorantasten. Zudem riß die Strömung wie mit unsichtbaren Klauen an seinen Beinen. Er brauchte alle Geschicklichkeit, um das Gleichgewicht zu halten. Sobald er auch nur ein einziges Mal den Halt verlor, war er in den tosenden Wassermassen rettungslos verloren. Vorsichtig kämpfte er sich Stück um Stück voran, wobei er immer wieder beruhigend auf das Pferd einredete, damit es ihm folgte. Es grenzte an ein Wunder, daß das Tier weder strauchelte noch sich losriß und durchging. Vielleicht spürte es instinktiv ebenfalls die ihm drohende Gefahr.

Völlig erschöpft erreichte Floyd das andere Ufer und ließ sich zu Boden sinken, stand jedoch wieder auf, sobald er etwas zu Kräften gekommen war. Er war bis auf die Haut durchnäßt, und anders als im Dickicht des Waldes wurde er hier nicht mehr vor dem Wind geschützt, sondern spürte seinen eisigen Biß wie ein Gift, das in seinen Körper kroch, seine Muskeln betäubte und ihn zu lähmen drohte. Um sich aufzuwärmen, machte er einige Lockerungsübungen, schlug mit den Armen um sich und lief ein Stück auf der Stelle, bevor er wieder in den Sattel stieg. Es war gespenstisch, daß die Temperatur auf einer Strecke von kaum hundert Metern so stark absinken konnte.

Langsam ritt er durch das verdorrte Unterholz, das das Ufer säumte, lenkte sein Pferd einen niedrigen Hügel hinauf und hielt abermals an. Von den Nomadenkriegerinnen war auch jetzt nichts zu sehen, aber er wußte, daß sie ihn aus der grünen Wand des Waldes heraus beobachteten, solange er sich noch in der Nähe des Flusses befand. Er hatte Shantal nicht nur im Kampf besiegt, sondern sie außerdem gedemütigt, und das würde sie ihm nicht verzeihen. Auch wenn sie es natürlich nie zugeben würde, hoffte sie insgeheim darauf, daß er umkehrte und zu fliehen versuchte, um sich dann an ihm zu rächen. Für eine Flucht gab es nur zwei Richtungen, nämlich die beiden Furten. Eine Flucht tiefer nach Skant hinein wäre gefährlicher gewesen als ein Ritt nach Mithyr. Das wußte sie so gut wie er, aber er war entschlossen, sie noch eine Weile über seine Absichten im unklaren zu lassen.

Eine der wichtigsten Überlebensregeln besagte, sich nie von Gegnern umzingeln zu lassen, sondern stets mindestens einen Fluchtweg zu haben. In diesem Fall, da er in feindliches Gelände eindrang, bedeutete es, sich den Rücken freizuhalten oder zumindest genau zu wissen, was hinter ihm lag. Hinter ihm – darunter verstand er im Augenblick die reguläre Furt und die Hornmänner, die dort lagerten. Bevor er sich auf den Weg nach Mithyr machte, mußte er herausfinden, um wie viele Clanskrieger es sich handelte, ob sie möglicherweise nur die Vorhut eines noch größeren Trupps bildeten und in welche Richtung sie zogen.

Der Fluß schlängelte sich in einem großen, von zahlreichen Kehren und Windungen verlängerten Bogen nach Norden. Vorsichtig folgte Floyd seinem Verlauf, nahezu lautlos und, so gut es ging, in Gebüsch und Schatten verborgen, um Schutz vor den unsichtbaren Augen zu finden, die aus der Dunkelheit heraus Ausschau halten mochten. Seine Kleidung trocknete nur langsam, und statt wärmer schien es eher noch kälter zu werden, je breiter und heller der graue Streifen der Morgendämmerung am Horizont wurde. Die Böen fanden auf den flachen, fast nur mit Gras, spärlichem Strauchwerk und vereinzelten Krüppelbäumen bewachsenen Hügeln kaum Widerstand, sondern fegten ungehindert heran und trugen einen eisigen, bereits schwach nach Schnee riechenden Hauch wie einen ersten Gruß des bevorstehenden Winters von den Bergen fern im Osten mit sich. Auch wurden sie hier nicht mehr von den Aufwinden über dem Fluß abgelenkt, sondern trafen ihn von zwei Seiten. Floyd öffnete seine Satteltasche und nahm einen groben, wollenen Mantel heraus, den Orban ihm mitgegeben hatte. Floyd hatte ihn eigentlich nicht annehmen wollen, denn falls man ihn entdeckte, würde der Umhang jedem deutlich verraten, woher er kam; aber jetzt war er froh, das wärmende Kleidungsstück bei sich zu haben.

Nach einer Weile stieß er auf Fußspuren, die von den Hügeln zum Fluß und wieder zurück führten. Er stieg ab und band das Pferd an einem verdorrten Busch fest, dann folgte er den Abdrücken. Sie endeten unmittelbar hinter dem ersten Hügelkamm an einem mittlerweile verlassenen Lagerplatz, von wo aus zahlreiche andere Spuren weiterführten. Das Gras war in weitem Umkreis um die erloschene Feuerstelle niedergetrampelt, und ein Stück abseits fand Floyd eine Stelle, an der die Abfälle vergraben worden waren. Er ging eine Weile unschlüssig hin und her und besah sich den Boden auf der Suche nach Hinweisen, die sich als nützlich erweisen konnten. Die Morgendämmerung brach nun immer rascher herein, und es war bereits hell genug geworden, daß eine solche Suche einen Sinn hatte.

Es war ein Rastplatz der Hornmänner, ohne jeden Zweifel, aber nicht das Lager, das sie am vergangenen Nachmittag nahe der Furt aufgeschlagen hatten. Diese lag seinen Schätzungen zufolge noch etwa ein Dutzend Meilen entfernt. Also handelte es sich um einen anderen Trupp von Clanskriegern, weitere vierzig bis fünfzig, wie er aus den Spuren schloß. Sie mußten sich wirklich auf einem Eroberungsfeldzug befinden und sich zudem sehr sicher fühlen. Es verwunderte Floyd, daß sie sich entgegen ihrer sonstigen Gewohnheit keinerlei Mühe gegeben hatten, ihre Spuren zu verwischen. Der Abfall war nur flüchtig verscharrt, und nicht weit von den Spuren entfernt, denen er hierher gefolgt war, war das Gras bis zum Fluß hinunter niedergetrampelt und der Boden von den Hufen der Pferde aufgerissen, Narben, an denen der Wind die dünne Humuskruste wegtragen und den nackten Fels darunter freilegen konnte. Im nächsten Sommer würde auch hier ein winziges Stück Wüste mehr sein.

Floyd bückte sich und fuhr mit der Hand durch die Asche des Feuers. Sie war noch warm, die Clansmänner konnten also erst vor kurzer Zeit weitergeritten sein. Eine Stunde, höchstens zwei, schätzte er. Wieder loderten Erinnerungen und der alte Haß in ihm empor, und er mußte mühsam gegen das Verlangen ankämpfen, sofort von hier zu verschwinden. Statt dessen suchte er den Rastplatz und die nähere Umgebung sorgfältig ab, ehe er wieder zu seinem Pferd zurückkehrte und sich in den Sattel schwang. Er wußte selbst nicht so recht, was er zu finden gehofft hatte. Irgend etwas störte ihn, aber er kam nicht darauf, um was es sich handelte. Es war seltsam, daß die Hornmänner in zwei getrennten Trupps ritten, vor allem, wenn ihr ohnehin niemals sonderlich gutes Verhältnis zu den Nomaden immer deutlicher auf einen offenen Krieg zusteuerte, und die offensichtliche Unbekümmertheit, die sie dabei an den Tag legten, war ebenso sonderbar. Hinter allem mußte ein Sinn stecken, der möglicherweise auch für ihn wichtig sein würde, aber ihm fehlten noch zu viele Informationen, als daß er die einzelnen Mosaiksteinchen zu einem kompletten Bild hätte zusammenfügen können.

Als er weiterritt, nahm er am gegenüberliegenden Ufer eine Bewegung wahr. Eine von Shantals Kriegerinnen hatte den Schutz des Waldes verlassen und schwenkte wild die Arme. Die Entfernung war zu groß, und das Rauschen des Flusses hätte jede Verständigung ohnehin unmöglich gemacht, aber Floyd begriff rasch, was sie ihm durch ihre Gesten mitzuteilen versuchte. Zu seiner Verwunderung bedeutete sie ihm voll Aufregung, zur Furt zu reiten.

Das war kurz bevor Floyd die Rauchwolken entdeckte, die aus dem Wald aufstiegen, ziemlich genau in der Richtung, in der das Dorf der Nomaden liegen mußte.

Geräusche drangen an Aylons Ohr und rissen ihn aus dem leichten Schlaf, in den er nach Floyds Aufbruch wieder gesunken war. Es dauerte einige Sekunden, bis er die nur gedämpft hereindringenden Laute einzuordnen vermochte: Befehle und das Trampeln zahlreicher Füße, Rufe des Entsetzens, das Klirren von Stahl, vereinzelte Schreie. Er sprang auf und eilte aus der Hütte. Es gab niemanden, der ihn daran hinderte; keine Wachen standen vor dem Eingang. Im grauen Zwielicht des heranbrechenden Tages rannten die Nomaden in scheinbar kopfloser Hast umher.

Dann entdeckte Aylon das Banner, das genau hinter einer Hütte emporwuchs, als würde es auf ihrem Dach gehißt. Einen Augenblick starrte er reglos vor Schrecken die geballte Faust auf dem Banner, das Symbol der Clans, an. Einen Herzschlag später schienen Reiter die Hütte beiderseits wie eine Flutwelle aus schwarzem Horn zu umspülen und preschten ins Dorf herein. Das Donnern der Pferdehufe klang beinahe wie der Schlag dumpfer Todestrommeln.

Einige Nomaden versuchten, von blanker Verzweiflung getrieben, sich ihnen entgegenzustellen. Die meisten von ihnen waren halbnackt und offenbar von dem Überfall völlig überrascht aus ihren Hütten geeilt, nachdem sie nur ihre Schwerter ergriffen hatten.

Gegen die von Kopf bis Fuß gepanzerten Reiter hatten sie nicht den Hauch einer Chance. Die Hornmänner ritten sie schlichtweg nieder, ohne ihren Angriff auch nur zu verlangsamen. Selbst wenn es den Nomaden gelang, das Schwert zu erheben und einen Streich zu landen, bevor sie unter die wirbelnden Hufe der Pferde gerieten, prallten ihre Klingen so gut wie wirkungslos an den Hornrüstungen ab. Nur wenige der Nomaden erkannten rechtzeitig, daß sie auf diese Art nichts erreichten, und griffen die Pferde anstelle ihrer Reiter an, indem sie die empfindlichen Kniesehnen der Tiere durchschnitten. Aylon sah, wie einer von ihnen gar einem Pferd mit einem wuchtigen Hieb beide Vorderbeine abschlug. Mit einem schrillen Kreischen brach es zusammen, überschlug sich halb und begrub seinen Reiter unter sich. Andere Hornmänner wurden aus dem Sattel geschleudert, rappelten sich wieder hoch und stellten sich der knappen Handvoll noch verbliebener Verteidiger zum Schwertkampf. Sie brauchten nur wenige Sekunden, um ihre ungepanzerten und durch die Blitzartigkeit des Überfalls ohnehin noch geschockten und demoralisierten Gegner niederzumachen.

Die anderen preschten weiter vor. Einige von ihnen hielten Speere in den Händen. Mit gezielten Würfen nagelten sie die Nomaden an die Wände der Hütten, dann griffen auch sie nach ihren Schwertern oder Äxten. Blindlings hieben sie um sich; von rasendem Vernichtungswillen getrieben, töteten sie jeden, der ihnen begegnete. Dabei machten sie weder einen Unterschied zwischen Männern und Frauen noch zwischen Greisen und Kindern. Gnade war ihnen ein Fremdwort, und sie beabsichtigten nicht, Gefangene zu machen. Ihr Blutdurst fand keine Grenzen, und sie verhalfen dem Tod zu reichlicher Ernte. Schreie erfüllten die Luft, dazwischen das Stöhnen,

Wimmern und Wehklagen derer, denen noch nicht einmal die Gnade eines raschen und schmerzlosen Todes vergönnt war.

Der entsetzliche Anblick lähmte Aylon. Noch niemals zuvor war er Zeuge eines so widerwärtigen Abschlachtens geworden. Die bloße Vorstellung, daß Menschen dazu fähig wären, erschien ihm unbegreiflich, und hätte er das Massaker nicht mit eigenen Augen gesehen, sondern nur davon gehört, hätte er vermutlich kein Wort geglaubt. Ihm kam nicht einmal der Gedanke, daß er selbst ebenfalls gefährdet war. Erst als einer der Hornmänner direkt auf ihn zuritt und dabei eine Streitaxt mit bluttriefender Klinge schwang, erwachte Aylon aus seiner Erstarrung.

Im letzten Moment gelang es ihm, sich zur Seite zu werfen. Die Axt verfehlte seinen Kopf um kaum eine Handbreite. Sie schmetterte gegen das Holz des Türbalkens und grub sich tief hinein. Mit einem Ruck riß der Hornmann sie wieder heraus und sprang aus dem Sattel. Aylon wich in die Hütte zurück. Der Clanskrieger folgte ihm, eine finstere, fleischgewordene Drohung, die nicht von dieser Welt zu stammen schien. Die Rüstung bedeckte seinen Körper vollständig; alles, was Aylon von ihm zu sehen bekam, waren die im eisigen Grau funkelnden Augen hinter den schmalen Sehschlitzen des Helms. Ihre Blicke kreuzten sich, und mit einem Mal wurde Aylon ganz ruhig. Er verspürte keine Angst mehr, nur noch kalten Haß, und im gleichen Augenblick wußte er, was zu tun war.

Mit einem tausendfach geübten gedanklichen Befehl weckte er die magischen Kräfte, die in seinem Inneren schlummerten, und vereinigte sie mit denen des goldenen Reifs an seinem Handgelenk. Das Skiil schützte ihn nicht nur vor fremder Magie, sondern verlieh ihm auch die Macht, Illusionen zu erzeugen. Ihm blieb nicht genügend Zeit, sich irgendeine schrekkenserregende Phantasiebestie oder ein ähnlich bedrohliches Wesen auszumalen und es Gestalt annehmen zu lassen; statt dessen konzentrierte er sich auf die Rüstung des Hornmannes.

Es war, als schlösse sich eine unsichtbare, gigantische Faust darum. Wie unter unvorstellbarem Druck wölbte sich der Panzer nach innen. Es dauerte einen Augenblick, bis der Clanskrieger begriff, was mit ihm geschah, dann begann er gellend zu schreien. Was er erlebte, war nur eine Illusion, seine Rüstung war so normal wie vorher, doch da er das Trugbild nicht als solches erkannte, war es für ihn real. Seine Sinne vermochten nicht zwischen Schein und Wirklichkeit zu unterscheiden; er spürte den Druck der unsichtbaren Faust, sah ihre Wirkung und fühlte den Schmerz, als sie sich immer fester um seinen Körper zu pressen und seine Rüstung dabei zu zermalmen schien. Seine Schreie steigerten sich zu einem schrillen, unmenschlichen Kreischen.

Blut sickerte zwischen den Hornschuppen hervor. Aylon war sich nicht sicher, ob es ebenfalls nur ein Teil der Illusion oder ob es echt war. Wenn eine Sinnestäuschung nicht als solche erkannt wurde, konnte es geschehen, daß ihre Wirkung durch das Unterbewußtsein eines charakterschwachen Betroffenen auch physisch verwirklicht wurde. Das hatten Forschungen mit Hypnose in Cavillon ergeben, doch Aylon dachte lieber nicht zu intensiv darüber nach. Der Erfolg seines Tuns erschreckte ihn, und er wollte aufhören, doch etwas in ihm sträubte sich dagegen. Sein Blick fiel auf die blutbefleckte Axt in der Hand des Hornmannes, und er sah wieder die abgeschlachteten Nomaden vor sich; im gleichen Augenblick wurde sein Haß übermächtig und übernahm kurz die Kontrolle über sein Handeln. Die Schreie des Clanskriegers sanken zu einem gequälten Wimmern herab, dann erstarben sie ganz. Ein Ruck durchlief seine Gestalt; er erschlaffte, und plötzlich war alles voller Blut. Angeekelt und erschrocken über sich selbst wandte Aylon den Blick von dem leblosen und seltsam mißgestalteten Bündel ab, das nur noch entfernt Ähnlichkeit mit den Umrissen eines menschlichen Körpers besaß.

Er taumelte ein paar Schritte zur Seite und erbrach sich würgend, ohne daß er sich anschließend besser fühlte. In seinen Gedanken herrschte eine schreckliche Leere.

Wie betäubt trat er an die Türöffnung und blickte nach draußen. Obwohl es ihm viel länger vorkam, hatte sein Kampf gegen den Hornmann nur wenige Sekunden gedauert. Außerhalb der Hütte dauerte das Massaker mit unverminderter Heftigkeit an.

Vereinzelt flackerte noch Widerstand auf. Einer der Nomaden schaffte es, die am Rande des Dorfes an einem Baum angebundenen Hunde loszulassen und auf die Angreifer zu hetzen. Die sowohl zur Jagd wie auch zum Töten abgerichteten Bestien machten den Hornmännern zu schaffen und rissen mehrere von ihnen aus dem Sattel, bis als letztes auch das Leittier unter einem Schwerthieb sein Leben mit einem kläglichen Winseln aushauchte. Immerhin hatten die Hunde den Nomaden einen kurzen Zeitgewinn verschafft. Aylon entdeckte Orban, der einige Bogenschützen um sich geschart hatte und sich bemühte, mit ihnen eine halbwegs geordnete Schlachtreihe aufzubauen. Pfeil um Pfeil sandten sie den Angreifern entgegen, spannten ihre Bögen blitzschnell neu und wichen dabei in Richtung der Pferdekoppel zurück. Beritten hatten sie vielleicht noch eine kleine Chance, sofern es ihnen gelang, die Pferde zu erreichen.

Sie schafften es nicht. Ein gutes Stück vor der Koppel wurden sie trotz ihrer heftigen Gegenwehr von der schwarzen Lawine überrollt. Der beidhändig geführte Axthieb eines Hornmannes trennte Orban den Kopf von den Schultern, als er gerade begonnen hatte, seinen Getreuen mit einem laut schallenden Schlachtruf Mut zuzubrüllen. Statt dessen raubte sein Tod nun auch dem letzten von ihnen die Hoffnung. In panischer Angst fuhren die wenigen noch lebenden Nomaden herum, ließen zum Teil ihre Waffen fallen und flohen. Verzweifelt versuchten sie, im Dickicht des Waldes Schutz zu finden, doch nicht einer von ihnen erreichte sein Ziel. Auch sie fielen unter den Hieben der sie verfolgenden Hornmänner und färbten die Erde mit ihrem Blut rot.

Es war der letzte nennenswerte Widerstand der Nomaden. Sie waren viel zu sehr überrascht worden, als daß sie irgend etwas hätten ausrichten können. Die Clanskrieger sammelten sich an einem Ende des Dorfes. Bereits im ersten Ansturm hatten sie es mit dem Stahl ihrer Klingen genommen; nun kehrten sie zurück, um die Läuterung des Feuers zu bringen.

Fackeln wurden entzündet; die ersten Hütten gingen in Flammen auf.

Verzweifelt suchte Aylon nach einem Fluchtweg. Hier konnte er nicht bleiben. Es war nur noch eine Frage von Sekunden, bestenfalls Minuten, bis man ihn entdeckte. Die Hornmänner begannen bereits, die Hütten zu durchsuchen. Sie gingen schnell und flüchtig vor, große Reichtümer gab es bei den Nomaden ohnehin nicht zu erbeuten. Dieser Überfall war ohne jeden Zweifel eine Strafexpedition, kein Raubzug. Aus den Hütten erklangen Schreie, und vereinzelt versuchten Frauen oder Kinder zu fliehen, doch auch jetzt zeigten die Hornmänner kein Erbarmen. Wie in Floyds Erzählung wurden einzig einige Kleinkinder, die noch nicht oder kaum auf eigenen Beinen stehen konnten, von ihnen verschont. Kaum hatten die Clanskrieger eine Hütte durchsucht, brannten sie diese nieder.

Aylon spürte eine Berührung am Arm. Mit Mühe unterdrückte er einen Schreckenslaut und fuhr herum. Hinter ihm stand Flair und starrte ihn mit vor Entsetzen weit aufgerissenen Augen an. Ihr Blick flackerte wie der einer Wahnsinnigen. Sie mußte Furchtbares gesehen und durchgemacht haben. Es war nahezu ein Wunder, daß sie noch lebte, auch wenn es allem Anschein nach nur ein kurzer Aufschub war.

»Wir müssen weg«, flüsterte das Mädchen mit erstickter Stimme. »Komm, sie werden gleich hier sein.«

Aylon schüttelte den Kopf. Es gab keine Rettung mehr; wenn sie abwarteten, würde man sie entdecken, und wenn sie die Hütte verließen, liefen sie den Hornmännern direkt in die Arme. Beides würde ihren sicheren Tod bedeuten. Auch seine Magie nutzte ihm nichts. Je gewaltiger eine Illusion war, desto größere Anstrengung erforderte sie, und um den gesamten Trupp Hornmänner in die Flucht zu schlagen, mußte er ihnen schon einen mittelschweren Weltuntergang oder zumindest den Angriff einer weit überlegenen Armee vorgaukeln. Ohne umfangreiche Vorbereitungen konnte er weder die dazu nötige Konzentration noch die Kraft aufbringen.

»Komm schon«, drängte Flair noch einmal und zerrte an seinem Arm. »Sie werden uns töten, wenn wir hier bleiben.«

Aylon ließ sich zu der Öffnung mitziehen, die sie in der Rückwand der Hütte geschaffen hatte, und blickte hinaus. Gleich darauf zog er den Kopf blitzschnell wieder zurück, als nur wenige Schritte entfernt ein Hornmann vorbeiritt. Auch an der Vorderseite der Hütte waren jetzt mehrere Clanskrieger zu hören, die sich näherten und aus dem Sattel stiegen.

Im gleichen Augenblick, in dem der erste von ihnen mit dem Schwert in der einen und einer Fackel in der anderen Hand eintrat, wußte Aylon, was zu tun war. Während er sich auf den Reif konzentrierte, preßte er Flair leicht die Hand auf den Mund, damit sie sich nicht verraten konnte.

Der eintretende Hornmann meinte aus den Augenwinkeln eine flüchtige Bewegung wahrzunehmen, doch offenbar hatte ihn der Fackelschein genarrt, denn als er genauer hinsah, entdeckte er nur einen Tisch und einen Stuhl. Schulterzuckend legte er Feuer an die Wände und trat wieder ins Freie.

Aylon atmete auf und zog die Hand vom Mund des Mädchens zurück. Flair sah ihn verständnislos an, aber sie war noch viel zu geschockt, um Fragen zu stellen. »Raus hier!« zischte Aylon und stieß sie in Richtung des Loches in der Rückwand. Das Feuer breitete sich rasend schnell aus. Binnen weniger Sekunden fraß es sich an der Wand bis zum Dach hoch. »Lauf!« stieß er hervor. »Niemand wird uns beachten.«

Er wartete, bis Flair durch die Öffnung gekrochen war, dann folgte er ihr ins Freie. Die meisten Hütten brannten inzwischen wie riesige Scheiterhaufen, und sengende Hitze schlug ihnen entgegen, als sie durch das Dorf hetzten. Überall lagen Leichen, neben- und übereinander, zum Teil so dicht, daß es fast unmöglich war, an ihnen vorbeizukommen, ohne auf sie zu treten. Trotzdem beachtete Aylon sie während des Laufens kaum, sondern bemühte sich mit aller Kraft, in seiner Konzentration auf den Reif nicht nachzulassen.

Sein Plan ging auf. Zwar blickten einige der Hornmänner in ihre Richtung, aber offenbar hielt es keiner von ihnen für nötig, den beiden vorbeilaufenden Jagdhunden einen Pfeil zu widmen – denn genau das war es, was sie sahen: keine Menschen, sondern nur zwei zerzauste, bereits leicht verletzte Hunde. Aylon wußte, daß die Illusion sehr unvollkommen war und jeden Augenblick zusammenzubrechen drohte. Er konnte seine Magie nicht gegen ein bestimmtes Opfer richten, sondern mußte das Trugbild wie einen Bannkreis in alle Richtungen um sich herum wirken lassen. Daß niemand den Trick durchschaute, lag allein daran, daß die Hornmänner ihnen keinerlei Aufmerksamkeit widmeten. Würde nur ein einziger von ihnen etwas sorgfältiger herübersehen...

Aylon verbannte den Gedanken aus seinem Kopf. Er rannte, so schnell er konnte, holte physisch wie psychisch das Letzte aus sich heraus. Der Waldrand lag bereits zum Greifen nahe. Dunkle Kreise drehten sich vor seinen Augen, als er neben Flair in das Dickicht eindrang, und wenn sie ihn nicht zur Seite gezogen hätte, wäre er aus vollem Lauf gegen einen Baum geprallt, den er vor Erschöpfung nicht einmal gesehen hatte. Er taumelte noch einige Schritte weiter, dann ließ er die Illusion zusammenbrechen und sank ausgelaugt ins Gras. Sein Puls raste. Jeder Atemzug brannte in seiner Lunge, und ein bohrender Schmerz erfüllte seinen Kopf. Die doppelte Anstrengung war zu viel gewesen; er hatte sich völlig verausgabt. Aber jetzt zählte nur, daß ihnen die Flucht gelungen war und sie sich in Sicherheit befanden.

Als einzige.

Bislang hatte Aylon die Hornmänner nur vereinzelt in kleineren Kämpfen gesehen und lediglich Berichte über ihre Grausamkeit und unbezwingbare Stärke gehört. Nun wußte er, daß alle Erzählungen nichts weiter als eine Verharmlosung darstellten. Gut zweihundert Menschen hatten dem Nomadenstamm angehört, viele davon erfahrene und ebenfalls berüchtigte Krieger; doch die Clanskrieger hatten kaum fünf Minuten gebraucht, sie niederzumetzeln.

Auch die letzten Hütten gingen mittlerweile in Flammen auf. Abgesehen von Flair und dem kleinen Trupp, der Floyd begleitet hatte, gab es keine Collin mehr, wurde sich Aylon bewußt. Das Bild der verstümmelten, dicht gedrängten Leichen aller Altersstufen hatte sich unauslöschlich in sein Gedächtnis eingegraben. Er wußte, daß er es bis ans Ende seines Lebens nicht mehr würde vergessen können, aber das Entsetzen über etwas anderes machte ihm noch mehr zu schaffen.

Einige Sekunden hatte er die Kontrolle über sich verloren. Er hatte seine magischen Kräfte erstmals zum Zerstören angewandt, hatte zum ersten Mal einen Menschen getötet. Daß sein Opfer ein Hornmann gewesen war, der selbst zuvor unzählige Male gemordet hatte, spielte dabei keine Rolle.

Er hatte getötet.

Es war ungleich widerlicher gewesen als all die anderen Morde, die er nur als unbeteiligter Zeuge miterlebt hatte. Widerlich, ekelhaft und abstoßend.

Und verlockend leicht.

Narben

Verborgen zwischen Bäumen, Zweigen und Büschen, stand die düstere Gestalt reglos wenige Schritte von der Lichtung entfernt, an einer Stelle, an der das Unterholz besonders dicht wuchs. Sie hatte sich ihrer Umgebung angepaßt, verschmolz nahezu vollkommen mit den Schatten des Waldes um sie herum. Niemand entdeckte sie, während sie selbst das Geschehen im Dorf aufmerksam beobachtete.

Das Massaker war ihr gleichgültig. Für sie waren Leben und Tod immer schon nur zwei Seiten der gleichen Münze gewesen, und weder die Nomaden noch die Hornmänner interessierten sie. Ihr ging es einzig und allein um Aylon. Er durfte auf keinen Fall die Zitadelle erreichen. Nur ihm galt dieser

Überfall, allein seinetwegen hatte sich die Gestalt an die Clanskrieger gewandt und ihnen den Weg zum Dorf gewiesen. Sie hätten es ohnehin angegriffen, aber auf ihre Art hätte es einen offenen Kampf gegeben und für Aylon damit möglicherweise eine Chance zur Flucht.

Einen weiteren Mißerfolg wollte die Gestalt nicht riskieren. Sie konnte nicht selbst handeln, sondern lediglich auf indirektem Wege Einfluß auf das Geschehen nehmen, und vor allem waren ihre Möglichkeiten sehr begrenzt gewesen, solange sich Aylon noch in Cavillon aufhielt. So war es ihr einen Versuch wert erschienen, ihn durch Lesirian ausschalten zu lassen, aber sie hatte sich von Anfang an keine sonderlich großen Hoffnungen auf Erfolg gemacht. Der Magier war ein Narr gewesen, größenwahnsinnig, verblendet und dumm, aber dadurch auch ein nützlicher Helfer.

Der Anschlag war gescheitert, und die Eile, mit der Aylon aus Cavillon aufgebrochen war, hatte selbst die Gestalt überrascht; trotzdem war es ihr gelungen, eine neue, weitaus tödlichere Falle um ihn herum zu errichten.

Zufrieden beobachtete sie, wie das Dorf der Nomaden dem Erdboden gleichgemacht wurde, um gleich darauf hilfloser Zeuge von Aylons Flucht zu werden.

Der Düstere stieß ein haßerfülltes Zischen aus. Ein eisiger Hauch ließ die Pflanzen in seiner unmittelbaren Nähe erstarren und überzog sie mit einer dünnen Kruste aus Rauhreif. Er wich lautlos zurück, verschmolz noch tiefer mit den Schatten, und dann plötzlich waberte dort, wo er gerade noch gestanden hatte, nur noch etwas Dunkles, das an schwarzen Nebel erinnerte, wogte einige Sekunden hin und her, bevor es vom Wind auseinandergetrieben wurde.

Der Düstere war fort, auf die gleiche unheimliche Art wieder verschwunden, wie er gekommen war.

»Wie konnte das geschehen?« flüsterte Shantal mit erstickter Stimme. Sie starrte auf die zum Teil noch schwelenden Aschenhaufen, die einmal ihr Dorf gewesen waren. Etwas von dem Feuer, das es verzehrt hatte, schien nicht erloschen zu sein, sondern sich in ihren Augen gefangen zu haben und dort, von Haß genährt, weiterzulodern. Ihre Hände waren zu Fäusten geballt, doch es war eine Geste, die nur ihre Hilflosigkeit verdeutlichte. Es konnte keine Rache geben, dafür gab es zu wenige Überlebende. Sie fühlte sich leer. Tief in ihr war etwas gerissen, und sie wußte, daß diese Wunde niemals mehr verheilen würde.

»Wie konnten sie unbemerkt hierher kommen?« sprach sie weiter. »Die Wachen waren... überall im Wald saßen unsere Späher.«

Floyd stand neben ihr. Er vermochte einen Teil von dem nachzufühlen, was in ihr vorging. Natürlich war seine Trauer nicht annähernd so tief; das Dorf war nicht seine Heimat gewesen, und er hatte keine Angehörigen verloren – und wie durch ein Wunder nicht einmal einen Freund, da Aylon und das Mädchen von allen, die sich zum Zeitpunkt des Überfalls im Lager befanden, die einzigen waren, die das Massaker überlebt hatten. Er war von dem Überfall im Grunde nicht betroffen, dennoch empfand er angesichts der Zerstörung tiefverwurzelte Schuldgefühle, wie stets in den vergangenen Jahren, wenn er mit der Grausamkeit der Clanskrieger konfrontiert wurde. Immer noch fühlte er sich für ihre Greueltaten mitverantwortlich.

Im Gegensatz zu vielen anderen Völkern verbrannten die Nomaden ihre Toten nicht, sondern beerdigten sie – verständlich, wenn man ihre enge Beziehung zum Wald und zur Natur allgemein bedachte. Die fünf überlebenden Kriegerinnen hatten bereits ein Grab ausgehoben; nicht besonders tief, denn die Zeit drängte, aber breit und lang genug, die ungeheure Zahl an Toten aufzunehmen. Unbehaglich beobachtete Floyd, wie sie die Leichen herbeitrugen. Sie hatten ihn beim Graben helfen lassen, jede weitere Hilfe aber abgelehnt, was er sogar verstand. Dies war der letzte Dienst, den sie den Toten erweisen konnten. Es war ihm bereits schwergefallen, sie davon abzuhalten, für jeden ein Einzelgrab zu schaufeln, aber zum Glück hatten sie schließlich eingesehen, wie groß die Gefahr war, daß die Hornmänner auf der Suche nach Überlebenden zurückkehrten. Zudem hatte es leicht zu regnen begonnen, und die dunklen grauen Wolken am Himmel deuteten darauf hin, daß sich das Wetter noch verschlechtern würde. Bei starkem Regen wäre es ohnehin unmöglich gewesen weiterzugraben. Das Wasser hätte die ausgehobene Erde sofort wieder zurück in die Löcher geschwemmt.

Shantal beobachtete die Beerdigungsvorbereitungen, zumindest hielt sie den Blick auf das riesige Grab gerichtet; doch es schien nicht so, als ob sie irgend etwas um sich herum wahrnähme. Das Haar hing ihr in nassen Strähnen vom Kopf. »Die Späher«, murmelte sie noch einmal. »So etwas konnte überhaupt nicht geschehen.«

»Aber es *ist* nun einmal passiert, und niemand kann mehr daran etwas ändern«, erwiderte Floyd mit nur scheinbarer Kälte. Er hatte die von den Clansmännern inzwischen verlassene Furt ohne Schwierigkeiten überquert und war mit Shantal und ihren Kriegerinnen zum Dorf zurückgeritten. Mehrfach waren sie unterwegs auf ermordete Späher gestoßen. Die Hornmänner, auf deren Rastplatz er zuerst gestoßen war, mußten den Fluß abseits der Furt überquert haben. Sie hatten die Späher umgangen, sich von hinten an sie herangeschlichen und sie ausgeschaltet, um den Weg für den Haupttrupp zu ebnen; keiner der Wächter war ihnen entkommen.

»Ihr lebt noch, und wenn du willst, daß es so bleibt, dann reiß dich zusammen.« Floyd deutete auf die Nomadenkriegerinnen. »Du bist ihre Anführerin. Das bedeutet, daß du auch die Verantwortung für sie trägst.«

»Und wenn schon.« Shantals Stimme klang noch so brüchig wie zuvor, doch in ihre Augen kehrte etwas Leben zurück. »Was geht es dich an?«

»Ihr habt die Hornmänner unterschätzt, und jetzt seid ihr auf dem besten Weg, es erneut zu tun«, sprach Floyd unbeirrt weiter. »Sie sind noch irgendwo auf dieser Seite des Flusses, in diesem Wald. Vielleicht wollen sie noch einen anderen Stamm angreifen. Auf jeden Fall werden sie bald hierher zurückkommen. Es wird sie sicher freuen, wenn sie euch dann in Selbstmitleid aufgelöst vorfinden.«

»Was verstehst du denn davon?« zischte Shantal. Sie wandte den Kopf und blickte ihn zornig an. »Du hast mit alldem hier nichts zu tun. Kannst du nicht verstehen, daß wir unsere Toten wenigstens einige Minuten lang in Trauer ehren wollen?« Sie machte eine kurze Pause. »Auf was wartest du überhaupt noch? Ihr seid frei. Also nimm deinen Freund und verschwinde von hier.«

»Genau darüber will ich mit dir reden. Was ist mit euch? Wohin werdet ihr gehen?«

Einen Augenblick sah es so aus, als wollte sie erneut auffahren, weil er sich nicht abwimmeln ließ, aber dann schluckte sie die barsche Antwort hinunter, die ihr auf der Zunge lag, und zuckte mit den Schultern. »Ich weiß es nicht«, sagte sie. »Wir werden uns wohl einem anderen Stamm anschließen.«

»Hier in der Nähe?«

»Kaum. Wir Collin sind nicht sehr beliebt, weißt du? Wir haben Freunde, sicher, aber sie leben weit entfernt, im Osten der Nordermark. Du solltest uns über Mithyr ja den Weg zu ihnen ebnen.«

»Demnach müßtet ihr durch Skant, um zu ihnen zu gelangen«, folgerte Floyd. »Genau wie Aylon und ich. Wir wollen immer noch so schnell wie möglich nach Therion. Zusammen hätten wir eine bessere Chance, ungeschoren durchzukommen.«

»So?« Shantal ließ ihren Blick noch einmal umherschweifen. »Offenbar haben wir die Hornmänner wirklich unterschätzt. Sollen wir uns ihnen nun völlig ausliefern, indem wir ihnen direkt in die Arme laufen?« Sie schnaubte durch die Nase. »Wir werden die südliche Route nehmen.«

»Und du glaubst, dort wäre es für euch sicherer?« Floyd lächelte grimmig. Er mußte sich beherrschen, um nicht sarkastisch zu werden, wie es seiner Art entsprach; aber spöttische Bemerkungen waren der Situation kaum angemessen. »Wenn ihr einem anderen Stamm angehören würdet, dann vielleicht. Aber wie du selbst gesagt hast, habt ihr Collin nicht gerade den besten Ruf, auch nicht im Süden. Ihr seid fast so verhaßt wie die Hornmänner. Man wirft euch ebenfalls zahlreiche Untaten vor.«

»Die wir aber nicht begangen haben. Oder zumindest nur wenige. Wir waren immer nur ein kleiner Stamm. Gerüchte über unsere angebliche Grausamkeit haben sich als ein wirkungsvoller Schutz erwiesen, um andere abzuschrecken.«

Wieder grinste Floyd bitter. »Und nun werden sie euer Verhängnis. Niemand würde euch glauben. Die Menschen würden euch aus purer Rachsucht hinrichten, wo ihr auch auftaucht.«

Shantal zögerte. »Mag sein«, räumte sie nach kurzem Überlegen ein. »Und was schlägst du vor, daß wir statt dessen tun sollen?«

»Wie ich schon sagte – kommt mit uns. Wir haben eine Chance, vorausgesetzt, es stimmt, was Orban über Mithyr gesagt hat. Wenn es den Tempel und die geheimen Wege gibt, von denen er sprach, dann –«

»Mein Vater hat die Wahrheit gesagt«, fiel sie ihm ins Wort. »Eines Tages fanden wir einen schwerverletzten Mann im Wald. Wir pflegten ihn, konnten ihn aber nicht retten. Sterbend hat er uns von Mithyr erzählt, und Sterbende lügen nicht.«

»Dein Vater?« überrascht runzelte Floyd die Stirn. »Orban war dein Vater?«

Shantal nickte stumm. Ein plötzlicher Windstoß packte ihr nasses Haar, wehte es nach vorne und ließ es einen Augenblick wie einen dunklen Schleier vor ihrem Gesicht tanzen, bevor es auf ihrer Haut festklebte. Sie strich es achtlos zurück.

»Ein Grund mehr, dich zu bemühen, eine würdige Nachfolgerin zu werden«, fuhr Floyd fort. »Er hätte bestimmt nicht resigniert. Und er hätte gewollt, daß du seinen Kampf fortsetzest. Nicht mit dem Schwert, aber mit deinem Kopf und deiner Erfahrung, die anderen nützen kann.«

»Ich werde darüber nachdenken«, erwiderte sie unentschlossen. »Eine solche Entscheidung kann ich nicht aus dem Stegreif fällen. Ich muß mich erst mit den anderen beraten. Es geht auch um ihre Zukunft.«

»Aber laß dir nicht zu viel Zeit«, warnte Floyd. »Wir haben keine Minute zu verlieren. Solange wir zusammen bleiben, steht unser Leben ebenfalls auf dem Spiel.«

Er musterte sie noch einige Sekunden eindringlich, dann wandte er sich um. Es begann stärker zu regnen, und er zog sich den Umhang über den Kopf, während er zu Aylon hinüberging. Der junge Magier saß zusammen mit Flair am Waldrand gegen den Stamm eines mächtigen Baumes gelehnt. Floyd hatte kaum zu hoffen gewagt, ihn lebend wiederzusehen, doch allem Anschein nach war ihm und dem Mädchen als einzigen die Flucht aus dem Dorf gelungen – zweifellos nur dank seiner magischen Kräfte. Floyd kannte schließlich die Gründlichkeit der Hornmänner, und die Sorgfalt, mit der sie diesen Überfall durchgeführt hatten, bestätigte auf blutige Weise, daß sie diesbezüglich in den vergangenen zehn Jahren nichts verlernt hatten.

Aylon beachtete Floyd nicht, lediglich das Mädchen musterte ihn neugierig. Es hielt eine aus einer Wurzel, Zweigen, Gras und Stoffetzen gefertigte Puppe in den Händen. Das hölzerne Gesicht war überraschend lebensecht geschnitzt. Es wirkte traurig, fast sah es aus, als quöllen Tränen aus den winzigen Augen. Floyd wandte den Blick von der Puppe ab und schenkte Flair ein gezwungenes Lächeln. Er wußte nicht, was dieses Gefühl in ihm auslöste, aber er mochte das Mädchen nicht. Flair war ihm unheimlich. Vielleicht lag es an der Art, wie sie ihn ansah: irgendwie abschätzend, so wie ein Tischler ein Stück Holz betrachtet und sich dabei fragt, was er daraus fertigen kann. Es war ein unsinniger Eindruck, aber Floyd kam nicht gegen den Gedanken an.

Auch irritierten ihn ihre magischen Kräfte. Da Shantal keine besaß, mußte Flairs Vater ein Magier sein und sie ihr vererbt haben. Was aber war aus ihm geworden, und was hatten die

Nomaden, die deswegen bekannt waren, daß sie jede Art von Zauberei ablehnten, mit einem Magier zu tun?

»Ich glaube, sie werden mit uns kommen«, sagte er und setzte sich ebenfalls. Das Blätterdach des Baumes war bereits stark gelichtet, aber noch dicht genug, ihnen vor dem Regen Schutz zu bieten.

In Flairs Augen blitzte ein Freudenfunke auf. »Das heißt, wir können zusammenbleiben«, sagte sie und nickte zufrieden. Ihr war es von allen am schnellsten gelungen, sich von dem Schock zu erholen. Wie es bei Kindern manchmal geschah, hatte sich ihr Verstand vermutlich einfach gesperrt, als das Entsetzen zu groß wurde, so daß sie noch gar nicht ganz begriffen hatte, was überhaupt passiert war. Sie würde die Wahrheit erst nach und nach erkennen. In gewisser Hinsicht war das Mädchen fast darum zu beneiden.

Aylon fiel es bei weitem nicht so leicht, alles zu verarbeiten, was er gesehen hatte. Er saß zusammengesunken da, den Kopf gesenkt, als hätte ihn alle Kraft verlassen. Sein ohnehin schmales Gesicht war noch hagerer geworden. Seine Wangen waren eingefallen, die vorher nur winzigen Fältchen um Mund und Augen schienen sich vertieft zu haben, und um seine Mundwinkel hatte sich ein bitterer Zug eingekerbt. Schlimmer jedoch als diese offensichtlichen Spuren des erlebten Schreckens war eine Veränderung, die tief in seinem Inneren vorgegangen war und sich längst nicht so sichtbar zeigte. Aylon hatte nie ein vor Freude und Fröhlichkeit nur so überschäumendes Temperament besessen, nun aber schien er geradezu von einer unsichtbaren Aura des Düsteren, Unheimlichen umgeben zu sein. Er war so tief in Gedanken versunken, daß er Floyds Annäherung anscheinend nicht einmal bemerkt hatte.

Der Gaukler stieß ihn sanft an. Aylon hob den Kopf. Ihre Blicke kreuzten sich, und wiederum erschrak Floyd. Die Augen des Magiers flackerten unstet, es stand ein so abgrundtiefes Leid darin geschrieben, daß es unmöglich allein auf die Hornmänner zurückzuführen sein konnte. Er sah sich um, als erwachte er aus einem tiefen Schlaf. Die Haare hingen ihm wirr und naß ins Gesicht.

»Hast du gehört, was ich gesagt habe?« erkundigte sich Floyd. »Shantal und ihre Garde werden uns wahrscheinlich begleiten. Wir werden zusammen nach Mithyr reiten.«

»Und dann?« murmelte Aylon. Er sprach schleppend und kaum hörbar. »Was sollen wir da? Ich frage mich, welchen Sinn diese ganze Reise noch hat. Was bringt es schon, wenn ich die Zitadelle erreiche?«

»Wissen«, antwortete Floyd. »Erkenntnisse über deine Herkunft. Bis vor ein paar Stunden hat dir noch sehr viel daran gelegen.«

»Erkenntnisse«, wiederholte Aylon gedehnt. »Wenn dort wirklich Erkenntnisse auf mich warten, dann werden sie wahrscheinlich wieder nur neuen Schmerz bedeuten. Warum also überhaupt diese Mühe? Vielleicht hätte ich Cavillon nie verlassen sollen. Aber ich habe mir eingebildet, ich wüßte, wie es in der Welt zugeht.« Er stieß einen krächzenden Laut aus, der nur entfernt Ähnlichkeit mit einem Lachen hatte. »Alles sieht völlig klar und einfach aus, wenn man im Schutz uneinnehmbarer Mauern aufwächst, wenn man sich beliebiger Zerstreuung hingeben und sich dem Studium hochgeistiger Künste widmen kann und alles Wissen nur aus Büchern und Erzählungen geschöpft hat. Aber die Wirklichkeit sieht ganz anders aus. So viel habe ich jetzt gelernt.« Er ließ den Kopf nach vorne fallen und versank wieder in dumpfes Brüten.

Floyd packte sein Kinn, hob es an und zwang Aylon, ihm in die Augen zu sehen. »Dann wird es Zeit, daß du noch mehr lernst«, sagte er scharf. »Dir gefällt es vielleicht, dich im eigenen Selbstmitleid zu suhlen, aber dafür ist jetzt wahrlich nicht der geeignete Augenblick. Du wolltest unbedingt zu dieser Zitadelle, nicht ich. Ich habe dich auf dieser Reise nur begleitet, weil ich dir einen Gefallen tun wollte, daran solltest du gelegentlich denken. Du schuldest mir etwas, hast du das verstanden? Also nimm dich gefälligst wenigstens so lange zusammen, bis wir uns in Sicherheit befinden.«

Mit einem Ruck befreite Aylon seinen Kopf aus dem Griff. »Was glaubst du denn, was ich tun will?« fauchte er. »Hier herumsitzen und auf den Untergang der Welt warten? Keine Sorge, mir geht es gut. Sogar besser als je zuvor. Erinnerst du dich noch, daß du mich einmal naiv genannt hast? Das war vor ein paar Monaten, als wir uns gerade kennengelernt hatten.«

Floyd nickte unbehaglich. Dieser plötzliche Temperamentswandel des Freundes gefiel ihm ebenso wenig wie die vorangegangene Resignation – oder das, was er für Resignation gehalten hatte. »Worauf willst du hinaus?«

»Du hast mich naiv und selbstlos genannt. Also so etwas wie einen Narren, und damit hattest du wohl auch recht.«

»So habe ich es weder gesagt noch gemeint«, warf Floyd ein.

Aylon antwortete nicht auf den Einwand. »Du hattest recht«, wiederholte er unbeirrt. »Und du hast mir prophezeit, ich würde irgendwann sehr unsanft aufwachen. Auch das stimmte. Ich... ich habe heute einen der Hornmänner getötet.«

Floyd öffnete den Mund, schloß ihn dann aber wieder, ohne etwas zu sagen, als er plötzlich begriff. Jedes Wort wäre ihm leer vorgekommen und hätte die Wunde vermutlich nur noch vertieft. Er war von Kindheit an zum Töten ausgebildet worden und hatte erst im Lauf der Zeit gelernt, das Leben anderer zu achten; deshalb konnte er wie schon bei Shantal jetzt auch nicht wirklich nachempfinden, was in Aylon vorging. Zumindest aber vermochte er sich vorzustellen, welche Skrupel den jungen Magier peinigten. Das Leben eines anderen bedeutete für einen Ishar den höchsten Wert überhaupt, und dementsprechend stellte ein Mord das verabscheuungswürdigste Verbrechen dar, das ein Mensch nur begehen konnte. Hilflos miterleben zu müssen, wie andere umgebracht wurden, mochte bereits entsetzlich sein, aber selber jemanden zu töten war ein Verstoß gegen alle Lehren und Werte, auf denen der Magier sein Leben bislang aufgebaut hatte. Es war unmöglich, das nachzuvollziehen.

»Wenn es ein Hornmann war, so hat er es verdient«, sagte

Floyd nach kurzem Zögern, obwohl er eigentlich schweigen wollte. »Er hat selbst schon zahlreiche Menschen getötet. Und er hätte es auch weiterhin getan.«

»Es hättest auch du sein können, wenn du dich damals nicht von den Clans getrennt hättest.«

»In dem Fall hätte ich es ebenfalls verdient gehabt.«

»Trotzdem...« Aylon senkte den Kopf. Nach ein paar Sekunden zuckte er mit den Schultern, und ein sichtbarer Ruck ging durch seine Gestalt. »Ich habe es nun mal getan.«

»Du wirst darüber hinwegkommen.«

»Darum geht es nicht. Ich glaube, ich verstehe nun einiges etwas besser. Gewalt ist nie eine Lösung, sie verschiebt ein Problem höchstens. Gäbe es keinen Raub und keinen Mord mehr, wenn man alle Hornmänner umbrächte?« Er beantwortete seine Frage selbst, mit einem Kopfschütteln. »Dadurch würde sich nichts ändern. Es wird immer Clansmänner geben, wenn auch vielleicht unter anderem Namen. Vielleicht sind sie der zwangsläufige Fluch der menschlichen Entscheidungsfreiheit.«

Er machte eine Pause und sah Floyd an, aber dieser schwieg und wich seinem Blick aus.

»Es macht auch keinen Unterschied, ob ich nur zusehe, wie du jemand im Kampf tötest, oder ob ich selber kämpfe«, fuhr Aylon fort. »Das ist Augenwischerei. Es wird Zeit, daß ich meine eigenen Regeln etwas ändere. Man kann sich nicht gegen die ganze Welt stellen, sondern muß sich wenigstens zum Teil anpassen, wenn man überleben will. Das habe ich heute endlich begriffen.«

»Hoffentlich nicht nur das«, murmelte Floyd. »Sicher, man muß sich anpassen, aber man darf sich selbst und seine Ideale dabei auch nicht aufgeben. Das ist ein sehr zweischneidiges Schwert. Ich fürchte, du wirst dich noch mehr als einmal daran schneiden.«

»Besser das als die Heuchelei der Ishar. Wenn irgendwo Krieg geführt wird, dann sehen sie tatenlos zu, weil sie sich nicht in politische Belange einmischen. Hinterher versorgen sie dann die Verletzten. Nein, Floyd, ich werde mir nicht mehr länger von veralteten Überlieferungen vorschreiben lassen, was ich zu tun habe. Die Vergangenheit ist tot. Deshalb wäre es vielleicht auch besser, wenn ich die Zitadelle und alles andere vergesse, was mit meiner Abstammung zu tun hat.«

»Du irrst dich«, widersprach Floyd. »Die Vergangenheit ist niemals tot. Sie kommt immer wieder, wenn man sie vergißt, statt aus ihren Fehlern zu lernen. Es hätte keinen Sinn, jetzt umzukehren. Die Zitadelle würde dir keine Ruhe lassen, und in ein paar Wochen würdest du dich erneut auf den Weg machen. Du kannst nicht vor dir selbst davonlaufen.«

»Immerhin habe ich einen guten Lehrmeister.« Aylon lächelte flüchtig. »Du dürftest ähnlich gedacht haben, als du die Clans verraten hast.«

»Und jetzt bin ich wieder hier. Das zeigt doch, daß sich auf Dauer nichts verdrängen läßt«, gab der Gaukler nachdenklich zurück. »Aber der Vergleich hinkt. Was ich getan habe, hatte noch andere Gründe. Bei mir ging es damals nicht nur um mein Leben. Ich mußte eine Entscheidung über das Schicksal unzähliger Menschen fällen. Viel hätte nicht gefehlt, und ich wäre daran zerbrochen.«

»Dann erzähl mir davon«, verlangte Aylon.

»Nein.« Floyd schüttelte den Kopf. »Dafür bleibt uns jetzt nicht genügend Zeit. Später. Vielleicht, wenn wir Mithyr erreicht haben. Bis dahin kannst du ja darüber nachdenken, ob es richtig ist, einige hundert Menschen zu opfern, wenn man damit das Leben Tausender rettet.« Er stand auf und warf einen Blick zum Himmel hinauf. Es regnete noch immer. Die Bewölkung hatte zugenommen; es war dunkel, als wäre bereits später Abend. »Sieht aus, als würde sich da oben ordentlich etwas zusammenbrauen. Ich werde noch mal mit Shantal sprechen. Wir müssen weg, bevor das Unwetter richtig losbricht.«

»Aber wir bleiben auf alle Fälle zusammen?« vergewisserte sich Flair.

Floyd hatte kaum noch auf das Mädchen geachtet. Es hatte die ganze Zeit über neben ihnen gesessen, doch besaß es anscheinend die Fähigkeit, sich so unauffällig zu geben, als wäre es nicht vorhanden. Er jedenfalls hatte Flairs Anwesenheit nahezu völlig vergessen. »Ja, zumindest vorläufig«, antwortete er.

Mit einem zufriedenen Nicken wandte sie sich wieder der Puppe zu, die sie noch immer in den Händen hielt.

Floyd hätte schwören können, daß das hölzerne Gesicht freudig lächelte.

Vergangenheit: Eibiem

Wie zur Bestätigung der Redewendung von der Ironie des Schicksals wurde die Nacht der Flammen von dem heftigsten Gewitter eingeläutet, das seit Jahren in diesem Teil des Landes niedergegangen war.

Der dritte Tag der Belagerung Eibiems war heiß und drükkend gewesen, erfüllt von einer fiebrigen Spannung, seit schon im Morgengrauen die Bewegungen im Lager des feindlichen Heeres die bevorstehende Entscheidungsschlacht angekündigt hatten. Quälend langsam gingen die Stunden dahin, ohne daß etwas geschah. Es hatte einige unbedeutende Scharmützel gegeben, aber man rechnete damit, daß der Kriegsherr der Söldner den Hauptangriff erst im Schutz der Dunkelheit befehlen werde.

Am späten Nachmittag war Wind aufgekommen, der sich binnen weniger Minuten zum Sturm gesteigert und als böses Vorzeichen das Banner auf dem Turm zerrissen hatte. Schwarze, brodelnde Wolkenmassen, die so tief hingen, daß man meinte, sie anfassen zu können, wenn man nur den Arm danach ausstreckte, hatten die Sonne und das Azurblau des Himmels verschlungen und die Nacht um Stunden zu früh anbrechen lassen. Wenige Minuten später hatte der Himmel seine Schleusen geöffnet und das flache Land rings um die Festung in einen See verwandelt, da das ausgedörrte Erdreich nicht einmal einen Teil der Wassermassen zu schlucken vermochte.

Schweigend stand Floyd vor dem winzigen Fenster seines Quartiers und lauschte der Stimme des gegen die Mauer und auf die etwas tiefer liegenden Dächer der Ställe prasselnden Regens. Der Sturm fauchte, als wollte er die Clansburg niederreißen. Blitz auf Blitz zuckte vom Himmel und tauchte die Nacht für Bruchteile von Sekunden in grell flackerndes Licht. Der Regen fiel wie eine Wand aus Wasser, dennoch ließen sich im Licht der Blitze schemenhaft die Heerscharen der Belagerer erkennen, die einem gigantischen Ungeheuer gleich vor der Festung lagerten. Mittlerweile jedoch erschien es mehr als fraglich, ob sie wirklich noch in dieser Nacht angreifen würden. Selbst wenn der Regen aufhörte, würde der fast knietiefe Morast ihren Vormarsch gewaltig behindern.

Floyd wußte nicht recht, ob er sich wie die anderen darüber freuen sollte – wenngleich aus völlig anderen Gründen als diese. Mehrmals hatte er sich während der letzten Tage gewünscht, daß alles vorüber wäre und damit auch seine seelische Qual ein Ende hätte. Seit er vor nunmehr zwei Jahren die Ausrottung des kleinen Dorfes erlebt hatte, war vieles anders geworden. Er hatte nur noch an Raubzügen teilgenommen, wenn es gar nicht anders ging, und natürlich war seine Zurückhaltung aufgefallen. Innerhalb weniger Monate war er zu einem schweigsamen Einzelgänger geworden, nur mit Shawn verband ihn nach wie vor eine tiefe Freundschaft. Die anderen mieden ihn, wagten es aber nicht, sich offen gegen ihn zu stellen. Seine Intelligenz, sein Mut und seine Geschicklichkeit im Umgang mit Waffen verschafften ihm selbst innerhalb der Kinsai eine Sonderstellung, und kaum jemand zweifelte daran, daß er in absehbarer Zeit in die Führungsspitze des Clans aufsteigen würde.

Der einzige, der mit unumstößlicher Sicherheit wußte, daß es niemals dazu kommen würde, war Floyd selbst. Von seinem anfänglichen Stolz, in den Kreis der Kinsai aufgenommen zu sein, war nichts mehr geblieben, so wenig wie von seiner Loyalität Yenom und den anderen Clansfürsten gegenüber. Erst nach und nach, dafür aber um so drastischer, war ihm bewußt geworden, daß sich hinter ihren heroischen Worten vom *neuen Menschen* nur die Gier nach Macht und Reichtum verbarg und daß ihre Philosophie der Härte nichts als ein Mittel darstellte, Unmenschlichkeit und Ausbeutung zu rechtfertigen.

Abgesehen vielleicht von Shawn gab es nur einen einzigen Grund, weshalb er sich nicht längst von ihnen losgesagt hatte: Angst. Die Clans würden ihm einen Verrat niemals verzeihen, sie würden ihn bis ans Ende der Welt jagen – und sogar darüber hinaus, wenn es nötig sein sollte. Nichts schien ihnen Einhalt gebieten zu können, und Floyd zweifelte nicht daran, daß sie auch den Krieg gegen den Städtebund überstehen würden, obwohl im Augenblick nichts darauf hindeutete. Nach anfänglichen Erfolgen hatten sie eine Niederlage nach der anderen hinnehmen müssen. Eibiem war die letzte noch existierende Clansburg, und auch sie würde fallen, vielleicht noch in dieser Nacht. Die Festung quoll fast über vor Hornmännern, und selbst wenn jeder von ihnen es mit einer Übermacht normaler Krieger aufnehmen konnte, stand ihr Untergang bereits fest. In den vergangenen Tagen der Belagerung waren mehr und mehr Krieger nach Skant geströmt und hatten das Heer vor den Toren der Burg mit jeder Stunde wachsen lassen, so daß auf jeden Hornmann mehr als zwei Dutzend Söldner kamen. Viele von ihnen waren keine ausgebildeten Soldaten, sondern Bauern, Kaufleute oder Handwerker, die kaum ein Schwert zu führen verstanden und nur zu den Waffen gegriffen hatten, weil sie alle schon unter den Hornmännern hatten leiden müssen und nun endlich eine Gelegenheit sahen, sich zu rächen. Ein undisziplinierter Mob, der selbst bei hundertfacher Überlegenheit in einer offenen Schlacht binnen weniger Stunden hingemetzelt worden wäre. Ein einziger Trupp schwerbewaffneter Reiterei würde es schaffen, bei einem Ausfall eine Bresche in die Armee der Angreifer zu schlagen und die Belagerung auf diese Art aufzubrechen.

Das wußten auch die Kommandanten des feindlichen Heeres, und so hatten sie das zu ihrer Hilfe herbeigeströmte Volk in vorderster Linie postiert. Sollte es wirklich zu einem Ausfall kommen, würden die Menschen fraglos abgeschlachtet werden, aber durch ihre schiere Masse jeden Angriff ersticken oder ihm zumindest die Spitze nehmen. Hinter ihnen wartete der eigentliche Feind, die angeheuerten Söldner: gut ausgebildete Soldaten, kampferprobt, gepanzert und größtenteils beritten. Eine Woge blitzenden Stahls, die alles Horn niedermachen würde, das sich ihr in den Weg stellte.

Eibiem würde durch ihre Klingen fallen, und dennoch gab sich Floyd keinen Illusionen hin. Die Ära der großen Clansburgen mochte sich ihrem Ende nähern, nicht aber die Macht der Clans. Sie wurde dadurch kaum erschüttert. Ein Verrat an ihnen würde für ihn ein Leben als Gejagter bedeuten, und er würde gegen die kämpfen müssen, bei denen er aufgewachsen war. Anderseits aber würde es den sicheren Tod bedeuten, in der Festung zu bleiben. Alles in Floyd widersetzte sich der Vorstellung, für Ideale zu kämpfen und zu sterben, die längst schon nicht mehr die seinen waren, im Gegenteil, die er hassen gelernt hatte. Und doch konnte er keine Entscheidung fällen.

Nicht allein.

Schwerfällig wandte er sich vom Fenster ab und sah Shawn an. »Überleg es dir«, sagte er. »Noch ist es nicht zu spät. Eibiem wird fallen, aber mit etwas Glück können wir wenigstens unser Leben retten.«

Shawn schüttelte den Kopf und fuhr, ohne auch nur aufzusehen fort, die Klinge seines Schwertes zu schärfen. »Du bist verrückt«, murmelte er zum wiederholten Male. »Es ist Verrat, an so etwas überhaupt zu denken. Jeden anderen hätte ich dafür bereits erschlagen.«

»Kein Verrat, sondern bloß Vernunft«, widersprach Floyd. »Wenn überhaupt, dann ist Yenom der Verräter. Falls ihm irgend etwas an unserem Leben läge, hätte er die Burg längst räumen lassen. Wir können Eibiem nicht halten, und da er strategisch bestimmt kein Dummkopf ist, wird auch er das längst erkannt haben.«

»Natürlich können wir Eibiem halten«, ereiferte sich Shawn. »Niemand wird diese Burg erstürmen, schon gar nicht ein paar dahergelaufene Söldner, die gar nicht wissen, wofür sie kämpfen. Wenn sie wirklich angreifen, werden sie sich blutige Köpfe holen. Die besten Krieger aller Clans sind hier versammelt. Wir werden dieses Gesindel zum Teufel jagen.« Während er sprach, glänzten seine Augen vor Fanatismus.

Es fiel Floyd schwer, weiterhin ruhig zu bleiben. In seinem Inneren brodelte ein Vulkan, aber er wußte, daß er Shawn nie überreden konnte, wenn er sich von seinen Gefühlen überwältigen ließ. »Das hat man bei all den anderen Clansburgen auch gedacht«, sagte er. »Und doch sind sie alle bis auf die Grundmauern geschleift worden. Wir sollen sterben, damit der Mythos der Clans keine Kratzer abbekommt. Was bedeuten den Clansfürsten ein paar Opfer und der Verlust der Festungen, wenn sie längst begonnen haben, ihre Macht an anderen Orten wieder aufzubauen? Yenom wird sich mit seinen engsten Vertrauten aus dem Staub machen, sobald es brenzlig wird. Hast du nicht bemerkt, daß er all seine Reichtümer schon vor Tagen in Sicherheit gebracht hat?«

»Weil Platz für neue Quartiere gebraucht wurde«, entgegnete Shawn heftig.

Floyd lachte. »Und diesen Unsinn glaubst du?« spottete er. »Manchmal kannst du einem geradezu leid tun. Nichts Falsches hören, mit Scheuklappen sehen und nur sagen, was du sagen sollst: taub, blind und stumm. Der ideale Untertan. Du könntest es innerhalb der Clans noch weit bringen, wenn nicht in ein paar Stunden schon alles vorbei wäre.«

»Das reicht jetzt!« stieß Shawn scharf hervor. »Unsere Nerven sind nicht mehr die besten, und du bist mein Freund, deshalb werde ich vergessen, was du gesagt hast. Aber hör endlich auf, so zu reden, Floyd. Ich will kein Wort mehr davon hören. Du wirst mich nicht dazu bringen, wie ein Feigling davonzulaufen und alle übrigen Freunde im Stich zu lassen.«

Seine Worte klangen endgültig. Floyd sah ein, daß jedes weitere Wort nicht nur vergeblich, sondern auch gefährlich gewesen wäre. Ebenso wie die anderen hatte sich auch Shawn vom Pathos der heroischen Worte blenden lassen, ohne zu merken, daß sein blinder Gehorsam in ein Sklavendasein und letztlich in den Untergang führte.

In diesem Augenblick wurde die Tür aufgerissen. Barin, einer der Vertrauten Yenoms, trat ein. »Ich suche Freiwillige«, sagte er. »Wir stellen einen Trupp zusammen, der sich ins Lager des Feindes schleichen soll, um herauszufinden, ob sie noch heute nacht angreifen wollen.«

Shawn schob sein Schwert in die Scheide zurück. Er sprang auf, griff nach seiner Hornrüstung und ignorierte absichtlich den warnenden Blick Floyds. »Ich bin dabei.«

Kaum hatte sich die Tür hinter den beiden Männern geschlossen, trat Floyd vor Wut kraftvoll gegen die Mauer. Dies war sein letzter Versuch gewesen, Shawn umzustimmen, und er hatte versagt. Eine weitere Chance würde es nicht mehr geben. Shawns Vertrauen in die Clansfürsten und vor allem gegenüber Yenom besaß etwas geradezu Absurdes, doch Floyd konnte ihm nicht einmal einen Vorwurf daraus machen. Er hatte am eigenen Leib erfahren, wie schwer es war, all das in Frage zu stellen, was man ihm von Kindheit an eingehämmert hatte. Immerhin war es ihm gelungen, Shawns blinde Loyalität wenigstens ein bißchen zu erschüttern. Daß er sich so bereitwillig dem Spähtrupp angeschlossen hatte, war nicht viel mehr als eine Flucht gewesen, um ihm nicht länger zuhören zu müssen.

Floyd wandte sich wieder zum Fenster um und starrte in die Nacht hinaus. Der Regen hatte nachgelassen und hörte allmählich ganz auf. Auf dem Hof unter ihm entstand Bewegung. Pferde wurden aus den Ställen herausgeführt, kurz darauf verließ eine Gruppe von zehn Reitern die Festung durch einen Nebenausgang.

Fast eine halbe Stunde blieb Floyd noch reglos am Fenster stehen und hing seinen Gedanken nach, dann hatte er sich endlich zu einer Entscheidung durchgerungen. Er würde bis zur Rückkehr des Spähtrupps warten und noch einmal mit Shawn reden. Vielleicht würde dieser seine Meinung ändern, wenn er erst einmal selbst im Lager der Söldner gewesen war und ihre gigantische Überlegenheit mit eigenen Augen gesehen hatte. Aus Freundschaft fühlte sich Floyd verpflichtet, ihm diese Chance noch zuzugestehen. Sollte sich der junge Kinsai dann allerdings immer noch nicht umstimmen lassen, war Floyd entschlossen, allein zu fliehen. Es würde ihm schwerfallen, den einzigen Menschen zu verlassen, der ihm jemals etwas bedeutet hatte, aber es ging nicht anders. Er hatte keine allzu große Angst vor dem Tod – wenigstens in diesem Punkt hatte ihn die Erziehung der Hornmänner geprägt –, aber er würde nicht für etwas sterben, das er aus tiefstem Herzen zu verachten gelernt hatte.

Mit einem Mal hielt er es in seinem Quartier nicht mehr aus. Er hatte das Gefühl, die Wände erdrückten ihn. Hastig klappte er den Deckel der Truhe auf, in dem er seine Habseligkeiten aufbewahrte. Obwohl bei allen Raubzügen stets der Löwenanteil der Beute in Yenoms Tasche gewandert war, verfügte auch Floyd über ein nicht unerhebliches Vermögen.

Die drei Wege, sich die Treue der Untergebenen zu sichern, dachte er bitter. Die Angst, die Philosophie von Härte und Gehorsam und zum dritten der Reichtum. Gemessen am Besitz der meisten anderen Menschen war jeder Hornmann reich, sehr reich sogar, wenngleich alles Gold ihnen so gut wie nichts nutzte, da sie nie Gelegenheit fanden, es auszugeben. Floyd steckte sich einige Goldstücke ein; den Rest mochte Shawn behalten, falls es ihm entgegen aller Wahrscheinlichkeit doch gelingen sollte, die bevorstehende Schlacht zu überleben.

Von innerer Unrast getrieben, streifte er durch die Burg. Überall war das Klirren von Waffen zu hören, gedämpftes Murmeln, gelegentlich nervöses Lachen. Andere Hornmänner begegneten ihm, grüßten flüchtig und hasteten weiter. Eine fast greifbare Spannung lag in der Luft. Schließlich trat Floyd auf den Hof hinaus. Der Sturm jagte Wolken über den

Himmel, und von Zeit zu Zeit brach ein paar Sekunden das Licht des Mondes durch. Wie schwarze Schattenrisse hoben sich die Wachen auf den Wehrgängen dagegen ab. Zusammen mit einigen Vertrauten schritt Yenom über den Hof und kontrollierte, ob alles für die Verteidigung vorbereitet war. Widerwillig mußte Floyd ihm Bewunderung zollen. Yenom war kein tumber Trunkenbold, wie so viele der anderen Clansfürsten, und er besaß für sein hohes Alter einen erstaunlich scharfen Verstand. Angeblich sollte Eibiem nicht viel mehr als eine Ruine gewesen sein, als er die Burg vor vielen Jahren übernommen hatte, und schon binnen weniger Monate hatte er eine Festung daraus gemacht, die ihresgleichen suchte. Es gab keine Schwachpunkte in der Verteidigung. Die Wälle waren mehrfach gesichert, und wenn es den Angreifern gelang, die äußerste Mauer zu bezwingen, gelangten sie erst in ein wohldurchdachtes System von Fallen, zwischen denen die feindlichen Truppen in kleine Gruppen getrennt und aufgerieben werden konnten. Die Katapulte waren so aufgestellt, daß sie unter den Söldnern die schlimmstmöglichen Verheerungen anrichten mußten; alle Verteidigungsanlagen waren genau nach ihrer strategischen Bedeutung mit Kriegern besetzt.

Eibiem zu erstürmen würde einen unvorstellbaren Blutzoll kosten, aber letztlich würden auch die nahezu unbezwingbaren Festungsmauern Yenom nicht retten können, nicht vor einem Feind, der über ein so gewaltiges Heer verfügte, dessen Krieger sich wie die Fliegen zu vermehren schienen, da ständig neue Menschenmassen zu ihnen stießen. Selbst wenn man den Angriff in dieser Nacht zurückschlagen konnte, war es nicht mehr als ein Aufschub.

Leichter Tumult entstand auf den Wehrgängen über dem Hauptportal. Einer der gewaltigen Flügel wurde geöffnet. Ein Reiter preschte herein und sah von seinem Pferd, kaum daß er den Hof erreichte. Als Floyd nähertrat, erkannte er Barin, und Angst legte sich wie ein würgender Reif um seine Brust. Der Kundschafter war von mehreren Pfeilen getroffen worden. Wortfetzen drangen an Floyds Ohr. »Alle tot... Hinterhalt...«, vernahm er. »Angriff... um Mitternacht...« Das aufgeregte Murmeln der Umstehenden übertönte die weiteren Worte des Verletzten, aber Floyd hatte bereits genug gehört.

Shawn war tot.

Der einzige Mensch, der ihm auf Seiten der Hornmänner noch etwas bedeutet hatte, war schon vor Beginn der eigentlichen Schlacht in diesem selbstmörderischen Unternehmen gefallen, und alles nur, weil sich Yenom weigerte, Eibiem aufzugeben und sich mit seiner Streitmacht in eines seiner zahlreichen Verstecke in den Hügeln von Skant zurückzuziehen. Auch eine solche Flucht würde Opfer fordern, aber sie hatte immerhin Aussicht auf Erfolg. Yenom jedoch wollte den Angreifern noch einmal den Stolz und die Stärke der Clanskrieger demonstrieren, die lieber untergingen, als vor einem Feind zu fliehen. Er selbst würde sich freilich noch rechtzeitig aus dem Staub machen.

Wie er es gelernt hatte, kämpfte Floyd gegen die in ihm aufsteigende Trauer an. Er hatte das Gefühl, als ob mit Shawn auch etwas tief in seinem Inneren gestorben wäre; aber das war nicht der Augenblick, seinen Gefühlen freien Lauf zu lassen. Der Schmerz würde kommen, später, und er würde um so schlimmer sein, doch vorläufig gelang es Floyd, das Entsetzen zu verdrängen. Gleichzeitig jedoch gewann ein anderes Gefühl immer mehr Macht über sein Denken, das sich trotz aller Bemühungen nicht unterdrücken ließ: Haß.

Haß auf die horngepanzerten Mörder, die er lange Zeit für seine Freunde und Brüder gehalten hatte, vor allem aber Haß auf Yenom, der sich von Barin abwandte und seinen Kontrollgang fortsetzte, als ob nichts geschehen wäre. Am liebsten hätte er sich auf den greisen Clansfürsten gestürzt und ihn mit bloßen Händen erwürgt.

Eine Idee keimte in ihm auf, an die er noch vor wenigen Minuten nicht einmal zu denken gewagt hätte. Er duckte sich tiefer in den Schatten der Mauer und erreichte in ihrem Schutz unbeachtet den Nordturm. Einige andere Hornmänner begegneten ihm, nahmen jedoch nicht weiter Notiz von ihm, während er die Treppe in die Gewölbe unter der Festung hinabstieg. Dies war einer der wichtigsten Punkte Eibiems, die unterirdischen Quellen, die die Burg mit Wasser versorgten. Im Laufe der Jahre war der Wasserspiegel kontinuierlich abgesunken, so daß Yenom immer tiefere Stollen und Schächte hatte bauen lassen, bis ein regelrechtes Gewirr von Katakomben entstanden war. Ein Teil der Anlage war vor rund einem Jahr bei einem Erdrutsch zusammengebrochen. Floyd hatte mitgeholfen, den noch benutzten Teil der Katakomben von Geröll freizuräumen und abzustützen. Dabei war er auf einen Stollen gestoßen, dessen Decke herabgebrochen war, doch hinter etwas Schutt setzte sich der Gang fort. Floyd war ihm gefolgt und hatte entdeckt, daß der Erdrutsch eine Verbindung zur Erdoberfläche freigelegt hatte. Schon damals hatte er gewußt, daß er sein Leben nicht als Hornmann beschließen würde. Er hatte den Stollen durch zusätzliches Geröll getarnt und seine Entdeckung verschwiegen, für den Fall, daß er irgendwann einen Fluchtweg aus Eibiem brauchte.

Dieser Fall war nun eingetreten.

Rasch vergewisserte sich Floyd, daß sich niemand in der Nähe befand, und entdeckte erst im letzten Augenblick den Wachposten. In der dunklen Hornrüstung verschmolz der Clanskrieger fast mit den Schatten einer Nische. Es hatte noch nie Wachen hier unten gegeben, aber angesichts des bevorstehenden Angriffs hatte Yenom nicht einmal darauf verzichtet. Vielleicht war auch der heftige Wolkenbruch ein Grund für die Wache, und sie sollte warnen, falls erneut ein Teil der Katakomben einzustürzen drohte. Ohne Wasservorräte war man verloren, dann würde die Verteidigung Eibiems noch eher in sich zusammenbrechen.

Darum bemüht, sich seine innere Spannung nicht allzu deutlich anmerken zu lassen, schlenderte Floyd auf den Wächter zu. Wie er selbst hatte auch dieser das Visier seines Helms hochgeklappt. Floyd kannte den Mann nicht, hatte ihn nur ein paarmal flüchtig gesehen. Ohne Verdacht zu erregen, erreichte er die Nische. Unter dem Gewand krampfte sich seine

Hand um den Griff eines Dolches. Er durfte sich auf keinen langen Kampf einlassen. Als er sich auf gleicher Höhe mit dem Wächter befand, riß er den Dolch hervor und stach zu. Der Hornmann starb, bevor er überhaupt begriff, was geschah. Floyd fing seinen leblosen Körper auf. Es war kein besonders fairer Kampf gewesen, aber auch das war etwas, das er in den letzten Jahren gelernt hatte. Wenn man sich auf einen tödlichen Kampf einließ, dann kam es nur darauf an, das Ziel zu erreichen, egal auf welchem Weg. All das Gerede von ritterlichem Kampf war nichts als romantisches Geschwätz, das Stoff für Märchen und Heldenballaden bot. Die Wirklichkeit sah anders aus. Töten war niemals fair oder ritterlich. Es war schmutzig und widerlich, egal, auf welche Weise es geschah, ob die Chancen gleichmäßig verteilt waren oder nicht, und wer etwas anderes behauptete, der log. Floyd besaß genügend Erfahrung im Töten, daß er gelernt hatte, dies als bittere Wahrheit anzuerkennen. In einem offenen Kampf hätte er nur völlig grundlos sich selbst in Gefahr gebracht.

Er schleifte den Toten zu einer ausgetrockneten Zisterne und ließ ihn in den Schacht fallen. Nun konnte er nur noch hoffen, daß man den Wächter nicht zu früh vermißte. Nachdem er sich noch sorgfältiger als zuvor vergewissert hatte, daß niemand in der Nähe war, zog er eine Fackel aus einem Wandhalter und kehrte zu dem Stollen zurück. Dort begann er damit, das Geröll zur Seite zu räumen. Obwohl er nur die oberste Schicht abtragen mußte, brauchte er fast eine Viertelstunde dazu. Jedes Geräusch pflanzte sich in den unterirdischen Gängen weithin hörbar fort, so daß es nicht reichte, die Steine einfach nur wegzustoßen. Er mußte jeden einzelnen herausziehen und zur Seite legen und dabei höllisch aufpassen, daß die anderen nicht ins Rutschen gerieten.

Endlich war die Öffnung groß genug, daß er hindurchkriechen konnte. Obwohl alles in ihm danach schrie, so schnell wie möglich zu fliehen, nahm er sich die Zeit, das Loch von der anderen Seite her notdürftig wieder zu verstopfen. Mochte die Gefahr auch äußerst gering sein, daß ausgerechnet während der nächsten Stunden jemand hierher kam und den offenen Stollen entdeckte, so ließ sie sich doch nicht ganz ausschließen, vor allem nach dem Mord an dem Wachtposten. Anders als ursprünglich geplant, ging es jetzt nicht mehr nur darum, einen möglichst großen Vorsprung zu bekommen, sondern das Leben Tausender von Menschen hing davon ab, daß seine Flucht nicht durch irgendeinen dummen Zufall zu früh entdeckt wurde. Niemand würde die Schlacht verhindern können, doch in seiner Hand lag es, das zu erwartende Massaker zumindest zu begrenzen.

Regenwasser war in den Stollen gedrungen. Es reichte Floyd bis über die Knie, so daß er nur langsam vorankam. Immer wieder glaubte er, Geräusche hinter sich zu hören. Das Fackellicht spiegelte sich im Wasser und gaukelte ihm Bewegungen vor, die ihn zusammenschrecken ließen, sich bei genauerem Hinsehen jedoch stets als Täuschung entpuppten. Seine Nerven waren zum Zerreißen gespannt, sein Herz schlug so heftig, daß er glaubte, es müsse meilenweit zu hören sein. Der Stollen kam ihm wesentlich länger vor als beim ersten Mal: die Angst verzerrte jede Perspektive. Quälende Horrorvisionen bestürmten Floyd: Was, wenn im Morast verborgen Wasserschlangen lauerten, oder wenn der Ausgang längst wieder verschüttet war? Was, wenn er einer Gruppe von Söldnern in die Hände fiel, diese ihm nicht glaubten und ihn als mutmaßlichen Spion aus dem Hinterhalt töteten, bevor er überhaupt Gelegenheit fand, etwas zu erklären? Was, wenn...

Floyd verdrängte diese Gedanken. Es gab zu viele Wenns in seinem Plan, als daß es sich lohnte, irgend etwas zu planen. Er konnte einfach nur abwarten und auf ein bißchen Glück vertrauen.

Wie zur Bestätigung dieser Hoffnung stieg der Boden unter seinen Füßen kurz darauf an. Der Spalt im Fels war noch vorhanden, wenn er auch völlig von Unkraut überwuchert war. Mit dem Schwert schlug Floyd Zweige und Dornenranken zur Seite und zwängte sich ins Freie.

Erleichtert atmete er ein paarmal tief durch. Nach dem moderigen Gestank im Stollen kam ihm die kühle Nachtluft doppelt frisch vor. Er richtete sich auf und sah sich um. Einige Dutzend Schritte hinter ihm zeichneten sich die dunklen Mauern Eibiems gegen den Nachthimmel ab. Hastig duckte Floyd sich wieder. Er war noch längst nicht in Sicherheit, ein wohlgezielter Pfeil vermochte seiner Flucht immer noch ein frühes Ende zu bereiten. Die größere Gefahr aber bildete nicht das, was hinter, sondern das, was vor ihm lag. Nach kurzem Zögern nahm er den Helm mit den Silberschlangen, auf den er einst so stolz gewesen war, ab und ließ ihn achtlos fallen. Dieser Abschnitt seines Lebens war für immer vorbei. Einen Augenblick spielte er mit dem Gedanken, wie ursprünglich geplant nur zu fliehen, aber dann sah er Shawns Gesicht vor sich, und sofort schoß der Haß wieder in ihm hoch.

Er würde nicht davonlaufen. Statt dessen war er entschlossen, Yenom das Geschenk der Rache zu bringen. Das war er Shawn schuldig.

Geduckt schlich er weiter. Es dauerte nicht lange, bis er auf die ersten Wachen der Söldner stieß. Sie gaben sich arglos, rechneten nach dem Scheitern des ersten Spähtrupps offenbar nicht mit weiteren Spionen, so daß es Floyd keine große Mühe bereitete, sie zu umgehen. Er wußte, daß er ein hohes Risiko einging und sich durch dieses Anschleichen erst recht verdächtig machte, wenn er geschnappt wurde. Hatte er jedoch Erfolg, stiegen seine Aussichten, daß man ihm glaubte.

Alles schien gut zu gehen. Es gelang ihm, sich dem Lager bis auf eine Pfeilschußweite zu nähern. Erst dann trat er offen auf einen Wachtposten der Söldner zu, der auf einem Baumstumpf saß und vor sich hin döste, und riß ihn mit einem leichten Schlag auf die Schulter aus seinem Schlummer. Mit einem erschrockenen Keuchen fuhr der Mann hoch. Er griff nach dem Schwert, doch Floyd packte seinen Arm und drückte ihn nach unten. »Laß den Unsinn«, sagte er und grinste. »Du wärst längst tot, wenn es mir darauf ankäme. Statt dich zu wecken, hätte ich deinen Schlaf leicht verlängern können.«

Verwirrt sah ihn der Mann an. Er nickte, als er die Logik der

Argumentation begriff, doch das Mißtrauen wich nicht völlig aus seinem Blick. »Was... willst du?« stieß er hervor. »Du trägst die Kleidung der...«

»Ja, ich komme aus Eibiem«, unterbrach ihn Floyd. »Aber deshalb bin ich trotzdem nicht euer Feind. Bring mich zu eurem Heerführer. Ich habe eine wichtige Nachricht für ihn.«

Andere Söldner hatten inzwischen bemerkt, daß etwas nicht stimmte, und kamen heran. Ohne Widerspruch – wenn auch mit einem mehr als unbehaglichen Gefühl – händigte Floyd ihnen seine Waffen aus. Eine Viertelstunde später, nachdem er unzählige Durchsuchungen über sich hatte ergehen lassen und sich standhaft geweigert hatte, jemand etwas über den Grund seines Kommens zu sagen, wurde er endlich in ein besonders großes und prunkvolles Zelt in der Mitte des Lagers geführt und sah sich Nilast gegenüber, dem Oberbefehlshaber des Söldnerheeres. Es handelte sich um einen großen, hageren Mann mit eingefallenen Wangen und scharfem Blick, in dem man eher einen asketischen Einsiedler als einen Krieger vermutet hätte. Die strategischen Erfolge, die er in den letzten Monaten errungen hatte, zeigten jedoch deutlich, daß die Entscheidung des Städtebundes richtig gewesen war, ihm das Oberkommando über alle zur Verfügung stehenden Streitkräfte anzuvertrauen.

Das bekam auch Floyd zu spüren. Die nächste Stunde kam ihm wie ein böser Alptraum vor, an den er später nur noch unvollständige Erinnerungen hatte. Wieder und wieder mußte er seine Geschichte erzählen, eine Vielzahl von Fragen über die Verteidigungsanlagen Eibiems beantworten und Pläne der Festung anfertigen, bis es ihm schließlich gelang, seinen Gegenüber davon zu überzeugen, daß er weder ein feindlicher Spion war noch beabsichtigte, die Söldner in eine vorbereitete Falle zu locken. »Ihr habt nicht viel zu verlieren, aber sehr viel zu gewinnen«, drängte er. »Yenom rechnet nicht mit einem Feind im Inneren. Wenn ein Teil Eurer Krieger während des Hauptangriffs durch den Stollen eindringt, werden die Hornmänner zwischen den Fronten aufgerieben.«

»Mag sein.« Nilast nickte. »Vielleicht aber auch nicht. Glaubst du wirklich, ich würde jemand vertrauen, der sein eigenes Volk verrät?«

»Nicht mein Volk«, widersprach Floyd. »Yenom. In seinem Fanatismus hat er uns alle schon längst verraten. Die Hornmänner in Eibiem werden untergehen, so oder so. Daran kann niemand mehr etwas ändern. Aber ich will verhindern, daß außerdem Tausende Unschuldiger sterben. Das ganze Fußvolk da draußen – es wäre doch nur Schlachtvieh zwischen den Fronten.«

»Eine seltsame Rücksichtnahme für einen Hornmann.«

»Wir sind auch Menschen.« Floyd stockte kurz. »Ich verlange nichts für mich. Statt herzukommen, könnte ich schon Dutzende Meilen entfernt sein. Das dürfte wohl zeigen, daß ich es ehrlich meine.«

Als Nilast ihn kurz darauf von einigen Kriegern aus dem Zelt führen ließ, um sich in Ruhe mit seinen Vertrauten zu beraten, wußte Floyd bereits, daß er gewonnen hatte. Die Gelegenheit war zu günstig, als daß jemand, der auch nur einen Funken Verstand besaß, sie sich entgehen lassen würde.

Wenig später drang er an der Spitze einer Handvoll von Nilast persönlich ausgesuchter Männer erneut in den Stollen ein. Erst als diese sich von der Wahrheit seiner Worte überzeugt hatten, führte ein Bote weitere Truppenverbände heran. Gleichzeitig begann die Hauptstreitmacht des Söldnerheeres über ihnen mit dem Angriff auf die Festung.

Floyd wartete den Ausgang der Schlacht nicht ab. In dem ausbrechenden Chaos gelang ihm unbemerkt die Flucht. Er fing ein herrenloses Pferd ein und preschte davon, während in Eibiem die ersten Brände aufflackerten und mit ihrem Vernichtungswerk begannen. Flüchtig erinnerte er sich an das Kind, das Echrik bei dem Überfall auf die kleine Siedlung aus der Hütte gezerrt hatte. Floyd wußte nicht, was aus ihm geworden war, kannte nicht einmal seinen Namen. Und doch hatte damals mit dem Jungen begonnen, was heute einen vorläufigen grausamen Abschluß fand. Welch eine Ironie, dachte er. Ein

Kind, das vielleicht nicht einmal mehr lebte, war letztlich mitverantwortlich für den Untergang der mächtigsten Clansburg, die es je gegeben hatte. Er verspürte keinerlei Triumph, und auch sein Haß war erloschen. Wo seine Gefühle sein sollten, befand sich nur eine tiefe, saugende Leere. Alles, was er empfand, war Ekel: Ekel vor sich selbst, vor dem, was er getan hatte, und dem, was er noch tun würde.

Ohne Rast, und so schnell er nur konnte, ritt Floyd die ganze Nacht hindurch, doch immer, wenn er sich umblickte, sah er, wie die Flammen den Horizont hinter sich blutig färbten, bis sie irgendwann – endlich! – vom machtvolleren Rot des Sonnenaufgangs überstrahlt wurden.

Die Hüter des Waldes

Floyd schwieg. Es war ihm sichtlich schwer gefallen, den Bericht über seine Zeit bei den Hornmännern und schließlich seinen Verrat an den Clans zu vollenden, aber er wirkte auch erleichtert, nachdem er davon erzählt hatte, vielleicht zum ersten Mal in seinem Leben.

Vieles hatte sich Aylon vorher schon in etwa zusammenreimen können, trotzdem war es erschütternd für ihn gewesen, alles im Zusammenhang zu hören, und zudem noch aus Floyds eigenem Mund. Floyds Stimme hatte manches Mal gebebt und vor nachträglich noch einmal durchlebtem Schrecken gezittert, dann wieder war sie vor Wut und mühsam unterdrücktem Haß angeschwollen, und mehrfach schwang auch die Verzweiflung darin mit, die er damals empfunden hatte.

Floyds Verrat entsetzte Aylon, faszinierte ihn jedoch auch in gewisser Hinsicht. Ohne die Hintergründe zu kennen, hatte er in den vergangenen Tagen mehrmals über die Frage nachgegrübelt, die Floyd ihm gestellt hatte: ob sich Menschenleben gegeneinander aufrechnen ließen und es sich demnach um

Mord oder eine Heldentat handelte, wenn man Menschen sterben ließ, um einer größeren Zahl anderer damit das Leben zu retten. Er hatte keine Antwort gefunden, und auch jetzt wußte er nicht, wie er Floyds Handeln bewerten sollte. Im Krieg verzerrten sich viele moralische Perspektiven, und Floyds Entschluß war außerdem von Haß und dem Gedanken an Rache beeinflußt worden; der Kern des Problems blieb jedoch erhalten. Die Hornmänner wären in jedem Fall gestorben, aber im offenen Kampf hätten sie noch Tausende der angreifenden Soldaten mit in den Untergang gerissen.

Floyd hatte niemand den Tod gebracht, der nicht ohnehin gestorben wäre, sondern er hatte ein Gemetzel verhindert. Und trotzdem...

Etwas in Aylon sträubte sich dagegen, sich damit zu identifizieren. Von Zeit zu Zeit geriet man in Situationen, in denen alles falsch war, was man tun konnte, und wenn man sich für ein kleineres Übel entschied, bedeutete das noch lange nicht, daß die Entscheidung richtig war.

Es war nicht das erste Mal, daß Aylon sich diesem Problem stellen mußte. Auch die Drachenpriester hatten ihren Götzen nur dadurch bannen und daran hindern können, ganze Landstriche und Städte zu verwüsten, daß sie ihm regelmäßig Menschenopfer darbrachten. Daß ihr gesamter Glaube auf einem Mißverständnis beruht hatte, war nicht allein ihre Schuld gewesen.

»Und was dann?« hakte Aylon nach. »Was geschah mit Yenom und seinen Vertrauten? Hat man sie auch getötet, oder konnte jemand entkommen?«

Floyd zuckte mit den Schultern. »Ich weiß es nicht. Es war mir auch gleich. Kaum war ich aus Eibiem weg, habe ich versucht, alles zu vergessen. Die Clans machten Jagd auf mich, aber niemand erkannte in einem umherziehenden Spieler und Jahrmarktsgaukler den berüchtigten Floyd T'sarrill. Na ja, so habe ich mich durchgeschlagen, bis wir uns trafen. Das ist die ganze Geschichte.« Er riß einen kleinen Tannenzweig ab und widmete sich demonstrativ dem Ausrupfen der Nadeln. Seine

Absicht war unverkennbar, er wollte nicht länger über seine Vergangenheit sprechen.

Aylon respektierte diesen Wunsch und wechselte das Thema. »Was hältst du von Mithyr?«

Floyd zögerte mit der Antwort. »Macht alles einen völlig normalen Eindruck«, sagte er. »Aber erstens verstehe ich nichts von Magie, und zweitens willst du bestimmt auf etwas hinaus, wenn du so fragst.«

»Stimmt.« Aylon nickte und blickte sich um.

Der Wald von Mithyr schien sich auf den ersten Blick kein bißchen von einem gewöhnlichen anderen Wald zu unterscheiden. Es gab vorwiegend Laubbäume, vereinzelt aber auch Nadelbäume. Unterholz und allmählich braun werdender und absterbender Farn wuchsen zwischen den Stämmen. Moos, Schimmelflechten und verschiedene Arten von Gräsern und Kraut überwucherten vermodernde Baumstümpfe; das milde, feuchte Wetter der letzten Tage ließ an vielen Stellen Pilze gedeihen. In das Plätschern des Wildbaches, der nur wenige Schritte von ihnen entfernt dahinfloß, mischte sich das Flüstern des Windes in den Baumwipfeln; Vögel zwitscherten in den Ästen, und von Zeit zu Zeit waren auch die Laute anderer Tiere zu hören, die sich durch das Unterholz zwangen oder trockene Zweige unter ihrem Tritt zerbrechen ließen. Mithyr sah aus wie jeder andere Wald, und er war von den gleichen Geräuschen erfüllt. Nichts deutete auf etwas Ungewöhnliches oder gar eine Bedrohung hin.

Allerdings nur auf den ersten Blick. Mithyr war eine Kulisse, nicht mehr, wenngleich vollkommen genug, jeden normalen Menschen zu täuschen.

Nicht aber einen Magier.

Aylon spürte den Zauber dieses Ortes, die magischen Kraftlinien, die jeden Baum und jeden Strauch, ja sogar jeden Grashalm erfüllten und miteinander verbanden, so deutlich, daß er glaubte, sie zu sehen, und sich beinahe einbildete, sie berühren zu können, wenn er nur die Hand danach ausstreckte. »Irgend etwas geht hier vor«, sagte er leise. »Der Wald ist bei weitem nicht so harmlos, wie er scheint. Hier ist etwas, das mir Angst macht.«

»Was meinst du?«

»Ich weiß nicht, wie ich es dir erklären soll.« Noch einmal sah sich Aylon unsicher um. »Zumindest hatte Orban damit recht, daß es hier Magie gibt. Der ganze Wald besteht zu einem großen Teil aus Magie. Sie ist überall, durchdringt alles.«

»Du meinst, die Bäume und alles andere sind nur eine magische Illusion?«

Aylon konnte die Unruhe fast spüren, mit der seine Worte den Gaukler erfüllten. Er hatte ihn noch nie furchtsam erlebt, aber je länger sie sich in Mithyr aufhielten und tatenlos abwarteten, desto deutlichere Anzeichen von Nervosität und Unsicherheit gab Floyd. Aber die Ungewißheit zerrte auch immer stärker an seinen eigenen Nerven, gestand Aylon sich ein.

»Eine Illusion wohl nicht«, sagte er. »Aber sie gehören zu etwas, das viel gewaltiger ist, als wir es uns vorstellen können.«

»Aha.« Floyd verzog das Gesicht. »Ich liebe es, wenn du so genaue Auskünfte gibst.«

»Ich kann es dir nicht erklären, dafür weiß ich selbst noch zu wenig. Bislang habe ich nur ein paar flüchtige Eindrücke wahrgenommen. Aber wir sind nicht allein, soviel steht fest. Irgendwo ist hier noch etwas und belauert uns.«

»Etwas oder jemand? Die Wächter vielleicht, von denen Orban sprach?«

»Wenn ich das wüßte, wäre ich schlauer.« Aylon seufzte. »Jedenfalls fühle ich mich nicht besonders wohl.«

»Sollen wir weiterreiten?«

»Das würde nichts nützen«, lehnte Aylon den ohnehin nur halbherzig gemachten Vorschlag ab. »Ich glaube, ganz Mithyr bildet eine zusammenhängende Einheit. Seit wir den Wald betreten haben, habe ich das Gefühl, wir verstricken uns immer tiefer in die Maschen eines riesigen Spinnenetzes.«

»Und wenn wir erst richtig festsitzen, erscheint die Spinne«, ergänzte Floyd.

»Möglich.« Aylon nickte. »Fragt sich nur, was sie will. Den

Legenden zufolge sollen die Wächter Mithyrs keine sonderlich bösartigen Wesen sein. Eher das Gegenteil. Ich bin mir nur noch nicht sicher, was gefährlicher wäre. Wir werden sehen.«

Floyd zerbrach den mittlerweile nadellosen Tannenzweig und riß einen neuen ab. »Versuch, ob du mehr herausfinden kannst«, verlangte er.

»Seit wir hier sind, versuche ich nichts anderes«, gab Aylon gereizt zurück. »Aber immer wieder taste ich nur ins Leere.«

Sie schwiegen wieder. Aylon konzentrierte sich auf die Kräfte des Reifs, in der Hoffnung, diese könnten ihm weiterhelfen, doch auch dieser Versuch scheiterte. Er ahnte, daß das Geheimnis um die wahre Natur Mithyrs und das um die fremde Wesenheit, das Etwas, von dem er Floyd erzählt hatte, eng miteinander verbunden waren; doch immer wenn er glaubte, danach greifen zu können, schien etwas seine geistigen Finger zur Seite zu schlagen.

Er blickte auf, als er Laub rascheln hörte. Shantal kam auf ihn zu und setzte sich zu seiner Verwunderung neben ihn. In den vergangenen vier Tagen, seit dem Aufbruch aus dem niedergebrannten Dorf, hatte sie nicht nur kaum mit ihm geredet, sondern sich geradezu alle Mühe gegeben, sein bloßes Vorhandensein nicht zur Kenntnis zu nehmen. Mit Floyd hingegen kam sie gut aus. Sie sprachen viel miteinander, was aber nicht weiter verwunderlich war, denn nachdem sie Skant betreten hatten, hatte er wie selbstverständlich das Kommando über die kleine Gruppe übernommen. Shantal hatte es ihm nicht streitig gemacht; sie hatte ihm die Verantwortung fast schon aufgezwungen und sich bereitwillig seiner Führung unterworfen. Er kannte Skant zwar nicht mehr so gut wie früher, aber immer noch besser als jeder andere von ihnen, und vor allem wußte er, wie man sich in der fast baumlosen Steppenlandschaft unauffällig bewegte. Es war ihm gelungen, sie nach Mithyr zu führen, ohne daß sie bemerkt wurden, obwohl sie selbst zweimal Patrouillen der Hornmänner entdeckten und zu großen Umwegen gezwungen waren. Anstelle der zwei Tage, an denen man den Weg bei schnellem Tempo hätte zurücklegen können, hatten sie vier gebraucht, ohne eine einzige Minute länger als unbedingt nötig Rast zu machen.

In Cavillon hatte es Aylon für nicht übermäßig schwierig gehalten, Skant zu durchqueren, aber seine Meinung hatte sich rasch geändert, nachdem sie die Grenze überschritten hatten. Schließlich war es ihm mit jeder verstreichenden Stunde unwahrscheinlicher erschienen, daß sie ihr Ziel jemals erreichen würden, und immer noch kam es ihm wie ein Wunder vor, daß sie es wirklich geschafft hatten.

»Ich muß mit dir reden«, wandte sich Shantal mit sichtlichem Widerwillen an ihn.

»Und worüber?«

Floyd stand auf. »Ich werde etwas Holz für ein Feuer zusammensuchen«, murmelte er einen offensichtlichen Vorwand, sie allein zu lassen, und schlenderte davon.

Shantal wartete, bis er sich außer Hörweite befand. »Du hast magische Kräfte, nicht wahr?« sagte sie dann. Es klang mehr wie eine Feststellung als wie eine Frage. »Nur deshalb konntest du bei dem Überfall zusammen mit Flair fliehen. Du hast zwar keine grünen Augen, aber ich weiß, daß du trotzdem ein Magier bist.«

»Wie kommst du darauf?« Aylon brauchte seine Verblüffung nicht zu spielen. Er hatte zwar seit dem Zusammentreffen mit den Nomaden kein Geheimnis aus seinen Fähigkeiten gemacht, aber sie auch nie angewandt oder offen darüber gesprochen. Floyd und Flair waren die einzigen, die davon wußten. »Natürlich, Flair. Sie hat dir davon erzählt.«

»Nein, hat sie nicht. Im Gegenteil, sie hat sich bemüht, es zu verheimlichen. Aber sie ist noch ein Kind. Es ist nicht schwer, ihr etwas zu entlocken.«

»Und was hat sie gesagt?«

»Ich habe sie nur über eure Flucht ausgefragt. Es ist ja schließlich sonderbar, daß ihr als einzige entkommen konntet. Flair hat sich schnell in Widersprüche verwickelt. Sie konnte noch nie gut lügen.«

»Ein Wunder, daß dir das aufgefallen ist«, sagte Aylon angriffslustig. »Deine Tochter scheint für dich kaum zu existieren. Du kümmerst dich nicht um sie.«

Shantal nickte. »Es geht dich zwar nichts an, aber du hast recht. Ich hasse sie«, bekannte sie freimütig. »Ich habe sie immer gehaßt, sogar schon vor ihrer Geburt. Mußtest du ausgerechnet sie retten?«

Ihre Worte verschlugen Aylon die Sprache. Er schluckte schwer. Die Gefühlskälte, mit der die Nomadenkriegerin den Tod ihrer Tochter wünschte, schockierte ihn.

»Es scheint dir nicht zu gefallen, daß ich das sage«, fuhr sie fort. »Aber es ist nun mal die Wahrheit. Dieses Kind ist ein Ungeheuer, so wie sein Vater eines war.«

»Er hat dich vergewaltigt«, sagte Aylon ruhig. Es war ein Schuß ins Blaue, aber nur so ergab alles einen Sinn.

Shantals Zusammenzucken verriet ihm, daß er recht hatte. Ihr Gesicht verzerrte sich vor Zorn, und er war sich beinahe sicher, daß sie ohne ein weiteres Wort aufspringen und weggehen würde, doch sie starrte ihn nur einige Sekunden stumm an, dann senkte sie den Blick und nickte kaum merklich.

»Wer war es?«

Shantal zögerte mit der Antwort. »Ein Magier«, sagte sie nach einer Weile. »Ich weiß nicht einmal, wie er heißt. Es geschah während der Clanskriege. Ich war damals gerade erst sechzehn. Er... er lähmte mich mit seinem Blick, und dann...« Sie brach ab. »Ich frage mich, warum ich gerade dir das erzähle. Du bist auch einer von ihnen.«

»Unsinn«, entgegnete Aylon. »Und das weißt du genau. Die Hornmänner, die euer Dorf überfallen haben, sind auch Menschen. Willst du deshalb alle Menschen hassen?«

»Ich bin nicht gekommen, um mit dir darüber zu streiten«, unterbrach ihn Shantal barsch. »Und was Flair betrifft – du kannst dir wohl vorstellen, daß ich sie nie gewollt habe.«

»Aber das Kind kann nichts dafür.«

»Es ist böse!« stieß Shantal hervor. »Du kennst Flair nicht. Sie hat mehr von ihrem Vater geerbt als nur die grünen Augen. Dieses Kind hat den Teufel im Leib.«

Aylon sah zu Flair hinüber. Sie saß nicht weit entfernt und war eifrig damit beschäftigt, Laub und Zweige mit Gräsern zu einem Gebilde zusammenzubinden, das wohl eine Art Puppe werden sollte. In den vergangenen Tagen hatte hauptsächlich er sich um Flair gekümmert. Sie mochte ihn zweifelsohne, und Aylon hatte sich auch an sie gewöhnt. Sie fiel ihm nie lästig, konnte sich stundenlang selbst beschäftigen und hatte nicht ein einziges Mal über die anstrengende Reise geklagt. Als sie seinen Blick auf sich ruhen fühlte, sah sie auf und lächelte, bevor sie sich wieder ihrer Puppe widmete.

»Sie ist kein Teufel, sondern ihr fehlt eine Mutter«, sagte er. »Wie soll sie sich denn vernünftig entwickeln, wenn sie immer nur sich selbst überlassen ist und höchstens Schimpfworte zu hören bekommt, statt vernünftig erzogen zu werden?«

»Erzieh du sie doch, wenn du es dir zutraust«, erwiderte Shantal mit einem halb verächtlichen, halb amüsierten Grinsen. »Von mir aus kann sie gerne bei dir bleiben. Dann wirst du bald merken, was ich meine. Körperlich ist sie bereits weiter entwickelt als andere Kinder ihres Alters, aber dafür ist sie geistig zurückgeblieben. Vielleicht liegt es an den Drogen. Wir geben sie ihr schon seit Jahren, um ihren Willen zu lähmen, weil wir nicht mehr wußten, wie wir sie anders bändigen sollten. Der kleine Vorrat, den wir bei uns hatten, ist jedoch längst aufgebraucht, und sie erholt sich immer rascher von der Wirkung. Sie ist gefährlich, glaub es mir. In letzter Zeit beschäftigt sie sich hauptsächlich mit ihren Puppen und Geduldsspielen, aber vorher war es ihr Lieblingsspiel, Tiere zu fangen und zu töten. Ich habe keine Ahnung, was sie mit ihnen gemacht hat, aber ihre Kadaver sahen aus, als –«, sie schauderte bei der Erinnerung vor Ekel, »– als hätte sie ihnen das Innerste nach außen gekehrt und alles falsch wieder zusammengesetzt.«

Aylon konnte sich vorstellen, was geschehen war, doch er schwieg. Offenbar wußte Shantal wirklich nur, daß ihre Tochter magisch begabt war, nicht hingegen, um was für Kräfte es sich handelte. Vielleicht war es besser, wenn sie es nicht erfuhr.

Er glaubte auch weiterhin nicht daran, daß Flair bösartig war. Wahrscheinlicher erschien es ihm, daß sie keine moralischen Wertmaßstäbe besaß und oftmals gar nicht zwischen gut und böse – oder dem, was man allgemein dafür hielt – zu unterscheiden verstand. Wenn er erreichte, daß sie in die Obhut der Vingala kam, würden diese vielleicht einiges in der Erziehung des Mädchens nachholen können, was Shantal versäumt hatte.

»Eigentlich wollte ich mit dir über Mithyr sprechen«, ergriff die Nomadenkriegerin wieder das Wort. »Wir sind jetzt schon fast zwanzig Stunden hier, ohne etwas von diesem Tempel zu entdecken.«

»Dein Vater sagte, die Wächter würden sich von allein zeigen, wenn sie bereit wären, mit uns zu sprechen.«

»Ich weiß. Aber warum kommen sie dann nicht? Eine Suche wäre sinnlos, aber vielleicht kannst du uns helfen.«

»Und wie?«

»Du bist ein Magier. Kannst du uns nicht irgendwie zu ihnen bringen oder wenigstens Kontakt mit ihnen aufnehmen?«

Aylon lächelte. »Ich fürchte, du machst dir da falsche Vorstellungen. Ich kann mich gegen fremde Magie schützen und ein paar Illusionen erzeugen. Für alles andere bräuchte ich spezielle Skiils und müßte deren Kräfte freisetzen. Ohne sie können die meisten Magier nicht viel mehr als andere Menschen auch.« Abgesehen von Flair, fügte er in Gedanken hinzu, hütete sich aber, es laut auszusprechen. Das Mädchen gehörte zu den wenigen Ausnahmen, denen es gelang, ihre Kräfte auch ohne Skiils auf eine bestimmte Fähigkeit hin auszurichten.

»Das heißt, du kannst gar nichts tun?« vergewisserte sich Shantal.

Aylon schüttelte den Kopf. »Ich fürchte, nein.« Das war nicht die ganze Wahrheit, doch es würde noch schwerer sein, Shantal von der magischen Macht in diesem Wald zu erzählen, als es bei Floyd der Fall gewesen war, und es würde auch nichts ändern, ob sie nun davon wußte oder nicht.

»Dann müssen wir also weiter abwarten«, sagte sie niedergeschlagen und stand auf. »Wir haben kaum noch Proviant. Ich werde zwei meiner Begleiterinnen losschicken. Sie sollen versuchen, ob sie etwas Wild jagen können.«

»Nein, warte«, stieß er hastig hervor, als sie zu den anderen zurückgehen wollte. »Tu das nicht. Es wäre zu gefährlich.«

Shantal blieb stehen und drehte sich zu ihm um. »Ach ja? Und warum? Ich denke, du weißt nichts über diesen Wald.«

Aylon ärgerte sich, daß er ihr so blindlings ins offene Messer gelaufen war. Fieberhaft suchte er nach einer Antwort, durch die er nicht mehr verriet, als er wollte. Der Gedanke, ihre ohnehin kleine Gruppe aufzuteilen, behagte ihm ganz und gar nicht. Zu den fünf Nomadenkriegerinnen in Shantals Begleitung hatte er während der Reise genauso wenig Kontakt gehabt wie zu ihr selbst. Sie hatten sich abgesondert, so daß sie ihm immer noch völlig fremd waren, obwohl er seit mehr als vier Tagen mit ihnen zusammen unterwegs war. Sogar ihre Namen hatte er bereits wieder vergessen. Dennoch fühlte er sich auch für die Kriegerinnen verantwortlich. Zwei von ihnen allein loszuschicken konnte ihren sicheren Tod bedeuten. Möglicherweise wartete das, was er in diesem Wald spürte, nur auf eine solche Gelegenheit, um zuzuschlagen. Er konnte es so deutlich wahrnehmen, als stünde es direkt neben ihm.

»Das ist es ja gerade«, erwiderte er. »Wir wissen alle nichts. Deshalb wäre es Wahnsinn, uns aufzuteilen. Ein Stück Braten ist so ein Risiko nicht wert.«

Shantal zögerte einen Augenblick, dann schüttelte sie entschlossen den Kopf. »Das Risiko ist nicht groß. Wir sind selbst Waldbewohner. Wir wissen, wie man sich in solchem Gelände unbemerkt bewegt.«

»Wenn jemand hier in Mithyr lebt, wird er es ebenfalls wissen«, stellte Aylon fest, doch sie war bereits weitergegangen und hörte ihn nicht mehr. Wütend sah er ihr nach. Shantal schien nie aus ihren Fehlern zu lernen. Genau die gleiche Art von Hochmut hatte sie schon die Hornmänner so gewaltig unterschätzen lassen.

Er tröstete sich damit, daß etwas, das eine solche Macht besaß, wie er sie hier spürte, wohl kaum darauf angewiesen war, sie einzeln anzugreifen. Falls es ihnen feindlich gesonnen war, würde es sie vermutlich auch mühelos vernichten können, solange sie vereint waren.

Wenige Sekunden später hörte er die ersten Schreie.

»Verflucht, wo bleiben bloß die Suchtrupps?« Korrun hatte das Visier seines Helms hochgeklappt und bemühte sich, ein möglichst grimmiges Gesicht zu machen, doch es gelang ihm nicht, seine Furcht völlig zu verbergen. Das Flackern in den Augen des jungen, schwarzhaarigen Hünen und der hektische Unterton in seiner Stimme redeten eine eigene Sprache.

Rowen verbiß sich die spöttische Bemerkung, die auf seiner Zunge lag, und begnügte sich statt dessen mit einem knappen Lächeln. Ihm selbst erging es nicht anders als Korrun. Er konnte sich nicht erinnern, während seines nun knapp dreißigjährigen Lebens auch nur ein einziges Mal wirkliche Angst empfunden zu haben. Die gesamte Ausbildung zum Hornmann zielte auf die Beherrschung und Verdrängung von Gemütsbewegungen, wobei die Überwindung der Angst in allererster Linie stand. Rowen hatte geglaubt, dieses Gefühl überhaupt nicht zu kennen, und er war sich sicher gewesen, es auch nie kennenzulernen.

Der Wald von Mithyr jedoch belehrte ihn eines Besseren.

Er konnte sich nicht erklären, warum ausgerechnet dieser Landstrich ihn mit solcher Furcht erfüllte, doch er war nicht der einzige, dem es so erging. Genau wie Korrun hätte auch keiner der anderen diese Empfindung offen zugegeben, aber das bedrückte Schweigen, das seit ihrem Eindringen in Mithyr von ihnen allen Besitz ergriffen hatte, war ein deutliches Zeichen.

Eigentlich hatte es schon vorher begonnen, überlegte Rowen. Nur mit Schaudern erinnerte er sich der düsteren Gestalt, die sie zum Lager der Nomaden geführt hatte. Sie war ihm zu unheimlich gewesen, als daß er ihr vertraut hätte, doch er hatte nicht zu entscheiden gehabt, und letztlich hatte es sich als richtig herausgestellt, ihr zu folgen. Die Eroberung des Dorfes war beinahe ein Kinderspiel gewesen. Selbst wenn es eine Handvoll überlebender Nomaden gegeben hatte, würden sie nie wieder eine Gefahr darstellen. Sie zu verfolgen war völlig unnötig. Es gefiel Rowen nicht, ohne zwingenden Grund das Leben von Männern zu gefährden, und vor allem gefiel ihm nicht, daß ausgerechnet er mit der Verfolgung beauftragt wurde. Aber natürlich hatte er keinen Widerspruch erhoben. Die Aufgabe eines Hornmannes war es nicht, sich den Kopf über die Befehle seines Vorgesetzten zu zerbrechen, sondern ihnen zu gehorchen – wenngleich er sich im stillen durchaus seine eigenen Gedanken machte.

Es gab vieles, was ihn an diesem Auftrag störte. Das begann mit der unheimlichen Gestalt, die als Preis für ihre Hilfe den Tod zweier Begleiter der geflohenen Nomaden verlangte, selbst aber unter dem Vorwand zurückgeblieben war, Mithyr nicht betreten zu können. Rowen versuchte, sich ihr Aussehen ins Gedächtnis zu rufen, doch es gelang ihm nicht. Er erinnerte sich nur daran, daß sie ungeheuer düster gewesen war und etwas an ihr seine Seele mit so namenlosem Schrecken erfüllt hatte, daß er es weitgehend vermieden hatte, sie anzusehen. Das war jedoch nicht der einzige Grund, weshalb er sich an ihr Aussehen trotz aller Anstrengung nicht mehr erinnern konnte. Ihr Gesicht zerfloß in umrißlose, schattenhafte Schwärze, je mehr er sich darauf konzentrierte, als gäbe es plötzlich eine Wand um sein Gedächtnis, die zu durchdringen ihm nicht gelang.

»Jemand kommt«, riß ihn Korruns Stimme aus seinen Gedanken. Rowen schrak hoch und gestand sich schuldbewußt ein, daß er kaum noch auf seine Umgebung geachtet hatte – eine fast unverzeihliche Nachlässigkeit, da er für das Leben des gesamten Trupps verantwortlich und wegen seiner raschen Auffassungsgabe und blitzschnellen Entscheidungen in diese Position aufgerückt war.

In diesem Fall drohte jedoch glücklicherweise keine Gefahr.

Bei den Ankömmlingen handelte es sich nur um zwei der ausgesandten Kundschafter. Rowen sprang auf und eilte ihnen entgegen.

»Wir haben sie gefunden«, keuchte einer der Späher und ließ sich erschöpft im Sattel nach vorne sinken. »Sie rasten nur ein paar Meilen von hier entfernt.«

Rowen nickte. »Gut. Wir warten, bis mindestens noch zwei weitere Suchtrupps zurück sind, dann brechen wir auf. Ruht euch so lange aus.« Er wandte sich um und erteilte einige Befehle.

Die Hornmänner bereiteten sich auf den Aufbruch vor. Dekken und anderes Gepäck wurden zusammengepackt und verstaut, Spuren auf dem Rastplatz, so gut es ging, beseitigt. Auf die Rückkehr weiterer Suchtrupps warteten sie jedoch vergeblich. Anstelle der wenigen Minuten, mit denen er gerechnet hatte, ließ Rowen mehr als eine halbe Stunde verstreichen, dann gab er das Zeichen zum Aufbruch. Auch ohne die sechs noch überfälligen Zweiergruppen befanden sich vierundzwanzig Hornmänner bei ihm, mehr als genug für die Handvoll überlebender Nomaden. Die restlichen Suchtrupps würden folgen und sie vermutlich noch unterwegs einholen.

Das Dickicht wucherte so dicht, daß sie sich zum Teil mit Gewalt einen Weg bahnen mußten. Sie kamen nur langsam vorwärts und hinterließen eine deutliche Fährte; dennoch erfüllte sich Rowens Hoffnung nicht, daß sie mit den restlichen Suchtrupps zusammenträfen. Nur eine der Gruppen stieß zu ihnen, und schließlich verstärkte sich seine anfangs nur unbestimmte Befürchtung immer mehr, daß etwas mit ihnen geschehen war. Die vereinbarte Zeit war längst verstrichen und sie hätten zurückgekehrt sein müssen. Rowen beschloß, noch vorsichtiger als bisher zu sein. Er konnte das Gefühl nicht abschütteln, geradewegs in eine Falle zu reiten. Eine Menge Legenden rankten sich um Mithyr, über die er bislang nur gelacht hatte, doch inzwischen war er beinahe bereit, jede noch so abwegige Geschichte Wort für Wort zu glauben. Die Baumkronen bildeten hoch über ihren Köpfen einen dichten Baldachin, unter dem Schatten und Dämmerung nisteten, obwohl es erst früher Mittag war. Huschende Bewegungen am Rande seines Sichtfeldes narrten ihn, doch sie blieben nur aus den Augenwinkeln wahrnehmbar und erstarrten, sobald er genauer hinzusehen versuchte. Dies war kein normaler Wald, daran gab es für ihn keinen Zweifel mehr, so wenig wie für seine Begleiter, wie ihm ihr bedrücktes Schweigen und ihre unterschwellige Nervosität verrieten. Mit jedem Schritt schienen sie sich weiter von der gewohnten Wirklichkeit zu entfernen und sich einem Land der Alpträume und des Wahnsinns zu nähern.

Vor allem jedoch machte Rowen die Gewißheit zu schaffen, daß sie nicht allein waren. Es gab keinerlei Beweis dafür, dennoch war er sich seiner Sache absolut sicher. Im Laufe der Zeit hatte er ein nahezu untrügliches Gefühl dafür entwickelt, wann er beobachtet wurde, und so deutlich wie hier hatte er es noch selten gespürt. Niemand ahnte, daß es sich nicht allein um eine gesteigerte Wahrnehmungsfähigkeit handelte, sondern um einen Schuß Magierblut irgendwo in seiner Ahnenreihe, das seine normalen Wahrnehmungen schärfte und in Bereichen ergänzte, die anderen verschlossen blieben. Seine Begleiter mochten allenfalls ahnen, daß sie nicht allein waren, während er es sicher wußte. Einen Augenblick fragte er sich, ob die beiden Späher wirklich nur den Rastplatz der Nomaden ausgekundschaftet hatten oder ob sie nicht unbemerkt selbst zu Verfolgten geworden waren und man ihnen nur deshalb die Rückkehr gestattet hatte.

Rowen verdrängte diesen Gedanken sofort wieder. Noch war nicht sicher, daß seine übrigen Kundschafter tot waren; es stand nicht einmal fest, daß hier eine Gefahr lauerte. Wer immer sie beobachtete, würde sich möglicherweise auch weiterhin nur darauf beschränken.

Nach einer Weile fiel der Boden vor ihnen schräg ab. Rowen zügelte sein Pferd. Sie hatten kaum eine Meile zurückgelegt, doch weil sie nur mühsam vorwärts drangen, kam es ihm wesentlich weiter vor. Die Geröllhalde führte in einen Graben hinab, der das Gelände wie eine kleine Schlucht durchzog. Unbehaglich folgte Rowen seinem Verlauf mit den Blicken. Nur vereinzelt gab es so günstige Stellen wie hier, in den Graben hinabzusteigen oder wieder herauszuklettern. Die Wände stiegen meist steil an, waren vom Regen ausgewaschen und hingen über, nur von vielfach verästeltem Wurzelwerk gehalten. Vereinzelt waren Bäume auch umgestürzt und bildeten natürliche Brücken über den Graben. Es war nicht zu erkennen, wodurch er entstanden war. Vielleicht handelte es sich um das Bett eines ausgetrockneten Flusses, vielleicht um eine abgesunkene Erdscholle oder einfach nur um eine Laune der Natur.

Vielleicht war es aber auch eine extra für sie gestellte Falle, durchfuhr es Rowen. Selbst das erschien ihm innerhalb Mithyrs plötzlich nicht mehr unmöglich.

»Worauf warten wir?« drängte Korrun, der zusammen mit dem Kundschafter an seiner Seite ritt.

»Das gefällt mir nicht«, murmelte Rowen zweifelnd und ließ seinen Blick noch einmal über den Graben schweifen. »Eine ideale Falle. Wenn wir einmal dort unten sind, genügen zwei, drei Bogenschützen auf jeder Seite, um uns aufzureiben. Wir säßen hilflos fest.«

»Wer sollte uns auflauern? Noch wissen die Nomaden nicht, daß wir kommen, aber sie werden uns bald hören, wenn wir hier oben weiterreiten.«

Rowen nickte, wenn auch widerstrebend. Er wußte, daß Korrun recht hatte. Der junge Clanskrieger war sein mit Abstand bester Schüler, hatte so gut wie alles gelernt, was er ihm beibringen konnte, besaß aber nur die normalen Wahrnehmungen eines Menschen und betrachtete alles von einem rein logischen Standpunkt aus. Sie verursachten weithin hörbaren Lärm, wenn sie sich gewaltsam einen Weg durch das Unterholz bahnten, und verspielten damit den Vorteil der Überraschung. Was die Beweglichkeit betraf, so waren die Nomaden ihnen inmitten des Waldes ohnehin überlegen, und wenn sie erst einmal merkten, daß sie immer noch verfolgt wurden, konnte sich die Suche nach ihnen Tage, wenn nicht Wochen hinziehen. Rowen aber lag daran, den Auftrag möglichst mit einem einzigen, entschlossenen Schlag zu beenden und Mithyr anschließend sofort wieder zu verlassen. Der Grund des Grabens war hauptsächlich mit Moos und Gras bewachsen, auf dem sie sich lautlos bewegen konnten.

»Wie dicht führt der Graben an ihren Rastplatz heran?« wandte er sich an den Späher.

»Bis auf fünfzig, vielleicht sechzig Schritte. Wir sind schon hindurchgeritten. Es gibt keine Gefahr.«

»Also gut.« Noch einmal sah sich Rowen unbehaglich um, dann glitt er aus dem Sattel und führte sein Pferd am Zügel die Halde hinab. Die anderen folgten ihm. Unbehindert von dornigem Gestrüpp kamen sie innerhalb des Grabens wesentlich einfacher und vor allem schneller voran. Rowens Bedenken ließen allmählich nach. Es dauerte nicht lange, bis sie sich dem Rastplatz der Nomaden so weit genähert hatten, daß sie erneut absteigen und die Pferde am Zügel führen mußten, um sich nicht trotz des weichen Untergrunds durch Hufschlag zu verraten.

Im gleichen Augenblick begann der Alptraum.

Rowen hörte ein leises Zischen und nahm aus den Augenwinkeln etwas Dunkles wahr, das auf ihn zuraste. Nur seine hochgezüchteten und in unzähligen Kämpfen geschärften Reflexe retteten ihm das Leben. Gedankenschnell warf er sich zur Seite. Der Schatten zischte über ihn hinweg. Erst jetzt erkannte Rowen, daß es sich um einen Ast des halb umgestürzten Baumes handelte, der neben ihm in den Graben ragte. Die spitzen Enden des Astes standen wie die Zinken einer Heugabel vor.

Zwei anderen Clanskriegern gelang es nicht, rechtzeitig auszuweichen. Da keine unmittelbare Gefahr vorauszusehen gewesen war, trugen sie das Visier ihrer Helme hochgeklappt. Zielsicher trafen die Astspitzen ihre Gesichter und bohrten sich tief hinein. Beim Zurückschnellen rissen sie die bereits toten Männer mit sich.

Nachdem die erste Schrecksekunde verstrichen war, gellten Schreie auf. Pferde stoben in wilder Panik davon.

Rowen wandelte seinen Sturz in einen Überschlag um, kam wieder auf die Beine und zog noch in der gleichen Bewegung sein Schwert. Aber es gab keinen Gegner, den er damit bekämpfen konnte. Er hatte es für selbstverständlich gehalten, daß jemand die Äste gespannt und ihnen hatte entgegenschnellen lassen. Die Wahrheit jedoch war wesentlich gespenstischer. Die Pflanzen schienen sich von selbst zu bewegen; Zweige und Wurzelstränge peitschten wild auf seine Männer ein. Er sah, wie sich neben ihm ein mehr als fingerdicker Strang um Korruns Kehle schlang und ihn jäh mit aller Kraft in die Höhe riß, während weitere Ranken den Unterkörper des jungen Hornmannes mit den Füßen auf dem Boden hielten.

Das schreckliche Ende des Freundes kam für Rowen zu schnell, als daß er sich abwenden oder auch nur die Augen schließen konnte. Einige Blutspritzer trafen ihn, bevor er mit einem krächzenden Schrei herumfuhr und versuchte, an einer Seitenwand des Grabens in die Höhe zu klettern, hinaus aus dieser höllischen Falle.

Er schaffte es nicht.

Ein Wurzelfinger wickelte sich um seine Fußgelenke und zerrte ihn zurück. Rowen wälzte sich auf den Rücken. Bevor er sein Schwert heben und damit zuschlagen konnte, wanden ihm zähe Dornenranken die Waffe aus den Fingern. Andere preßten ihn zu Boden. Verzweifelt stemmte sich Rowen gegen sie, doch seine Kraft reichte nicht aus. Der gesamte Graben schien lebendig geworden zu sein; an einigen Stellen riß sogar der Boden selbst auf und verschlang die Menschen.

Noch einmal bäumte sich Rowen auf und versuchte vergeblich, die Ranken zu zerreißen. Er konnte sich kaum noch bewegen. Ein armdicker, spitz zulaufender Ast tauchte in seinem Blickfeld auf. Einen Herzschlag lang schien das Holz wie eine Schlange vor seinen Augen hin und her zu pendeln, dann schoß es mit der Wucht eines Speeres auf ihn zu.

Das letzte, was Rowen in seinem Leben spürte, war ein entsetzlicher, glühender Schmerz, dann versank die Welt um ihn herum in ewiger Dunkelheit.

Unmittelbar nachdem er die ersten Schreie gehört hatte, strömten Empfindungen von Entsetzen und Pein und Tod so geballt auf Aylon ein, daß er glaubte, seine Nerven verbrennten. Gequält stöhnte er auf und preßte seine Fäuste gegen die Schläfen. Er war völlig überrascht worden und brauchte mehrere Sekunden, um seinen Geist vor den fremden Gefühlen zu verschließen, wie er es schon im Dorf der Nomaden getan hatte, um nicht den Verstand zu verlieren.

Er sprang auf. Im ersten Moment wurde ihm schwarz vor Augen, und er taumelte noch immer benommen. Was er gerade vernommen hatte, war der fast gleichzeitige geistige Todesschrei von gut zwei Dutzend Menschen ganz in der Nähe. Wenn Menschen gewaltsam starben, erlosch ihre mentale Aura nicht einfach, sondern zerbarst in einer psychischen Explosion. Da er mit weit geöffneten Sinnen die Umgebung nach fremden Lebenszeichen durchforscht hatte, waren die peinerfüllten Empfindungen wie ein sengender Blitz durch seinen Geist gezuckt.

Nur mühsam fand er in die Wirklichkeit zurück. Es dauerte Sekunden, bis er wieder klar sehen konnte. Floyd stand neben ihm und starrte ihn besorgt an. Shantal hatte zwei ihrer Nomadenkriegerinnen losgeschickt, damit sie nachsahen, woher die Schreie kamen. Die anderen hatten ihre Waffen gezogen und blickten sich lauernd um.

»Was ist geschehen?« fragte Floyd.

Aylon massierte seine Schläfen. »Ein Überfall. Irgend jemand... ist überfallen worden.«

»Wer? Und von wem?«

»Ich... ich weiß es nicht. Sie sind tot. Alle.« Er unterbrach sich, als Flair mit verstörtem Gesicht näherkam. Sie war völlig durcheinander; ihr Blick flackerte, und Tränen liefen ihr über die Wangen. Offenbar hatte sie das Sterben der Menschen ebenfalls mental miterlebt. Aylon nahm sie in die Arme und drückte sie an sich, gleichzeitig strich er ihr tröstend mit der Hand über den Rücken.

Es dauerte nicht lange, bis die beiden Nomadenkriegerinnen zurückkehrten. »Hornmänner«, berichtete eine von ihnen. »Ein ganzer Trupp. Sie sind ermordet worden, aber...«

»Bringt uns hin«, verlangte Aylon und trat zu ihnen. »Am besten gehen wir alle. Es ist zu gefährlich, wenn wir uns trennen.« Dabei warf er Shantal einen zornigen Blick zu.

Sie zuckte ungerührt mit den Schultern, erhob aber keinen Widerspruch, und so machten sie sich gemeinsam auf den Weg. Die Pferde führten sie am Zügel mit.

Bereits nach wenigen Dutzend Schritten stießen sie auf einen Graben. Fassungslos starrte Aylon auf die mehr als zwanzig Toten hinab, die am Grund der kleinen Schlucht lagen. Daß der Anblick nicht gerade schön sein würde, hatte er gewußt und versucht, sich darauf vorzubereiten; aber was er nun sah, war weit schrecklicher, als er sich vorgestellt hatte. Nicht einer der Hornmänner schien mit einer normalen Waffe umgebracht worden zu sein. Manche hatte man mit Flechten oder Ranken erdrosselt, andere waren auf Äste gespießt oder von Wurzeln durchbohrt worden, wieder andere waren so schlimm zugerichtet, daß man nicht einmal mehr erkennen konnte, wodurch sie gestorben waren.

Aylon fragte sich erschüttert, wer dazu in der Lage gewesen war. Die Hornmänner waren die gefürchtetsten Krieger, die es gab, dennoch schienen sie nicht einmal den Hauch einer Chance gehabt zu haben. Sie hatten nicht einen ihrer Gegner mit in den Tod genommen; es gab keinerlei Hinweis darauf, wer sie überfallen hatte.

Floyd war der erste, der das Schweigen brach. »Das... das gibt es nicht«, murmelte er verstört. »Wer kann das getan haben?«

»Sie sind noch in der Nähe«, raunte Shantal. Genau wie ihre Begleiterinnen hielt sie ihren Bogen schußbereit in den Händen. »Ich höre sie. Es scheint, als wollten sie uns einkreisen.«

Aylon nickte stumm. Zwar konnte er die Fremden nicht hören, aber dafür spürte er sie um so deutlicher. Ihre mentale Aura war anders als die eines Menschen oder Magiers, deshalb konnte er nicht klar erkennen, mit wie vielen Unbekannten sie es zu tun hatten, aber er nahm ihre Anwesenheit als solche wahr.

»Verschwinden wir von hier!« Die Angst in Shantals Stimme war unverkennbar. »Ich habe keine Lust, wie die da unten zu enden.«

»Dann wirf deinen Bogen weg«, stieß Aylon leise hervor. »Und ihr anderen auch. Zum Fliehen ist es bereits zu spät. Sie haben uns längst umzingelt.«

»Du bist verrückt«, keuchte Shantal. »Sollen wir uns vielleicht kampflos –«

»Ganz genau das«, fiel Aylon ihr ins Wort. »Ich weiß nicht, wer die Fremden sind, aber ich glaube nicht, daß sie uns töten wollen. Sonst hätten sie es schon längst tun können.« Er machte eine Kopfbewegung in Richtung der toten Hornmänner im Graben. »Glaubst du, daß jemand, der das getan hat, sich vor euren Bogen fürchtet? Selbst den Hornmännern haben ihre Waffen nichts genützt, und sie waren viermal so viele wie wir. Bildest du dir ernsthaft ein, du hättest mehr Erfolg?«

Shantal sah ihn zwei, drei Herzschläge lang mit einer Mischung aus Wut, Trotz und Niedergeschlagenheit an, ließ ihren Blick noch einmal umherwandern und senkte dann den Kopf. »Also gut«, murmelte sie, auch wenn es ihr sichtlich schwerfiel, ihm recht zu geben. Sie nahm den Pfeil von der Sehne und legte den Bogen vor sich auf die Erde. Nach kurzem Zögern schnallte sie ihren Schwertgürtel ab und ließ ihn ebenfalls sinken. Die Nomadenkriegerinnen folgten ihrem Beispiel, und nach einem auffordernden Blick Aylons schloß sich ihnen auch Floyd an.

»Wenn das schiefgeht, war es das letzte Mal, daß ich auf dich gehört habe«, knurrte er. »Aber wahrscheinlich war es dann auch das letzte Mal, daß du etwas gesagt hast.«

Aylon antwortete nicht. Es raschelte leise in den Büschen um sie herum, ansonsten jedoch geschah nichts. Aylon wagte kaum, sich zu bewegen, und seinen Begleitern ging es genauso. Es behagte ihm ganz und gar nicht, selber beobachtet zu werden, während die Fremden unsichtbar blieben, doch vorläufig konnten sie nur abwarten, ob diese eine Verständigung wollten und einen ersten Schritt unternahmen, indem sie sich zeigten oder zumindest mit ihnen sprachen. Zähflüssig tropften die Sekunden dahin, reihten sich zu unendlich langsam verrinnenden Minuten aneinander. Eine Ewigkeit schien zu vergehen, dann endlich hatten sich die Unbekannten zu einem Entschluß durchgerungen. Überall war plötzlich Bewegung. Es sah aus, als würde das Unterholz selbst lebendig werden, und erst nach Sekunden erkannte Aylon, daß es nicht so war, sondern daß die Fremden sich ihrer Umgebung nahezu vollendet angepaßt hatten. Auch ohne daß sie sich versteckten, war es fast unmöglich, sie zu erkennen, und er sah sie erst, nachdem er auf sie aufmerksam geworden war. Er konnte nicht einmal mit Sicherheit sagen, ob sie erst jetzt aus dem Dickicht hervorgekommen waren oder schon die ganze Zeit reglos in einem dichten Kreis um sie herum gestanden hatten.

Die Wesen reichten ihm etwa bis zur Brust. Ihre Haut war bräunlich und schien aus knorrigem Holz zu bestehen. Auch ihre grünlich-braune Kleidung trug dazu bei, daß sie innerhalb des Waldes so gut wie unsichtbar waren, solange sie sich nicht durch rasche Bewegungen verrieten. Sie waren grob menschenähnlich, besaßen zwei Arme, zwei Beine, einen gedrungenen Oberkörper und einen Kopf, doch erinnerte ihr Haar an verbranntes Gras, und ihre Finger waren lang wie hölzerne Gabelzinken. In ihren borkenartig zerfurchten Gesichtern ließ sich keinerlei Gefühl erkennen.

Waffen schienen sie keine bei sich zu tragen, dennoch war Aylon froh, daß weder Shantal noch eine ihrer Kriegerinnen Widerstand leistete, als zwei von ihnen vortraten und die abgelegten Schwerter und Bogen einsammelten. Wenn wirklich die sonderbaren Wesen den gesamten Trupp Hornmänner binnen weniger Sekunden getötet hatten, mußten sie über Fähigkeiten verfügen, gegen die Waffengewalt nichts auszurichten vermochte.

»Verdammt, was sind das für Wesen?« flüsterte Floyd. Widerwillig ließ er es geschehen, daß eine der Gestalten ihm auch seinen Dolch und die Wurfsterne abnahm. »Was haben sie mit uns vor?«

»Ich weiß es nicht«, gab Aylon ebenso leise zurück. »Hoffentlich nicht das Gleiche wie mit den Hornmännern. Aber ich glaube nicht, daß sie uns töten wollen.«

»Sehr beruhigend, was du so glaubst, wirklich äußerst tröstlich«, stellte Floyd sarkastisch fest. Er seufzte. »Wäre ich bloß nie nach Cavillon gekommen und mit dir geritten!«

»Sie werden uns nichts tun, solange wir uns ruhig verhalten«, sagte Aylon noch einmal. »Sie sind keine eigenständigen Persönlichkeiten, das zeigt ihre mentale Aura. Ihr Denkvermögen liegt nur dicht über dem von Tieren. Ich glaube, sie haben nicht einmal einen eigenen Willen, wahrscheinlich können sie nur Befehle ausführen.« Er blickte eines der Wesen an, das die Hand gehoben hatte und die klauenartigen Finger winkend bewegte. »Sie wollen, daß wir ihnen folgen.«

»Und du vertraust ihnen genug, um einfach so mitzugehen?«

»Bleibt uns eine andere Wahl?«

Shantal ließ ihren Blick zwischen ihnen hin und her wandern, blickte abwechselnd ihn und Floyd und zwischendurch immer wieder die Waldwesen an. »Sie sehen nicht besonders gefährlich aus«, ergriff sie zum ersten Mal das Wort. »Und allzu feindselig eigentlich auch nicht. Hoffen wir, daß sie uns direkt zu ihrem Tempel führen. Also kommt, wir haben nichts mehr zu verlieren.« Sie grinste flüchtig. »Oder wollt ihr ewig leben?« Ohne eine Antwort abzuwarten, griff sie nach dem Zügel ihres Pferdes und ging los.

Auf Floyds Stirn erschien eine steile Falte, die zeigte, wie sehr Shantals Worte ihn ärgerten. Ihre letzte Bemerkung hatte er in dieser oder ähnlicher Form oft genug aus dem Mund Yenoms und anderer Clansfürsten gehört. »Warum eigentlich nicht?« murmelte er so leise, daß selbst Aylon seine Worte mehr erahnen als hören konnte.

Hinter Shantal und ihren Kriegerinnen schlossen sie sich

den sonderbaren Waldwesen an. Flair ging neben Aylon, verzichtete aber darauf, seine Hand zu ergreifen. Mit kindlicher Neugier sah sie sich um und bemühte sich, ein möglichst tapferes Gesicht zu machen. Mehr denn je fühlte er sich daran erinnert, daß sie trotz ihres jugendlichen Körpers noch ein Kind war, und ein sonderbar sanftes Gefühl durchströmte ihn. Es war nicht nur ein Beschützerinstinkt; Flair vermittelte keinen besonders starken Eindruck von Schutzbedürftigkeit. Eher schien es, als befände sie sich in einer ureigenen Welt, zu der niemand sonst Zutritt besaß und die ihr Sicherheit bot, weil sie nur teilweise mit ihrer realen Umwelt identisch war.

Aber, dachte Aylon beklommen, was an Mithyr war überhaupt Realität, und wieviel war nur Schein? War nicht in Wahrheit vielleicht er es, der in einem Trugbild gefangen war, das er nur deshalb für die Wirklichkeit hielt, weil er dessen wahre Natur nicht erkennen konnte?

Das so dicht und nahezu undurchdringlich erscheinende Unterholz schien sich vor den vordersten Waldwesen zu teilen und bereitwillig zurückzuweichen, um die entstandene Lücke hinter dem Ende des kleinen Zuges sofort wieder zu schließen. Aylon war sich nicht sicher, ob auch das nur eine Täuschung war und sie in Wahrheit über verborgene Pfade gingen oder ob ihre Führer wirklich Macht über die Pflanzen besaßen; aber nachdem er gesehen hatte, was mit den Hornmännern geschehen war, hielt er selbst das nicht mehr für unmöglich. Er kannte sich besser als jeder der anderen mit Magie aus, doch Mithyr war etwas, das auch er nicht zu begreifen vermochte. Anstatt sich den Kopf über etwas zu zerbrechen, das er ohnehin nicht verstand, beschloß er, einfach nur noch aufmerksam zu beobachten und alles auf sich zukommen zu lassen. Nach Erklärungen konnte er später suchen.

Dank der Führung oder der Magie der Waldwesen gingen sie bequem wie auf einem gut befestigten Weg und kamen entsprechend schnell voran. Einige Male konzentrierte sich Aylon auf den Reif an seinem Handgelenk. Das Skiil ermöglichte es ihm nicht nur, selbst magische Illusionen zu schaffen, sondern schützte ihn auch vor fremder Magie. Hier jedoch erzielte Charalons Reif nicht die geringste Wirkung. Wenn Mithyr wirklich nur ein Trugbild war, dann auf eine Art, gegen die er machtlos war. Er konnte sich zumindest vorläufig nur den Regeln dieses Ortes unterwerfen.

Nach einiger Zeit lichtete sich das Unterholz vor ihnen, und dann, so plötzlich, als würde vor ihnen eine Tür in der grünen Wand geöffnet, gelangten sie an den Rand einer riesigen Lichtung.

»Der Tempel!« stieß Shantal hervor. »Ich wußte, daß er mehr als eine Legende ist.«

»Ja, eine Ruine«, murmelte Floyd. Enttäuscht ließ er seinen Blick über das Bild der Zerstörung gleiten. Der Tempel war eingestürzt, und wie es aussah, schon vor Hunderten, wenn nicht sogar Tausenden von Jahren. Ein gewaltiger Schutthaufen aus zerborstenen Mauern und umgestürzten Säulen erhob sich in der Mitte der Lichtung. Alles war von Unkraut überwuchert, seit einer Ewigkeit schien kein Mensch mehr hier gewesen zu sein. »Ich glaube kaum, daß hier noch jemand lebt, der uns weiterhelfen kann.«

»Was hast du erwartet? Eine Garde mit Gold und Edelsteinen behängter Ehrenjungfrauen in durchsichtigen Gewändern?« Aylon lächelte. Im Gegensatz zu den anderen sah er nicht nur die Trümmer, sondern spürte auch die ungeheuer starke Magie, die von der Ruine ausging. »Die Waldwesen haben uns bestimmt nicht ohne Grund hierhergebracht. Also sehen wir uns erst einmal genauer um, bevor wir resignieren.«

Floyd nickte zögernd. »Immerhin haben wir es bis hierher geschafft; dabei war ich mir für eine Weile fast sicher, daß uns diese Kreaturen...« Er brach ab und sah sich erschrocken um. »Wo sind sie geblieben?«

Aylon brauchte sich nicht erst umzudrehen, um zu wissen, daß die Waldwesen so spurlos verschwunden waren, wie sie aufgetaucht waren. Es überraschte ihn nicht; er hatte nichts anderes erwartet. »Sie haben ihren Auftrag erfüllt«, sagte er. »Und nun sind sie überflüssig geworden. Kommt.«

Er trat ein paar Schritte vor, doch Shantal griff nach seiner Schulter und hielt ihn zurück. »Vorher sollten wir noch etwas klarstellen«, zischte sie. »Dein Ton gefällt mir nicht. Zuerst kommandiert Floyd uns herum und jetzt du. Als wir ausmachten, daß wir zusammen reiten, habe ich mir darunter nicht vorgestellt, daß ihr befehlt und wir zu gehorchen haben.«

»Was willst du?« entgegnete Aylon scharf. »Wir haben euch sicher zum Tempel von Mithyr gebracht, oder etwa nicht? Wenn du so sicher warst, daß ihr es auch auf eigene Faust schaffen würdet, hättet ihr nicht mit uns zu kommen brauchen.« Er blickte zum Tempel hinüber. »Gehen wir! Wir werden bereits erwartet.«

»Erwartet?« Shantal runzelte die Stirn. Auch sie sah zur Ruine des Tempels hinüber, konnte aber nicht mehr entdekken als zuvor. Trotzdem verflog ihr Zorn und wich einer hilflosen Verwirrung. »Von wem?«

Aylon seufzte. »Von den Wächtern Mithyrs natürlich. Wir sind schließlich hergekommen, um sie zu treffen.«

»Woher willst du –«

»Warum hätten sie uns wohl hierherbringen lassen, wenn sie nicht ebenfalls mit uns sprechen wollten?« fiel Aylon ihr ins Wort. »Können wir jetzt gehen, oder willst du noch etwas Zeit mit diesem unsinnigen Streit vergeuden?« Ohne eine Antwort abzuwarten, ging er los.

Shantal versuchte kein zweites Mal, ihn zurückzuhalten.

»So ist das, meine Liebe«, wandte sich Floyd grinsend an die Nomadenkriegerin. »Ihr solltet allmählich einsehen, daß nicht mehr nur ihr zu bestimmen habt.« Er zog sich einen imaginären Hut vom Kopf und deutete einen Bückling an, einen Augenblick ganz der charmante, fast geckenhaft formvollendete Herzensbrecher, den er in weiblicher Gesellschaft gern spielte. Gleich darauf aber wurde er schlagartig wieder ernst. »Dir bleibt nichts anderes übrig, als dich damit abzufinden. Und das solltest du möglichst bald tun.«

Als er an ihr vorbeiging, um sich Aylon anzuschließen, starrte Shantal ihm finster nach.

Je weiter sie auf die Lichtung hinaustraten, desto schwerer fiel ihnen das Gehen. Es war, als müßten sie gegen einen unsichtbaren Widerstand ankämpfen; die Luft schien sich in Wasser und der Boden in zähflüssiges Gelee zu verwandeln, um sie am Vordringen zu hindern. Im gleichen Maße veränderte sich der Tempel vor ihnen. Als würde jeder Schritt sie tiefer in die Vergangenheit zurückführen, besserte sich der Zustand des Gemäuers, je näher sie ihm kamen. Es schien vor ihnen in die Höhe zu wachsen: Zerborstene Steinquader wuchsen aneinander und türmten sich auf, in kleine Stücke zerbrochene Säulen fügten sich wieder zusammen, Ornamente erstanden in alter Pracht neu. Mehr und mehr nahm der titanische Komplex mit seinen Haupt- und Nebengebäuden Gestalt an.

»Was hat das zu bedeuten?« erkundigte sich Floyd.

»Ich weiß es nicht«, bekannte Aylon. »Zumindest kann ich es nicht erklären. Ich glaube, niemand kann das. Nimm es einfach als gegeben hin und hör auf, dich darüber zu wundern.«

Flair zupfte an seinem Ärmel. »Ich habe Angst«, flüsterte sie ihm zu. »Das ist... unheimlich. Es sieht aus, als ob jemand den Tempel formt, aber ich spüre nichts. Und außerdem ist Stein tot. Man kann ihn nicht mit den Gedanken formen.«

»Mach dir keine Sorgen.« Aylon legte ihr die Hand auf die Schulter. »Dir wird nichts passieren. Ich werde auf dich aufpassen«, versprach er, obwohl er sich ganz und gar nicht sicher war, daß er dieses Versprechen würde halten können. Im Augenblick war er sich über überhaupt nichts mehr sicher.

Sie gelangten auf einen mit Marmorplatten gepflasterten Hof. Er lag etwas vertieft, so daß Stufen zu den Gebäuden hinaufführten, die ihn hufeisenförmig umgaben. Nirgendwo zeigte sich eine Spur von Leben. Die Dächer der Gebäude ragten ein Stück vor und wurden von Säulen gestützt.

Aylon blieb stehen und bedeutete auch den anderen mit einer Handbewegung zurückzubleiben.

»Was ist?« fragte Shantal und sah sich lauernd um. Instinktiv griff sie an ihren Gürtel, zog die Hand aber wieder zurück, als ihr einfiel, daß man ihr das Schwert abgenommen hatte.

»Irgend jemand ist hier. Wir werden beobachtet«, gab Aylon leise zurück.

»Ich –« Er verstummte, als er eine Bewegung aus den Augenwinkeln wahrnahm. Ein gewaltiges, zweiflügeliges Portal schwang langsam hinter der Säulenreihe des Hauptgebäudes auf. Trotz des vermutlich tonnenschweren Gewichts der beiden Flügel geschah alles in gespenstischer Lautlosigkeit. Bläuliches Licht flackerte hinter dem Portal.

»Das soll wohl so etwas wie eine Einladung sein«, sagte Shantal. »Also gut, nehmen wir sie an!«

Aylon nickte zustimmend. Sie ließen die Pferde zurück und näherten sich gemeinsam dem Gebäude. Aus der Nähe erkannten sie, daß die Stufen weit höher waren, als sie auf den ersten Blick ausgesehen hatten. Es war ihnen zuvor nicht aufgefallen, weil sie keine vertrauten Bezugspunkte besaßen und Perspektiven und Entfernungen sich zu verschieben schienen, doch der gesamte Komplex schien von Riesen erbaut zu sein. Jeder der Stufen reichte ihnen bis zur Hüfte, so daß das Hinaufsteigen zu einer mühsamen Kletterpartie wurde. Erleichtert atmete Aylon auf, als er endlich die oberste Stufe erreicht hatte. Er reichte Flair die Hand und zog sie als letzte zu sich herauf.

Sie schritten zwischen den titanischen Säulen hindurch, traten durch das Portal und gelangten in eine riesige Halle. In zahlreichen Feuerschalen entlang der Wände brannte funkensprühend ein helles weißlich-blaues Feuer. Zusätzliches Licht fiel durch Öffnungen in der Decke herein, die mit blauem Glas verkleidet waren. Die Halle war völlig kahl, nur an der dem Portal gegenüberliegenden Wand stand eine monströse, aus Stein gehauene Scheußlichkeit mit einem aufgedunsenen Balg, unzähligen überlangen, tentakelartig gewundenen Armen und plumpen, dicken Säulenbeinen.

Neugierig trat Aylon näher. Seine Schritte hallten auf dem

Steinboden laut wider. Der Anblick der Skulptur erfüllte ihn mit Abscheu, zog ihn gleichzeitig aber auch an. Offenbar hatten sie es mit der Darstellung einer frühzeitlichen Gottheit zu tun; in Anbetracht ihrer Widerwärtigkeit schien es sich um den dämonischen Götzen eines Sektenkultes zu handeln. Was Aylon am meisten beeindruckte, war die ungeheure Detailgenauigkeit, mit der man das Götzenbild geschaffen hatte. Die Kreatur wirkte so lebendig, als schliefe sie nur und könnte im nächsten Augenblick erwachen, um nach ihnen zu greifen. Aylon schauderte. Er ließ seinen Blick über die Skulptur schweifen. Das Sonderbarste daran war der Kopf. Im Gegensatz zu den liebevoll genau gefertigten übrigen Körperteilen wirkte er seltsam unfertig. Es gab kein Gesicht, nur eine fast ebene Fläche mit einem Schlitz darin, der wie die Andeutung eines Mundes erschien. In der Mitte der Fläche prangte ein einzelnes, aus einem mehr als faustgroßen roten Kristall bestehendes Auge, das von einem inneren Glühen erfüllt zu sein schien, wobei es sich aber auch um einen Widerschein der flakkernden Flammen handeln konnte.

»Seid gegrüßt«, ertönte eine sanfte, melodische Stimme.

Aylon schrak erneut zusammen. Obwohl er sich keine zwei Dutzend Schritte entfernt befand, entdeckte er erst jetzt, als sie sich bewegten, die Gestalten, die vor der rechten Seitenwand standen. Es waren sieben, vier Frauen und drei Männer, die nun langsam vortraten. Sie trugen helle Gewänder und hätten sich von dem dunklen Gestein deutlich abheben müssen; dennoch waren sie zuvor auf geheimnisvolle Art mit dem Hintergrund nahezu vollkommen verschmolzen gewesen.

»Wir grüßen euch ebenfalls«, sagte Aylon unsicher. »Wer... seid ihr?«

»Wir sind die Wächter Mithyrs«, antwortete die Frau an der Spitze der kleinen Gruppe. Goldenes Haar fiel ihr in Locken über die nackten Schultern. Ihre Haut war wie die der anderen so hell, als hätte sie seit Ewigkeiten kein Sonnenstrahl mehr berührt. »Leider konnten wir euch nicht schon früher entgegentreten, aber wie ihr seht, gibt es nicht mehr viele von uns.

Wir sind die letzten eines einst großen und mächtigen Volkes, und unsere Macht beschränkt sich auf diesen innersten Bezirk des Tempels.«

»Und... die Wesen, die uns hergeführt haben?« erkundigte sich Floyd stockend.

»Die Gärtner«, erklärte die Frau. »Sie pflegen den Wald und verhindern, daß Unbefugte den Weg hierher finden und unsere Ruhe stören.«

»Uns haben sie nichts angetan«, sagte Aylon. »Das heißt wohl, daß ihr uns für befugt haltet?«

»Ihr seid nicht gekommen, um zu erobern oder um Unfrieden zu stiften, sondern ihr seid selbst Gejagte und wollt um Hilfe bitten. Ihr werdet sie erhalten, wenn ihr euch als würdig erweist und bereit seid, einen angemessenen Preis zu zahlen.«

»Wir weisen niemanden ab, der Mithyrs Hilfe braucht«, erklärte einer der Männer neben ihr. »Denn das ist sein Vermächtnis und unsere Aufgabe. Wir bewahren sein Erbe, um zu verhindern, daß es in die falschen Hände fällt, und um denen zu helfen, die es brauchen.«

»Trotzdem habt ihr uns unsere Waffen abnehmen lassen«, mischte sich Shantal ein. »Ganz so weit scheint es mit eurem Vertrauen also nicht her zu sein.«

»Eine Vorsichtsmaßnahme, nichts weiter. Wenn ihr darauf besteht, könnt ihr sie sofort wiederbekommen.« Die Frau lächelte. »*Uns* könntet ihr damit ohnehin nichts anhaben«, fügte sie mit sonderbarer Betonung hinzu.

Einer der Tempelwächter verschwand kurz. Als er nach ein paar Sekunden zurückkehrte, trug er die Waffen auf seinen Armen. Zweifelnd griff Shantal nach ihrem Bogen und ihrem Schwert. Erst als sie ebenso wie Floyd und ihre Kriegerinnen die Waffen wieder angelegt hatte, ohne daß etwas passierte, wich das Mißtrauen aus ihrem Gesicht. Bewaffnet fühlte sie sich sichtlich wohler, vor allem an diesem Ort. Sie war das Leben in der freien Natur gewohnt, so daß das zyklopische Gebäude ihr Unbehagen bereiten mußte, und ihr war Magie unheimlich, von der der gesamte Tempel durchdrungen war.

»Ihr seid keine Menschen, nicht wahr?« wandte sich Aylon an die Sprecherin der Tempelwächter.

»Nein.« Die Frau schüttelte den Kopf. »Mithyr ist älter als euer Volk. Seine Zeit war lange, bevor es überhaupt Menschen gab. Schon damals haben wir ihn bewacht. Wir entstammen dem Volk der Alben, auch Elben und Elfen, wie uns manche von euch Menschen nennen. Wir...« Sie verstummte. Ein erschrockener Ausdruck glitt plötzlich über ihr Gesicht. »Wir haben uns noch nicht einmal vorgestellt«, sagte sie. »Verzeiht, aber es ist lange her, daß wir zuletzt Besuch hatten. Wir sind an Höflichkeit schon nicht mehr gewöhnt. Ich heiße Myrain.« Sie stellte auch die Frauen und Männer neben sich vor, ohne daß es Aylon gelang, sich ihre Namen auf Anhieb einzuprägen.

Myrain kam auf ihn zu und streckte ihm hoheitsvoll die Hand entgegen, die Handflächen nach unten. Unschlüssig sah Aylon sie an und wechselte einen hilflosen Blick mit Floyd. Er verstand sich nicht sonderlich gut auf Förmlichkeiten.

Der Gaukler erkannte seine Verlegenheit und befreite ihn daraus. An Aylons Stelle griff er nach Myrains Hand, verbeugte sich mit einer weitausholenden Geste und sank auf ein Knie. Dann berührte er den Handrücken flüchtig mit den Lippen. »Mach es genauso wie ich«, flüsterte er.

Aylon bemühte sich, die Bewegungen des Gauklers möglichst genau nachzuahmen, doch er vermutete, daß seine Verbeugung äußerst ungelenkig und steif ausfiel, und die Berührung der Tempelwächterin ließ ihn schaudern. Um seine Ungeschicklichkeit zu überspielen, nannte er rasch seinen Namen und die seiner Begleiter.

Wenn Myrain seine Verlegenheit bemerkte, so ging sie nicht darauf ein. »Ihr müßt müde sein«, sagte sie. »Es ist anstrengend, durch den Wald von Mithyr zu reisen. Wir werden einige Zimmer für euch herrichten lassen, damit ihr schlafen könnt.«

Aylon zögerte mit einer Antwort. An seiner Stelle trat Shantal vor. »Das wird nicht nötig sein«, widersprach sie. »Wir werden nicht lange bleiben.«

Ein Schatten glitt kurz über Myrains Gesicht. Floyd bemerkte es und warf Shantal wegen ihrer barsch hervorgestoßenen Worte einen ärgerlichen Blick zu. »Wir möchten ganz bestimmt nicht unhöflich erscheinen, wenn wir euer freundliches Angebot ablehnen«, versicherte er. »Allerdings sind wir in großer Eile. Es wäre uns wirklich lieber, wenn wir möglichst schnell weiterreisen könnten.«

»Zeit spielt an diesem Ort keine Rolle«, ergriff einer der anderen Tempelwächter das Wort. »Ihr solltet euch ausruhen, ehe ihr vor Mithyr tretet. Innerhalb des Labyrinths werdet ihr dazu keine Gelegenheit mehr haben.«

Shantal zögerte und sah sich nach Aylon um. Es war unverkennbar, daß sie nicht länger als unbedingt nötig hier bleiben wollte, aber er begriff auch, daß sie den wahren Grund dafür unmöglich sagen konnte. Alles hier wurde von einer Magie beherrscht, die sie nicht verstand und die ihr unheimlich war, und deshalb mochte sie weder den Tempel noch seine Wächter. Aylon hätte nichts dagegen gehabt, sich ein paar Stunden aufzuhalten. Mithyr interessierte ihn, und bislang hatte er noch so gut wie nichts darüber erfahren. Er hätte sich gerne etwas umgesehen, und ihm brannten unzählige Fragen auf der Zunge, doch er wollte die Nomadenkriegerin nicht schon wieder vor den Kopf stoßen oder es auf eine erneute Machtprobe mit ihr ankommen lassen; deshalb schüttelte er leicht den Kopf. Shantal dankte es ihm mit einem angedeuteten Lächeln.

»Wir danken euch für eure Gastfreundschaft, aber wir möchten lieber weiter«, erklärte sie. »Wir haben gerade erst eine Rast gemacht.«

»Wie ihr meint«, erwiderte Myrain betrübt. »Es kommen nur selten Besucher hierher, so daß wir froh über jede Gesellschaft sind, doch wir können euch nicht mit Gewalt halten.« Sie schwieg ein paar Sekunden und ließ ihren Blick von einem zum anderen wandern. »Entscheidet nun, wer von euch vor Mithyr treten soll, um euren Wunsch vorzutragen. Es wird keine leichte Aufgabe sein, denn der Betreffende wird auch sich selber gegenübertreten müssen.«

Aylon begriff nicht völlig, was ihre Worte zu bedeuten hatten, aber ohne sich mit den anderen abgesprochen zu haben, wußte er, daß nur er derjenige sein konnte. Auch Myrain schien die Antwort bereits im voraus gekannt zu haben, denn sie blickte nur ihn an.

»Was soll ich tun?« erkundigte er sich.

»Komm mit mir«, sagte die Tempelwächterin und griff nach seiner Hand. Die Berührung war ihm ebenso unangenehm wie beim ersten Mal. Myrain war eine schöne – und zumindest dem Aussehen nach junge – Frau, doch ihre Haut fühlte sich kalt an, weich und schwammig wie aufgequollene Hefe. Es war, als faßte er eine Tote an. Am liebsten hätte er seinen Arm sofort zurückgezogen, bezwang sich aber und ließ sich von Myrain bis unmittelbar vor das gigantische Götzenbild an der Stirnseite der Halle führen.

»Keine Angst«, sagte sie. »Dir wird nichts geschehen.«

Trotz ihrer Warnung erschrak Aylon bis ins Mark, als sich Teile des steinernen Reliefs zu bewegen begannen. Nur mit Mühe unterdrückte er einen Schrei. Träge glitten die Tentakel durch die Luft, wurden breiter und länger, aber sie griffen nicht nach ihm, sondern fügten sich hinter ihnen aneinander, so dicht, daß sie eine nahtlose Wand um ihn und Myrain bildeten, die sie wie eine zugeklappte Muschel von ihrer Umwelt trennte. Gleichzeitig begann das faustgroße Rubinauge dicht vor Aylon von innen heraus zu glühen und erfüllte die kleine steinerne Kammer mit blutigem Licht. Während sie ihn weiterhin festhielt, preßte Myrain ihre freie Hand neben dem Auge gegen den gesichtslosen Schädel des Götzenbildes. Auf ihr ermunterndes Nicken hin folgte Aylon ihrem Beispiel. Unter seinen Fingern fühlte er glatten, kalten Stein. Obwohl sie sich bewegt hatte, lebte die Statue nicht, und auch ihre Substanz hatte sich nicht verändert. Vielleicht aber war auch ihre Bewegung nur eine Einbildung, wie so vieles, das er seit Betreten des Waldes erlebt hatte.

Aylon schloß die Augen, um sich gegen die trügerischen Sinneseindrücke abzukapseln, doch dadurch wurde alles eher noch schlimmer. Zwar sah er das Götzenbild nicht mehr, das aus Stein bestand und sich dennoch bewegte, aber er spürte um so deutlicher die Gegenwart von etwas ungeheuer Fremdem, Mächtigem, das mit gestaltlosen Fingern nach seinem Geist tastete. Aylon begann zu zittern. Er mußte alle Kraft aufbringen, um nicht die Hand zurückzureißen. Selbst die zuvor so unangenehme Berührung Myrains erschien ihm mit einem Mal tröstlich und half ihm, auch weiterhin reglos zu verharren. Was er spürte, mußte das sein, was die Tempelwächter als Mithyr bezeichneten und was sich anscheinend völlig von dem unterschied, was die Menschen in ihren Legenden darunter verstanden. Mithyr war nicht nur die Bezeichnung eines Gebiets, aber es war auch kein Gott, nicht einmal ein einzelnes Wesen, und wenn, dann war es so unvorstellbar fremd, daß Aylons Verstand sich weigerte, es auch nur in Ansätzen zu erfassen. Mithyr war dieser Wald: der Boden, die Pflanzen, die Tiere und mehr noch. Der gesamte Landstrich war nicht mehr als ein winziger Teil Mithyrs, der aus einer Welt jenseits aller der menschlichen Vorstellungskraft jemals zugänglicher Bereiche ein Stück in die Wirklichkeit hereinragte.

Aylon stöhnte. Er zwang sich, nicht länger darüber nachzudenken, um nicht den Verstand zu verlieren. Seine Nerven schienen in Flammen zu stehen. Nur Myrains Anwesenheit gab ihm die Kraft, weiterhin auszuharren.

Und es wurde schlimmer.

Das Fremde drang immer tiefer in seinen Geist ein, so sehr er sich auch dagegen wehrte. Er fühlte sich besudelt und gedemütigt. Aus dem anfangs vorsichtigen Tasten war längst ein rücksichtsloses Wühlen und Zerren geworden. Schmerz pulsierte in wilden Krämpfen durch seinen Kopf.

Dann begannen die Visionen.

Farben stürmten auf Aylon ein, Laute, Formen und Gerüche. Die Welt um ihn herum hörte auf zu existieren, selbst Myrain und die Götzenstatue verloren sich in nebulöser Ferne. Er stürzte in ein Farbenmeer hinab. Schatten und durcheinanderlaufende Muster umspülten ihn; schrille Geräusche drangen an seine Ohren, wurden lauter und disharmonischer. Die abstrakten Farben und Muster formten sich zu Bildern. Manche davon waren idyllisch, eingebettet in süße Gerüche und harmonische Tonfolgen, andere hingegen – und zwar die weitaus meisten – düster und trist.

Immer rascher wechselten die Bilder, so schnell, daß es ihm nur noch vereinzelt gelang, sie zu erkennen und bewußt in sich aufzunehmen. Es waren apokalyptische Visionen darunter, wie sie Aylon in seinen schlimmsten Alpträumen noch nicht heimgesucht hatten. Er sah Welten, die nur aus Tod und Verwesung bestanden, Schlachtfelder, auf denen die Leichen mehrfach übereinander- und grotesk ineinanderverschlungen lagen, so weit das Auge reichte, und völlig neue, bizarre Landschaften aus Fleisch sowie Flüsse und ganze Seen aus Blut bildeten.

Er sah ekelerregende Scheußlichkeiten, die man nicht einmal als Bestien bezeichnen konnte, Monstren aus gestaltgewordenem Wahnsinn.

Er sah Folterszenen von unbeschreiblicher Grausamkeit, sah zuckende, blutige Klumpen, die einmal Menschen gewesen waren, denen ihre Folterknechte jedoch immer noch die Gnade des Todes vorenthielten, sah mutierte Daseinsformen von menschlichem Fleisch, deren bloßer Anblick Wahnsinn verhieß und ihm Schmerzen bereitete.

Aylon schrie in purer Agonie. Jede Zelle seines Körpers schien von verzehrendem Feuer erfüllt zu sein. Es gelang ihm nicht, seinen Geist vor der ihn bedrängenden Bilderflut zu verschließen; selbst die Flucht in eine wohltätige Ohnmacht blieb ihm verwehrt. Die Bilder strömten inzwischen so rasend schnell auf ihn ein, daß er sie nicht einmal mehr unterscheiden konnte; sein Unterbewußtsein jedoch nahm sie auf, und sie gruben sich unauslöschlich tief in sein Gedächtnis ein. Was er sah, erfüllte ihn mit unbeschreiblichem Grauen, aber – und das entsetzte ihn mehr noch als alles andere – es faszinierte ihn auch. Jetzt erst begriff er die Behauptung, daß er vor Mithyr auch sich selbst begegnen werde, und vielleicht zum ersten

Mal in seinem Leben begriff er sich als Ganzes, mitsamt all seinen düsteren Schattenseiten.

Die Bilder waren keinesfalls irgendwelche fremden Visionen, sondern entstammten seiner eigenen Seele, die keineswegs ein Hort der Unschuld und des Guten war, wie er es sich immer eingebildet hatte, ohne überhaupt darüber nachzudenken. Statt dessen – und genau das führte Mithyr ihm gnadenlos vor Augen – war sie ein Pfuhl des Monströsen, angefüllt mit Phantasien, vor denen er selbst erschrak, weil sie aus einem Bereich seines Unterbewußtseins stammten, den zu erforschen er nie gewagt hatte. Für ihn war es ein Zeichen von geistiger Gesundheit gewesen, wenn er dieses Gebiet mied, und er hatte alle Traumsplitter, die gelegentlich von dort einen Weg in sein Bewußtsein fanden, als Perversionen verdrängt; aber sie waren ebenso ein Teil von ihm wie alle anderen Träume auch. Die Dunkelheit hatte nicht nur einen Platz in ihm, sondern beherrschte große Teile seines Geistes. Solange er sie leugnete, würde er niemals in der Lage sein, sich selbst zu erkennen.

Mithyr – oder was sich hinter dieser Bezeichnung verbergen mochte – riß diese Mauern gnadenlos ein, konfrontierte ihn mit den finstersten Winkeln seines Ichs. Aylon wußte nicht, wie lange diese Qual dauerte. Er glaubte, sich selbst schreien und wimmern zu hören, aber nicht einmal da war er sich sicher. Er wußte nur, daß er dem Wahnsinn so nahe war wie noch nie zuvor.

Irgendwann war es schließlich vorbei. Es war, als erwachte er aus einem tiefen Schlaf: Die Visionen verblaßten zu Erinnerungen, und er streifte sie wie die Schatten eines besonders schrecklichen Alptraums ab. Es gelang ihm nicht auf Anhieb, aber je mehr er in die Wirklichkeit zurückfand, desto frischer und erholter fühlte er sich, als hätte er seelischen Ballast abgeworfen und dabei neue Kraft geschöpft. Einige Sekunden dachte er gar nichts, vertrieb sogar bewußt jeden Gedanken aus seinem Geist und genoß nur die friedliche Leere. Das Einreißen der Mauern in seinem Inneren hatte Narben hinterlassen, und tief in sich spürte Aylon eine Müdigkeit, die an Erschöpfung grenzte, doch für den Augenblick war er gestärkt aus allem hervorgegangen.

Er bemerkte, daß er noch immer vor dem Götzenbild stand. Das Rubinauge hatte jedoch zu glühen aufgehört, und die Wand aus Tentakeln war verschwunden. Er löste seine Hand aus der Myrains. Besorgt sah die Tempelwächterin ihn an. »Ich weiß, es ist schlimm«, sagte sie. »Aber es wird dir gleich besser gehen. Nur wer sich selbst erträgt, kann Mithyrs Gunst erringen.«

»Dann... habe ich es geschafft?« murmelte Aylon. Das Sprechen fiel ihm ungewohnt schwer. Sein Gesicht war heiß wie das eines Fieberkranken. Sein Mund fühlte sich trocken an, wie ausgedörrt, und auf seiner Zunge lag ein pelziger, bitterer Geschmack. Er warf einen Blick auf seine Gefährten, die, von den Tempelwächtern aufgefordert, zusammen mit diesen nähertraten.

»Mithyr wird euren Wunsch erfüllen«, bestätigte Myrain. »Aber ihr werdet uns eine Gegenleistung für diese Hilfe erbringen müssen.«

»Dann nennt euren Preis«, verlangte Aylon. »Ich fürchte jedoch, wir werden euch nicht viel geben können. Wir sind Flüchtlinge, die –«

»Ich fürchte, du hast mich falsch verstanden«, fiel ihm Myrain ins Wort. »Von materiellen Gütern spreche ich nicht. Für uns zählen andere Werte. Wir sind ein aussterbendes Volk, und ihr besitzt nur eins, was für uns von Bedeutung ist. Ich spreche von ihr.« Sie wandte sich zur Seite und deutete auf Flair, die ein Stück entfernt zwischen Shantal und Floyd stand. »Wir verlangen das Mädchen als Preis für unsere Hilfe!«

Lähmendes Schweigen breitete sich aus. Aylon hatte das Gefühl, als dehnte es sich zu einer Ewigkeit, obwohl vermutlich nur wenige Sekunden verstrichen. Er war der erste, der seine Erstarrung überwand. »Nein!« stieß er hervor. »Das... das könnt ihr nicht wirklich wollen!« Er sah zu Flair hinüber. Sie stand mit weit aufgerissenen Augen da, schien überhaupt noch nicht begriffen zu haben, was eigentlich geschah. Auf einen Schlag packte ihn rasender, unkontrollierter Zorn. »Wer glaubt ihr, daß ihr seid, einfach einen Menschen als Bezahlung fordern zu können? Wir sind keine Sklavenhändler.«

Die Heftigkeit seiner Reaktion schien Myrain zu überraschen. Sie wirkte erschrocken über seinen unerwarteten Wutausbruch und suchte einen Augenblick nach Worten. »Du... hast uns mißverstanden«, sagte sie dann. »Es war falsch, von einem Preis zu reden. Natürlich verlangen wir das Mädchen nicht als Bezahlung.«

»Ich glaube nicht, daß es ein großer Unterschied ist, wie ihr es nennt«, fauchte Aylon. »Als was fordert ihr Flair denn eurer Meinung nach? Als Pfand? Oder vielleicht als Opfer?«

Der Zorn beherrschte sein Denken so vollständig, daß er die Unruhe unter den Tempelwächtern nicht bemerkte. Erst als sich Floyd neben ihn stellte und ihm die Hand auf den Arm legte, beruhigte er sich etwas. Die Forderung mochte unglaublich sein, aber er durfte nicht vergessen, daß sie nur Gäste waren und kaum etwas über die Wesen wußten, mit denen sie es zu tun hatten. Wenn er eine offene Auseinandersetzung provozierte, war es möglich, daß die Tempelwächter nicht länger nur baten, sondern sich einfach mit Gewalt nahmen, was sie wollten. Er mußte Ruhe und einen kühlen Kopf bewahren.

Flair, die neben Floyd gestanden hatte, kam ebenfalls zu ihm herübergelaufen und griff stumm nach seiner Hand.

»Es wäre nicht nur für uns wichtig, sondern auch besser für das Mädchen«, behauptete Myrain. »Ihr seid auf einer gefahrvollen Reise. Ein Kind behindert euch nur, und ihr bringt es ebenfalls in Gefahr. Bei uns würde es geborgen und sicher aufwachsen, und es würde viel Liebe empfangen. Vermutlich sogar mehr als bei euch.« Sie warf einen knappen Blick in Shantals Richtung. »Wir wollen keine Dienerin«, fuhr sie rasch fort. »Flair würde eine von uns. Unter Mithyrs Schutz wäre sie fast unsterblich, und eines Tages würde sie vermutlich die Königin dieses Waldes. Was könnt ihr dem Mädchen dagegen bieten?«

»Nicht viel«, entgegnete Aylon gepreßt. »Nur unsere Freundschaft. Aber ich glaube, sie ist mehr wert als die Herrschaft über ein fast vergessenes Totenreich. Denkt ihr ernsthaft, dies wäre ein Ort, an dem ein Kind glücklich aufwachsen könnte?«

»Immerhin ist es überhaupt erst einmal ein Ort und damit mehr, als ihr besitzt«, konterte Myrain mit einem feinen Lächeln. »Aber es geht noch um etwas anderes. Flair ist nicht nur irgendein Kind. Ich weiß zwar nicht, welche Magie sie beherrscht, aber sie besitzt auf alle Fälle magische Kräfte, und das heißt, daß sie etwas vom Blut der alten Rassen in sich trägt. Du, Aylon, müßtest eigentlich wissen, wie gefährlich es wäre, wenn sie nicht lernt, ihre Kräfte sinnvoll einzusetzen.«

»Das kann sie auch anderswo lernen«, sagte Aylon zögernd. Es gab nicht sehr viel, was er gegen Myrains Gründe ins Feld führen konnte, denn die Tempelwächterin hatte nicht ganz unrecht. Die Entscheidung wäre ihm viel schwerer gefallen, wenn es nur die Wahl zwischen ihr und Shantal gegeben hätte, aber er hatte nicht vor, Flair ihrer Mutter zu überlassen, sondern wollte dafür sorgen, daß das Mädchen in der Obhut des Vingalaordens aufwuchs. Bislang jedoch hatte er darüber noch nicht mit der Nomadin gesprochen, und deshalb konnte er dieses Vorhaben nicht benutzen, um Myrains Worte zu entkräften. »Warum lassen wir das Mädchen nicht einfach selbst entscheiden?« fragte er. Er bückte sich, bis sich sein Gesicht mit dem Flairs auf einer Höhe befand, und sah sie an. »Du hast gehört, was Myrain gesagt hat. Möchtest du weiter mit uns kommen oder lieber hier bleiben?«

»Ich... will bei euch bleiben«, antwortete Flair verstört. Sie bemühte sich, ihrer Stimme einen festen Klang zu verleihen, konnte aber ein furchtsames Zittern nicht unterdrücken.

Aylon hatte keine andere Antwort erwartet. Er lächelte. blinzelte ihr aufmunternd zu und richtete sich wieder auf. »Ihr habt es selbst gehört«, wandte er sich wieder an die Tempelwächter. »Sie möchte nicht hier bleiben, und ihr werdet sie wohl nicht gegen ihren Willen zwingen wollen, oder?«

Myrain verzog das Gesicht. Ihre Züge wirkten mit einem Mal härter, schärfer. »Sie ist nur ein Kind«, sagte sie verächtlich. »Die Kleine kann eine solche Entscheidung gar nicht treffen, weil sie noch nicht weiß, was gut für sie ist.«

Aylon holte tief Luft. Myrains Worte und vor allem, was dazwischen angeklungen war, hatten seine letzten Zweifel ausgeräumt. Er setzte zu einer scharfen Antwort an, fing aber noch rechtzeitig einen warnenden Blick Floyds auf und zwang sich zur Ruhe. Solange er nicht nur für sein eigenes, sondern auch für Flairs Schicksal die Verantwortung trug, durfte er sich nicht gehen lassen, so schwer es ihm auch fiel. »Was das betrifft, sind wir wohl unterschiedlicher Meinung«, murmelte er gepreßt. »Wir sind bereit, über jede andere Gegenleistung zu sprechen, aber das Kind bleibt bei uns. Wenn ihr darauf besteht, war unsere Reise hierher wohl vergebens.«

»Für wen sprichst du eigentlich?« ergriff in diesem Augenblick Shantal das Wort. »Wer hat dir das Recht gegeben, über meine Tochter zu verhandeln? Noch habe *ich* zu bestimmen, was mit ihr geschieht. Meinetwegen können sie das Balg haben, dann ist es wenigstens einmal zu etwas nutze.« Hochmütig blickte sie in die Runde.

Aylon erstarrte. Ein Schlag hätte ihn nicht härter treffen können. Er spürte, wie eine Gänsehaut über seinen Rücken kroch und alle Farbe aus seinem Gesicht wich. »Das... das ist nicht dein Ernst«, keuchte er. »Flair ist deine Tochter und –«

»Eben«, sagte Shantal kalt. »*Meine* Tochter, nicht deine, auch wenn du das gerne zu vergessen scheinst. Ich werde nur ihretwegen nicht unverrichteter Dinge umkehren. Du hast gehört, daß es ihr hier gut gehen wird. Es ist für uns alle die beste Lösung, wenn sie hier bleibt.«

Aylon spürte, wie Flair an seiner Seite zu zittern begann. »Ich will nicht«, stieß sie verzweifelt hervor. »Es ist unheimlich hier.« Sie schluchzte. Tränen traten ihr in die Augen und liefen über ihre Wangen. Ihre Schultern bebten. »Bitte, Aylon, du hast gesagt, daß du mein Freund bist. Du darfst mich nicht hier lassen.« Sie klammerte sich noch fester an seinen Arm.

Er bückte sich und strich ihr tröstend über den Kopf.

»Du hast gar nichts zu wollen, du hast zu gehorchen«, schnappte Shantal. »Und ich glaube nicht, daß dein Freund etwas daran ändern kann.«

Etwas in ihrer Stimme warnte Aylon, aber es war bereits zu spät. Ein halbes Dutzend Pfeilspitzen waren auf Floyd und ihn gerichtet. Er hatte das Gefühl, innerlich zu Eis zu erstarren. Einen Augenblick weigerte er sich schlichtweg zu glauben, daß Shantal wirklich dazu fähig war.

Gefühllos sahen die Nomadenkriegerinnen ihn an, nur Shantals Augen glänzten triumphierend. »Wir haben uns lange genug von euch herumkommandieren lassen«, stieß sie hervor. »Diesmal werdet ihr zur Abwechslung einmal gehorchen, dann passiert euch nichts.«

»War es das, was ihr wolltet?« Anklagend sah Aylon Myrain an und ließ seinen Blick zu den anderen Tempelwächtern weiterwandern, die stumm und fast reglos an der Seitenwand der Halle standen und auch jetzt keine Reaktion zeigten.

»Das ist allein eure Sache«, erwiderte Myrain. »Wir haben gesagt, was wir wollen, und warten auf eure Entscheidung. Eure Streitereien müßt ihr untereinander klären.«

»Auch eine Einstellung.« Aylon schnaubte bitter. »Vielleicht ist es ganz gut, daß eure Rasse fast ausgestorben ist.«

Wenn seine Bemerkung die Wächter traf, so zeigten sie es nicht.

Shantal gab einer ihrer Begleiterinnen einen Wink. Die Nomadenkriegerin trat auf Flair zu und packte sie. Das Mädchen begann zu schreien, trat um sich und klammerte sich fest an Aylon. Einen Augenblick war er nahe dran, es trotz der auf ihn gerichteten Pfeilspitzen auf eine Auseinandersetzung mit Shantal ankommen zu lassen, aber er wußte, daß sie keine Skrupel haben würde, auf ihn zu schießen. Vielleicht wartete sie sogar nur auf eine solche Gelegenheit.

Floyd erkannte, was in ihm vorging. »Mach keine Dummheiten!« raunte er ihm beschwörend zu. »Damit hilfst du niemand.«

Widerstrebend nickte Aylon. »Ich werde wiederkommen und dich zurückholen«, versprach er Flair, obwohl er wußte, daß es ein nahezu unmöglich einzulösendes Versprechen war. Er würde den Weg hierher nicht finden, wenn die Tempelwächter es nicht wollten.

»Nein!« wimmerte Flair. »Laß mich nicht hier! Du darfst nicht weggehen, du –« Sie begann wieder zu schreien.

Aylon biß die Zähne so fest zusammen, daß es weh tat, aber der Schmerz, der in seinem Inneren wühlte, war viel schlimmer, und es gelang ihm nicht, seinen rasenden Zorn zu unterdrücken. Er glaubte Flairs verzweifeltes Schreien nicht mehr ertragen zu können, als ihre Finger aus seinen glitten und die Nomadenkriegerin sie trotz ihrer Gegenwehr mit sich zerrte und zu einem der Tempelwächter brachte. Der Elb legte seine Hand auf Flairs Stirn. Das Mädchen verstummte, dann verlor es das Bewußtsein, und er trug es aus der Halle.

Shantal sah ihrer Tochter nicht einmal nach. »Damit haben wir unseren Teil der Abmachung erfüllt«, sagte sie ohne einen Funken Gefühl. Sie hatte ihren Bogen sinken lassen, doch ihre Begleiterinnen richteten noch immer die Waffen auf Aylon und Floyd. »Nun zeigt uns, wie wir sicher nach Therion kommen.«

Myrain nickte. Die Kälte der Nomadenkriegerin schien auch sie zu schockieren, und sie wirkte nicht besonders glücklich über das Geschehen der letzten Minuten. Man sah ihr an, daß ihr eine gewaltlose Einigung lieber gewesen wäre und daß sie die Eindringlinge nun so schnell wie möglich loswerden wollte, da offenbar nur auf diese Art eine Entspannung der Situation möglich war.

Sie drehte sich um und trat wieder auf das Götzenbild zu. Mit den Händen fuhr sie über den Leib der Statue, zeichnete mit den Fingerspitzen kompliziert aussehende Muster, von denen einige Aylon aus seinen Studien der Magie vage bekannt vorkamen, aber alles ging zu schnell, als daß er sie genau erkennen konnte. Ein haarfeiner Riß bildete sich in der Körpermitte des Reliefs und verbreiterte sich rasch. Die steinerne

Haut klaffte auseinander und wölbte sich leicht nach außen, bildete eine zwar schmale, aber mehr als mannshohe ovale Öffnung, aus der rötliches Licht drang, das der Innenseite des Steins eine unangenehme Ähnlichkeit mit rohem Fleisch verlieh.

»Mithyr gehört nur zum Teil in diese Welt«, sagte Myrain. »Aber es ist an vielen Punkten mit ihr verbunden – wie auch mit anderen. Wenn ihr das Labyrinth verlaßt, werdet ihr nur noch wenige Meilen von Therion entfernt sein.«

»Können wir dort reiten?« wollte Shantal wissen.

»Nein. Eure Pferde müssen hier bleiben, ihr könnt euch in Therion neue besorgen.«

»Dafür bräuchten wir Geld«, wandte Floyd ein. »Aber wir haben keins.«

»Dann kaufen wir euch eure Pferde eben ab. Das ist nur gerecht.« Sie zog einen kleinen Lederbeutel unter ihrem Gewand hervor, in dem Münzen klimperten. Floyd trat rasch vor und nahm den Beutel an sich. »Habt ihr noch Gepäck in den Satteltaschen, das ihr dringend braucht?«

Aylon und der Gaukler schüttelten die Köpfe. »Höchstens Proviant«, sagte Shantal nach kurzem Überlegen. »Ohne die Pferde werden wir geraume Zeit unterwegs sein.«

»Du irrst dich«, widersprach Myrain. »Seid unbesorgt, ihr werdet nur ein paar Stunden brauchen.«

»Ein paar Stunden?« wiederholte Shantal ungläubig. »Aber es sind mehrere hundert Meilen und . . .« Sie brach ab. »Beim Larc, was sind das überhaupt für Wege? Verlaufen sie unterirdisch, oder warum sind sie noch nicht von den Hornmännern entdeckt worden?«

»Nicht unterirdisch.« Myrain schüttelte den Kopf. Sie machte mit einem Mal einen sichtbar ungeduldigen Eindruck. Nachdem sie Flair erhalten hatten, schienen es die Tempelwächter kaum noch erwarten zu können, die Besucher wieder loszuwerden. »Sie führen durch eine Welt neben der unseren. Diese Erklärung muß euch reichen. Ihr würdet es ohnehin nicht verstehen, auch wenn ich es noch so lange erklärte.«

Soweit es Shantal betraf, hatte sie vermutlich recht, dachte Aylon. Für ihn jedoch stand mit jeder verstreichenden Minute mehr fest, daß er zurückkehren würde, nicht nur wegen Flair, sondern auch um mehr über Mithyr zu erfahren. Er verstand immer besser, warum sich so viele Legenden um diesen Wald und diesen Tempel rankten. Mithyr war einfach zu geheimnisvoll und undurchschaubar für eine einzige Geschichte. »Und wie finden wir uns darin zurecht?« erkundigte er sich.

»Keine Sorge, Tibonec wird euch führen.« Myrain machte eine befehlende Geste. In der klaffenden Öffnung bewegte sich etwas, dann trat eine der sonderbarsten Gestalten daraus hervor, die Aylon je gesehen hatte.

Das Wesen war etwa so groß wie er selbst, dabei jedoch so unglaublich hager, daß es wesentlich größer wirkte. Betont wurde dies noch durch die hauteng anliegende Kleidung aus schwarzem Leder und einen fast bodenlagen Mantel von gleicher Farbe. Die Beine erinnerten an dünne Stelzen, der Körper war nicht breiter als der eines Kindes; Aylon glaubte die Hüfte mit beiden Händen bequem umfassen zu können. Die Haut an Gesicht und Händen war bleich, fast durchscheinend und von Schlieren durchzogen und schien wie zähflüssiger Schleim ständig ineinanderzufließen. Und das Gesicht selbst...

Aylon mußte schlucken. Der Schädel der Gestalt war normal groß, allerdings völlig kahl, und die Haut erinnerte auch hier an wabernden Schleim, was den Kopf wie einen zu großen Gallertklumpen aussehen ließ. Wie bei dem Götzenbild bestand das Gesicht aus einer konturlosen Fläche mit einem einzelnen, rötlich glosenden Rubinauge darin; allerdings fehlte der bei der Statue wenigstens angedeutete Mund hier völlig.

Langsam hob die Gestalt einen ihrer langen, spinnenartig dürren Arme zum Gruß. Der Mantel klaffte dabei etwas weiter auseinander, und Aylon meinte auch darunter schleimige Bewegung wahrzunehmen.

»Was... ist das?« fragte er, gleichermaßen fasziniert wie angeekelt.

»Tibonec«, wiederholte Myrain. »Ein Gefangener des Labyrinths von Mithyr. Es gibt viele von ihnen.« Sie machte eine Pause und musterte Aylon mit einem angedeuteten Lächeln. »Sie traten ebenfalls mit einem Wunsch vor uns.«

»Heißt das –«

»Genau das. Sie waren nicht in der Lage, ihren eigenen Anblick zu ertragen, und verloren den Verstand. Dies ist der Preis, den sie zahlen mußten. Mithyr verschlang sie und veränderte sie, machte sie zu Gefangenen des Labyrinths. Sie werden darin umherirren, bis es irgendwann zu existieren aufhört.«

»Das... ist grauenhaft«, entfuhr es Aylon. Mit jäher Grausamkeit wurde ihm bewußt, wie nah er daran gewesen war, das Schicksal der Kreatur zu teilen.

»Was stehen wir noch hier herum und reden?« mischte sich Shantal ein. »Gehen wir endlich!«

»Tibonec wird euch führen«, wiederholte Myrain. »Das Labyrinth birgt zahlreiche Gefahren für den, der es nicht kennt, aber er wird euch sicher bis nach Therion geleiten. Versucht erst gar nicht, mit ihm zu sprechen. Er hat keinen Verstand, sondern führt nur seinen Auftrag aus.«

»Los jetzt!« befahl Shantal. »Du gehst zuerst.«

Aylon nickte widerstrebend. Er hätte sich gerne noch von Flair verabschiedet, und es gab vieles, worum er Myrain im Hinblick auf sie bitten wollte, doch er wußte, daß jedes Wort sinnlos gewesen wäre. Nach einigen Sekunden drehte er sich schulterzuckend um, warf Shantal noch einen haßerfüllten Blick zu und trat hinter Tibonec in das rotglühende Licht der Öffnung hinein.

Verbotene Wege

Während des Bruchteils einer Sekunde verspürte Aylon ein leichtes Ziehen am ganzen Körper; das war alles, was er von dem Durchgang durch das Tor in Mithyrs Welt bemerkte. Als er sich jedoch umdrehte und zurückblickte, war die Tempelhalle verschwunden, mitsamt seinen Gefährten und den Wächtern. Eine massive Wand erstreckte sich dort, wo gerade noch die Öffnung gewesen war. Aylon streckte die Hand aus und tippte nach kurzem Zögern mit den Fingerspitzen dagegen. Die Wand sah nicht nur massiv aus, sie war es auch.

Einige Schritte vor ihm stand Tibonec und wartete ohne ein Zeichen von Ungeduld, falls er ein solches Gefühl überhaupt kannte. Das eine Auge blickte starr in die Richtung, aus der sie gekommen waren.

Wo blieben die anderen? Einen Augenblick keimte der Verdacht in Aylon auf, daß er möglicherweise das Opfer einer seit langem vorbereiteten Falle geworden war, aber abgesehen vom Ausbleiben der anderen gab es noch keinen konkreten Hinweis, der eine solche Befürchtung rechtfertigte. Eine solche Falle hätte auch keinen Sinn ergeben, deshalb verdrängte er den Gedanken sofort wieder.

»Kein sonderlich gemütlicher Ort«, wandte er sich trotz Myrains Hinweis an Tibonec. Es überraschte Aylon, daß das Wesen in keiner Form auf seine Worte oder darauf, daß er überhaupt gesprochen hatte, reagierte. Selbst wenn es nicht hören, sondern nur sehen konnte, hätte es die Bewegung der Lippen erkennen müssen. Anscheinend besaß die Kreatur aber nicht einmal genug Verstand, um mehr wahrzunehmen, als daß er da war; sie war kein Lebewesen mehr, sondern nur noch ein reines Ding.

Aylon nutzte die Wartezeit, um sich genauer umzusehen. Er stand am Ende eines Ganges mit bogenförmig gewölbter Decke. Alle paar Schritte gabelte sich der Gang oder wurde von anderen Gängen gekreuzt; Myrain hatte nicht übertrieben, als sie von einem Labyrinth sprach. Alles war von dem düsteren roten Licht durchdrungen, ohne daß eine direkte Quelle zu erkennen war; es schien direkt aus Wänden und Decke zu sickern. Stärker noch als zuvor fühlte sich Aylon beim Anblick der Wände aus der Nähe an Fleisch erinnert, er meinte sogar organische Strukturen zu erkennen: Muskelstränge, Adern und dergleichen mehr, und obwohl er genau wußte, daß er sich nur etwas einbildete und es sich in Wahrheit lediglich um Felsmaserungen, Risse und verschiedene Gesteinsschichten handelte, hielt dieser Eindruck sich hartnäkkig. Aylon konnte das Gefühl nicht loswerden, sich im Inneren eines lebenden Organismus zu befinden, eines unvorstellbar gigantischen Wesens, das nicht nur verschiedene Landstriche Arcanas, sondern ganze Welten miteinander verband. Er schreckte davor zurück, das Gestein zu berühren. Schaudernd wandte er sich ab.

Auch seine magischen Kräfte halfen ihm nicht weiter. Anders als zuvor im Tempel versagten sie hier zwar nicht einfach, aber sobald er sich auf seine Umwelt konzentrierte, hatte er das Gefühl, mit seinen geistigen Fühlern gegen etwas Fremdes, Mächtiges zu tasten, das seine Kraft gierig aufsog. Es war ähnlich wie zu Beginn der Prüfung durch Mithyr, möglicherweise handelte es sich sogar um genau diese Macht, mit der er dabei bereits in Berührung gekommen war. Falls sie es war, so hatte Aylon keinerlei Verlangen nach einer erneuten Begegnung. Zur Sicherheit verzichtete er auf jeden weiteren Versuch, das Labyrinth mittels Magie genauer zu erforschen.

Seiner Schätzung nach waren bereits mehrere Minuten vergangen, seit er hergekommen war, auch wenn ihm die Zeit viel länger vorkam. Seine Furcht, daß es sich womöglich doch um eine Falle handelte, flackerte wieder auf und wurde allen logischen Argumenten zum Trotz stärker und stärker.

Wieder irrte sein Blick zu Tibonec, und mit einem Mal war sich Aylon gar nicht mehr so sicher, daß Myrain die Wahrheit gesagt hatte. Was, wenn die Kreatur und ihre Artgenossen nicht schon vorher den Verstand verloren hatten, sondern genau wie er in diese düstere Zwischenwelt gelockt worden waren? Gab es vielleicht nur den Weg hinein, aber keinen Ausgang mehr, und würde auch er über kurz oder lang anfangen, sich zu verändern und wie Tibonec werden: eine leere Hülle von entfernt menschenähnlichem Aussehen, doch ohne jede Spur von Verstand und Individualität?

Ein Luftzug riß ihn aus seinen Grübeleien, ließ ihn erschrokken zusammenfahren und beinahe aufschreien. Als er herumfuhr, stand Floyd hinter ihm.

»Floyd!« Vor Erleichterung und Freude hätte Aylon den Gaukler fast umarmt. »Bei den Damonen, wo hast du so lange gesteckt? Was ist passiert?«

»Wir mußten einige Minuten warten«, antwortete Floyd. »Nachdem du durch die Öffnung gegangen warst, begann sie so stark zu flackern, daß ich schon Angst hatte, sie bräche ganz zusammen. Myrain erklärte, das sei normal, weil so lange niemand mehr diesen Weg gegangen sei, aber du kannst dir vorstellen, wie ich mich gefühlt habe.«

»Was glaubst du, wie es mir erst ergangen ist?« gab Aylon zurück. »Es war noch nie mein Traum, an einem Ort wie diesem bei lebendigem Leibe begraben zu werden.«

Allmählich schien sich der Durchgang zu festigen. Es dauerte nicht einmal mehr die halbe Zeit, bis eine der Nomadenkriegerinnen erschien, und bereits wenige Sekunden später folgte eine zweite, dann Shantal und unmittelbar hintereinander die letzten beiden Kriegerinnen. Kaum waren sie vollzählig, setzte sich Tibonec wie auf ein lautloses Signal hin in Bewegung. Mit abgehackten, etwas ungelenken Schritten stapfte er den Gang entlang.

Schweigend schlossen sie sich ihm an. Keinem von ihnen war nach Reden zumute. Die unheimliche Umgebung mit ihren unzähligen gleich aussehenden Gängen wirkte bedrükkend, einschüchternd – sie schlichen mehr, als daß sie gingen, vorsichtig einen Fuß vor den anderen setzend, als könnte jeden Augenblick der Boden unter ihnen einbrechen, und sorgsam darauf bedacht, kein unnötiges Geräusch zu verursachen.

Es gab keinen konkreten Grund für dieses Schweigen, aber irgendein – vermutlich unsinniger – Instinkt riet ihnen, sich leise zu verhalten. Falls ihnen hier irgendwelche lebenden Gefahren gleich welcher Art drohten, wußten diese längst, daß sie kamen. Auch ohne es auszusprechen, fühlten sie alle, daß sie beobachtet wurden. Aylon konnte die fremden Blicke fast körperlich spüren, so deutlich wie die Berührung einer unsichtbaren Hand. Irgend etwas war da, ganz in ihrer Nähe, daran gab es keinen Zweifel. Aylon war sich nicht sicher, ob es sich um irgendein Wesen handelte, das sich in der Nähe aufhielt und sie belauerte; er glaubte im Grunde sogar nicht einmal daran. Möglicherweise war es das Labyrinth selbst, das sie beobachtete, abwartend, lauernd, als wäre es noch nicht sicher, was es mit den lästigen Eindringlingen anstellen sollte, die so dreist in seinem Leib herumkrabbelten: ob es sie vollends verschlingen sollte oder ob sie dafür schlichtweg zu unbedeutend waren. Oder aber es wartete nur auf den richtigen Zeitpunkt zum Zuschlagen: vielleicht darauf, daß ihre Aufmerksamkeit nachließ, daß sie die Orientierung verloren und sich verliefen oder daß einer von ihnen die Nerven verlor und sich von den anderen trennte.

Der Gedanke trug nicht eben dazu bei, Aylon aufzumuntern. Er war Unsinn, und er wußte es, ein Wahngebilde seiner überreizten Nerven und seiner Phantasie, aber es gelang ihm nicht, die Vorstellung abzuschütteln. Dieses Labyrinth *lebte,* auf eine unbegreifliche, völlig abstrakte Art war es weit mehr als einige Wände, Böden und Decken aus totem Felsgestein. Von Zeit zu Zeit glaubte er, an der Decke und dem oberen Rand der Wände dicke, vielfach in sich verschlungene Fäden zu entdecken, ein zuckendes organisches Gewebe von ungeheurer Größe, und wenn es ihm auch nie gelang, etwas Genaueres zu erkennen, so gelang es ihm genauso wenig, die Vorstellung abzuschütteln, sich im Leib eines unbegreiflichen Lebewesens zu befinden. Einmal erwacht, hatte sich der Gedanke wie eine hartnäckige Krankheit tief in ihm eingenistet, und selbst wenn es ihm gelang, ihn zu verbannen, ihn irgendwo tief in seinem Geist zu vergraben, würde er doch die kleinste Unachtsamkeit nutzen, wieder daraus hervorzubrechen und sich erneut in sein Denken zu stehlen.

Aylon bemerkte, daß seine Gedanken sich immer mehr im Kreis zu drehen begannen. Er grub die Zähne so fest in seine Lippe, daß sie zu bluten begann. Der Schmerz half ihm, den Kopf wieder freizubekommen.

Es war kühl hier, dem Wärme vorgaukelnden roten Licht zum Trotz schienen die Wände einen eisigen Hauch zu verströmen. Dennoch spürte Aylon, wie sich Schweiß auf seiner Stirn bildete. Sein Herz schlug wesentlich schneller als normal. Er spürte die eigene Furcht wie einen massiven Reif um seine Brust, der ihm das Atmen erschwerte und ihn nicht mehr losließ. In seinem Magen kribbelte es, und immer wieder richteten sich die feinen Härchen in seinem Nacken auf.

Einige Male blieb er kurz stehen und lauschte. Irgendwo aus der Ferne drang ein Geräusch an sein Ohr, leise, fast unhörbar, aber mit seinen angespannten Sinnen nahm er es dennoch wahr, wenn er auch nie sicher wußte, ob er es wirklich hörte oder sich nur einbildete. Es klang wie ferne Schreie, schmerzerfülltes Stöhnen und Wehklagen voller Pein, eine niemals endende Symphonie des Leidens, die das Labyrinth erfüllte.

Ihm blieb nie Zeit, genauer zu lauschen, denn er wagte es nicht, länger als ein, zwei Sekunden stehenzubleiben, da Tibonec unbeirrt weiterging und bereits ein Abstand von wenigen Schritten in diesem Irrgarten ausreichen mochte, einander zu verlieren, was den unausweichlichen Tod bedeutet hätte. Ohne einen Führer, der selbst ein Teil von Mithyr war, konnte sich niemand hier zurechtfinden. Allein hätte Aylon binnen weniger Sekunden die Orientierung verloren. Einige Male, wenn er kurz stehenblieb, hatte er das Gefühl, das rötliche Glühen werde schwächer, ein flüchtiges Flackern, das den Wänden zu ihrem fleischigen Aussehen auch noch den Anschein von Bewegung verlieh.

Wieder war er ein kleines Stück zurückgeblieben und ging schneller, um nach vorne zu gelangen.

»Wenn ich gewußt hätte, was uns erwartet, wäre ich eher zu Fuß durch ganz Skant gelaufen, als hierher zu kommen«, stöhnte Shantal leise, als er sich neben ihr befand. Genau wie ihre Begleiterinnen hielt sie ihr Schwert kampfbereit in der Hand. Pfeil und Bogen waren in den unübersichtlichen Gängen zu unhandlich, um als Waffen etwas zu taugen. »Lieber würde ich gegen eine ganze Kompanie Hornmänner kämpfen, als nur eine Stunde hier zu bleiben.«

Aylon konnte gut nachempfinden, was in ihr vorging. Clanskrieger waren eine greifbare Gefahr: nahezu unbesiegbar zwar und höchstwahrscheinlich tödlich, aber immerhin handelte es sich um Gegner aus Fleisch und Blut, gegen die man kämpfen konnte, nicht, wie hier, um bloße Schatten der eigenen Phantasie. Hingegen war die Furcht vor dem Unbekannten, dem, was hinter der nächsten Ecke lauern mochte, eine der Urängste des Menschen, die sich für kurze Zeit bändigen, niemals aber vollständig bezwingen ließ. Keine wirkliche Gefahr konnte solche Schrecken erzeugen wie das, was man sich nur einbildete, aber nicht zu sehen bekam.

Er musterte Shantal genauer. Ihre Wangen waren eingefallen, und ihr Gesicht wirkte bleich, was aber bei dem Licht nicht mit Bestimmtheit zu erkennen war. Ihr Blick flackerte und irrte unstet umher; in ihren Augen stand eine Angst geschrieben, die an Panik grenzte. Der Aufenthalt in dieser weitgehend auf Magie beruhenden Welt mußte für sie ähnlich schlimm sein, wie es für jemanden, der an Platzangst litt, schlimm sein würde, in eine winzige Kammer eingesperrt zu sein. Besorgt fragte sich Aylon, ob sie durchhielt, bis sie den Ausgang aus dem Labyrinth erreichten, oder ob ihre Nerven vorher versagten und sie in Hysterie verfiel.

Die fünf Kriegerinnen in ihrer Begleitung schienen sich ebenfalls nicht besonders wohl zu fühlen, doch zeigten sie keinerlei Anzeichen, daß ihre Angst ein in dieser Situation normales Maß überstieg. Aylon ging ein wenig langsamer, bis er sich mit den beiden letzten Kriegerinnen auf gleicher Höhe befand.

»Paßt ein wenig auf sie auf«, bat er flüsternd und deutete auf Shantal. »Notfalls müßt ihr sie niederschlagen, wenn sie die Nerven verlieren sollte.« Er sah den Zweifel und die Ablehnung in den Augen der beiden Frauen, und eine von ihnen öffnete den Mund, doch noch bevor sie etwas sagen konnte, fügte er hastig hinzu: »Es kann eine Katastrophe geben, wenn sie durchdreht. Ihr schützt auch sie selbst. Oder wollt ihr riskieren, daß sie blindlings losrennt und sich verirrt?«

Ohne eine Antwort abzuwarten, ging er wieder schneller, bis er zu Floyd aufgeschlossen hatte, der unmittelbar hinter Tibonec an der Spitze ihrer kleinen Kolonne ging. »Ich weiß nicht, ob sie durchhält«, flüsterte er, und auch ohne daß er den Namen nannte, wußte der Gaukler, wen er meinte.

»Was erwartest du? Soll ich vielleicht vor Sorge zerfließen? Das ist nicht unser Problem. Sie hält sich doch sonst für so stark, also soll sie auch sehen, wie sie damit zurechtkommt.« Gleichzeitig zuckte Floyd mit den Schultern. »Nach dem, was sie getan hat, wundert es mich, daß gerade du dir Gedanken um sie machst. Du hast Flair gemocht, nicht wahr?«

»Das eine hat mit dem anderen nichts zu tun«, blockte Aylon das Thema sofort ab. »Ich hätte das Kind ebenfalls in fremde Obhut geben müssen, also hat sich nicht allzu viel geändert. Im Augenblick sitzen wir alle in einem Boot, auch Shantal.«

»Möglich.« Floyd wich seinem Blick aus. »Trotzdem ist mir inzwischen herzlich egal, was mit ihr passiert. Sie hat uns schon genug Schwierigkeiten gemacht.«

Eine Weile gingen sie schweigend nebeneinander her. Aylon konnte die gefühllose Haltung des Gauklers gegenüber Shantal verstehen, aber es gelang ihm nicht, sie zu teilen. Einsamkeit hatte ihn fast sein ganzes bisheriges Leben hindurch begleitet; er hatte zu wenig Freunde, um auch nur einen davon zu verlieren, und obwohl er mit Shantal nur eine Zweckgemeinschaft geschlossen hatte und sie weder mit ihm befreundet war noch es aller Voraussicht nach jemals sein würde, gehörte sie doch zu den wenigen Menschen, die ihn ein Stück seines Weges begleiteten. Schon deshalb fühlte er sich auch ihr gegenüber verpflichtet, trotz allem, was sie gesagt und getan hatte.

Vergebens suchte Aylon nach einem neuen Ansatz für ein Gespräch, doch Floyd hatte mit seinen barschen Worten eine unsichtbare Mauer zwischen ihnen errichtet. Sie hielten sich nun bereits lange genug in Mithyr auf, daß sich Aylons anfängliche Furcht davor, ein Geräusch zu verursachen, gelegt hatte. Er verspürte fast schon ein Nachholbedürfnis, was das Sprechen betraf. Es half ihm, seine eigene Unsicherheit zu überwinden, und schuf ein Gefühl der Zusammengehörigkeit inmitten dieses steingewordenen Alptraums. Was er sagte, war im Grunde bedeutungslos, ihm kam es nur darauf an, die bedrückende Stille zu durchbrechen; aber er war niemand, der reden konnte nur um des Redens willen. Je verbissener er überlegte, was er sagen konnte, desto weniger fiel ihm ein, und Floyd machte keine Anstalten, von sich aus das Gespräch wieder aufzunehmen. Vielleicht erging es dem Gaukler ähnlich wie ihm, vielleicht hatte er aber noch nicht seine irrationale Angst überwunden, durch Reden oder andere Geräusche irgendein abscheuliches Phantasiemonster herbeizulocken.

Einen kurzen Augenblick spielte Aylon mit dem Gedanken, sich wieder zu Shantal zu gesellen. Möglicherweise würde sie gerne reden, um sich von ihrer Angst abzulenken; gleichzeitig jedoch fürchtete er sich davor. Er hatte sich selbst einigermaßen unter Kontrolle, aber sein Nervenkostüm war genau wie das der anderen bereits ziemlich angegriffen und nicht annähernd mehr stark genug, daß er sich zugetraut hätte, jemand Mut zu machen. Wesentlich wahrscheinlicher erschien es ihm, daß Shantals hysterische Angst auf ihn abfärben würde. Lieber ging er weiterhin stumm neben Floyd her.

Nicht nur sein Orientierungsvermögen, sondern auch sein Zeitgefühl ließen ihn hier völlig im Stich. Er hatte das Gefühl, nun schon eine halbe Ewigkeit durch die steinernen Gänge zu laufen. Es gelang ihm nicht, die in Wahrheit vergangene Zeit auch nur annähernd zu schätzen. Es konnte sich ebenso gut um eine halbe oder eine ganze wie auch um zwei Stunden handeln. Weniger als eine halbe war es auf keinen Fall, und nach mehr als zwei Stunden ununterbrochenen Gehens hätte er bestimmt Hunger und Durst verspürt, und die Beine hätten angefangen ihm weh zu tun.

Die Umgebung hatte sich während der ganzen Zeit nicht verändert. Scheinbar wahllos bog Tibonec von einem Gang in den nächsten ein, und jeder sah genauso aus wie der vorhergegangene. Das Wesen konnte sie ununterbrochen im Kreis herumführen, ohne daß sie es auch nur bemerkten. Von Zeit zu Zeit stiegen sie eine steinerne Treppe hinauf oder hinunter, dann wieder erreichten sie kleinere Hallen, von denen eine Vielzahl von Stollen abzweigte. Mit einer Sicherheit, die Aylon fast zur Verzweiflung trieb, trat das sonderbare Wesen stets auf eine der Abzweigungen zu, ohne auch nur ein einziges Mal zu stocken oder sich orientieren zu müssen.

Weitere Minuten verstrichen. Gelegentlich sah sich Aylon nach Shantal um, doch sie schien es nicht zu bemerken oder zeigte es zumindest nicht, sondern wich seinem Blick stets aus. Aylon bemerkte jedoch, daß ihr Gesicht – unabhängig von der in ihren Augen flackernden Angst – bei jedem Mal verschlossener wirkte, fast zornig, aber es dauerte eine Weile, bis er die Ursache dafür begriff. Shantal haßte es, in irgendeiner Form Schwäche zu zeigen, und Mithyr legte die tief in ihrer Seele verwurzelte Angst vor Magie bloß. Daß Aylon sich um sie sorgte, stellte für sie fast eine Demütigung dar, da es ihr vor Augen führte, wie deutlich er ihre Schwäche erkannt hatte. Er meinte es nur gut, doch jedesmal, wenn er sich nach ihr umdrehte, war es, als streute er Salz in ihre Wunde. Ihr Verhalten, das vermutlich nur von ihrem Unterbewußtsein gesteuert wurde, ohne daß sie dagegen ankam, erschien ihm albern; trotzdem bemühte er sich fortan, nicht mehr zurückzublicken.

Wieder durchquerten sie eine Halle, die wie der Knotenpunkt eines Spinnennetzes zahlreiche Gänge miteinander verband. Sie waren erst wenige Schritte in einen der Stollen eingedrungen, als er spürte, daß etwas nicht stimmte.

Das schon seit Betreten des Labyrinths andauernde Gefühl,

nicht allein zu sein, verstärkte sich so schlagartig, daß es keine Täuschung sein konnte. Die ganze Zeit über hatte Aylon keinen bewußten Gebrauch von seinen magischen Fähigkeiten gemacht, ohne sich dabei jedoch völlig abzukapseln. Unterschwellig lauschte er auch weiterhin nach mentalen Impulsen, wie er es von Geburt an gewohnt war. Auch jetzt nahm er keine direkten Impulse wahr, sondern spürte nur, daß sich irgend etwas verändert hatte.

Floyd mußte ebenfalls etwas aufgefallen sein, denn er wirkte plötzlich angespannt, auch wenn er weiterging, als wäre nichts geschehen. Dabei lauschte er jedoch eifrig, und er packte das Schwert fester. Aylon verzichtete darauf, ihn anzusprechen, um ihn nicht abzulenken. Irgendwo in ihrer Nähe war etwas Lebendes, und diesmal war es keine der Einbildungen, die zu fast vertrauten Weggefährten geworden waren, sondern höchst wirklich. Daß Floyd es auch ohne magische Fähigkeiten bemerkt hatte, war nur ein zusätzlicher Beweis.

Noch konnte Aylon es nicht hören, nur spüren, und er bewunderte den ehemaligen Hornmann um sein scharfes Gehör. Kurz darauf wurden auch die Nomadenkriegerinnen unruhig; sie hatten anscheinend ebenfalls etwas gehört. Shantal gab ein ersticktes Keuchen von sich, aber sie behielt auch weiterhin die Nerven. Mit zwei raschen Schritten trat sie an Aylons Seite. Bevor sie etwas sagen konnte, hob er blitzschnell den Zeigefinger an die Lippen und preßte ihr die andere Hand auf den Mund. Zuerst wollte sie aufbegehren, aber dann bezwang sie ihren Zorn und nickte stumm. Jetzt, da sie sicher wußten, daß sie nicht mehr allein waren, mochte jedes noch so leise gesprochene Wort verräterisch sein. Es wäre zudem ein völlig unnötiges Risiko gewesen, da sie keiner Absprachen bedurften; keiner von ihnen wußte mehr als der andere. Nach ein paar Sekunden nahm Aylon die Hand wieder von Shantals Mund.

Das Hauptproblem stellte Tibonec dar, der auch jetzt unbeirrt weiterging. Irgendwie mußten sie ihn dazu bringen, daß er stehenblieb, notfalls mit Gewalt. Aylon wandte sich wieder zu Floyd um und machte eine Bewegung, als schlüge er jemanden nieder. Dabei deutete er auf Tibonec. Es war ein Risiko, schließlich wußten sie nicht, wie empfindlich das Wesen war. Möglicherweise würden ihm auch die härtesten Hiebe nichts anhaben, aber es konnte auch so empfindlich sein, daß schon ein für einen Menschen kaum spürbarer Schlag schlimme Folgen hatte. Es wäre auch ihr eigenes Todesurteil gewesen, wenn sie Tibonec versehentlich töteten oder auch nur so schwer verletzten, daß er sie nicht mehr führen konnte; aber dieses Wagnis mußten sie eingehen. Sie konnten nicht weitergehen, als ob nichts geschehen wäre, solange sie nicht wußten, wer oder was sie verfolgte.

Auf Floyds Gesicht spiegelten sich die gleichen Bedenken, doch auch er sah ein, daß ihnen nichts anderes übrig blieb, und nickte zögernd. Er streckte die Hand nach Tibonecs Schulter aus, verharrte noch einmal kurz und packte dann zu, während er gleichzeitig mit dem anderen Arm zum Schlag ausholte.

Die Wirkung war verblüffend, völlig anders, als jeder von ihnen erwartet hatte. Kaum hatte Floyd das Wesen auch nur flüchtig berührt, blieb es so plötzlich stehen, als wäre es erstarrt. Vor Überraschung zog der Gaukler die Hand zurück, und sofort ging Tibonec weiter, blieb aber auf eine weitere Berührung hin erneut gehorsam stehen. Aylon verdrehte die Augen und hätte sich am liebsten selbst geohrfeigt. Die Lösung war so simpel, daß er nicht begriff, wieso er nicht schon vorher auf sie gekommen war.

Gleich darauf fuhr er zusammen, denn erneut erklang ein Geräusch, diesmal so deutlich, daß auch er erstmals etwas hörte. Es handelte sich um ein leises Poltern, gleich darauf gefolgt von einem Schaben, als ob etwas an der Felswand entlangglitte.

Und es war bereits erschreckend nah, nicht mehr als höchstens ein oder zwei Dutzend Schritte entfernt. Shantal gab ihren Kriegerinnen ein Zeichen. Mit einer einzigen fließenden Bewegung streiften sie ihre Bogen von den Schultern und legten Pfeile auf die Sehnen.

Aylon wagte sich nicht mehr zu rühren, atemlos lauschte er.

Leise, unregelmäßige Schritte waren zu hören, dann ein gepreßtes Stöhnen. Der Laut hallte verzerrt und unheimlich von den Wänden wider, wurde in den unzähligen Gängen so verändert, daß er kaum noch zu erkennen war, und dennoch – oder gerade deshalb – klang er in Aylons Ohren weniger bedrohlich als vielmehr hilfsbedürftig.

Noch einmal wagte er es, vorsichtig mit seinen magischen Fähigkeiten die Umgebung abzutasten. Wieder spürte er die Macht des Fremden, die das Labyrinth beherrschte und sofort gierig nach ihm zu greifen versuchte, aber Bruchteile von Sekunden, bevor er seine geistigen Fühler zurückzog, fing er noch etwas anderes auf, mentale Impulse, die ihm vertraut waren, die aber hier unmöglich wirklich sein konnten. Es mußte sich um eine Täuschung handeln; aber noch während er sich vor Augen hielt, daß er sich nur irren konnte, setzten sich seine Beine bereits wie von selbst in Bewegung. Er begann zu laufen, wich Shantal aus, die ihn festzuhalten versuchte, und rannte um die Biegung des Ganges.

»Flair!«

Das Mädchen kam ihm entgegengetaumelt. In der Hand hielt es einen ebensolchen rubinroten Kristall, wie ihn Tibonec als Auge hatte, nur größer. Aylon war sich sicher, daß es sich um das Auge der Götzenstatue aus dem Tempel handelte. Mit der anderen Hand stützte sich Flair an der Wand ab. Sie zog den linken Fuß kraftlos nach, was das sonderbare Geräusch verursacht hatte, und jeder weitere Schritt schien eine Qual für sie zu bedeuten. Offensichtlich war sie zu Tode erschöpft.

Als sie Aylon auf sich zueilen sah, glitt ein schwaches Lächeln über ihr Gesicht. Sie taumelte noch einen Schritt weiter, ließ den Kristall fallen und streckte Aylon die Hände entgegen; gleich darauf verdrehte sie die Augen und brach bewußtlos zusammen.

Er sprang vor, und es gelang ihm gerade noch rechtzeitig, sie aufzufangen, bevor sie auf dem Boden aufschlug.

»Laß mich endlich hinunter«, verlangte Flair. Sie stemmte sich gegen Floyds Griff. »Glaubst du, ich kann nicht allein gehen?«

Der Gaukler grinste und setzte sie ab. »Wie du willst. Glaube bloß nicht, daß es ein reines Vergnügen ist, dich durch die Gegend zu schleppen. Jedenfalls nicht längere Zeit.«

»Euch zu finden aber auch nicht.« Flair erwiderte sein Lächeln. »Tut mir leid, ich wollte nicht undankbar sein. Aber ich kann wirklich allein gehen.« Vorsichtig machte sie einige Schritte. Das Auftreten mit dem linken Fuß tat ihr immer noch sichtlich weh, doch tapfer verbiß sie den Schmerz.

Sie hatten nicht gewagt, eine längere Pause zu machen, sondern sich gerade genügend Zeit genommen, um Flair zu untersuchen. Sie war offenbar nur vor Erschöpfung ohnmächtig geworden, denn außer einer leichten Prellung des Knöchels war sie unverletzt. Floyd hatte sie getragen, damit sie möglichst schnell weiterkamen. Ihre Furcht vor einer Verfolgung schien jedoch unbegründet zu sein, obwohl die Tempelwächter Flair bestimmt nicht freiwillig hatten gehen lassen. Es war Aylon ein Rätsel, wie sie Myrain und den anderen entkommen war, und ein noch viel größeres Rätsel, wie sie durch das Labyrinth den Weg bis zu ihnen gefunden hatte. Das wenige, was sie seither erzählt hatte, war auch nicht sehr nützlich gewesen, Licht in das Dunkel zu bringen.

Nachdenklich betrachtete er das Rubinauge der Götzenstatue, das sie mitgebracht hatte, und wog es in der Hand. Ein paarmal hatte er versucht, es mit Magie zu ergründen, aber immer wieder waren seine geistigen Kräfte davon abgeprallt. »Und dieses Ding soll der Schlüssel zu Mithyr sein?« fragte er zweifelnd.

Flair nickte. »Einer von mehreren Schlüsseln«, stellte sie gleich darauf richtig und nahm den Kristall wieder an sich. »Ich weiß nicht, was sie sind, aber wenn man einen von ihnen hat, kann man das Labyrinth öffnen und sich hier zurechtfinden. Ich zumindest kann es. Es... es ist ein bißchen so, als formte ich etwas mit meinen Gedanken, nur viel, viel anstrengender.«

»Und du hast ihn dir einfach so nehmen können?« erkundigte sich Aylon.

Flair wich seinem Blick aus. »Nicht direkt. Ich...« Sie brach ab und machte eine gleichgültige Geste. »Hören wir auf, davon zu sprechen«, bat sie. »Freut ihr euch denn gar nicht, daß ich wieder da bin?«

»Aber natürlich freuen wir uns«, murmelte er. Vielleicht war es besser, wenn er alles auf sich beruhen ließ und sich einfach mit dem zufrieden gab, was er bislang erfahren hatte, statt noch tiefer nachzubohren. Es war nicht viel, im Grunde nur unbestimmte Andeutungen, die sich nicht zu einem schlüssigen Bild zusammensetzen ließen. Aber irgend etwas an Flairs Geschichte stimmte nicht. Wenn er weiterfragte, so lag es nicht allein an seiner Neugier, sondern er hatte auch das Gefühl, daß es wichtig sei herauszufinden, was wirklich geschehen war, vielleicht wichtig für ihrer aller Schicksal. Das Mädchen hatte sich mit Sicherheit nicht einfach von den Tempelwächtern verabschiedet, sich das Auge genommen und sich auf die Suche nach ihnen gemacht. Daran zu glauben bedeutete, sich selber zu belügen, und das gefiel Aylon genausowenig, wie von einem elfjährigen Kind belogen zu werden. Zu lügen – oder auch nur etwas zu verschweigen – widersprach Flairs Verhalten ihm gegenüber, soweit er sie bislang kennengelernt hatte, und wahrscheinlich war es gerade das, was ihn am meisten beunruhigte. Als er sie ansah, entdeckte er irgend etwas in ihrem Blick, das ihn für die Dauer eines Herzschlages mit abgrundtiefem Schrecken erfüllte; aber gleich darauf schenkte sie ihm ein so entwaffnendes Lächeln, daß sie diesen Eindruck damit nicht nur auslöschte, sondern ihn sogar vergessen ließ, was ihn beunruhigt hatte.

»Erzähl mir, was wirklich geschehen ist«, bat er, darum bemüht, freundlich zu klingen, legte aber zugleich Nachdruck in seine Stimme und sah das Mädchen eindringlich an, während sie nebeneinander hergingen. »Woher wußtest du überhaupt, daß das Auge der Schlüssel zu Mithyr ist?«

Flair zog einen Schmollmund, weil er immer noch nicht aufhörte. »Myrain hat es mir gesagt«, antwortete sie und spielte mit einer Strähne ihres blonden Haars. »Und jetzt will ich –«

»Sie hat es dir freiwillig gesagt?« fiel ihr Aylon ins Wort. »Das klingt nicht besonders überzeugend, findest du nicht auch?« Flair senkte den Kopf. Er ließ seinen Blick zu Floyd weiterwandern. »Findest du es überzeugend?«

»Sie ist noch ein Kind«, entgegnete der Gaukler. »Laß sie doch, wenn sie jetzt nicht darüber sprechen will. Sie wird es uns später erzählen. Sie hat Schlimmes durchgemacht und ist immer noch müde.«

Aylon schüttelte den Kopf. »Erst will ich wissen, was passiert ist. Es kann wichtig sein. Wer weiß, über welche Möglichkeiten die Tempelwächter verfügen, um sie zurückzuholen, wenn sie es wirklich wollen. Flair, du möchtest doch nicht, daß wir in Gefahr geraten, oder? Du hast gesagt, wir seien Freunde, aber Freunde belügen einander nicht. Was ist mit Myrain?«

»Sie hat es mir gesagt«, wiederholte Flair beharrlich. Ihr Gesicht verzerrte sich zu einer Grimasse, aber Aylon erkannte, daß der Zorn darin nicht echt war, sondern nur dazu dienen sollte, die Angst zu verbergen, die immer stärker in ihr aufkeimte, je deutlicher sie merkte, daß sie in die Enge getrieben wurde. »Sie hat es mir gesagt, und ich habe das Auge genommen und bin –«

»Was ist mit Myrain?« bohrte Aylon unerbittlich nach. Seine Stimme klang so scharf, daß er darüber beinahe selbst erschrak.

Flair starrte ihn noch einen Augenblick trotzig an, dann begannen ihre Mundwinkel plötzlich zu zucken, und ihre Augen wurden feucht. Ihre Abwehr brach zusammen. Sie konnte seinem Blick nicht mehr standhalten und biß sich auf die Lippen, damit diese nicht so verräterisch bebten, aber gleichzeitig begann sie am ganzen Körper zu zittern. Aylon schämte sich ein wenig, ihr das anzutun. Es machte ihm keinen Spaß, ihren Willen auf diese Art zu brechen, im Gegenteil, es bereitete ihm selbst fast Schmerzen. Von Anfang an war es nur eine Frage der Zeit gewesen, bis ihr Widerstand erlahmen würde. Sie mochte für ihr Alter bereits weit entwickelt sein, aber dennoch war sie letztlich nur ein Kind; zudem hatte sie eine Wanderung durch das Labyrinth hinter sich, die sie nicht nur körperlich erschöpft, sondern durch die Konzentration auf den magischen Kristall vor allem geistig völlig ausgelaugt hatte. Sie besaß keine Kraft mehr, sich gegen ihn zu behaupten.

»Sag es mir!« verlangte er noch einmal, diesmal mit wesentlich sanfterer Stimme, die ihren Zweck nicht verfehlte.

Die Mauer, die Flair um sich errichtet hatte, zerbrach endgültig. »Ich... ich hatte gar nicht richtig begriffen, was passiert war«, stieß sie stammelnd hervor, während ihr Tränen über das Gesicht liefen. »Als ich aufwachte, wart ihr weg. Nur noch Myrain war da, und dann nahm sie meine Hand, und ich... Ich wollte ihr nicht weh tun, sie sollte mir nur sagen, wie ich zu euch kommen konnte. Aber dann hat sie sich gewehrt, und plötzlich... plötzlich hat sie mir alles gesagt, und dann... dann war sie tot. Ich wollte es nicht... Ich habe...« Sie schluchzte.

Entsetzt blieb Aylon stehen; er war wie erstarrt. Er hatte geahnt, was passiert war, und doch die ganze Zeit über gehofft, daß er sich irrte, daß Flair ihre Kräfte nicht zum Töten eingesetzt hatte. Es aus ihrem eigenen Mund zu hören machte alles nur noch schlimmer. Nur undeutlich nahm er wahr, daß Floyd das Mädchen tröstend an sich drückte, während sie weitergingen.

Shantal und ihre Begleiterinnen waren seit Flairs Erscheinen noch einige Schritte weiter als zuvor hinter ihnen geblieben, hatten aber alles gehört. Shantal ergriff ihn am Arm und zog ihn mit sich, als er keine Anstalten machte, von sich aus weiterzugehen. »Ich habe dir gesagt, daß sie ein Monstrum ist«, zischte sie ihm zu. »Du hast es ja nicht glauben wollen.«

Aylon antwortete nicht. Es war erst wenige Tage her, seit er selbst zum ersten Mal einen Menschen umgebracht hatte, aber Flair war nicht wie er in der friedlichen Abgeschiedenheit einer Ordensburg aufgewachsen. Möglicherweise war es unausweichlich in einer Welt, die so grausam und in sich zerrissen wie Arcana war, daß selbst Kinder zu Mördern werden konnten, und genau dieser Gedanke machte ihm so zu schaffen. Wieder hatte sich ein Schleier vor einem Stück der Wirklichkeit gelüftet, die er sich sein bisheriges Leben lang in vielerlei Hinsicht so völlig anders vorgestellt hatte. Er empfand keine Abscheu vor Flair, und er wußte, daß er kein Recht hatte, sie zu verurteilen. Bis zu einem gewissen Grad hatte sie in Notwehr gehandelt und war selbst eigentlich mehr Opfer als Täter. Abscheu empfand er höchstens vor den Umständen und Ereignissen, die zu allem geführt hatten. »Wenn sie ein Ungeheuer ist, dann sind wir alle welche«, antwortete er mit erheblicher Verspätung auf Shantals Worte.

Sie warf ihm einen abfälligen Seitenblick zu und schnaubte. »Geschwätz«, knurrte sie, dann fügte sie etwas versöhnlicher hinzu: »Du verschließt die Augen vor der Wirklichkeit, Aylon. Ich kenne Flair. Sie ist ein Teufel. Hast du bemerkt, wie sie mich angesehen hat?«

Aylon nickte. »Was erwartest du?« entgegnete er kalt. »Du hast sie an die Tempelwächter verschachert, um sie loszuwerden. Glaubst du, das vergißt sie so schnell?«

»Sie ist ein Ungeheuer«, wiederholte Shantal. »Und sie haßt mich. Ich werde in nächster Zeit höllisch aufpassen müssen. Diesem Kind ist alles zuzutrauen.«

Aylon schwieg. Er war immer noch der Meinung, daß Flair nur bedingt für das verantwortlich zu machen war, was sie tat, da sie aufgrund ihrer fehlenden Erziehung niemals gelernt hatte, zwischen Gut und Böse zu unterscheiden. Ihr Handeln war weitgehend frei von moralischen Überlegungen und vor allem vom Gedanken an den eigenen Nutzen und von den Launen des Augenblicks geprägt. Wenn sie unter Myrains Tod litt, dann nicht deshalb, weil sie das Unrecht eines Mordes einsah, sondern nur weil sie wußte, daß er ablehnte, was sie getan hatte. Da er jedoch die Diskussion, die er erst vor wenigen Stunden darüber mit Shantal geführt hatte, nicht wieder aufleben lassen wollte, verzichtete er auf eine Antwort.

Ihm fiel auf, daß sie ihr Schwert zwar weggesteckt hatte, ihre Hand aber die ganze Zeit über nicht vom Knauf der Waffe nahm. Es schien nun tatsächlich nicht mehr länger in erster Linie das Labyrinth zu sein, das ihr Angst einflößte. Sie hatten sich alle inzwischen weitgehend an die unheimliche Umgebung gewöhnt, und die stets gleichen Gänge wirkten kaum noch bedrohlich. Nein, Shantal fürchtete sich wirklich mehr vor ihrer eigenen Tochter als vor Mithyr, und das möglicherweise sogar zu Recht.

Zu seiner eigenen Überraschung entdeckte Aylon, daß ihm der Gedanke völlig gleichgültig war. Es war seltsam, aber Flairs Rückkehr hatte nichts dazu beigetragen, daß er sich mit der Nomadenkriegerin besser verstand. Da das Mädchen unversehrt wieder bei ihnen war, hätte es ihm eigentlich leichter fallen müssen, Shantal nachzusehen, was sie getan hatte. Das Gegenteil war jedoch der Fall. Vielleicht hatte er ihren Handel mit den Tempelwächtern zuvor bereitwillig verdrängt, um sich selbst seine eigene Mitschuld zu vergeben, die er unbewußt empfand, weil er nicht entschiedener versucht hatte, Flair zu beschützen.

Zusammen mit Floyd ging sie einige Schritte vor ihm. Der Gaukler hatte einen Arm um ihre Schultern gelegt. Aylon bemerkte, daß sie sich immer wieder nach ihm umblickte. In ihrem Gesicht stand ein stummes Flehen geschrieben, ihr nicht länger böse zu sein, und seine hilflose Wut, die ohnehin niemals ihr persönlich gegolten hatte, verrauchte vollends. Nach einiger Zeit ging er schneller. Ein glückliches Lächeln glitt über ihr Gesicht, als er sich wieder an ihrer Seite befand. Sie hinkte kaum noch und hatte sich auch sonst merklich von der Anstrengung erholt, die es sie gekostet hatte, ihre noch ungeschulten magischen Kräfte so lange auf das Rubinauge zu konzentrieren.

Dafür begann Aylon selbst nun immer stärker die Strapazen des Marsches zu spüren. Er war es nicht gewöhnt, lange Strekken zu Fuß zurückzulegen, und Tibonec ging nicht gerade langsam. Unbeirrt stapfte das Wesen vor ihnen her. Bei jedem weiteren Gang, in den sie eindrangen, verstärkte sich Aylons Wunsch nach einer Rast. Obwohl es den anderen vermutlich genauso erging und sie vielleicht sogar einverstanden gewesen wären, sagte er nichts. Ihm würde später noch genügend Zeit bleiben, sich auszuruhen. Vorläufig kam es erst einmal darauf an, dieses Labyrinth so schnell wie möglich zu verlassen. Mithyr war Teil einer fremden Welt, die nicht für Menschen geschaffen war und auch nicht für Magier. Es war nicht richtig, daß sie hier waren, sie hätten überhaupt nicht erst herkommen sollen. Vielleicht hatte Shantal recht gehabt, als sie sagte, daß es besser gewesen wäre, gegen die Hornmänner zu kämpfen als sich diesen Wegen durch das Nichts anzuvertrauen. Mithyr war nicht annähernd so harmlos, wie es sich ihnen präsentierte, aber die Gefahr drohte aus einer ganz anderen Richtung, als sie befürchtet hatten. Was sie bislang zu sehen bekommen hatten, war nur ein verschwindend kleiner Teil des gesamten Labyrinths. In Wahrheit war Mithyr noch weit fremdartiger und größer, als er sich vorgestellt hatte, vielleicht sogar unendlich, eine teils magische, teils wirkliche Brücke zwischen einer Vielzahl von Welten, die alle hier zusammenflossen. Es war nicht irgend etwas in ihrer Nähe, das sie bedrohte, sondern diese Umgebung selbst, die ihnen, ohne daß es ihnen auffiel, mehr und mehr von ihrer Menschlichkeit stahl. Es war eine langsame, fast unmerkliche Veränderung, die in dem Augenblick begonnen hatte, als sie Mithyr betraten, die aber noch längst nicht abgeschlossen war, sondern mit jeder Minute, die sie sich hier aufhielten, weiter fortschritt. Aylon bemerkte es an der zunehmenden Gleichgültigkeit, die er den anderen gegenüber empfand. Noch vor kaum einer Stunde hatte er Shantal gegenüber Floyd verteidigt, aber mittlerweile hätte wohl selbst ihr Tod ihm nur noch ein Achselzukken entlockt.

Erst jetzt, nachdem er die Veränderung bemerkt hatte, nahm er sie richtig wahr. Noch einige weitere Stunden in diesem Labyrinth, und sogar Floyd würde ihm wohl gleichgültig werden. Er überlegte, ob er den anderen davon erzählen sollte, verzichtete dann aber darauf. Möglicherweise lag auch das bereits am Einfluß Mithyrs, aber es würde ohnehin nichts ändern, ob sie es wußten oder nicht, und er wollte ihre Angst nicht unnötig schüren. Ihr Tempo richtete sich allein nach Tibonec und ließ sich nicht beeinflussen. Sie waren der geistlosen Kreatur vollkommen ausgeliefert. Das Risiko, sich von Flair führen zu lassen, wollte er nicht eingehen.

Mechanisch setzte er weiterhin einen Fuß vor den anderen. Er fragte sich, ob seine Gefühle zurückkehrten, wenn er das Labyrinth wieder verließ, oder ob Mithyr sie ihm dauerhaft gestohlen hatte, als Preis dafür, daß es ihnen die Durchquerung gestattete. Der Gedanke zog noch einen anderen, ebenso unangenehmen nach sich, nämlich den, ob es ähnlich wie die Tempelwächter nicht noch mehr von ihnen verlangte. Möglicherweise nahm Mithyr ihnen nicht nur etwas, sondern nutzte die entstandene Lücke, um sich selbst wie der Keim einer heimtückischen Krankheit in ihnen einzunisten, ein schleichendes Gift, das sie mehr und mehr verändern würde, bis sie doch noch wie Tibonec wurden. Nein, stellte Aylon in Gedanken gleich darauf richtig, Tibonec war nur ein primitiver Wirtskörper, der den Kristall in seinem Kopf beweglich machte. Falls sie sich hingegen verändern sollten, würden sie zu etwas anderem, noch viel Bizarrerem werden, wahrscheinlich weit jenseits dessen, was er sich jetzt überhaupt vorzustellen vermochte.

Es kam ihm vor, als würde eine Stahlfeder gespannt, jeweils um eine Winzigkeit mehr mit jedem Schritt, den sie tiefer in den steinernen Leib Mithyrs eindrangen, bis sie den Anschlag erreichte und sich entlud, möglicherweise mit einem Schlag alles hinwegfegte, was an ihnen noch menschlich war. Aylon empfand nicht einmal mehr Schrecken bei dieser Vorstellung.

Er war so in seine Grübeleien versunken, daß er fast gegen Tibonec geprallt wäre, als dieser plötzlich stehenblieb. Einige Sekunden geschah nichts. Aylon runzelte die Stirn und betrachtete ratlos die Wand vor ihnen. Es gab nichts, was sie von jedem beliebigen anderen Punkt unterschied, den er bislang in diesem Labyrinth gesehen hatte, bis Tibonec seinen Kopf mit dem Rubinauge dagegenpreßte.

Ähnlich wie in der Tempelhalle bildete sich zunächst ein Riß im Gestein. Dann begann es sich nach außen zu wölben und klaffte schließlich zu einem Oval auseinander, das gerade groß genug war, einen Menschen hindurchschlüpfen zu lassen. Die Öffnung war von dem gleichen düsterem roten Licht erfüllt wie scheinbar ganz Mithyr, so daß sie nicht erkennen konnten, was dahinter lag.

Tibonec drehte sich um und ging an ihnen vorbei den Weg ein Stück zurück, bis er in einen Nebenstollen abbog. Er hatte seine Aufgabe erfüllt.

Unschlüssig betrachtete Aylon die Öffnung. Es gefiel ihm nicht, daß er nicht hindurchsehen und erkennen konnte, wohin sie führte, aber er begriff auch, daß sie nicht einfach nur ein Spalt im Gestein war, sondern ein Tor, das sie – hoffentlich – zurück in die gewohnte Welt führen würde.

»Kommt schon«, sagte Flair. Ohne zu zögern oder auch nur eine Spur von Angst zu zeigen, trat sie als erste durch die Öffnung und war gleich darauf verschwunden. Aylon nickte Floyd aufmunternd zu. Er wartete, bis dieser Flair gefolgt war, warf noch einen kurzen Blick zu Shantal zurück und trat dann ebenfalls in den Durchgang.

Grelles Tageslicht blendete ihn und schien sich in einer feurigen Lohe aus Schmerz tief in seinen Kopf hineinzufressen. Er stöhnte und kniff die Augen fest zusammen; gleichzeitig hob er schützend die Hände vor das Gesicht. Nach einigen Sekunden wagte er es, vorsichtig zwischen den Fingern hindurchzublinzeln. Allmählich stellten seine Augen sich um und gewöhnten sich an das Licht. Es war nicht wirklich grell, sondern kam ihm nur im ersten Augenblick so vor, nachdem er stundenlang durch das Halbdunkel Mithyrs geirrt war. Nicht einmal die Sonne schien. Graue, tiefhängende Wolken bedeckten den Himmel. Sie standen auf einem Plateau am Rande eines felsigen Vorgebirges. Der Wind, der von den Bergen herunterstrich, trug den Geruch von Schnee und Kälte mit sich. Ein wenig hatte es auch schon geschneit, aber glücklicherweise nicht genug, daß die Flocken liegenblieben. Lediglich in den Ecken und Felsspalten hatten sich kleine weiße Nester gebildet, doch Aylon machte sich nichts vor. Was er sah, bedeutete noch lange nicht, daß die höher gelegenen Gebirgspässe des Luyan Dhor nicht bereits völlig eingeschneit sein konnten. Er drehte sich um, um zu sehen, wo Shantal und ihre Kriegerinnen blieben.

Hinter ihm erstreckte sich eine massive Felswand. Nur einen kurzen Augenblick glaubte er noch einen Riß darin zu sehen. Wenn es diesen jedoch wirklich gegeben hatte, so verschwand er binnen eines Herzschlages.

Aylon blinzelte verwirrt. Hilflos blickte er sich um, doch es dauerte mehrere Sekunden, bis er eine gedankliche Verbindung zog zwischen dem geschlossenen Durchgang nach Mithyr und Flair, die dicht neben der Felswand stand, das Rubinauge der Götzenstatue mit beiden Händen fest umklammert haltend und ein zufriedenes, kaltes Funkeln in den Augen. Starr vor Schrecken sah Aylon sie an, einen Augenblick beinahe froh, daß seine Gefühle noch immer zum größten Teil wie betäubt waren, so daß sein Entsetzen nicht übermächtig wurde, als er endlich begriff.

»Mach... mach es wieder auf!« verlangte er. Er wollte die Worte schreien, doch es reichte nur zu einem heiseren Flüstern. »Sofort!«

Flair schüttelte den Kopf. »Das geht nicht. Der Durchgang läßt sich hier nur von innen öffnen.« Es gelang ihr, Aylons Blick standzuhalten. »Sie hat es verdient«, fügte sie fast trotzig hinzu.

Weiterhin starrte er sie fassungslos an. Er öffnete den Mund, brachte aber nur einen krächzenden Laut heraus. Er wußte nicht, ob Flair die Wahrheit sagte, und es war auch bedeutungslos. Zum ersten Mal, seit er sie kannte, spürte er, daß sie ihm gewachsen war und ihm nicht gehorchen würde, was er auch von ihr verlangte. Der Haß auf ihre Mutter war stärker als das Band, das sie mit ihm verknüpfte. Shantal hatte sie seit ihrer Geburt abgelehnt, sie unterdrückt und unter Drogen gehalten, und sie hatte sie wie ein Tier an Fremde abgegeben. Und trotzdem...

Er wagte sich nicht vorzustellen, welches Schicksal Shantal und ihre Begleiterinnen erwartete. Für sie gab es keinerlei Hoffnung mehr, Mithyr jemals wieder zu verlassen. »Deine Mutter hatte recht«, stieß er hervor. »Du bist ein Ungeheuer!«

»Und wenn schon.« Flair lächelte einschmeichelnd. »Jetzt ist nur wichtig, daß wir endlich richtige Freunde sein können. Und das sind wir doch, nicht wahr? Ihr Lächeln vertiefte sich noch, als sie das Entsetzen auf seinem Gesicht bemerkte.

Therion

Die schattenhafte Gestalt stand da und wartete.

Gegen die dunkle Felswand war sie noch aus wenigen Schritten Entfernung für das menschliche Auge fast unsichtbar, während ihr selbst nichts entging, was sich in ihrer Umgebung ereignete. Sie hatte Aylon für eine Weile verloren, aber das bedeutete nicht, daß der Magier ihr auf Dauer entkommen war.

Sie brauchte nur zu warten. Mithyr war einer der wenigen Orte auf Arcana, die selbst ihr verwehrt waren. Sie wußte so gut wie nichts über das Labyrinth, aber sie wußte, daß Aylon nach Therion wollte, und kannte den Ort, an dem der Magier es irgendwann nicht weit von der Stadt wieder verlassen würde. Sie brauchte...

Es geschah so schnell, daß die Gestalt völlig überrascht wurde. Nur wenige Schritte von ihr entfernt begann das Gestein plötzlich zu glühen, wölbte sich lautlos nach außen und schob sich zu einem von düsterem roten Licht erfüllten Spalt auseinander. Hastig wich die Gestalt zurück, verschmolz tiefer noch als zuvor mit den Schatten der Felsen.

Sie selbst war räumlich ungebunden, konnte binnen eines Sekundenbruchteils Hunderte von Meilen zurücklegen, während Menschen – und auch Magier, solange sie kein Skiil besaßen, das ihnen entsprechende Fähigkeiten verlieh – an die Gesetze fester Körper gebunden waren. Unter normalen Umständen war es unmöglich, daß Aylon Skant in der kurzen Zeit durchquerte, doch die normale Zeit schien in Mithyr noch weniger Gültigkeit zu besitzen, als die düstere Gestalt angenommen hatte.

Nur zwei Menschen kehrten außer Aylon aus dem Labyrinth zurück, die anderen sechs blieben verschollen. Ihr war es nur recht, bedeutete es doch einige Gegner weniger, die sich ihr entgegenstellen konnten.

Sie glitt davon, um die Falle zu schließen, die Aylon in Therion erwartete.

Bis zuletzt hatte Aylon Zweifel gehabt, daß sie über die verbotenen Wege Mithyrs innerhalb der wenigen Stunden wirklich bis nach Therion gelangen würden. Erst jetzt, da er an den Rand des Felsplateaus getreten war und ins Tal hinabblickte, waren seine Zweifel endgültig ausgeräumt. Die Stadt lag unter ihm: ein grauer Schatten mit verschwommenen Rändern, der sich wie schutzsuchend an die umliegenden Hügel und die Ausläufer des mächtigen Luyan Dhor zu ducken schien. Aylon war zu weit entfernt, um Einzelheiten zu erkennen, aber auch so bemerkte er, daß die Stadt völlig anders war, als er erwartet hatte. Zwar hatte er von der Gefährdung durch die Hornmänner gewußt, sie in seinen Gedanken jedoch ausgeklammert und sich Therion ähnlich wie eines der Handelszentren im friedlichen Larquina vorgestellt.

In Wahrheit war die Stadt eine Festung, gesäumt von wuchtigen Mauern aus grauem Bruchstein, aus denen in regelmäßigen Abständen mächtige Türme aufragten, die die Hügellandschaft in weitem Umkreis beherrschten. Nicht einmal eine Maus würde sich Therion nähern können, ohne von den Wachen, die zweifelsohne auf den Türmen postiert waren, bemerkt zu werden. Und das war nicht mehr als der äußerste Befestigungsring. Die eigentliche Zwingfeste lag hinter der Stadtmauer, eingerahmt von einem Muster rechteckig angelegter Straßen, deren Häuser zum Zentrum hin allmählich höher wurden. Die ganze Stadt sah aus wie eine Ansammlung ineinandergestellter Kasten.

»Wir werden Mißtrauen erwecken, wenn wir ohne Pferde ankommen.« Floyd war unbemerkt neben Aylon getreten. »Man wird uns neugierige Fragen stellen.«

»Glaube ich nicht. Man wird uns gar nicht beachten.« Aylon deutete auf eine Straße, die aus südlicher Richtung in die Stadt führte. Zahlreiche Menschen waren dort unterwegs, hauptsächlich in Richtung auf die Stadt zu. Viele waren beritten, doch es befanden sich auch Bauern aus der näheren Umgebung darunter, die ihr Gemüse und ihre Früchte auf Wagen heranakarrten. Eine aus mehreren Wagen bestehende Handelskarawane näherte sich gerade. Viele Menschen, vor allem Kinder, waren von den Wagen herabgestiegen und gingen zu Fuß nebenher. »Wir brauchen uns nur unter sie zu mischen.«

»Dann müssen wir uns allerdings beeilen.« Der Gaukler drehte sich um. »Komm her, Flair.«

Das Mädchen hatte sich auf einen Steinbrocken an der Felswand gesetzt, offenbar beleidigt darüber, daß es von ihnen schon seit Minuten übersehen wurde. Aylon war sich sicher, daß Flair auch genau das empfand: nicht eine Spur von Schuldbewußtsein wegen des Mordes an ihrer Mutter, sondern nur Trotz, weil sie sich ungerecht behandelt fühlte. Sie warf ihnen beleidigte Blicke zu, stand aber auf und kam zu ihnen herübergeschlendert, wenn auch auf eine herausfordernd langsame Art, für die allein Aylon ihr am liebsten den Hals umgedreht hätte. Er bemühte sich, nicht daran zu denken, was sie getan hatte, doch es gelang ihm nicht. Obwohl er sich immer wieder vor Augen hielt, daß sie nur zum Teil die Schuld daran trug, trieb es ihn fast zur Raserei, daß ihr nicht einmal bewußt wurde, was ein Mord bedeutete und was für ein Unrecht sie begangen hatte. Es war, als hätte sie ihr bisheriges Leben geistig in einer reinen Traumwelt verbracht. In gewisser Hinsicht war es ja auch so, und sie hatte nie das Zusammenleben mit anderen Menschen gelernt, weil sie der einzige Bewohner ihrer eigenen Welt gewesen war.

Sie stiegen einen schmalen, steilen Pfad hinab, der in zahlreichen Windungen zwischen den Felsen zur Straße hinabführte. Sie brauchten nur wenige Minuten dazu. Einige der Reisenden warfen ihnen verwunderte Blicke zu, als sie aus dem Gebüsch am Straßenrand traten, man kümmerte sich aber nicht weiter um sie. Unbeachtet reihten sie sich in den Strom der Menschen ein.

»Wie spät mag es eigentlich sein?« erkundigte sich Aylon.

Floyd warf einen Blick zum Himmel hinauf. »Schwer zu sagen, bei dem Wetter«, antwortete er. »Ich schätze, später Nachmittag.«

»Das war es auch schon, als wir auf die Waldwesen getroffen sind. Demnach wären seither höchstens eine oder zwei Stunden vergangen.«

»Oder ein ganzer Tag. Das werden wir schon noch herausfinden. Wie gehen wir eigentlich weiter vor? Hast du bereits einen Plan?«

»Keinen richtigen«, gestand Aylon kleinlaut. »Ich schlage vor, wir bleiben über Nacht hier und schlafen uns endlich mal wieder richtig aus. Morgen kaufen wir uns neue Pferde, und dann brauchen wir nur noch einen Führer zu finden, der uns über den Luyan Dhor bringt.«

»Wenn man dich so reden hört, klingt alles wie ein Kinderspiel.« Floyd überzeugte sich mit einem raschen Blick, daß Flair ein Stück von ihnen entfernt ging und gerade den bunt bemalten Wagen eines fahrenden Händlers bewunderte. Leise fuhr er fort: »Und was wird aus ihr? Willst du sie weiter mitschleppen?«

Aylon rang sich ein gequältes Lächeln ab. »Hast du eine bessere Idee? Wir können sie nicht einfach irgendwo in fremder Obhut lassen. Du hast erlebt, wozu sie fähig ist. Es wäre zu gefährlich für die Leute.«

»In Therion halten sich bestimmt auch einige Magier und Hexen auf. Du wolltest sie doch ohnehin zu den Vingala bringen.«

»Schon, aber das... Ich kann sie aber nicht einfach bei irgendeiner Angehörigen des Ordens abgeben und weiterreiten«, widersprach Aylon. »Zwar könnte sie mit ihrer schwachen Magie einer vollausgebildeten Vingala vermutlich nichts anhaben, aber dann wäre ich nicht viel besser als Shantal. Ich muß zumindest einige Tage bei ihr bleiben, bis sie sich an eine neue Umgebung gewöhnt hat, und diese Zeit habe ich vorläufig nicht.«

»Du bist verrückt«, murmelte Floyd kopfschüttelnd. »Du hast selbst gesagt, daß dieses Kind ein Monster ist. Was geschieht, wenn in nächster Zeit etwas nicht nach ihrem Willen läuft?« Er griff nach Aylons Handgelenk und umklammerte Charalons Reif. »Dieses Ding und deine eigene Magie würden *dich* vielleicht vor ihr schützen, aber ich bekomme allmählich Angst, ihr nur zu widersprechen. Ist dir das eigentlich klar? Wir können sie nicht mitnehmen, sieh das doch ein. Sie ist nur eine Belastung, und eine gefährliche dazu.«

»Sprecht ihr von mir?« fragte Flair und trat mit einem Lächeln, als könnte sie kein Wässerchen trüben, zwischen sie. »Ihr wollt doch hoffentlich nicht versuchen, mich irgendwie loszuwerden?«

Niemand antwortete ihr.

Bald darauf erreichten sie die Stadt. Das halbrunde, von einem einst sicher prächtigen, jetzt aber halb verfallenen Relief geschmückte Tor wurde allmählich vor ihnen größer und schien schließlich geradewegs bis zum Himmel aufzuragen. Es schien das einzige noch halbwegs Prächtige an der Stadt zu sein, wie Aylon nun mit einigem Bedauern erkannte. Therion hatte zwar von weitem wie eine mächtige Trutzburg ausgesehen, aber dieser Eindruck war wie eine Seifenblase zerplatzt, je näher sie kamen. Die Stadtmauer war brüchig und an zahllosen Stellen nur notdürftig ausgebessert worden; ein großer Teil ihrer Krone war mitsamt den Zinnen und dem dahinterliegenden Wehrgang verschwunden und die Lücke notdürftig mit Brettern versperrt, die nicht einmal einem einzelnen Mann ernsthaften Widerstand entgegengesetzt hätten. Die Türme, die der Stadt aus der Ferne den größten Eindruck von Wehrhaftigkeit verliehen hatten, waren leer und halb verfallen, und die dünnen Vorhänge aus Spinnweben und Staub vor ihren Schießscharten sagten Aylon deutlich, daß sie nicht nur für den Augenblick verlassen waren. Überall entdeckte er Schmutz und Staub und Anzeichen eines schleichenden, aber bereits weit fortgeschrittenen Verfalls.

Er ließ seinen Blick höher wandern.

Hinter der Silhouette der Stadt erhob sich majestätisch und gewaltig der Luyan Dhor, so daß es aussah, als wäre Therion unmittelbar an seiner Flanke errichtet worden, doch in Wahrheit lagen selbst die ersten Ausläufer des Berges noch mehrere Meilen entfernt. Er war das Tor nach Sharolan und damit auch zur Zitadelle.

Die Zitadelle...

Seit seinem Aufbruch aus Cavillon war das Ziel seiner Reise für Aylon immer weiter in den Hintergrund getreten. Er hatte sogar kaum noch daran gedacht, als wäre diese Reise bereits ein Zweck an sich. Und irgendwie war es auch so. Seine Herkunft erschien ihm mehr und mehr bedeutungslos, jedenfalls hier, in diesem Teil der Welt, wo völlig andere Gesetze galten als in der Ordensburg der Ishar. In Wahrheit führte die Reise nicht nur nach Sharolan, sondern in sein eigenes Inneres, zu seinem Ich, das er zu entdecken begann. Was er in den letzten Tagen erlebt und gesehen hatte, die Menschen, mit denen er zusammengetroffen war, das alles kam ihm bereits wichtiger vor, als etwas über seinen Vater herauszufinden. Die Reise zog auch einen Strich unter die Vergangenheit, sie war etwas wie ein Abschied von seiner Jugend. Dabei stellte die Zitadelle nur eines von vielen Steinchen dar und war letztlich kaum bedeutender als Therion oder irgendein anderer Ort auf seinem Weg.

Die gewaltigen Bronzeflügel des Stadttores standen einladend offen, und in der nachträglich angebauten Wachbaracke daneben lümmelte sich ein gelangweilt wirkender Wächter auf einer Bank, der ihnen nur einen desinteressierten Blick schenkte und sich ansonsten nicht weiter um sie kümmerte. Sie schritten durch das Tor, und Aylon sah sich neugierig um. Vor ihnen lag eine breite, gepflasterte Straße, deren Zustand nur wenig besser als der der gesamten Stadt war. Die Häuser wirkten ebenso heruntergekommen und verfallen wie die Stadtmauer. Überall häuften sich Schutt und Unrat, und ein deutlicher Geruch nach Moder, fauligem Wasser und Pferdemist lag wie eine erstickende Decke über allem.

Aylon war grenzenlos enttäuscht. Nach Maramon, der prachtvollen Hauptstadt Larquinas, war Therion erst die zweite größere Stadt, die er zu Gesicht bekam, und er hatte sich wesentlich mehr davon erhofft. Vielleicht war sie wirklich einmal gewaltig und mächtig gewesen, vielleicht sogar reich, aber wenn, so lag ihre Blütezeit weit in der Vergangenheit. Mittlerweile war sie nicht viel mehr als eine einzige riesige Ruine.

Das änderte allerdings nichts daran, daß sie immer noch erstaunlich viele Menschen beherbergte. Auf der Straße herrschte ein höllisches Gedränge, und aus den Tiefen der Stadt schlug ihnen das dumpfe Raunen einer noch weit größeren Menschenmenge entgegen. Eine Horde Kinder rannte johlend an ihnen vorüber, kümmerte sich aber ebenso wenig um sie wie alle anderen. Fremde schienen in Therion ein alltäglicher Anblick zu sein.

»Und wohin jetzt?« wollte Floyd wissen.

Aylon zuckte mit den Schultern. »Sehen wir uns einfach etwas um.«

Eine Weile ließen sie sich in der Menge treiben und blieben dann wieder stehen, als sie einen größeren Platz erreichten.

Flair schien von allem noch am meisten beeindruckt zu sein. Sie begaffte jede Kleinigkeit, als handele es sich um ein Weltwunder, und Aylon mußte sich ins Gedächtnis rufen, daß sie wahrscheinlich noch nie eine Ortschaft gesehen hatte, die größer als das Lager ihres Stammes gewesen war. und zum ersten Mal in ihrem Leben überhaupt eine Stadt betrat. Was sie hier erblickte, war für sie wirklich ein Weltwunder, auch wenn es sich nur um eine schäbige, heruntergekommene Stadt handelte.

Aylon lächelte. Ihm selbst war es nicht anders ergangen, als er zum ersten Mal nach Maramon gekommen war. Auch er hatte alles bewundert und bestaunt und sich an Sachen, die für andere völlig selbstverständlich waren, kaum satt sehen können.

Es kam ihm vor, als läge diese Zeit bereits Jahre zurück, nicht erst ein paar Monate. Seither war so vieles geschehen, was seine Ansichten, seine ganze Art zu denken verändert hatte, daß er das Gefühl hatte, ein völlig neuer Mensch geworden zu sein. Zu lange hatte vorher sein Leben für ihn nur aus Studien bestanden, über denen er es versäumt hatte, wirklich zu leben und erwachsen zu werden. Innerhalb der letzten Wochen hatte er eine Entwicklung durchgemacht, für die anderen Jahre zur Verfügung standen.

Aylon zwang sich, jetzt nicht daran zu denken. »Wie viele Einwohner hat die Stadt?« wandte er sich an Floyd.

Der Gaukler blickte sich abschätzend um und verzog das Gesicht. »Schwer zu sagen«, meinte er nach einer Weile unschlüssig. »Ich war zuletzt kurz nach den Clanskriegen hier. Damals waren es noch mehrere tausend, heute aber wohl nur noch die Hälfte. In ein oder zwei weiteren Jahrzehnten dürfte Therion eine Geisterstadt sein.«

»Und warum?«

»Die Menschen ziehen in den Süden, wo es friedlicher und das Wetter milder ist. Was hat Therion denn schon zu bieten? Die Stadt liegt zu weit abseits, ist höchstens für größere Karawanen interessant, die es wagen, Skant zu durchqueren. Ansonsten kommen hauptsächlich Glücksspieler, Gauner und anderes zwielichtiges Gesindel hierher.«

»Also Leute wie du«, sagte Aylon grinsend.

»Leute wie ich«, bestätigte Floyd. »Aber ich gehöre ja noch

zur harmlosen Sorte. Wen ich vor allem meine, das sind die Aasgeier und Halsabschneider, die sich in Städten wie Therion verstecken, weil sie anderswo gesucht werden. Mir scheint es jedenfalls, als trieben sich mehr Fremde als Einwohner in der Stadt herum. Ich möchte nur wissen, was sie alle hier wollen.«

Aylon dachte an die mit Früchten und Gemüse beladenen Wagen, die er vor dem Stadttor gesehen hatte. »Es ist die einzige Stadt in der Umgebung«, gab er zu bedenken. »Viele werden hier ihre Waren verkaufen wollen.«

»Sicher, ein Teil von ihnen«, stimmte Floyd ihm zu. »Aber man merkt, daß du noch nie hier warst. Wegen der Hornmänner gibt es nämlich nicht sehr viele Bauern in der Umgebung.« Er machte eine kurze Pause. »Ein paar fahrende Händler werden auch darunter sein, die darauf warten, sich einer Karawane anschließen zu können. Aber das erklärt bei weitem nicht diese Menschenmassen. Schau dir die Leute an. Sehen sie vielleicht aus, als ob sie hier Geschäfte abschließen wollten?«

Aylon musterte die Leute, an denen sie vorbeikamen, genauer. Tatsächlich war bei vielen schon an der Kleidung zu erkennen, daß sie nicht aus Therion und nicht einmal aus diesem Landstrich stammten. Die Einwohner bevorzugten schlichte Kleidung aus überwiegend beigen und erdfarbenen Stoffen. Viele der einheimischen Männer trugen darüber hinaus lederne Stirnbänder, und die Frauen hatten sich Lederbänder ins Haar geflochten, was es zusätzlich erleichterte, sie von den Fremden zu unterscheiden. Floyd hatte recht, ein Großteil der Menschen auf der Straße stammte nicht von hier, und die meisten machten nicht gerade einen vertrauenerweckenden Eindruck.

Er konnte sich keinen Grund vorstellen, warum so ungeheuer viele Abenteurer aus allen möglichen Ländern ausgerechnet nach Therion strömten. Einige mochte es, wie Floyd gesagt hatte, auf der Flucht vor dem Galgen hierher verschlagen haben, den anderen aber hatte die Stadt nichts zu bieten. Was also hatte sie so zahlreich angelockt?

Flair zupfte an seinem Ärmel. »Wir werden verfolgt«, raunte sie ihm mit gewichtiger Miene zu. »Siehst du den da drüben in dem blau-weißen Hemd?« Sie deutete auf einen ärmlich gekleideten Jungen mit dunklem Lockenkopf, der mit angezogenen Beinen auf einer niedrigen Mauer saß und betont auffällig in eine andere Richtung starrte. Er war um die zwölf, dreizehn Jahre alt.

»Sie hat recht«, bestätigte Floyd. Der Junge war ihm schon früher als Flair aufgefallen, denn er folgte ihnen bereits, seit sie die Stadt betreten hatten, und war sich anscheinend noch nicht schlüssig, ob sich ein rascher Griff in ihre Taschen lohnte. Floyd kannte genügend Kinder wie ihn, die schon von klein auf zum Stehlen erzogen wurden. Sie waren ihm bislang in jeder Stadt begegnet, und er empfand sogar eine gewisse Sympathie für sie, da sie ihm ähnelten. Oft besaßen sie einen viel stärker ausgeprägten Sinn für Moral und Gerechtigkeit, als viele glaubten. Sie stahlen meist nicht allein deshalb, um sich zu bereichern, sondern oft genug, um überhaupt überleben zu können. Natürlich gab es unter ihnen einige schwarze Schafe, aber diejenigen Diebe, die etwas auf sich hielten, beraubten stets nur die, die im Überfluß lebten oder zumindest genügend besaßen, weshalb sie ihre Opfer stets sorgfältig aussuchten. Er selbst hatte auch keine besonders großen Hemmungen, einen Griff in die Tasche eines reichen Händlers oder Edelmannes zu tun. Er mußte sich ein Grinsen verkneifen, als er sich daran erinnerte, daß er Aylon auf diese Art kennengelernt hatte. Dieser hatte ihn beobachtet, wie er dem Fürsten Larquinas einige Edelsteine gestohlen hatte, ihn aber nicht verraten.

»Was will er von uns?« fragte Flair. »Mir gefällt nicht, daß er mich dauernd ansieht.«

»Vielleicht ist er ein Bewunderer von dir«, entgegnete Floyd spöttisch. »Du kommst allmählich in das Alter, wo sich die Jungen für dich interessieren.«

»Bäh!« Flair streckte ihm die Zunge heraus, dann drehte sie sich demonstrativ um und verschränkte die Arme vor der Brust.

Floyd kümmerte sich nicht weiter um sie. Er hob die Hand und bedeutete dem Jungen mit einem Wink herüberzukommen. Es dauerte einen Augenblick, bis dieser auf seine Geste reagierte und aufstand. Zunächst schien es, als werde er einfach weglaufen, aber dann überlegte er es sich anscheinend und kam mit kleinen, vorsichtigen Schritten näher. Wie viele der anderen Einheimischen trug auch er ein dünnes Stirnband aus Leder. Sein Blick drückte Neugier aus, aber auch eine Spur von Furcht und Mißtrauen. Floyd lächelte so freundlich, wie er konnte, ließ sich vor dem Jungen in die Hocke nieder und kramte eine der Münzen aus der Tasche, die Myrain ihnen gegeben hatte. In dieser Hinsicht war sie wahrhaftig nicht geizig gewesen; bei den Geldstücken handelte es sich ausschließlich um Goldtaler, und es waren mehr als ein Dutzend. Es mochte gefährlich sein, so offen zu zeigen, wieviel Geld sie besaßen, aber Floyd trug keine einzige kleinere Münze bei sich. »Siehst du das?« fragte er.

Der Junge nickte. In seinen Augen flackerte Gier auf, aber er widerstand dennoch der Versuchung, noch näher zu kommen und die Hand nach dem Geldstück auszustrecken.

»Willst du es haben?« fragte Floyd mit einem zweiten, aufmunternden Lächeln. Wieder nickte der Junge, schwieg jedoch noch immer beharrlich. Sein Mißtrauen wurzelte zu tief, als daß es sich mit einem Lächeln und ein paar Worten aus der Welt schaffen ließ. »Wir sind fremd hier in der Stadt«, fuhr Floyd fort. »Wir suchen jemanden, der uns etwas herumführen und uns einige Fragen beantworten kann. Willst du das tun?«

Der Junge schüttelte stumm den Kopf. Floyd begann sich allmählich albern vorzukommen und wechselte einen hilflosen Blick mit Aylon. Er hatte noch nie sonderlich gut mit Kindern umgehen können, vielleicht, weil er selbst niemals eine richtige Kindheit gehabt hatte. Sie erfüllten ihn stets mit Unsicherheit und einer instinktiven Abwehr, und er nahm an, daß sie es spürten.

»Ich warte auf meinen Vater«, sagte der Junge plötzlich. »Er ist drüben im Laden und kauft Brot und Wein für heute abend. Ich darf nicht weg.«

Floyd seufzte, ging aber nicht weiter auf die allzu offensichtliche Lüge ein. Stattdessen stand er auf und streckte die Hand mit der Münze ganz aus. »Nimm schon«, sagte er. »Damit du siehst, daß wir es ehrlich meinen.«

Der Junge riß die Münze mit einer blitzartigen Bewegung an sich und wich so rasch zurück, daß Floyd nur mit Mühe ein Lachen unterdrücken konnte. Er zog eine zweite Münze aus dem Beutel. »Für die wirst du uns allerdings zumindest einige Fragen beantworten müssen. Sag uns erst einmal, wie du heißt.«

Dem Jungen war anzusehen, daß er sich am liebsten umgedreht hätte und mit der Münze weggelaufen wäre, bevor Floyd es sich anders überlegen und sie ihm wieder abnehmen konnte. Die Hoffnung auf ein weiteres Geldstück aber ließ ihn verharren. »Marco«, antwortete er nach kurzem Zögern. Sein Blick irrte mehrmals zu Flair, die aber tat, als bemerke sie es nicht.

»Also gut, Marco«, ergriff Aylon das Wort. Er stellte sich und seine Begleiter ebenfalls vor. »Kannst du uns sagen, wo wir ein Zimmer für die Nacht bekommen können?«

»Wahrscheinlich nirgendwo«, entgegnete der Junge. »Oder wenn, dann nur mit viel Glück. Die Gasthäuser sind bis auf den letzten Schweinetrog belegt. Es sind eine Menge Fremde in der Stadt.«

Aylon sah sich demonstrativ um. »Ich sehe es«, sagte er. »Ist heute Markttag oder so etwas?«

»Morgen«, antwortete Marco. Offenbar begann er allmählich aufzutauen und seine Scheu ihnen gegenüber zu verlieren. »Viele der Bauern kommen aber schon am Abend vorher. Sie wollen in aller Frühe ihre Stände aufbauen, und es ist ihnen wegen der Hornmänner zu gefährlich, nachts zu reisen. Aber die sind nur ein kleiner Teil.«

»Und was ist mit den anderen? Was wollen die Leute alle hier?« Aylon ließ seinen Blick über den Platz schweifen. »Das ist doch nicht normal für eine Stadt wie Therion.«

»Das müßtet ihr doch am besten wissen. Ihr seid doch wohl auch gekommen, um euch Scruul und seinen Priestern anzuschließen.«

»Ich weiß nicht einmal, wer dieser Scruul überhaupt ist«, versicherte Aylon.

»Oh.« Überrascht musterte sie Marco. »Ihr seht aus wie all die anderen, die in letzter Zeit gekommen sind.« Er blickte über den Platz und schüttelte mit deutlicher Mißbilligung den Kopf. »Das geht schon seit fast einem Jahr so. Die Priester haben sie gerufen, und sie strömen zu Tausenden herbei. Sie sammeln sich in Therion und ziehen dann weiter. Aber das dürften die letzten für dieses Jahr sein. Wenn sie Glück haben, kommen sie übermorgen noch über den Luyan Dhor, aber sobald die Pässe eingeschneit sind, haben wir wieder ein paar Monate Ruhe.«

»Über den Luyan Dhor?« Aylon wurde hellhörig. »Und dann?« erkundigte er sich. »Wohin ziehen sie dann?«

»Keine Ahnung.« Gleichgültig zuckte Marco mit den Schultern. Dann machte er eine weit ausholende Geste. »In Sharolan erwarten sie nur trostlose Geröllwüsten. Aber das geht mich schließlich nichts an. Von mir aus sollen sie Steinkäfer jagen oder die Felsbrocken zählen. Hauptsache, wir sind sie wieder los. Sie bringen nur Ärger und stiften Unruhe.«

»Du hast von Priestern gesprochen«, hakte Aylon nach. »Vielleicht stecken irgendwelche religiösen Gründe dahinter?«

Floyd warf einen bezeichnenden Blick in Richtung einer Gruppe zerlumpter Gestalten, die gerade lauthals grölend aus einer Schänke getaumelt kamen. »Die sehen aus, als wären sie eher bereit, eine Kirche auszurauben als ihr beizutreten.« Er grinste flüchtig. »Aber im Ernst, was sind das für Priester, die sie gerufen haben sollen?«

»Irgendeine Bruderschaft. So genau weiß ich es auch nicht. Ich habe mich nicht weiter dafür interessiert. Ihr Führer heißt Scruul. Er wirbt Söldner an, so viele er nur bekommen kann, und anscheinend zahlt er gut. Sobald er einen genügend großen Trupp zusammen hat, schickt er ihn über den Luyan Dhor. Keiner weiß, was die Leute dort sollen. Ich jedenfalls nicht.«

»Darüber können wir uns später noch unterhalten«, meinte Aylon, darum bemüht, sich nicht anmerken zu lassen, wie sehr die Neuigkeiten über diesen Scruul ihn beunruhigten. »Jetzt ist für uns erst einmal wichtig, daß wir eine Unterkunft finden. Du kennst dich doch aus in Therion. Irgendwo in der Stadt wird es doch wohl ein Quartier für uns drei geben.«

»Nun...«, begann Marco gedehnt und machte dabei ein Gesicht, als müßte er scharf nachdenken, »das kommt ganz darauf an.«

»Du schreckst wohl vor nichts zurück, wie?« meinte Floyd grinsend. »Das ist Erpressung, die Notlage von harmlosen Reisenden so auszunutzen. Also sag schon, wieviel?«

»Zwei weitere Goldstücke, und mir könnte einfallen, daß ich bei mir zu Hause eigentlich drei Schlafstellen herrichten könnte. Etwas Besseres werdet ihr zur Zeit in Therion kaum bekommen, und zu einem solchen Sonderpreis unter Freunden schon gar nicht.«

Floyd schnaubte. »Sonderpreis?« wiederholte er höhnisch. »Ich nenne das eher Wucher. Aber wie es aussieht, bleibt uns wohl nichts anderes übrig.« Er sah Aylon an. »Was meinst du?«

»Ich finde, wir sollten versuchen, ob wir nicht doch irgendwoanders ein Quartier finden«, mischte sich Flair ein. »Wer weiß, was er mit uns vorhat.«

Marco blickte sie verdutzt an, dann begann er zu lachen. »Keine Angst«, sagte er. »Ich fasse dich schon nicht an, wenn es das ist, was du meinst. In Therion gibt es genug Mädchen.«

»Pah!« Beleidigt wandte sich Flair ab.

»Haben deine Eltern nichts dagegen?« erkundigte sich Aylon. Grinsend fügte er hinzu: »Und was wird dein Vater dazu sagen, der gerade Brot und Wein einkauft?«

»Gar nichts, nehme ich an«, erwiderte Marco. »Meine Eltern sind schon seit gut zehn Jahren tot. Ich bin bei meinem Onkel aufgewachsen, aber der ist vor ein paar Monaten auch gestorben. Allein komme ich aber sowieso besser zurecht.« Er hielt die Hand auf. »Was ist nun?«

Floyd seufzte, dann nickte er. »Also gut, du Ausbeuter.« Er gab Marco die Münze, die er in der Hand hielt, und holte eine weitere aus dem Beutel heraus. »Hier hast du dein Geld. Aber dafür besorgst du uns auch noch etwas Ordentliches zu essen und zu trinken.«

»Ehrensache«, versicherte der Junge. »Ich werde meine Gäste doch nicht verhungern und verdursten lassen. Jedenfalls nicht, wenn sie so gut zahlen. Kommt mit!«

Er führte sie quer über den Platz und durch einige der angrenzenden Straßen. Schon bald erreichten sie einen weniger stark bevölkerten Teil der Stadt. Die Straßen wurden enger, und die Häuser befanden sich in einem heruntergekommenen Zustand, der sich noch verschlimmerte, je weiter sie gingen. Das Stadtviertel, in dem sie sich befanden, war kein ausgesprochenes Slumgebiet, wie Aylon sie aus Maramon kannte, sondern war einfach verlassen worden, obwohl es sich noch in erträglichem Zustand befand. Auch das war eine Folge der wenigen Einwohner. Wer noch in der Stadt geblieben war, war in die besonders gut erhaltenen Viertel gezogen.

Marco verharrte kurz vor einem mit Brettern vernagelten Durchgang. Er hob einige der Latten an und schob sie mühelos zur Seite, so daß eine Öffnung entstand, durch die sie sich zwängten und auf einen mit Unrat übersäten Hof gelangten. Rundum ragten hohe Häuserwände auf, so daß kaum Licht in den Hof fiel und es schien, als ob die Nacht hier schon begonnen hätte.

»Hier lang«, sagte Marco und deutete auf einen schmalen Durchgang zwischen zwei Häusern, durch den sie einen weiteren, ebenso schmutzigen und dunklen Hof erreichten.

»Allmählich kann ich keine engen, düsteren Gassen und Wege mehr sehen«, brummte Aylon.

»Es ist nicht mehr weit. Wir sind gleich da«, versicherte Marco.

»Wenn ich mich hier umsehe, hätten wir auch gleich in Mithyr bleiben können«, murmelte Flair, schwieg aber und senkte den Kopf, als sie Aylons finsteren Blick bemerkte.

Vor einer in zwei Teile zerbrochenen Tür blieb Marco schließlich stehen. Einladend hielt er die beiden Türhälften auf. Sie durchquerten eine große Halle. Auch hier herrschte dämmriges Halbdunkel, durch einige hohe Fenster fiel nur wenig Licht herein. Aylon spürte, daß sie nicht mehr allein waren. Er konnte die mentalen Impulse eines Menschen auffangen und sah sich vorsichtig um. Hinter einer zersplitterten Säule starrte ihnen aus den Schatten ein bleiches, eingefallenes Gesicht mit trüben Augen entgegen.

»Hau ab! Das sind Freunde von mir«, sagte Marco und wedelte mit der Hand, als ob er Fliegen verscheuchte. Etwas raschelte, dann war die Gestalt verschwunden. Zögernd folgten sie dem Jungen eine weit geschwungene Treppe hinauf, die einen wenig vertrauenerweckenden Eindruck machte. Die meisten Stufen waren so morsch, daß sie bereits angebrochen waren, viele fehlten sogar ganz. Aylon bemühte sich, möglichst auf die gleichen Stellen wie Marco zu treten.

Unbeschadet erreichten sie das erste Stockwerk. Einige notdürftig reparierte oder mit mehr gutem Willen als Geschicklichkeit und fachlichem Können zusammengenagelte Möbel standen darin. »Mein Reich«, erklärte Marco mit einer Mischung aus Ironie und Stolz und machte eine großspurige Geste. »Für die zwei Goldstücke dürft ihr euch hier wie zu Hause fühlen.«

»Drei«, erinnerte Floyd, doch Marco ließ den Einwand nicht gelten.

»Zwei«, widersprach er. »Das erste hast du mir geschenkt.«

»In diesem Rattenloch sollen wir schlafen?« stieß Flair entsetzt hervor. »Eine dreckige, leere Ruine hätten wir uns auch allein suchen können.«

»Wahrscheinlich«, bestätigte Marco. »Und wahrscheinlich hättet ihr dort so gut geschlafen, daß ihr gar nicht mehr aufgewacht wärt. Was wißt ihr denn schon von Therion? Es ist nachts gefährlich hier, vor allem bei dem ganzen Gesindel, daß sich zur Zeit in der Stadt herumtreibt. Diese Slums sind wie ein Dschungel. Wer sich darin nicht auskennt, der ist verloren.«

»Und du wirst uns vor diesen Gefahren beschützen?« Es gelang Aylon nicht, seine Stimme so spöttisch klingen zu lassen, wie er wollte, und sein Lächeln fiel reichlich gequält aus.

»Das werde ich.« Marco nickte. Sein Gesicht war plötzlich sehr ernst. »Nicht ich allein, aber ich habe Freunde. Viele Freunde. Ich kenne jeden, der in diesem Viertel wohnt, und jeder kennt mich. Wir können uns aufeinander verlassen. Selbst wenn ich eine ganze Kiste voll Gold hätte, könnte ich sie offen hier stehen lassen, ohne daß jemand mir auch nur eine Münze stehlen würde.«

»Darauf würde ich es nicht unbedingt ankommen lassen«, entgegnete Aylon. »Aber wenn du sagst, daß wir hier sicher sind, müssen wir dir wohl glauben.« Er trat auf den Tisch zu und prüfte zunächst die Stabilität eines der Stühle, bevor er sich setzte.

Floyd setzte sich ebenfalls, und als ihr klar wurde, daß niemand ihren Protest beachtete, folgte ihnen auch Flair.

Marco öffnete eine Truhe an der Wand. Er stellte zwei Flaschen Wein und einige zerbeulte Zinnbecher auf den Tisch. »Ich nehme an, ihr werdet vor allem durstig sein. Etwas zu essen besorge ich später.«

Floyd nickte. Er ergriff die Flaschen, entkorkte sie mit den Zähnen und schenkte ein. Erst nachdem er einen Schluck getrunken hatte, merkte Aylon, wie durstig er wirklich war. Er leerte den Becher in einem Zug und schenkte sich sofort nach. Der Wein war herb, jedoch nicht bitter, und er löschte hervorragend den Durst. Sogar Flair trank, ohne eine gehässige Bemerkung darüber zu machen.

»Erzähl mir mehr von diesem Scruul«, bat Aylon, nachdem er auch den zweiten Becher zur Hälfte geleert hatte.

»Ich habe doch schon gesagt, daß ich kaum etwas über ihn weiß.« Marco zuckte erneut mit den Schultern. »Ich habe Gerüchte aufgeschnappt, aber das hat nicht viel zu bedeuten.

Manche widersprechen einander sogar. Niemand scheint Genaueres über ihn zu wissen.«

»Immerhin sind seinetwegen offenbar eine Menge Menschen nach Therion gekommen«, wandte Floyd ein. »Und das aus vielen Ländern. Es muß sich also weit herumgesprochen haben, daß er Leute sucht und ihnen etwas zu bieten hat. Und er muß sehr viel versprechen, damit so viele kommen. Soweit ich die Leute gesehen habe, gehören sie nicht gerade zu denen, die sich für hehre Ideale begeistern lassen. Sie sind Söldner und Glücksritter, und sie wollen Geld sehen, wenn sie irgendwo hinkommen.«

»Das bezahlt Scruul ihnen auch«, bestätigte Marco. »Anfangs kamen nur wenige. Als die ersten von ihnen eintrafen, habe ich mit einigen gesprochen und versucht, durch sie etwas herauszubekommen.« Er lächelte. »In Therion kann es manchmal lebenswichtig sein, möglichst viel zu wissen. Aber auch sie konnten mir kaum etwas sagen, sondern hatten nur gehört, daß hier Leute gesucht und gut bezahlt werden. Und das hat Scruul auch getan: Er gab jedem von ihnen Geld, und zwar so viel, daß sich sein Ruf noch schneller verbreitet hat. Sobald genug zusammen sind, schickt er wieder eine Gruppe von ihnen über den Luyan Dhor, und was dann mit ihnen geschieht, weiß ich nicht. Niemand weiß es, denn bislang ist noch keiner zurückgekommen.«

»Und das schreckt niemanden ab, ihnen zu folgen?« Ungläubig verzog Floyd das Gesicht.

»Offenbar nicht. Scruul scheint eine gute Erklärung dafür parat zu haben.«

»Wer oder was ist dieser Scruul denn eigentlich?« fragte Aylon. »Stammt er von hier, oder ist er auch erst hergekommen? Und was ist das für eine sonderbare Bruderschaft, der er vorsteht?«

»Ich habe wirklich keine Ahnung«, wiederholte Marco. Er hatte seinen Becher ergriffen und drehte ihn zwischen den Fingern hin und her, trank aber nicht. »Vor ein paar Monaten habe ich zum ersten Mal von ihm gehört. Aber das muß nicht heißen, daß er nicht schon vorher hier war. Es gibt zahlreiche Sekten in Therion, und jeden Tag werden neue gegründet, weil wieder einer auf die einzig wahre Lehre für das Heil der Menschheit gestoßen ist. Oder es hat einfach nur wieder jemand einen neuen Gott erfunden, das ist dasselbe. Die Bruderschaft hat ein Haus im Stadtzentrum zu ihrem Tempel erklärt. Scruul ist das Oberhaupt der Priester, aber niemand, mit dem ich gesprochen habe, hat ihn jemals persönlich gesehen. Er verbirgt sich stets in einer dunklen Kutte. Vielleicht ist er selbst nur eine Erfindung, ein Schatten. Oder es handelt sich um mehrere Menschen, die unter seinem Namen auftreten.« Marco stellte seinen Becher auf den Tisch zurück. »Wieso interessiert ihr euch eigentlich so dafür?« Etwas von seinem anfänglichen Mißtrauen kehrte in seinen Blick zurück. »Ich denke, ihr habt mit dieser Bruderschaft nichts zu tun?«

»Haben wir auch nicht«, versicherte Aylon rasch. Er rang einen Augenblick mit sich, dann entschloß er sich, die Karten offen auf den Tisch zu legen. Schließlich hatten sie nichts zu verbergen. »Wir wollen ebenfalls nach Sharolan«, erklärte er. »Allerdings aus anderen Gründen, die nur mich persönlich betreffen. Aber du kannst dir bestimmt vorstellen, daß es mich etwas irritiert, wenn innerhalb so kurzer Zeit Tausende von Menschen ausgerechnet dorthin geschickt worden sind, wo es angeblich nichts außer Staub und Geröll geben soll.«

»Kann ich«, bestätigte Marco. »Aber ich kann mir beim besten Willen *nicht* vorstellen, was halbwegs vernünftige Menschen, die ihr ja zu sein scheint, dazu bringen kann, freiwillig nach Sharolan zu reisen. Du hast es selbst gesagt, es ist nichts weiter als eine Wüste. Staub und Steine, so weit das Auge reicht.«

»Das ist ... eine komplizierte Geschichte«, antwortete Aylon ausweichend. »Und wohl auch nicht besonders interessant.«

»Es geht mich ja auch nichts an. Ihr müßt schließlich selber wissen, was ihr tut. Aber ihr habt doch wohl nicht vor, zu Fuß durch Sharolan zu reisen? Und wie wollt ihr allein über den Luyan Dhor kommen?«

»Wir werden uns morgen einen Führer suchen«, erwiderte Floyd. »Und Pferde dürfte es hier ja wohl zu kaufen geben.«

Zweifelnd wiegte Marco den Kopf hin und her. »Seid euch da nicht zu sicher, mit beidem nicht. Pferde sind in Therion zur Zeit genauso Mangelware wie freie Unterkünfte. Scruuls Schergen kaufen jedes Tier, das sie bekommen können.«

»Aber über den Luyan Dhor wird uns wohl jemand führen können?« hakte Aylon nach. »Ich glaube kaum, daß Scruul auch jeden Einwohner angeheuert hat, der den Weg kennt.«

»Darum geht es nicht. Aber auch ihr dürftet schon gemerkt haben, daß der Winter dicht bevorsteht. Jeden Tag kann es zu schneien anfangen, und wenn die Pässe einmal zu sind, gibt es auch keine Möglichkeit zur Rückkehr. Ihr habt in Sharolan vielleicht etwas zu erledigen, aber keinem Führer würde es gefallen, mehrere Monate dort gefangen zu sein. Genau diese Gefahr droht nämlich. Es mag zwar viele Dummköpfe in Therion geben, aber so verrückt dürfte kaum jemand sein. Ihr könntet euch höchstens Scruul und seinen Leuten anschließen. Sie wollen übermorgen aufbrechen.«

Hastig schüttelte Aylon den Kopf. »Ich habe keine Lust, mich in die Angelegenheiten irgendwelcher Fanatiker verwikkeln zu lassen«, sagte er. »Wenn dieser Scruul wirklich so viele Leute braucht, wird man uns kaum so ohne weiteres wieder gehen lassen, sobald wir die andere Seite des Gebirges erreicht haben.«

»Ihr müßt selber wissen, was ihr tut«, sagte Marco noch einmal. Er stand auf und trat an eines der zum Teil mit Brettern vernagelten Fenster, durch die kaum noch Licht hereinfiel. Es hatte zu dämmern begonnen, und im Inneren des Zimmers war es so dunkel geworden, daß sie einander kaum noch erkennen konnten. Der Junge blickte einige Sekunden ins Freie hinaus, dann drehte er sich wieder um, entzündete eine Kerze und stellte sie auf den Tisch. »Ihr wollt euch wahrscheinlich ausruhen. Wartet einen Augenblick. Ich richte euch einen Platz zum Schlafen her.«

Er trat in ein Nebenzimmer, und sie hörten ihn dort rumoren. »Fertig«, verkündete er kurz darauf und tauchte wieder im Türrahmen auf. »Mehr kann ich euch leider nicht bieten, aber für eine oder notfalls zwei Nächte wird es wohl reichen.«

Sie standen auf und sahen sich das Zimmer an. Es befand sich eine Menge Gerümpel darin, das Marco in einer Ecke gestapelt hatte, um dafür einige Strohmatten, alte Pferdedecken und Kissen auf dem Boden auszubreiten.

»Möchtest du für diesen ungeheuren Luxus nicht vielleicht noch ein weiteres Goldstück verlangen?« erkundigte sich Flair höhnisch.

»Das wäre zu überlegen.« Marco tat, als müßte er ernsthaft über den Vorschlag nachdenken. »Ich fürchte nur, das hätte nicht viel Sinn, weil ich es ohnehin nicht bekommen würde.« Er wurde wieder ernst. »Wenn ihr wollt, könnt ihr euch etwas hinlegen. Ich werde in der Zwischenzeit etwas zu essen besorgen und mich bei der Gelegenheit auch gleich mal nach Pferden für euch umhören. Von Zeit zu Zeit verschwinden hier Pferde aus ihrem Stall.« Er zwinkerte ihnen grinsend zu. »Die sind dann günstig für jemand zu kaufen, der die Stadt rasch verläßt, möglichst noch bevor man das Verschwinden der Tiere bemerkt. Ich bin bald zurück.«

Er verließ das Zimmer. Einige Sekunden lang hörten sie noch seine Schritte auf der Treppe, dann war es still.

»Einer von euch hätte mit ihm gehen sollen«, sagte Flair. »Wahrscheinlich kommt er nicht mit einem Braten, sondern mit ein paar seiner Freunde zurück, die genauso gierig auf unser Gold sind. Ihr habt ja deutlich genug mit dem Geldbeutel vor seiner Nase herumgewedelt.«

Aylon erschrak. Was sie sagte, war nicht von der Hand zu weisen. Die Idee, daß Marco mit Verstärkung zurückkehrte, um ihnen kurzerhand die Kehle durchzuschneiden, war ihm vorher nicht einmal gekommen, obwohl die Befürchtung erschreckend nahe lag.

Floyd jedoch schüttelte den Kopf. »Das wird er nicht«, behauptete er. »Er trägt das Zeichen der Diebesgilde an einer Kette um den Hals; ich konnte es vorhin kurz sehen. Mitglieder der Gilde stehlen zwar, aber sie würden niemals jemand gewaltsam berauben oder gar ermorden. Wenn einer von ihnen einem Menschen Gastfreundschaft gewährt, ist er auch für die anderen tabu. Er steht sogar unter ihrem Schutz.«

»Aber Marco ist noch viel zu jung, um einer Gilde anzugehören«, wandte Aylon ein. »Vielleicht hat er das Gildezeichen gestohlen. Oder aber es gehörte seinem Onkel.«

»Niemand würde es wagen, einen solchen Frevel wie den Diebstahl eines Gildezeichens zu begehen«, behauptete Floyd. »Der Betreffende hätte auch nicht lange Freude daran. Und falls es von seinem Onkel stammt, ändert sich für uns dadurch nichts. Der Junge ist stolz darauf, es zu tragen, deshalb wird er auch die Gesetze der Gilde streng befolgen, selbst wenn er ihr vielleicht noch nicht offiziell angehört. Glaubt mir, wir sind sicher hier.« Er deutete auf die Schlafstellen. »Ihr solltet euch wirklich hinlegen. Der Tag heute war anstrengend, und falls wir wirklich Pferde und einen Führer bekommen, wird es der morgige erst recht werden. Also ruht euch lieber aus.«

»Und was ist mit dir?« fragte Aylon.

»Ich bin noch nicht müde. Ich werde warten, bis Marco zurückkommt. Auch wenn ihr ihm nicht vertraut, braucht ihr also keine Angst vor einem Überfall zu haben.«

Flair gähnte. »Wenn du aufpaßt, ist es gut. Ich bin todmüde. Bequem sehen die Decken allerdings nicht gerade aus.« Sie ging zu einem der Lager und setzte sich darauf. »Und stinken tun sie auch.«

»Du wirst schon nicht daran sterben.« Floyd kehrte an den Tisch zurück.

Aylon überlegte einen Moment. Er war ebenfalls müde, fühlte sich aber zu aufgeregt, um schlafen zu können; deshalb entschloß er sich, noch etwas Wein zu trinken. Zudem verspürte er Hunger und wollte warten, bis Marco mit dem versprochenen Essen zurückkam. »Glaubst du, daß wir hier wirklich so sicher sind, wie du gesagt hast, oder wolltest du nur Flair beruhigen?« wandte er sich an den Gaukler, nachdem er sich ebenfalls gesetzt hatte.

»Ich weiß nicht«, antwortete Floyd unschlüssig und erst nach sekundenlangem Zögern. »Was ich gesagt habe, stimmt alles, aber...«

»Aber was?«

»Unsere Bekanntschaft mit Marco scheint ein richtiger Glückstreffer gewesen zu sein, nicht wahr? Etwas Besseres hätte uns kaum passieren können.« Floyd rang sich ein Lächeln ab. »Vielleicht bin ich einfach zu mißtrauisch, aber in letzter Zeit fällt es mir schwer, noch an so etwas wie Glück zu glauben. Außerdem frage ich mich, ob eigentlich wir ihn kennengelernt haben oder nicht vielmehr er uns.«

»Wie meinst du das?«

Floyd winkte ab. »Schon gut, vergiß es. Wahrscheinlich sehe ich wirklich Gespenster. Hast du dir noch einmal durch den Kopf gehen lassen, was wir mit Flair machen sollen?« wechselte er das Thema.

»Ich habe mir durch den Kopf gehen lassen, daß es da nichts mehr zu überlegen gibt«, gab Aylon etwas schärfer zurück. »Was glaubst du eigentlich, was sie ist? Ein mordendes Ungeheuer, das jeden tötet, der sie nur schief ansieht?«

»Wie würdest du es denn sonst nennen?« schnappte Floyd. »Du hast sie doch selbst schon als Ungeheuer bezeichnet. Verdammt, Aylon, das Mädchen ist gefährlich, sieh das doch ein! Hast du schon wieder vergessen, was heute geschehen ist? Sie hat nicht nur die Tempelwächterin getötet, sondern aus purer Rachsucht gleich anschließend ihre eigene Mutter und fünf Unschuldige, die das Pech hatten, mit Shantal zusammen zu sein. Willst du sie dafür auch noch verteidigen?«

»Unsinn«, entgegnete Aylon. »Natürlich will ich das nicht. Aber ich bin der einzige, der Einfluß auf sie hat. Sie mag mich, und ich glaube, daß sie dich auch mag. Sie wird keinem von uns etwas tun. Wenn sie jemals lernen soll, was Recht und was Unrecht ist, dann müssen wir es ihr beibringen.«

»Als ich in Cavillon beschlossen habe, dich zu begleiten, hast du mir nichts davon gesagt, daß ich Lehrer und Kindermädchen für eine elfjährige Massenmörderin spielen soll.«

»Hör endlich auf, sie als Mörderin hinzustellen!« blaffte Aylon wütend. »Ich weiß selbst, was sie gemacht hat. Aber sie wird schon lernen, mit anderen Menschen auszukommen. Sie kann auch Marco nicht ausstehen, und trotzdem hat sie ihn schließlich nicht umgebracht.«

Floyd schwieg einige Sekunden und starrte ihn ausdruckslos an. Dann begannen seine Mundwinkel zu zucken. »Sie kann ihn nicht ausstehen?« wiederholte er. »Man merkt, daß du nichts von Frauen verstehst, Aylon, nicht einmal von kleinen Mädchen.« Er schüttelte den Kopf und konnte das Lachen nicht mehr unterdrücken. »Sie mag ihn, das ist ja gerade der Witz, sie mag ihn. Gerade deshalb verhält sie sich ja so. Irgendwann wirst auch du lernen, das zu verstehen.«

»Es sind gute Tiere«, versicherte Marco. »Ausdauernde Steppenponys aus den Hochebenen von Miirn, keine klapprigen Ackergäule, wie man sie hierzulande findet. Sie sind wie geschaffen für einen Ritt durch die Wüsten Sharolans. Und es wird nicht ungefährlich werden, sie zu stehlen. Ein Goldstück für jedes Tier ist wirklich ein angemessener Preis.«

»Nein«, antwortete Floyd ruhig, ohne von seinem Essen aufzublicken. Er biß herzhaft in einen Kanten Brot und griff nach einer weiteren Scheibe Braten, die er sich ebenfalls in den Mund stopfte, dann kaute er in aller Ruhe und spülte mit einem Schluck Wein nach, bevor er weitersprach. »Ich weiß nicht, für wen du uns hältst, aber so reich sind wir nun auch wieder nicht. Für alle drei Pferde zusammen ist ein Goldstück noch zu viel.«

»Anderswo vielleicht«, widersprach Marco hitzig und strich sich mit der Hand durch den schwarzen Lockenschopf. »Aber nicht in Therion. Es gibt nirgendwo in der Stadt Pferde zu kaufen, und billiger schon gar nicht.«

»Das hast du schon einmal gesagt«, entgegnete Floyd ungerührt. »Aber wir lassen uns von dir nicht länger ausbeuten. Notfalls stehlen wir uns selber ein paar Pferde. Du bist nicht der einzige, der etwas davon versteht, weißt du?«

Aylon hörte dem Wortgefecht nicht weiter zu. Marco hatte ihnen reichlich Brot, Fleisch und Früchte gebracht. Zum ersten Mal seit seinem Aufbruch aus Cavillon hatte Aylon sich wieder richtig satt essen können. Er hatte so viel in sich hineingestopft, daß ihm fast schlecht wurde, da sein Magen solche Mengen nicht mehr gewöhnt war. Das Essen und der Wein ließen ihn träge werden, schläfrig. Seine Müdigkeit kehrte mit Macht zurück, und es fiel ihm mit jeder Minute schwerer, die Augen offen zu halten; seine Gedanken begannen sich zu verwirren. Schließlich stand er von seinem Stuhl auf. »Ich lege mich ein paar Stunden hin«, erklärte er gähnend und ging ins Nebenzimmer, wo er sich auf einer der freien Schlafstellen ausstreckte. Obwohl er sich fast lautlos bewegte, hörte ihn Flair und schrak hoch, ließ sich aber beruhigt zurücksinken, als sie ihn erkannte. Nach wenigen Sekunden verkündeten ihre regelmäßigen, tiefen Atemzüge, daß sie wieder eingeschlafen war.

Aylon versuchte, es sich einigermaßen bequem zu machen. Die Pferdedecken waren verschlissen, und Motten hatten faustgroße Löcher hineingefressen; zudem – damit hatte Flair völlig recht – stanken sie gotterbärmlich. Er bemühte sich, den Gestank nicht zu beachten, und kämpfte gegen den Ekel an, als er sich bis zum Kinn zudeckte. Er schloß die Augen, doch jetzt, da er lag, war seine Müdigkeit plötzlich wie weggeblasen.

Staubkörner tanzten im Mondlicht, das in silbrigen Bahnen ins Zimmer fiel und helle Flecken auf Boden und Wände malte. Aylon verschränkte die Hände hinter dem Kopf und starrte zur Decke hinauf. Im Nebenzimmer stritten Floyd und Marco sich weiter um den Preis für die Pferde.

Es dauerte geraume Zeit, bis Aylon schließlich in einen leichten Schlummer sank, aus dem ihn jedoch nach einer Weile ein Geräusch aufschrecken ließ. Viel Zeit konnte nicht vergangen sein, denn er verspürte keine Benommenheit, wie sie nach längerem oder tiefem Schlaf auftritt, statt dessen war er augenblicklich hellwach. Das Geräusch wiederholte sich, und nun erkannte er, daß es sich um einen Pfiff außerhalb des Hauses handelte, der nach wenigen Sekunden aus einer anderen Richtung beantwortet wurde.

»Was ist das?« flüsterte Flair.

»Weiß ich auch nicht.« Aylon schlug die Decke zurück und stand auf. »Ich werde nachsehen«, sagte er und ging ins Nebenzimmer. »Was bedeutet –«

Marco eilte an ihm vorbei in die Halle hinaus und rannte die Treppe hinunter, ohne ihn zu beachten. Er war sichtlich aufgeregt.

»Es ist ein Alarmsignal«, erklärte Floyd an seiner Stelle. »Auf diese Art warnen sie einander, wenn Gefahr droht. Wir sollten hier warten.«

Kurz darauf kam Marco wieder ins Zimmer gestürmt. Sein Gesicht trug deutliche Anzeichen von Schrecken. »Wir müssen weg«, keuchte er atemlos. »Scruul und seine Leute sind ... sie sind auf dem Weg hierher. Sie suchen euch.« Mühsam schnappte er nach Luft. »Sie haben ... das ganze Viertel umstellt und durchkämmen es Haus für Haus.«

»Woher willst du wissen, daß sie ausgerechnet uns suchen?« fragte Aylon.

»Sie haben überall nach euch gefragt. Scruul selbst führt sie an, und sie machen nicht den Eindruck, als ob sie nur freundlich mit euch reden wollten. Kommt! Wir haben keine Sekunde zu verlieren. Es sind viel zu viele, als daß meine Freunde sie aufhalten könnten.«

Aylon schluckte die zahlreichen Fragen hinunter, die ihm auf der Zunge brannten. Zum Reden war später noch Zeit. Sie folgten Marco die Treppe hinunter und aus dem Haus, allerdings durch eine andere Tür, als sie hereingekommen waren, und sie gelangten in eine schmale Gasse. Stimmengewirr, Rufe, Jammern, Schreie, vereinzelt das Klirren von Waffen oder das Bersten von Holz, dazwischen immer wieder laute Befehle erfüllten die Luft. Scruuls Häscher waren bereits nah, erschreckend nah. Die Befehle klangen höchstens ein Dutzend Schritte entfernt auf. Fackelschein erhellte die Häuserwände.

»Hier lang, auf die Mauer«, zischte Marco ihnen zu. Er half ihnen hinaufsteigen, indem er die Hände zusammenlegte, so daß sie hineintreten konnten und die Mauerkrone erreichten.

Aylon und Floyd kletterten als erste, dann hob Marco Flair hoch, bis sie ihre Arme packen und sie zu sich hochziehen konnten. Zum Schluß folgte ihnen Marco, indem er geschickt wie ein Äffchen jede Vertiefung und jeden noch so winzigen Vorsprung in der Wand ausnutzte.

Die Mauer war gut einen halben Meter breit, so daß sie keine Schwierigkeit hatten, darauf entlangzugehen. Schwieriger wurde es erst, als sie eine Hauswand erreichten und auf einem wesentlich schmaleren Sims weiterbalancieren mußten. Unter ihnen erstreckte sich ein kleiner Platz, von dem zahlreiche Gassen abzweigten.

Sie umrundeten die Ecke des Hauses im gleichen Augenblick, in dem drei, vier Meter unter ihnen Männer mit Schwertern und Fackeln auf den Platz liefen. Einige von ihnen hackten auf eine Holztür ein, die ihrem Ansturm nur wenige Sekunden widerstand. Ein scharfer Befehl ertönte, und die Männer drangen in das Haus ein. Aylon, der als letzter ging, blieb kurz stehen und sah sich um.

Der Mann, der die Befehle gab, stand etwas abseits von den anderen. Eine unheimliche, fast sichtbare Aura von Düsternis schien ihn zu umgeben, aber dieser Eindruck entstand nicht allein durch die schwarze, bis auf den Boden reichende Kutte, die er trug und die auch sein Gesicht unter einer hochgeschlagenen Kapuze verbarg. Aylon zweifelte keine Sekunde daran, daß es sich um Scruul handelte. Er tastete nach den mentalen Impulsen der Gestalt, konnte aber nichts wahrnehmen. Offenbar wurden sie von denen der Menschenmenge überlagert.

Scruuls Kopf ruckte plötzlich herum, genau in Aylons Richtung. Ihre Blicke kreuzten sich, und obwohl Aylon die Augen des anderen inmitten der wogenden Schwärze unter der Kapuze nicht sehen konnte, hatte er das Gefühl, innerlich zu Eis zu erstarren. Eine Woge abgrundtiefen Hasses schlug ihm entgegen. Wie gelähmt starrte er auf den Platz hinab, und auch

Scruul beschränkte sich darauf, regungslos zu ihm heraufzublicken, ohne seine Anhänger auf ihn zu hetzen. Das stumme Duell dauerte nur wenige Sekunden, doch Aylon hatte das Gefühl, als verginge eine Ewigkeit.

Es endete erst, als einer von Scruuls Schergen ihn zufällig auf dem Sims entdeckte. »Da sind sie!« brüllte der Mann und deutete in seine Richtung.

Der Ruf brach den Bann. Aylon erwachte endlich aus seiner Erstarrung, löste den Blick von Scruul und blinzelte benommen. Gleich darauf erkannte er die Gefahr, in der er schwebte, sprang mit einem verzweifelten Satz vorwärts und hastete um die Hausecke und damit zumindest für den Augenblick aus dem Blickfeld des aufgestachelten Mobs. Wo er gerade noch gestanden hatte, prallte ein Wurfdolch klirrend gegen die Wand.

»Komm endlich, du Idiot!« fauchte Marco Aylon an. »Warum hast du nicht gleich nach ihnen gerufen, um sie auf uns aufmerksam zu machen?« Über eine Metalleiter begann er in einen Hof hinabzuklettern, wo Flair und Floyd bereits warteten.

Aylon schluckte die Beleidigung ohne Widerspruch. Er wußte selbst, daß er dumm gehandelt und sie alle unnötig in Gefahr gebracht hatte. Hinter ihm streckten bereits die ersten von Scruuls Häschern ihre Köpfe über die Mauer, und er vergeudete keine Zeit damit, Marco zu folgen. Er sprang.

Der Aufprall traf ihn wie der Hieb eines zornigen Gottes, riß ihm die Beine unter dem Leib weg und ließ ihn nach vorne stürzen. Er schrie auf und versuchte mit federnden Knien die ärgste Wucht abzufangen und den Schwung, der ihn vorwärts riß, in eine Rolle zu verwandeln, wie er es einmal bei Floyd gesehen hatte, aber es mußte wohl einen Trick dabei geben, den er nicht kannte, denn alles ging so blitzschnell, daß er nicht einmal dazu kam, seinen Körper zusammenzukrümmen, geschweige denn, sich elegant abzurollen. Statt dessen schlug er der Länge nach auf die Pflastersteine und schaffte es nur knapp, seinen Kopf mit den Unterarmen zu schützen.

»Hast du dich verletzt?« fragte Floyd besorgt und ging neben ihm in die Hocke. Vorsichtig richtete sich Aylon auf und bewegte Arme und Beine. Zwar hatte er zahlreiche Abschürfungen und Prellungen davongetragen, aber wie durch ein Wunder schien nichts verstaucht oder gar gebrochen zu sein. Er schüttelte den Kopf und ließ sich von Floyd auf die Beine helfen.

»Dieser Narr will sich offenbar mit aller Gewalt umbringen«, stieß Marco hervor. »Kommt lieber und helft mir!« Er stand in der hintersten Ecke des Hofes und zerrte an einem Eisenring im Boden. Mit vereinten Kräften wuchteten sie eine runde Steinplatte zur Seite. Darunter führte ein Schacht in die Tiefe. Eiserne Sprossen waren in die Wände eingelassen. Ein unbeschreiblicher Gestank schlug ihnen entgegen.

»Da sollen wir hinunter?« fragte Flair entsetzt. »Wo kommen wir da überhaupt hin?«

»In die Kanalisation. Aber wenn dir das zu schmutzig ist, kannst du gerne hier bleiben und auf Scruul warten«, entgegnete Marco grob.

Flair biß die Zähne zusammen und maß ihn mit einem wütenden Blick, aber auch sie erkannte den Ernst der Situation und verzichtete auf Nörgeleien.

Marco kletterte bereits mit den Beinen voran in das Loch hinab. »Floyd, du kommst als letzter nach«, bestimmte er. »Jemand muß versuchen, den Deckel wieder einigermaßen in seine alte Lage zu ziehen, und du bist am stärksten.«

Das Gröhlen der Söldner klang bereits wieder bedrohlich nahe. Nach Marco und Flair stieß Aylon als dritter in den Schacht, unmittelbar gefolgt von Floyd. Stein scharrte über Stein, aber nur kurz. »Du mußt mir helfen«, preßte Floyd hervor. »Allein kriege ich das verdammte Ding nicht von der Stelle.«

Aylon kletterte wieder ein Stück in die Höhe. Der Schacht war gerade breit genug, daß sie nebeneinander Platz hatten, jeder mit einem Fuß auf der gleichen Sprosse stehend und mit dem anderen frei in der Luft hängend. Gemeinsam zerrten sie mit aller Kraft an dem Deckel, bis dieser endlich knirschend in seine alte Lage glitt. Schlagartig wurde es finster. Aylon kletterte einige Sprossen weit in die Tiefe, dann blieb er stehen und zog das Feuerzeug aus der Gürteltasche. Er drückte auf den Knopf, und gehorsam schoß ein Flämmchen aus der Öffnung, das ausreichte, ihn seine Umgebung erkennen zu lassen.

Der Schacht war nicht besonders tief. Nach wenigen Sekunden war Aylon bei Marco und Flair angekommen, die auf einem schmalen Sims an die Wand gepreßt standen. Neben ihnen floß träge eine schmutzige, stinkende Brühe in einem gemauerten Bett dahin. Die Luft war feucht und stickig. Kalk und Salpeter glitzerten als weißes, flockiges Gespinst an den Wänden. Wenigstens war die gewölbte Decke hoch genug, daß sie aufrecht stehen konnten.

In einem Halter an der Wand steckten mehrere Fackeln. Marco ergriff eine davon und entzündete sie an der Flamme, die direkt aus Aylons Hand zu lodern schien. Marco war nicht allzu sehr darüber verwundert; anscheinend führte er das Licht auf ein Pulver zurück, wie es manche Trickkünstler bei Jahrmarktsvorstellungen verwendeten. Auch Floyd zündete sich eine Fackel an, dann ließ Aylon das Feuerzeug verlöschen. Maziroc hatte ihn darauf hingewiesen, daß die brennbare Flüssigkeit im Inneren bei häufigem Gebrauch irgendwann aufgebraucht sein würde.

»Kennst du dich hier unten aus?« erkundigte sich Floyd, während sie über den schmalen Sims balancierend weiter vordrangen.

»Natürlich«, gab Marco zur Antwort. »Wenn man lebt wie wir, kann es immer mal passieren, daß man dringend einen Fluchtweg braucht. Was glaubst du wohl, warum die Fackeln griffbereit neben dem Einstieg steckten? Früher einmal hat die Diebesgilde weite Teile der Kanalisation beherrscht, aber es ist sinnlos geworden, seit immer mehr Stadtviertel verlassen werden. Mittlerweile kommen wir nur noch gelegentlich hier herunter.«

»Wie weit müssen wir denn?« fragte Flair kläglich.

Aylon begriff, daß es nicht nur Getue war. Als Waldbewohnerin hatte sie ihr ganzes Leben im Freien oder in offenen, luftigen Hütten verbracht, und deshalb hatte sie unter dem Gestank hier besonders zu leiden. Ihm selbst erging es jedoch kaum besser. Er mußte seinen Ekel gewaltsam niederringen. Leichter Schwindel befiel ihn. Es war nicht allein der Fäkaliengeruch, der ihm zu schaffen machte. Die Luft war voll von zum Glück nicht brennbaren Fäulnisgasen, die sich schwer auf ihre Lungen legten und jeden Atemzug zur Qual machten.

»Nicht sehr weit«, versicherte Marco. »Wir müssen nur aus diesem Viertel heraus, dann können wir an die Oberfläche zurückkehren. Es wäre zwar sicherer, hier unten bis zum Rand der Stadt weiterzugehen, aber ich fürchte, das würdet ihr nicht durchhalten. Beim ersten Mal ist es besonders schlimm. Später gewöhnt man sich etwas daran.«

»Sehr tröstlich«, murmelte Floyd. »Aber ich habe nicht vor, öfters hier herunterzukommen.«

Sie gelangten an eine Abzweigung und bogen nach rechts in einen ausgetrockneten Kanal ein. Der Gestank war hier nicht mehr ganz so schlimm, und obwohl sie weiterhin auf dem Sims an der Wand entlanggingen, brauchten sie wenigstens keine Angst mehr zu haben, bei einem Fehltritt in der Kloake zu landen. Sie konnten wieder etwas freier atmen und kamen schneller als bisher voran.

Ein Scharren und Rascheln erfüllte den Stollen, untermalt von einem gelegentlichen Quiepen, und von Zeit zu Zeit sahen sie sogar einige der Ratten, die nicht schnell genug vor dem Lichtkreis der beiden Fackeln zurückwichen. Mit schrillem Pfeifen protestierten die grauen Nager gegen die Eindringlinge.

»Vor denen braucht ihr keine Angst zu haben«, sagte Marco. »Die Biester wollen nur ihre Ruhe haben, die tun uns nichts.«

»Hoffentlich wissen sie das auch«, versuchte Aylon einen Scherz, doch niemand lachte.

Nach einer Weile gelangten sie an eine Stelle, wo wiederum

eiserne Sprossen in die Wand eingelassen waren – offenbar ein Ausstieg.

»Schafft ihr es noch ein Stück weiter?« erkundigte sich Marco. »Ich weiß nicht, wie weitläufig Scruuls Häscher das Gebiet abgesperrt haben. Es sind nur ein paar hundert Schritte bis zum nächsten Ausstieg.«

Er blickte beim Sprechen vor allem Flair an. Sie rang einen Augenblick mit sich, dann nickte sie tapfer. Damit war die Entscheidung gefallen. Aylon lächelte ihr aufmunternd zu. Seine und Floyds Zustimmung war nur noch eine Formsache.

Sie folgten dem Jungen einige weitere Minuten durch die Stollen der Kanalisation. Verzerrt und unheimlich hallten ihre Schritte von den Wänden wider. Manchmal war in der Ferne das Rauschen von Wasser zu hören. Marco hatte recht gehabt, als er sagte, daß man sich an den Gestank gewöhne, aber das galt nicht für die mit Fäulnisgasen erfüllte Stickluft, die auch jetzt noch das Atmen zur Qual werden ließ. Aylons Schwindelgefühl verstärkte sich mit jedem Schritt etwas mehr, und seine Beine schienen so weich zu werden, daß er Zweifel hatte, ob sie ihn noch weiter tragen oder einfach unter ihm einknikken würden. Der anfangs nur dumpf spürbare Durck hinter seinen Schläfen hatte sich mittlerweile zu einem bohrenden Kopfschmerz ausgewachsen. Einige Male sah er rote Kreise vor seinen Augen tanzen, ohne daß er zu sagen wußte, ob sie von der schlechten Luft herrührten oder von dem blendenden Licht von Marcos Fackel.

Vor ihm geriet Flair plötzlich ins Taumeln. Sie mußte sich mit den Händen an der Wand abstützen; trotzdem hätte sie wahrscheinlich das Gleichgewicht verloren und wäre gestürzt, wenn er nicht rechtzeitig zugepackt und sie festgehalten hätte. Ihr Gesicht war rot angelaufen. Sie schnappte nach Luft, aber nach einigen Sekunden beruhigte sich ihr Atem wieder etwas.

»Alles in Ordnung?« fragte Aylon.

Flair nickte. »Mir war schwindelig«, sagte sie. »Und dann ... Mir ist plötzlich schwarz vor den Augen geworden.« Sie lächelte gequält. »Es geht schon wieder.«

»Kommt weiter«, trieb Marco sie an. »Keine fünfzig Meter mehr, dann sind wir am Ausstieg.«

Er hatte nicht übertrieben. Nachdem sie sich einige Dutzend weitere Schritte vorangequält hatten, erreichten sie erneut einen Schacht mit Sprossen an der Wand. Marco, dem der Marsch durch die Kanalisation am wenigsten ausgemacht hatte, stieg als erster hinauf und schob den steinernen Deckel zur Seite. Frische Luft strömte in den Schacht. Gierig sog Aylon sie ein. Er hatte das Gefühl, zum ersten Mal wieder richtig durchatmen zu können. Einen Augenblick verstärkte der Sauerstoff sein Schwindelgefühl noch. Er kletterte ins Freie und schaute sich um.

Sie befanden sich am Ende einer menschenleeren Sackgasse. Die Gegend sah genauso heruntergekommen aus wie das Viertel, in dem Marco wohnte. Mit seinen magischen Fähigkeiten lauschte Aylon in die Umgebung, konnte aber keine mentalen Impulse auffangen. Es hielt sich niemand in ihrer Nähe auf.

Mit in die Hüften gestemmten Fäusten baute sich Marco vor Floyd und Aylon auf und blickte sie herausfordernd an. »Was ist nun?« fragte er. »Ein Goldstück je Pferd, oder wollt ihr zu Fuß weiter?«

»Ich wußte, daß du ein mieser kleiner Erpresser bist«, knurrte Floyd.

»Aber, aber.« Mit gespielter Kränkung verzog Marco das Gesicht. »Ist das der Dank dafür, daß ich euch gerettet habe? Freut euch lieber, daß ich dafür nichts von euch verlange. Und entscheidet euch endlich, ob ihr die Pferde nun wollt oder nicht.«

»Also schön«, gab Floyd zähneknirschend nach. »Uns bleibt wohl nichts anderes übrig. In der Stadt scheint ein für uns recht ungesundes Klima zu herrschen. Ist wohl besser, wenn wir schnellstens von hier verschwinden.«

»Gut, dann wartet hier«, befahl Marco. Er huschte die Straße entlang und war gleich darauf in einem Durchschlupf zwischen zwei Häusern verschwunden.

»Hast du eine Ahnung, was das alles bedeuten soll?« wandte sich Floyd an Aylon. »Warum läßt dieser Scruul uns jagen? Wir haben schließlich nichts mit ihm zu schaffen.«

»Ich habe ihn gesehen«, berichtete Aylon. »Leider konnte ich sein Gesicht nicht erkennen, da er es unter einer Kapuze verbarg, aber er ist...« Er brach ab und zuckte mit den Schultern. »Ich weiß nicht, wie ich es erklären soll. Scruul ist unheimlich.« Er erinnerte sich daran, daß es ihm nicht gelungen war, die mentalen Impulse des Oberpriesters aufzufangen, und mit einem Mal war er sich gar nicht mehr sicher, daß es nur an den vielen anderen Menschen gelegen hatte. »Irgend etwas stimmt mit ihm nicht«, fuhr er fort. »Als er mich ansah, war ich mir sicher, daß er mich kannte. Und er haßt mich. Ich weiß nicht, warum, aber ich bin sicher, daß es so ist.«

»Und was ist mit dir?« hakte Floyd nach. »Glaubst du, daß du ihm schon einmal begegnet bist? Vielleicht hatte er da einen anderen Namen?«

»Ich konnte nichts von ihm erkennen«, wiederholte Aylon. »Gar nichts. Ich habe nur einen abgrundtiefen Haß gegen mich gespürt, das war alles.« Er machte eine kurze Pause. »Überlegen wir lieber, was wir nun machen«, wechselte er dann das Thema. »Selbst wenn wir die Pferde bekommen, nützt uns das noch nicht viel. Allein kommen wir niemals über den Luyan Dhor.«

»Wahrscheinlich nicht einmal aus der Stadt«, stimmte Floyd zu. »Es gibt nur fünf Tore, und dieser Scruul müßte schon ein ausgesprochener Dummkopf sein, wenn er nicht wenigstens ein paar seiner Anhänger als Wachen dort postiert hat.« Er schüttelte den Kopf.

»Und wenn wir es bis nach Sharolan schaffen, warten dort noch ein paar tausend Schergen«, ergänzte Aylon. »Bei allen Damonen, ich möchte wirklich wissen, was das zu bedeuten hat. Was will er von uns?«

»Unseren Kopf«, erwiderte Floyd trocken. »Aber warum, würde mich auch interessieren. Außerdem gefällt es mir nicht, daß wir so von Marco abhängig sind.«

»Glaubst du, daß er uns verraten wird?« mischte sich Flair ein.

»Dazu hätte er schon vorher Gelegenheit gehabt«, entgegnete Floyd. »Nein, verraten wird er uns wohl auch jetzt nicht. Aber dieser habgierige Raffzahn weiß genau, daß wir ihm auf Gedeih und Verderb ausgeliefert sind. Wenn wir noch länger mit ihm zusammenbleiben, preßt er uns wie Zitronen aus. Wir haben schon jetzt kaum noch Geld. Wenn ich das geahnt hätte, hätte ich heute mittag noch rasch jemanden um seine Börse erleichtert.«

»Wir haben das Geld ohnehin geschenkt bekommen«, sagte Aylon. »Und mehr, als wir haben, kann er uns auch nicht abnehmen.«

»Eben. Ich frage mich nur, was er machen wird, sobald er merkt, daß er uns alles abgeknöpft hat.«

»Ich fürchte, er wird uns sitzen lassen«, bestätigte Aylon Floyds Vermutung. »Das bedeutet aber gleichzeitig, daß er uns so lange hilft, wie wir ihn bezahlen können, auch wenn er etwas anderes behauptet hat.«

»Kann schon sein.« Floyd nickte. »Wir werden ja sehen, mit wie vielen Pferden er zurückkommt.« Leise fügte er hinzu: »Die Frage ist allerdings, ob er es nur des Goldes wegen tut.«

Aylon begriff, daß der Gaukler nur laut gedacht hatte und die Worte nicht für ihn bestimmt waren. Zwar verstand er nicht, was Floyd damit meinte, aber er fragte nicht nach, da er wußte, daß er ohnehin keine Antwort bekommen würde.

Voller Ungeduld warteten sie, bis sie schließlich das Klappern von Pferdehufen vernahmen. Aylon konzentrierte sich. »Er ist es«, sagte er gleich darauf und entspannte sich wieder.

Ein paar Sekunden später kam Marco in die Gasse geritten, drei Pferde am Zügel mit sich führend. »Steigt auf«, stieß er hastig hervor. »Wir müssen weg. In der ganzen Stadt ist ein Chaos ausgebrochen. Scruul läßt überall nach euch suchen. Zum Glück ist es von hier nicht mehr weit bis zum Osttor, und zumindest im Augenblick wird es noch kaum bewacht.«

»Und wohin dann?« fragte Aylon. Er musterte die Pferde. Es

waren wirklich ausgesucht schöne Tiere, wie man sie selten fand, was freilich nichts daran änderte, daß drei Goldstücke einen Wucherpreis darstellten, für den man anderswo eine ganze Herde kaufen konnte. »Es ist wohl kein Zufall, daß du auch für dich ein Pferd mitgebracht hast?«

»Nein«, bestätigte Marco. »Es dürfte besser für mich sein, wenn ich ebenfalls ein paar Tage aus Therion verschwinde.« Er machte eine kurze Pause und ließ seinen Blick von einem zum anderen wandern. »Also gut«, fuhr er dann fort. »Ihr habt euren Dummen gefunden. Ich bin bereit, euch über den Luyan Dhor zu führen. Proviant befindet sich genug in den Satteltaschen. Etwa eine Stunde von hier liegt eine verlassene Hütte. Dort können wir den Rest der Nacht verbringen. Aber jetzt kommt, sonst brauchen wir uns über unser weiteres Schicksal keine Gedanken mehr zu machen.«

»Ich wußte doch, daß wir ihn so schnell nicht wieder los werden«, murmelte Floyd, während sie in den Sattel stiegen, so leise, daß nur Aylon ihn hören konnte. »Er ist eben ein echtes Geschenk des Himmels, nicht wahr?«

Der Luyan Dhor

Die nächsten Tage waren die Hölle.

Trotz der vielen tausend Menschen, die hier in den letzten Monaten entlanggezogen sein sollten, war der Weg kaum als solcher zu erkennen; das Land hatte ihre Spuren so mühelos und vollständig geschluckt, als ob es sie nie gegeben hätte. In zahllosen, scheinbar willkürlichen Kehren und Windungen schraubte sich der Pfad, über den Marco sie trieb, an der Flanke des Luyan Dhor in die Höhe. Die meiste Zeit führte er in beständiger Steigung aufwärts, manchmal für ein Stück fast eben, dann aber wiederum so steil, daß sie aus dem Sattel steigen und ihre Pferde am Zügel führen mußten.

Und dennoch erwies sich die Überquerung des Gebirges als wesentlich leichter, als Aylon befürchtet hatte, geradezu als ein Kinderspiel im Vergleich mit dem, was sie bereits hinter sich hatten. Ausnahmsweise schienen es die Götter einmal gut mit ihnen zu meinen. Der Himmel zeigte sich während der ganzen Zeit von schweren grauen Wolken bedeckt. Aylon hatte das Gefühl, als wären sie ihm bereits ein gutes Stück nähergekommen, denn manchmal hingen die Wolken so tief, daß er glaubte, sie anfassen zu können, wenn er nur die Hand danach ausstreckte.

Aber es schneite nicht, und das war letztlich das einzige, was wirklich zählte. Einige Male schwebten vereinzelte Flokken herab, ansonsten jedoch blieb es trocken.

Am meisten machte ihnen der Wind zu schaffen, der von Norden her über das Gebirge strich und den Frostatem der Eiswüste mit sich trug. Ohne zu erlahmen, schlug er wie mit winzigen, scharfen Krallen nach ihren Gesichtern, voll Wut, wie es schien, als hätte er sich vorgenommen, sie unter allen Umständen dorthin zurückzutreiben, woher sie gekommen waren, oder, wenn das schon nicht gelingen sollte, ihnen das Weitergehen so beschwerlich wie möglich zu machen.

Sie hatten die wenigen Anhänger Scruuls, die das Osttor Therions ohne sonderliche Aufmerksamkeit bewacht hatten, schlichtweg niedergeritten und waren aus der Stadt geflohen. Sorgsam darauf bedacht, daß sie keine Spuren hinterließen, hatte Marco sie zu der Hütte gebracht, wo sie den Rest der Nacht ungestört verbracht und sich von den vorangegangenen Strapazen erholt hatten, bevor sie morgens in aller Frühe zum Luyan Dhor aufgebrochen waren.

Je höher sie den Berg hinaufstiegen, desto tiefer schienen sie in die fremde Welt aus Fels, glitzerndem Eis und Schweigen einzudringen, in die der Winter das Gebirge verwandelt hatte. An vielen Stellen war der Boden von einer hauchdünnen Schicht aus Reif und Eis überzogen, so daß sie aufpassen mußten, wohin sie traten. Die gelegentlich am Wegesrand stehenden Büsche schienen mit Glas bedeckt zu sein und sahen wie

Skulpturen aus, die ein wahnsinniger Künstler nicht bizarrer hätte erschaffen können. In einigen Vertiefungen im Fels war Wasser zu silbrig funkelnden Eisspiegeln gefroren, und dicht neben dem Weg hatte sich ein schmaler Gebirgsbach in einen glitzernden Eisstreifen verwandelt.

Schon seit Stunden hatten sie nicht mehr gesprochen. Aylon war nicht danach zumute, sich zu unterhalten, und er war froh, daß die anderen ebenso wie er schwiegen und nicht durch ihr Reden die majestätische Stille störten, die sie umfing. Selbst das Klirren der Pferdehufe auf dem felsigen oder gefrorenen Boden war ihm anfangs fast wie ein Frevel vorgekommen. Anders als in Mithyr hatte sein Verlangen nach Stille hier jedoch nichts mit Angst zu tun, sondern mit Ehrfurcht. Mithyr war größer gewesen und viel beeindruckender, aber auf eine andere Art. Das Labyrinth war künstlich erschaffen worden, während der Luyan Dhor aus einer reinen Laune der Natur entstanden war. Es schien Aylon, als hätte es erst des Aufstieges auf diesen Berg bedurft, um ihm seine eigene Unwichtigkeit und die der ganzen Menschheit vor Augen zu führen. Diese Welt war den Menschen für eine Weile anvertraut worden, doch anstatt ihre Rolle als Hüter und Beschützer wahrzunehmen, hatten sie sich zu den Beherrschern Arcanas aufgeschwungen. Sie unterwarfen sich die Natur und beuteten sie aus, wie ein Despot seine Sklaven, statt nach einem Leben im Einklang mit ihr zu streben.

Wie schon einmal rief dieser Gedanke in Aylon die Erinnerung an die Damonen wach, die scheinbar aus dem Nichts nach Arcana gekommen waren und in den südlichen Ländern einen gnadenlosen Vernichtungsfeldzug gegen die Menschen führten. Auch jetzt wieder kam es ihm in den Sinn, daß diese möglicherweise nur Handlanger in einem weit größeren Plan waren, den er nicht zu durchschauen vermochte: ein Aufbegehren der Schöpfung gegen den Parasiten Mensch, bevor dieser sie vollends zugrunde richten konnte.

Er vertrieb den Gedanken daran. Im Augenblick gab es für ihn Probleme, die ihm genügend Sorgen bereiteten.

Das Felsgestein war zerklüftet, voller Einschnitte und Öffnungen. Die meisten davon waren nur Löcher, viele kaum kopfgroß, aber einige erweiterten sich im Inneren zu regelrechten Höhlen. In einer davon, die groß genug war, sowohl ihnen wie auch ihren Pferden Platz zu bieten, richteten sie sich am Abend ihr Lager ein, und verbrachten dort, abwechselnd wachend, einigermaßen geschützt vor dem schneidenden Wind die zweite Nacht.

Kurz nach Mitternacht wurde Aylon von Floyd geweckt, um ihn abzulösen. »Du bist dran«, sagte der Gaukler nur und gähnte.

Aylon nickte. Auch er mußte gähnen. Er blinzelte ein paarmal gegen das Licht der Fackel, die das Innere der Höhle wenn schon nicht mit Wärme, so doch wenigstens mit flackerndem Schein erfüllte, fuhr sich mit der Hand übers Gesicht und massierte einige Sekunden lang seine Schläfen. Er hatte das Gefühl, die Müdigkeit wie ein Zentnergewicht in seinem Kopf zu spüren, und hätte alles gegeben, um die Augen wieder schließen und noch einige Stunden liegen bleiben zu können; aber er wußte, daß es den anderen genauso ging, und zwang sich zum Aufstehen.

In einer hinteren Ecke der Höhle, nicht weit von den Pferden, lief ein schmales Rinnsal Wasser über die Felswand und fing sich in einem natürlichen steinernen Becken. Wie durch ein Wunder war es nicht gefroren; es hatte sich nur eine hauchdünne Eisschicht darauf gebildet, die zerbrach, als Aylon die Finger hineintauchte. Er trank ein paar Schlucke, dann schöpfte er sich einige Hände voll des eiskalten Wassers ins Gesicht und spürte, wie seine Lebensgeister allmählich zurückkehrten. »Bis später«, murmelte er und lächelte Floyd zu, der sich bereits hingelegt hatte. Dann schob er die Decke zur Seite, die sie vor den Eingang gehängt hatten, und trat ins Freie.

Es kam ihm vor, als schlüge ihm jemand einen Eisenhandschuh um die Ohren. Hier draußen war es bedeutend kälter als in der Höhle. Es herrschte klirrender Frost, und der Sturm stürzte sich sofort auf ihn, wie ein ausgehungertes Raubtier auf ein Opfer. Der Atem kondensierte vor seinem Mund augenblicklich zu hellen Nebelfähnchen, die vom Wind fortgerissen wurden. Außer Proviant und den Decken waren auch Mäntel unter den Sachen gewesen, die Marco in die Satteltaschen gepackt hatte: dicke, flauschige Capes aus Wolle, aber nicht einmal einer dieser Umhänge bot wirklichen Schutz gegen den Biß des Windes.

Dennoch war es im Freien nicht so schlimm, wie Aylon befürchtet hatte. Vielleicht zehrte er noch von seiner Bettwärme, vielleicht begann sich sein Körper an die allgegenwärtige Kälte zu gewöhnen, so daß er sie kaum noch wahrnahm, oder der für sein Kälteempfinden zuständige Teil seines Gehirns war als erster eingefroren, so daß er sich nur noch wie ein Toter bewegte, der sich einfach zu begreifen weigerte, daß seine Zeit längst abgelaufen war.

Aylon machte eine unwirsche Handbewegung, als wollte er diese Gedanken vertreiben. Es war gefährlich, wenn er sich damit verrückt machte, daß er sich einredete, noch schwächer zu sein, als er es ohnehin schon war.

Der Himmel zeigte sich auch jetzt noch von dicken Wolken verhangen, die sowohl die Sterne wie auch den Mond verbargen. Es war so dunkel, daß er nur wenige Schritte weit sehen konnte. Im Grunde war es Unsinn, überhaupt eine Wache aufzustellen, ein psychologischer Trick, um die jeweils anderen ruhiger schlafen zu lassen, nicht mehr. An Raubtieren gab es hier lediglich vereinzelte Schneekatzen, die sich jedoch ohnehin nie in die Nähe von Menschen wagten, und auch vor Verfolgern brauchten sie keine Angst zu haben. Selbst wenn Scruul seine Häscher hinter ihnen hergeschickt hatte, konnten diese nicht wissen, welchen der zahlreichen Wege den Luyan Dhor hinauf sie gewählt hatten. Darüber hinaus würde es Wochen dauern, jede in Frage kommende Felsöffnung und Höhle zu untersuchen. Die Decke vor dem Eingang hielt die wenige Wärme im Inneren und verhinderte, daß der Wind hineinstrich und daß verräterischer Lichtschein ins Freie drang.

Falls Scruul jedoch über Kräfte verfügte, von denen sie nichts ahnten, und sie wider alle Wahrscheinlichkeit hier aufspürte, machte es keinen Unterschied, ob sie eine Wache aufgestellt hatten oder nicht. Im Dunkel der Nacht sowieso schon nahezu unsichtbar, brauchten sich die Männer nur lautlos anzuschleichen und die Wache zu überwältigen; die anderen waren ihnen in der Höhle ausgeliefert, da es keinen zweiten Ausgang gab.

Aylon ging vor dem Eingang auf und ab, um seine Müdigkeit zu vertreiben und sich durch die Bewegung etwas warm zu halten. Er war der einzige, bei dem eine Wache Sinn hatte, da er bereits von weitem spürte, wenn sich jemand näherte; aber er konnte schließlich nicht die ganze Nacht hindurch wachbleiben und tagsüber reiten.

Hinter ihm bewegte sich der Vorhang, dann trat zu seiner Überraschung Floyd in Decken gehüllt ins Freie. Bevor er etwas sagen konnte, legte der Gaukler warnend einen Finger an die Lippen und bedeutete ihm mitzukommen. Verwundert folgte Aylon ihm. Einige Schritte vom Eingang der Höhle entfernt blieb Floyd stehen. Er lehnte sich gegen einen Felsen, schlang die Arme fest um seinen Körper und massierte sich fröstelnd die Schultern.

»Was soll das?« erkundigte sich Aylon verständnislos. »Warum schläfst du nicht?«

»Weil ich mit dir reden muß«, antwortete Floyd. »Allein. Und das scheint nur noch auf diese Art möglich zu sein. Marco schläft. Ich glaube nicht, daß er mich beim Aufstehen gehört hat, sonst wäre er mir unter Garantie längst gefolgt. Unauffällig belauschen kann er uns hier draußen ja nicht.«

»Ich fürchte, ich verstehe nicht ganz, was du meinst.«

»Hast du denn nicht bemerkt, daß er uns auf Schritt und Tritt folgt? Es ist uns unmöglich, noch ein paar Worte ungestört miteinander zu wechseln, weil er sich entweder sofort dazwischendrängt oder sich so nah bei uns aufhält, daß er jedes Wort versteht.«

Aylon runzelte die Stirn. Nein, es war ihm bislang nicht aufgefallen, aber er hatte auch nicht bewußt darauf geachtet. Es schien ihm ganz normal bei einer so kleinen Gruppe und so mörderischen äußeren Bedingungen, daß sie auf engem Raum zusammenleben und miteinander auskommen mußten. Jetzt allerdings, nachdem Floyd es ausgesprochen hatte, erinnerte er sich, daß sich Marco im Gegensatz zu Flair tatsächlich ununterbrochen in unmittelbarer Nähe von einem von ihnen beiden aufgehalten hatte und nicht ein einziges Mal mehr als ein, zwei Schritte von ihrer Seite gewichen war. Aber auch jetzt fiel es Aylon schwer, dahinter eine bewußte Absicht anstellte von Zufall zu vermuten. »Und warum sollte er das tun?« fragte er.

»Um zu verhindern, daß wir genau das tun, was wir jetzt gerade tun, nämlich über ihn reden«, entgegnete Floyd grinsend. »Je länger ich über alles nachdenke und sein Verhalten beobachte, desto schwerer fällt es mir inzwischen auch, noch an einen Zufall bei unserem Kennenlernen zu glauben.«

»Vergiß nicht, daß wir es waren, die ihn angesprochen haben«, erinnerte ihn Aylon. Er fror, trat von einem Bein auf das andere und raffte das Cape enger um seinen Körper.

»Aber erst, nachdem er fast eine Viertelstunde hinter uns hergelaufen war und uns auf sich aufmerksam gemacht hatte«, konterte Floyd. Er schüttelte den Kopf. »Nein, Aylon, das war kein Zufall. Eine Weile habe ich gedacht, er sei nur hinter dem Geld her gewesen und habe sich deshalb an uns herangemacht, aber dann würde er sich jetzt anders verhalten. Erscheint es dir nicht auch sonderbar, daß er keine Gelegenheit ausgelassen hat, uns zu Wucherpreisen irgend etwas anzudrehen, daß er aber bislang mit keinem Wort darauf eingegangen ist, was er dafür haben will, daß er uns über den Luyan Dhor führt?«

»Das wird schon noch kommen«, murmelte Aylon ohne rechte Überzeugung.

»In diesem Fall wäre er der größte Dummkopf unter der Sonne«, erklärte Floyd. »Und diesen Eindruck macht er eigentlich nicht. Wie soll er noch einen lohnenden Preis verlangen, wenn wir bereits bekommen haben, was wir wollen? Theoretisch könnten wir ihn mit einem Fußtritt davonjagen, sobald wir über die Pässe sind. Und jetzt sag bloß nicht, daß er einfach nicht daran gedacht hat.«

Aylon schwieg ein paar Sekunden und dachte nach. »Das ist für meinen Geschmack alles etwas weit hergeholt«, meinte er schließlich skeptisch.

»So, findest du? Dann halte dir mal die genaueren Umstände unserer Flucht vor Augen. Es war relativ leicht, Scruuls Anhängern zu entkommen, nicht wahr? Ganz entschieden zu leicht für meinen Geschmack. Wir laufen ein Stück durch die Kanalisation und reiten fast unbehindert zum Tor hinaus, während hinter uns einige hundert Söldner die ganze Stadt nach uns absuchen – das darf man niemandem erzählen, so absurd ist das. Und wie lange ist Marco weg gewesen, als wir aus der Kanalisation stiegen? Nicht länger als drei oder, wenn es hochkommt, vier Minuten. In der Zeit hat er nicht nur vier seltene Rassepferde für uns gestohlen, sondern sie auch gesattelt, ihnen Hafersäcke umgebunden und die Satteltaschen mit allen möglichen Sachen vollgepackt, die wir dringend brauchen.« Er streckte die Hand aus und zupfte an Aylons Cape. »Feinster Stoff. Es gibt nur wenige, die sich so etwas leisten können. Solche Mäntel kann man nicht im Vorbeigehen irgendwo stehlen.«

Aylon wich dem Blick des Gauklers aus und fixierte einen imaginären Punkt irgendwo in der Dunkelheit. Etwas in ihm sträubte sich gegen Floyds Worte. Aber einige der Ungereimtheiten waren ihm selbst schon aufgefallen. »Also schön«, murmelte er. »Angenommen, du hast recht, was bezweckt Marco dann deiner Meinung nach damit?«

»Genau das habe ich noch nicht herausbekommen. Mir wäre jedoch wesentlich wohler, wenn ich es wüßte. Ich hatte gehofft, daß dir vielleicht etwas einfällt.«

Wieder schwieg Aylon einen Moment. »Eigentlich gibt es nur zwei logische Erklärungen«, antwortete er dann bedächtig. »Die eine wäre, daß er es nicht mehr für nötig hält, mit uns über Geld zu verhandeln, weil er uns nur aus der Stadt gebracht hat, um uns irgendwo hier draußen in einen Hinterhalt zu locken und auszurauben.«

»Was aber ein gigantischer und vor allem unnötiger Aufwand wäre«, hielt Floyd ihm entgegen. »Das hätte er auch leichter haben können. Warum sollte er uns hier heraufführen, wenn ein paar seiner Freunde uns schon in Therion oder spätestens gestern nacht in der Hütte die Kehle hätten durchschneiden können? Ich glaube, diese Möglichkeit können wir getrost ausklammern.«

»Vermutlich ja«, stimmte Aylon zu. »Sie erschien mir auch nicht besonders überzeugend. Die zweite wäre, daß er uns auch weiterhin begleiten will. Er weiß zwar noch nicht genau, wo wir hin wollen, aber wahrscheinlich hofft er, daß es dort irgend etwas Wertvolles zu holen gibt und auch für ihn etwas abfällt. Schließlich unternimmt niemand eine so schwierige Reise ohne konkreten Anlaß, und es könnte sich für ihn lohnen, mit dorthin zu kommen. All die Männer, die Scruul in den letzten Monaten über den Luyan Dhor geschickt hat, scheinen zusätzlich zu bestätigen, daß sich eine Reise nach Sharolan lohnt.«

»Du sagst es.« Floyd nickte. »Jemandem, der uns nicht kennt, muß so ein Zusammentreffen doch wie ein haarsträubender Zufall erscheinen. Niemand würde uns abnehmen, daß es keine Verbindung zwischen uns und dieser Bruderschaft gibt. Oder würdest du es umgekehrt glauben?«

»Kaum. Die Chance, daß sich zwei Gruppen völlig unabhängig voneinander rein zufällig für ein Land wie Sharolan interessieren, ist in der Tat nicht besonders groß.«

»Eben.« Floyd nickte, bevor er nachdenklich hinzufügte: »Und möglicherweise ist es auch gar kein Zufall.«

Es dauerte ein paar Sekunden, bis Aylon begriff, was der Gaukler mit seiner Andeutung meinte. Er riß die Augen auf. »Das ist...« Hilflos hob er die Arme. »Das... kann nicht sein«, flüsterte er mit rauher Stimme, obwohl er es längst besser wußte. Der Gedanke war so naheliegend, daß er es tief in seinem Inneren wahrscheinlich sogar schon die ganze Zeit gewußt, zumindest aber geahnt hatte; doch wie ein kleines Kind hatte er die Augen vor der Wirklichkeit verschlossen. Etwas in ihm hatte sich schlichtweg geweigert, eine solche Überlegung anzustellen. Das Treiben der Bruderschaft und Scruuls Männer, die zu Tausenden nach Sharolan gezogen waren, das war für ihn eine lästige Behinderung gewesen, aber nichts, das auch nur im entferntesten etwas mit seinem eigenen Ziel zu tun hatte, der Zitadelle seines Vaters.

Nun jedoch waren diese brüchigen, ohne jedes Fundament erbauten Mauern, die nur gestanden hatten, weil er *wollte*, daß sie standen, eingestürzt. Einige wie gleichgültig dahingesagte Sätze Floyds hatten ausgereicht, sie niederzureißen.

Ein betroffener Ausdruck glitt über das Gesicht des Gauklers, als er erkannte, wie sehr seine Worte Aylon getroffen hatten. »Das tut mir leid«, murmelte er und biß sich auf die Lippe. »Ich dachte, auch dir wäre das längst klar geworden.«

»Schon gut«, preßte Aylon hervor. »Ich bin selbst daran schuld. Man kann die Wahrheit nicht dadurch aus der Welt schaffen, daß man sie nicht wahrhaben will und leugnet. Du hast recht, es wäre wirklich ein haarsträubender Zufall.«

»Du hast mir bis jetzt kaum etwas von deinem Vater erzählt«, sagte Floyd.

»Ich weiß selbst kaum etwas über ihn. Deshalb will ich ja zur Zitadelle, oder hast du das schon vergessen?«

»Reg dich nicht gleich auf, das sollte kein Vorwurf sein. Alles, was ich von deinem Vater bis jetzt gesehen habe, ist das Feuerzeug. Wer so etwas ersinnen und anfertigen kann, muß einer sehr hochstehenden Kultur angehören. Sein Wissen dürfte auch das der Ishar und Vingala weit überstiegen haben, und ich glaube nicht, daß er nur so praktische Sachen wie das Feuerzeug besaß. Wenn seine Waffen ebenso gut durchdacht und entwickelt waren ...« Floyd führte den Satz nicht zu Ende, sondern starrte einige Sekunden zu Boden. »Es ist ziemlich vermessen, wenn du dir einbildest, daß du dich als einziger dafür interessierst, auch wenn du allein ein Anrecht auf dieses Erbe hast«, ergänzte er dann.

Aylon war blaß geworden. Der Gedanke, daß das Erbe seines Vaters auch Waffen umfaßte, erschien nur logisch, und über die Vorstellung, daß sie einem fanatischen Sektenführer wie Scruul und seinem angeheuerten Söldnermob oder gar einem Caer-Sharuun, einem Magier des Dunklen Bundes, in die Hände fallen könnten, wagte er erst gar nicht intensiver nachzudenken. »Aber genau aus diesem Grund ist die Zitadelle ein streng gehütetes Geheimnis«, wandte er ein. »Nur Maziroc wußte, wo sie genau liegt, und ich besitze die einzige existierende Karte.« Er klopfte sich gegen die Brust, wo er die Rolle unter seiner Kleidung aufbewahrte. »Außerdem hat Maziroc erzählt, daß die Zitadelle geschützt wird.«

»Wozu sollte Scruul auch sonst so viele Leute anwerben? Entweder weiß er nicht genau, wo sie liegt, und läßt ganz Sharolan nach ihr absuchen, oder er hat sie zwar schon gefunden, aber sie ist so gut gesichert, daß er eine halbe Armee braucht, um sie zu erobern. Dein Vater dürfte wohl durchaus in der Lage gewesen sein, entsprechend wirksame Verteidigungsmechanismen zu ersinnen.«

»Darüber können wir uns noch Gedanken machen, wenn wir unser Ziel erreicht haben. Vorher hat es wenig Sinn, wenn wir uns über irgendwelche wilden Spekulationen den Kopf zerbrechen«, blockte Aylon das Gespräch ab. Er wollte nicht länger über die Zitadelle sprechen und darüber, ob sie auch Scruuls Ziel war. Zunächst einmal mußte er sich selbst mit dem Gedanken vertraut machen, daß es möglicherweise jemanden gab, der ihm das Erbe seines Vaters streitig zu machen versuchte und offenbar bereit war, bis zum Äußersten zu gehen, um zu verhindern, daß er die Zitadelle erreichte. Scruuls Vorgehen in Therion deutete jedenfalls darauf hin, daß er wenig Skrupel hatte, ihn, Aylon, auch gewaltsam aus dem Weg zu räumen.

Floyd verstand, daß Aylon nicht darüber reden wollte. »Laß dir noch einmal in Ruhe durch den Kopf gehen, was ich gesagt habe«, bat er, dann schüttelte er sich. »Eine verdammte Kälte ist das! Ich habe lange genug hier draußen gebibbert. Wird

Zeit, daß ich mich hinlege. Ich möchte morgen früh ausgeruht sein.« Er nahm eine seiner Decken ab und hielt sie Aylon entgegen. »Hier, nimm. Es ist noch kälter geworden als während meiner Wache. Ein erfrorener Wachtposten nutzt uns nicht viel.«

Aylon erkannte die Sorge, die sich hinter den rauhen Worten verbarg. Er lächelte dankbar, griff nach der Decke und schlang sie sich über seinem Mantel um die Schultern.

»Ach ja, was Marco betrifft – ich halte jede Wette, daß er uns nicht nur über den Luyan Dhor führt, sondern unter irgendeinem Vorwand auch in Sharolan weiter bei uns bleiben wird«, fuhr Floyd fort. »Du wirst schon sehen.«

»Einen Augenblick noch«, sagte Aylon hastig, als der Gaukler sich umdrehte und gehen wollte. »Marco dürfte sich darüber klar sein, daß er allein nicht viel gegen uns ausrichten kann, falls wir ihm freiwillig nichts abgeben, wenn wir wirklich auf etwas Wertvolles stoßen. Und genau das hofft er ja. Glaubst du, daß er uns heimlich von seinen Freunden verfolgen läßt?«

»Vielleicht«, murmelte Floyd. Er ging zwei Schritte, blieb stehen und wandte den Kopf. »Vielleicht warten sie aber auch schon in Sharolan auf uns. Es ist doch möglich, daß Scruul die Zitadelle allein nicht findet und nur jemand sucht, der ihn hinführt, nicht wahr?« Bevor Aylon etwas sagen konnte, drehte sich Floyd hastig um und kehrte in die Höhle zurück. Schon nach wenigen Schritten hatte ihn die Dunkelheit verschluckt.

Aylon blieb allein zurück, allein mit seinen Gedanken.

Gegen Mittag des nächsten Tages überschritten sie den Luyan Dhor endgültig. Sie gelangten an eine schmale Schlucht, die sich nach oben hin verbreiterte, ein V-förmiger Einschnitt zwischen zwei der zahlreichen zerklüfteten Gipfel, die zu beiden Seiten in die Höhe strebten, um irgendwo weit über ihren Köpfen hinter einer wattigen Schicht aus Nebel und Wolken in einem Reich aus Eis und ewigem Schweigen zu verschwinden, das den Menschen für alle Zeiten verwehrt bleiben würde. Es gab Legenden, denen zufolge der Luyan Dhor bis in den Himmel reichen sollte, und da er nun schon seit zwei Tagen höher und höher in das Gebirge vordrang, ohne das Gefühl zu haben, den Gipfeln auch nur einen Schritt nähergekommen zu sein, war sich Aylon längst nicht mehr so sicher wie vorher, daß es sich nur um leeres Gerede handelte.

Den Rest seiner Wache hatte er so in Gedanken versunken verbracht, daß er für jeden Angreifer ein leichtes Opfer gewesen wäre, es wahrscheinlich nicht einmal gemerkt hätte, wenn man ihn überwältigt hätte. Auch als Marco ihn nach drei Stunden ablöste, hatte er keinen Schlaf mehr gefunden, weil Floyds Worte ihm keine Ruhe ließen. Als Folge davon war er den ganzen Vormittag über so müde, daß er ein paarmal vor Erschöpfung fast vom Pferd gestürzt wäre.

»Hier müssen wir durch«, erklärte Marco und deutete nach vorn.

Mit einer Mischung aus Achtung und Ehrfurcht, aber auch etwas Angst betrachtete Aylon die Schlucht. Wie alles hier war auch sie gewaltig, wie eigens dafür geschaffen, einem Menschen die eigene Winzigkeit vor Augen zu führen. Es schien, als hätte ein rasender Gott mit einem Axthieb eine tiefe Kerbe in den Berg gehauen und die Gipfel damit gespalten: eine klaffende Wunde im Gestein, die schon lange verschorft war, aber niemals heilen würde. Der Gedanke, durch den hier unten kaum meterbreiten Einschnitt zu reiten, ließ Aylon schaudern. Man brauchte nicht viel vom Kriegshandwerk zu verstehen, um zu erkennen, daß es sich um den idealen Ort für einen Hinterhalt handelte. Scruul brauchte nur zwei seiner Männer hier zu postieren, um eine ganze Armee aufzuhalten, aber selbst wenn es keine Wächter gab, würde eine Durchquerung nicht ungefährlich sein. Das Gestein wirkte brüchig, und der Grund der Schlucht war von lockerem Geröll bedeckt; die meisten Steine oder Felssplitter waren nicht größer als kleine Kiesel, manche aber auch dick wie eine Faust oder noch größer. Bereits das Echo der Pferdehufe mochte ausreichen, einen Steinschlag auszulösen, und wenn nur ein mittlerer Brocken aus entsprechender Höhe herabstürzte und sie am Kopf traf, brauchten sie sich um ihren weiteren Weg zur Zitadelle keine Gedanken zu machen.

»Mußte es denn ausgerechnet dieser Paß sein?« erkundigte sich Aylon nervös. »Ich denke, es gibt mehrere Wege über das Gebirge?«

»Einige Dutzend«, bestätigte Marco. »Aber diesen hier kennen nur wenige, deshalb erschien er mir am sichersten. Seid unbesorgt! Solange ihr nicht lauthals zu schreien anfangt, kann nichts passieren.«

»Dein Wort in Gottes Ohr«, brummte Floyd. »Aber es hat wohl wenig Sinn, wenn wir hier herumreden und noch mehr Zeit verlieren.«

Er lenkte sein Pferd in Richtung der Schlucht. Kurz vor dem Einschnitt des Berges begann es zu scheuen, so daß er es fast mit Gewalt zum Weitergehen antreiben mußte. Marco schloß sich ihm an.

»Na los«, ermunterte Aylon Flair. Sie kauerte im Sattel wie das sprichwörtliche Häufchen Elend. »Müssen wir wirklich da durch?« fragte sie und sah ihn kläglich an.

»Uns wird wohl nichts anderes übrig bleiben, wenn wir nach Sharolan wollen.«

»Und warum müssen wir unbedingt dort hin? Ich mag dieses Land nicht«, stieß Flair hervor. »Ich hasse es! Überall nur toter Stein. Ich will Bäume und Büsche haben, aber der einzige Wald, in dem wir seit unserem Aufbruch waren, war auch...« Sie sprach nicht weiter, und einen Augenblick verengten sich ihre Augen zu schmalen Schlitzen. Aylon begriff, daß sie Mithyr nicht erwähnen wollte, um die Erinnerung nicht wieder heraufzubeschwören.

»Ich fürchte, du wirst Sharolan noch weniger mögen«, sagte er. »Es heißt nicht umsonst Ödland. Aber du hast ja selbst gehört, was Marco darüber erzählt hat. Mehr weiß ich auch nicht.«

»Ich will nicht in dieses Sharolan«, gab sie zurück. »Und deine Zitadelle interessiert mich auch nicht.« Ihre Stimme klang quengelig wie die eines kleinen Kindes. Aber genau das war Flair, wie sich Aylon bewußt machte, auch wenn ihr Aussehen das leicht vergessen ließ. »Warum reiten wir nicht nach Süden? Orban hat gesagt, daß es dort noch andere Nomadenstämme gibt. Bei denen könnten wir bleiben.«

»Dorthin hättest du mit deiner Mutter gehen können, wenn du sie nicht in Mithyr ermordet hättest«, antwortete er hart und preßte die Zähne zuammen. Er wußte, daß er sie quälte, aber auch der schmerzerfüllte Ausdruck, der über ihr Gesicht huschte, vermochte den erneut in ihm auflodernden Zorn und den Schrecken, der mit der Erinnerung zurückkehrte, nicht zu dämpfen. Es ärgerte ihn nur, daß er seine Gefühle nicht unter Kontrolle hatte. Vielleicht war es eine Folge dessen, was in Mithyr mit ihm geschehen war. Zwar glaubte er, wieder normal empfinden zu können, aber ohne eine Möglichkeit zum Vergleich mochte auch das nur Einbildung sein. Aylon zwang sich, nicht weiter darüber nachzudenken. »Los jetzt!« schnappte er. »Oder willst du, daß wir die anderen aus den Augen verlieren?«

»Du bist gemein. Ich verstehe gar nicht mehr, warum ich dir nachgelaufen bin!« stieß Flair hervor, trieb ihr Pferd jedoch gehorsam an. Es wurde ebenfalls unruhig und scheute, als sie es in die Kerbe zwischen den Felswänden trieb, aber ein harter Ruck am Zügel reichte ihr, um es zur Räson zu bringen. Aylon folgte ihr, wobei er wesentlich größere Schwierigkeiten hatte, sein Tier zu bändigen. Er war als Reiter nicht annähernd so geschickt wie sie.

Nach kaum einem Dutzend Metern machte die Schlucht einen Knick und verbreiterte sich dahinter, so daß Aylon seine Angst, zwischen den Wänden zerquetscht zu werden, abschütteln konnte.

Es dauerte nicht einmal zehn Minuten, dann hatten sie den Paß hinter sich gelassen und befanden sich am Osthang des Luyan Dhor. Marco und Floyd erwarteten sie, doch Aylon nahm sie kaum wahr, sondern starrte an ihnen vorbei auf die Landschaft, die sich vor ihm ausbreitete. Er schluckte schwer, blinzelte ein paarmal und strich sich mit den Fingern über die Augen, in der Hoffnung, daß sich alles als eine trügerische Vision herausstellte, aber das Bild blieb.

Sharolan war... ja, dachte er, Sharolan war eine Gruft, ein gewaltiges gemauertes Grab. Natürlich hatte er sich vorher schon eine Vorstellung dessen zu machen versucht, was sie erwartete, und er hatte sich dabei auch bemüht, sich möglichst schlimme Bilder auszumalen, aber die Wirklichkeit übertraf seine Phantasie um Längen. Es sah aus, als wäre das ganze Land bis zum Horizont und darüber hinaus zugepflastert worden. Es lag vollständig unter einer Decke aus Geröll und Steinen begraben. Wohin Aylon auch blickte, bot sich ihm das gleiche Bild.

Eine normale Sandwüste, so trocken und öde sie auch sein mochte, vermittelte immerhin noch einen Hauch von Leben, indem sie alle paar Stunden, spätestens Tage, ihr Aussehen veränderte. Einige wenige Sturmböen reichten meist schon aus, ihr ein völlig neues Gesicht zu verleihen, da der lockere Sand ihnen im Gegensatz zu dem Geröll keinen Widerstand entgegensetzte, sondern sich bereitwillig zu neuen Tälern und Hügeln formen ließ. Eine Sandwüste mochte nach außen hin möglicherweise monoton erscheinen, dabei war sie wandlungsfähig und damit trotz aller Eintönigkeit abwechslungsreich wie kaum eine andere Landschaft.

Sharolan jedoch hatte nicht einmal das zu bieten. Von einigen vereinzelten Geröllhügeln abgesehen, war das Land flach wie ein Brett, so weit das Auge reichte, und selbst diese wenigen dünenartigen Erhebungen schienen die Ebenmäßigkeit der Landschaft nicht zu durchbrechen, sondern eher noch zu unterstreichen. Aylon kamen sie vor wie träge Meereswogen, die mitten in der Bewegung erstarrt und zu Fossilien versteinert waren, um die Jahrtausende unverändert zu überstehen. Das Geröll war von einem dunklen Grau, das irgendwo am Horizont nahtlos mit dem des Himmels verschmolz. Es gab keinerlei Abstufungen; keiner der Steine schien sich in Farbe, Helligkeit oder Maserung von den anderen zu unterscheiden.

Schon nach wenigen Sekunden begann die Landschaft vor Aylons Augen zu verschwimmen, eine umrißlose graue Fläche, die dem Auge nicht den geringsten Anhaltspunkt zum Verharren bot. Auch die fast farblosen Nebelbänke, die vereinzelt über dem Boden hingen, paßten sich der Trostlosigkeit vollständig an. Nirgendwo zeigte sich der geringste abweichende Farbtupfer: keine Spur brauner Erde oder grüner Pflanzen. Aylon war sich beinahe sicher, daß er selbst aus unmittelbarer Nähe nirgendwo auch nur einen einzigen Grashalm zwischen dem Geröll entdecken würde, von anderem Unkraut oder gar einem Busch gar nicht erst zu reden. Es war kein anderes Gebiet vorstellbar, das so bar jeden Lebens war, keine so vollkommene Verkörperung des Todes wie das Ödland von Sharolan.

»Das ist... gespenstisch«, brachte er schließlich über die Lippen. Seine Mundwinkel bebten. Der bloße Gedanke, durch dieses Land zu reiten, kam ihm plötzlich unsagbar lächerlich vor. Es würde sie verschlingen, so wie es Scruuls Leute verschluckt hatte. Selbst wenn sie genügend Vorräte mit sich führten, um nicht zu verhungern oder zu verdursten, würde es sie allein schon an seiner unendlichen Weite, seiner Leere und Einsamkeit zugrunde gehen lassen.

»Ich habe euch ja gewarnt«, sagte Marco. »Wenn sie gewußt hätten, was sie erwartet, wären bestimmt nicht so viele Menschen Scruuls Aufruf gefolgt. Selbst abgebrühte Söldner und Abenteurer überlegen es sich gut, bevor sie in dieses Land ziehen.«

»Oder Diebe«, ergänzte Floyd.

Marco blickte ihn irritiert an, ging aber nicht weiter auf die Bemerkung ein. »Was habt ihr nun vor? Ihr seid ja wohl nicht nur hierhergekommen, um euch das anzusehen.«

»Warum plötzlich so neugierig?« entgegnete Aylon lächelnd.

»Nur so«, sagte Marco betont gleichgültig. »Immerhin habe ich euch bis hierher geführt. Gehen wir weiter! Noch haben wir es nicht geschafft.«

Hinter dem Rücken des Jungen wechselte Aylon einen bezeichnenden Blick mit Floyd. Der Abstieg mochte nicht ganz ungefährlich sein, und vielleicht würden sie sich auch einige Male verlaufen, aber sie würden ihn zweifelsohne auch allein schaffen. Es war etwas wärmer auf dieser Seite des Gebirges, als hätte ihnen die Kälte nicht über den Luyan Dhor folgen können, sondern wäre hinter ihnen in der Nordermark zurückgeblieben. Verglichen mit dem Sturm, der sie bislang begleitet und ihr Vordringen erschwert hatte, wehte ihnen hier eine geradezu sanfte Brise entgegen, die hauchdünne Schleier aus feingemahlenem Staub vom Boden hob und mit sich trug. Da die Wege nur noch an wenigen Stellen vereist waren und auch nicht so steil abfielen, kamen sie wesentlich leichter als bisher vorwärts. Wenn es Marco wirklich darauf ankam, unter allen Umständen noch vor dem Einschneien des Passes nach Therion zurückzukehren, konnte er sie ab hier getrost allein lassen. Er schien jedoch nicht einmal daran zu denken oder sich sonderlich zu bemühen, sie möglichst schnell ins Tal hinabzuführen, um dann umkehren zu können, sondern den Abstieg im Gegenteil eher zu verzögern. So bestand er auf Pausen, die keinesfalls nötig gewesen wären, als hätte er alle Zeit der Welt. Zweimal führte er sie sogar in Irrwege, die nach einiger Zeit vor senkrecht aufstrebenden Felswänden endeten, so daß ihnen nichts anderes übrig blieb, als unverrichteter Dinge umzukehren und ein Stück zurückzugehen. Immer wieder blickte er zum Himmel hinauf, doch der Schnee, auf den er offensichtlich wartete, um eine Ausrede zu haben, warum er nicht mehr zurück könne, kam nicht.

Bis zum Anbruch der Dämmerung hatten sie kaum ein Drittel des Weges zur Ebene hinab hinter sich gebracht. Wie am vergangenen Abend suchten sie sich wiederum eine Höhle, die groß genug war, darin ein Lager aufzuschlagen.

Auch diese Nacht verstrich ohne Zwischenfälle. Von Scruuls Häschern war nichts zu bemerken, so wie auch im Tal, trotz der weitreichenden Sicht, nichts von ihnen zu entdecken gewesen war. Es schien wirklich so zu sein, daß sich Menschen, selbst wenn es sich um eine kleine Armee handelte, in der monotonen Weite dieses Landes einfach verloren.

Kaum hatte Marco die Höhle am nächsten Morgen verlassen, warf er erneut einen Blick zum Himmel, doch abermals wurde er enttäuscht. Auch in dieser Nacht war kein Schnee gefallen, die Bewölkung hatte sich sogar etwas aufgelockert. Aylon überlegte kurz, ob er nicht schon jetzt eine klare Entscheidung erzwingen sollte, indem er Marco zurückschickte, da sie den Rest des Weges auch allein finden würden, verzichtete aber darauf. Der Junge würde sich ohnehin nicht abwimmeln lassen. Sie konnten ihm höchstens verbieten, sich ihnen weiterhin anzuschließen, aber nicht, ihnen zu folgen. Es würde die Situation nur unnötig komplizieren.

Abgesehen davon störte Marcos Begleitung ihn nicht sonderlich. Der Junge kannte sich hier besser aus als sie, und wahrscheinlich wußte er auch am besten, wie man in Sharolan überlebte. Zudem übte er auf Flair unverkennbar einen positiven Einfluß aus. Zwar zeigte er keinerlei persönliches Interesse an ihr, und auch sie hatte sich wohl kaum richtig in ihn verliebt, aber er gefiel ihr, das war nicht zu übersehen. Längst schon hatte sie darauf verzichtet, über alles zu meckern, nur um auf sich aufmerksam zu machen; statt dessen bemühte sie sich, ihm ebenfalls zu gefallen, und zeigte sich von ihrer besten Seite.

Aber das änderte alles nichts daran, daß es auch Schwierigkeiten mit sich bringen würde, wenn Marco weiterhin bei ihnen blieb, und als sie am späten Nachmittag den Fuß des Luyan Dhor erreichten, ließ sich eine Aussprache nicht länger hinausschieben.

Floyd war es, der das Thema als erster anschnitt, indem er sich so überschwenglich bei Marco bedankte, daß es sich in Aylons Ohren wie kaum verhüllter Spott anhörte. »Und wie es aussieht, hast du Glück«, schloß Floyd. »Der Schne läßt in diesem Jahr noch auf sich warten. Mit etwas Glück schaffst du es noch, nach Therion zurückzukehren, bevor der Winter richtig hereinbricht. Deine Sorge war also unbegründet.«

Eine unsichtbare Last schien von Marco abzufallen. Er hatte gewußt, daß dieses Gespräch irgendwann kommen würde, und ebenso wie Aylon schien es ihn zu erleichtern, daß sich die Fronten nun endgültig klären würden. »Ich bin froh, daß ich euch helfen konnte«, wehrte er den Dank mit gespielter Bescheidenheit ab. »Therion ist eine arme Stadt. Vielleicht habe ich ein bißchen schamlos versucht, euch euer Gold abzunehmen, aber was ich von euch bekommen habe, war mehr, als ich mit Stehlen sonst in einem halben Jahr zusammenbringe, vor allem seit dieses Pack in der Stadt ist, das Scruul um sich schart. Die Damonen mögen ihn verschlingen! Wenn ich euch geholfen habe, dann auch, um ihm eine Niederlage zu bereiten.« Er sprach, ohne auch nur ein einziges Mal zu stocken, zu schnell und zu glatt, um zu verbergen, daß er sich die Worte schon lange zurechtgelegt und nur auf eine günstige Gelegenheit gewartet hatte, sie vorzubringen. »Ich glaube kaum, daß Scruul mir das so schnell verzeihen wird.«

»Stimmt. Wahrscheinlich wäre es nicht gut, wenn du sofort nach Therion zurückkehrst«, antwortete Floyd, als hätte er vorher noch gar nicht daran gedacht. Nach dem scheinbaren Entgegenkommen nahm er Marcos Argument aber um so unerwarteter mit einem Gegenvorschlag den Wind aus den Segeln. »Es ist wohl besser, wenn du ein paar Wochen in einem eurer Nachbarorte bleibst. Vielleicht in Golman oder in Lurkan. Sie liegen immerhin mehrere Tagesritte von Therion entfernt. Ich glaube kaum, daß Scruuls Macht bis dorthin reicht.«

Wieder konnte Aylon nur mit Mühe ernst bleiben. Er wandte den Kopf ab, damit Marco nichts bemerkte, und biß sich auf die Zunge, um ein Grinsen zu unterdrücken. Mochte der Junge sich auch noch einbilden, daß er alles unter Kontrolle hatte und das Geschehen bestimmte, so hatten sich die Rollen doch schon längst umgekehrt. In Wahrheit war es Floyd, der mit *ihm* spielte, ein grausames Katz-und-Maus Spiel, aber schließlich hatte der Junge es selbst begonnen und die Regeln festgelegt.

Marco war völlig verblüfft. Es dauerte ein paar Sekunden,

bis er eine Antwort gefunden hatte. »Golman wäre nicht schlecht«, entgegnete er, »vorausgesetzt, daß ich überhaupt hinkomme. Zwar sieht der Himmel hier klar aus, aber das kann auf der anderen Seite ganz anders sein. Ich brauche immerhin noch einen Tag, bis ich wieder am Paß bin, und ich möchte nicht besonders gern in einen Schneesturm geraten, wie ihr euch wohl vorstellen könnt.«

»Klar, natürlich können wir das.« Floyd hatte sich meisterhaft in der Gewalt. Er schaffte es auch jetzt, völlig ernst zu bleiben, obwohl er sich insgeheim ebenfalls köstlich amüsierte. »Aber ich glaube, die Gefahr ist sehr gering. Schau dir doch nur den Himmel an. Sieht es vielleicht danach aus, als ob es in den nächsten Stunden schneit?« Er beantwortete seine Frage selbst, mit einem Kopfschütteln. »Es bleibt noch mindestens zwei, drei Tage trocken. Ich habe den Flug der Vögel beobachtet. Es gibt keinerlei Anzeichen für einen bevorstehenden Wetterumschwung.«

»Das... das kann sich hier blitzschnell ändern«, stotterte Marco, nun vollends aus dem vorbereiteten Konzept geraten. »Ihr kennt das Wetter in dieser Gegend nicht. Es ist unberechenbar, kann sich von einer Minute zur anderen völlig ändern.« Er suchte ein paar Sekunden nach Worten. »Aber das ist nicht die einzige Gefahr«, fuhr er dann, wieder etwas sicherer geworden, fort. »Scruuls Leute dürften zur Zeit dabei sein, den Luyan Dhor auf der anderen Seite hinaufzusteigen. Bei einer Rückkehr würde ich ihnen womöglich in die Arme laufen.«

»Und was willst du statt dessen tun?« bohrte Floyd mit fast unschuldig klingender Stimme nach.

»Mal sehen. Hier bleiben und warten, bis der Winter vorbei ist, kann ich ja schlecht. Vielleicht reite ich am Fuß des Gebirges entlang und versuche, es irgendwo im Südosten zu umrunden.«

»Auch nicht gerade ungefährlich«, überlegte Floyd laut. »Dort liegen die Todessümpfe. Es gibt angenehmere Methoden, sich umzubringen.«

Flair, die als einzige die Hintergründe des Wortgeplänkels nicht kannte, war es schließlich, die den Vorschlag unterbreitete, auf den sie alle nur warteten. »Warum kommst du nicht einfach weiter mit uns?« erkundigte sie sich und sah ihn dabei hoffnungsvoll an.

»Das wird wohl nicht so ohne weiteres möglich sein«, zierte sich Marco und spielte den Verlegenen, um keinen Verdacht zu erwecken, indem er allzu schnell auf das Angebot einging. »Ich weiß ja nicht einmal, wo ihr überhaupt hin wollt. Und außerdem habe ich das wohl nicht allein zu entscheiden.«

»Ich glaube kaum, daß du große Lust haben wirst, uns zu begleiten«, sagte Aylon. »Lohnen wird es sich für dich jedenfalls nicht. Falls du darauf hoffst, daß wir nach irgendwelchen Reichtümern suchen und dabei auch für dich etwas abfällt, dann schlag dir das aus dem Kopf. Auch wenn du das vielleicht nur für eine Ausrede hältst – es ist wirklich so.«

»Aber... was wollt ihr sonst hier?« Marco blickte ihn verwirrt an. Er schien zu spüren, daß Aylon die Wahrheit gesagt hatte, daß seine Worte nicht nur eine billige Ausflucht darstellten. »Und wonach läßt Scruul so verbissen suchen? Er hat schon Tausende von Talern ausgegeben, nur um seine Leute anzuwerben. Es *muß* hier irgend etwas ungeheuer Wertvolles geben!«

»Vielleicht gibt es das wirklich«, erwiderte Aylon. »Aber ich weiß nicht einmal, wonach Scruul sucht. Ich habe schon einmal gesagt, daß wir mit ihm nichts zu tun haben, aber du scheinst es nicht geglaubt zu haben.« Er legte eine kurze Pause ein und räusperte sich. »Was ich suche, ist nichts Materielles«, fuhr er dann fort. »Es sind eher... Spuren. Mein Vater hat vor langer Zeit eine Weile in Sharolan gelebt. Es muß hier irgendwo eine Art Zitadelle geben. Ich hoffe, dort etwas mehr über ihn zu erfahren. Das ist der einzige Grund, aus dem ich hierhergekommen bin.«

Marco starrte ihn an. Auf seinem Gesicht spiegelte sich etwas von dem Kampf zwischen Zweifel, Mißtrauen und Glauben wider, den er in seinem Inneren ausfocht. »Du... du meinst das ehrlich, nicht wahr?« Er zögerte, dann nickte er verbittert. »O ja, du bist jemand, dem man glatt zutraut, daß er nur wegen einer sentimentalen Anwandlung halb Arcana durchquert. Und ich habe mir wirklich eingebildet, ihr wärt einer großen Sache auf der Spur, so bereitwillig, wie ihr mit dem Geld um euch geworfen habt.«

»Nicht ganz ohne Berechnung«, gestand Floyd. »Schließlich schlachtet niemand eine Gans, die goldene Eier legt. Ich wußte, daß wir alles von dir bekommen konnten, solange du nur glaubtest, daß es sich für dich lohnen würde. Aber jetzt hat es keinen Sinn mehr, wenn wir einander etwas vormachen.«

»Du hast auf das falsche Pferd gesetzt«, ergänzte Aylon. »Wenn es dir nur auf einen Gewinn ankommt, hättest du dich Scruul anschließen sollen. Was du nun machst, liegt allein bei dir. Falls du trotzdem mit uns kommen willst, werden wir dich nicht wegschicken, aber wir sind dir auch nicht böse, wenn du unter diesen Umständen doch lieber nach Therion zurückkehren willst. Du kannst es noch über den Paß schaffen, das weißt du besser als wir.«

»Vielleicht. Aber ganz so ungefährlich, wie ihr offenbar glaubt, ist es auch wieder nicht.« Marco zögerte und dachte eine Weile nach. Unschlüssig scharrte er mit den Füßen und blickte dabei zu Boden. Er ließ sich Zeit mit der Entscheidung. Mehrere Minuten vergingen, bis er schließlich den Kopf hob und Flair anlächelte. »Was meinst du – ob in dieser Zitadelle nicht vielleicht doch in irgendeiner Ecke ein paar vergessene Goldstücke herumliegen?«

Fünf Tage ritten sie in nordöstlicher Richtung durch Sharolan, ohne daß sich die Landschaft auch nur im mindesten änderte. Es gab keinerlei markante Punkte, an denen sie sich orientieren konnten, und da Aylon nicht allzu geschickt darin war, sich mit einem Kompaß und anhand des Stands der Gestirne zu orientieren, hatte er die Karte Floyd gegeben, damit dieser ihre Route bestimmte. Marco hatten sie nichts davon erzählt, er wußte nicht einmal, daß es eine Karte gab. Immer noch war der Verdacht nicht aus der Welt geräumt, daß er nicht aus eigenem Antrieb handelte, sondern möglicherweise doch ein Spitzel Scruuls war, der den Weg auskundschaften sollte. Sein Verhalten, sich ihnen auch ohne Aussicht auf Gewinn anzuschließen, sprach eher dafür. In diesem Fall mußten sie befürchten, daß er versuchen würde, die Karte zu stehlen oder jedenfalls zu fliehen, sobald er herausgefunden hatte, wo ihr Ziel genau lag.

An einer Quelle unmittelbar am Fuß des Luyan Dhor hatten sie ihre Wasserschläuche vor dem Ritt in die Geröllwüste noch einmal aufgefüllt, doch obwohl sie sich jeden Tropfen sorgsam einteilten, neigte sich das Wasser ebenso wie ihr übriger Proviant nun dem Ende entgegen. Bislang hatten sie keine Gelegenheit gefunden, ihre Vorräte zu ergänzen. Die einzigen Tiere, die es in dieser Einöde zu geben schien, waren Steinkäfer: fast faustgroße Krabbeltiere, die ähnlich wie Schildkröten einen harten Panzer in der Farbe der Felsen besaßen und inmitten des Gerölls kaum zu erkennen waren. Marco hatte sie darauf hingeweisen, daß ihr Fleisch zwar genießbar war, allerdings nicht besonders gut schmeckte, und so hatten sie darauf verzichtet, die bislang entdeckten Tiere zu töten.

»Es gibt Quellen hier«, versicherte Marco ihnen mehr als einmal. »Über kurz oder lang werden wir auf eine stoßen. Quellen mit frischem Wasser, wo wir unsere Schläuche wieder füllen können. Um die meisten haben sich Oasen gebildet, so daß man sie leicht erkennen kann.«

Aylon glaubte ihm. Auch auf der Karte waren einige dieser Oasen eingezeichnet, manche davon gar nicht so weit von ihrem Weg entfernt. Zu verdursten brauchten sie also in keinem Fall, aber er wollte nur im äußersten Notfall von der direkten Route zur Zitadelle abweichen. Seinen und Floyds Berechnungen zufolge waren sie noch höchstens einen Tagesritt von ihrem Ziel entfernt, und er nahm an, daß es dort ebenfalls eine Quelle oder zumindest einen Brunnen gab.

Abends gruben sie sich im Boden trichterartige Mulden, indem sie das Gestein an den Rändern aufschichteten, um während der Nacht vor dem Wind geschützt zu sein. Dabei hatte Aylon erkannt, daß die Wüste nicht ganz so tot war, wie er anfangs geglaubt hatte. Es gab Pflanzen hier, auch wenn sie gut verborgen waren. Unter dem Geröll erstreckten sich Gewächse, die an trockene, holzartige Flechten erinnerten und etwa so dick wie ein Finger waren. Sie dienten gewöhnlich den Steinkäfern als Nahrung, erwiesen sich aber auch als ausgezeichnetes Brennmaterial, da sie nicht nur sehr langsam, sondern vor allem fast rauchfrei brannten. Jeden Abend entfachten sie mit den ausgegrabenen Flechten in der Mitte der Schlafmulde ein kleines Feuer gegen die Kälte, was keine besonders große Gefahr darstellte, da der aufgetürmte Geröllwall den Schein der Flammen vor jeder zufälligen Entdeckung verbarg.

Weder die behagliche abendliche Atmosphäre am Feuer noch die Aussicht, daß sie ihr Ziel bald erreichen würden, konnten verhindern, daß ihre ohnehin bedrückte Stimmung mit jedem Tag weiter sank. Die Eintönigkeit der Landschaft, das völlige Fehlen von Abwechslung – sah man von den vereinzelten Nebelbänken ab, die sich scheinbar ohne Grund von Zeit zu Zeit an einigen Stellen bildeten und meist nicht besonders lange hielten – schlug auf ihr Gemüt, ließ sie nervös und reizbar werden. Jeder mißlungene Scherz, jede mißverständliche, unbedacht dahergesagte Bemerkung drohte einen Streit auszulösen, und je weiter sie vordrangen, desto häufiger gerieten sie einander mit Worten in die Haare. Manchmal fehlte nicht einmal viel, daß diese Streitereien in offene Handgreiflichkeiten ausgeartet wären.

Floyd blieb noch der Besonnenste unter ihnen. Vielleicht handelte es sich nicht um Vernunft, vielmehr hatte er sich einfach am besten in der Gewalt, da er es während seiner Zeit bei den Clans gelernt hatte, seine Gefühle zu unterdrücken und auch in Streßsituationen niemals die Beherrschung über sich zu verlieren. Immer wieder mußte er einen sich anbahnenden Streit schlichten.

Wenn es wirklich an der Landschaft lag und schon bei ihrer kleinen Gruppe so schlimm war, dann fragte sich Aylon, wie

Scruul seine Söldnertrupps unter Kontrolle hielt und verhinderte, daß die einander fremden Menschen übereinander herfielen und sich gegenseitig umbrachten. Aber vielleicht gelang es ihm gar nicht, und das war der Grund, warum bisher noch keiner der Abenteurer nach Therion zurückgekehrt war.

Auch Flair hatte sich verändert.

Aylon war sich nicht sicher, ob es nicht vielleicht ebenfalls nur eine Folge der insgesamt schlechten Stimmung war, in der sie sich befanden, aber er hatte das Gefühl, als ob ihr Interesse an Marco immer mehr abnähme, je länger sie zusammen waren und je deutlicher ihr bewußt wurde, daß er sie kaum beachtete und nicht den geringsten Wert darauf zu legen schien, ihre Freundschaft zu erringen. Sie gab sich keine Mühe mehr, ihre Launen in den Griff zu bekommen, und sie hörte auch auf, ihm verstohlene Blicke zuzuwerfen, mit denen sie ihn zuvor bedacht hatte, wenn sie glaubte, daß niemand es bemerkte. Statt dessen verfiel sie wieder in ihre alte Nörgelei. An allem fand sie etwas auszusetzen, und wenn man ihr eine Arbeit zuteilte oder irgend etwas nicht nach ihrer Vorstellung lief, stellte sie sich trotzig und begann zu motzen.

Es wurde wirklich Zeit, daß sie die Zitadelle erreichten, dachte Aylon besorgt. Und eigentlich hätte es bereits so weit sein müssen, aber alles, was sie sahen, waren auch weiterhin nur graues Geröll und einige besonders dichte Nebelbänke, die wie Wattebäusche über das Land verstreut lagen.

»Entweder stimmt die Karte nicht, oder unsere Berechnungen waren falsch«, stellte Floyd fest, als sie sich außer Hörweite befanden. »Irgendwo hier müßte das Ding liegen, und so ein Bau ist schließlich weithin sichtbar. Jedenfalls in diesem flachen Gelände.«

»Sollte man zumindest meinen.«

»Falls es an der Karte liegt, sehe ich schwarz. Dann können wir auch gleich umkehren. Eine Suche hätte in dieser Gegend nicht den geringsten Sinn.«

»Die Karte ist richtig«, behauptete Aylon. »Mit ihrer Hilfe hat Maziroc die Zitadelle vor vielen Jahren gefunden.«

»Und ich bin sicher, daß meine Berechnungen stimmen. Wo bitteschön ist also diese verfluchte Burg, wenn keiner einen Fehler gemacht hat? Wir hätten schon fast mit dem Kopf gegen das Tor rennen müssen.«

Aylon ließ seinen Blick umherwandern. »Vielleicht ist nur dieser verdammte Nebel schuld«, bemühte er sich um eine etwas optimistische Erklärung. »Ausgerechnet hier ist…« Er runzelte die Stirn. Dann fuhr er plötzlich im Sattel herum und packte Floyd an den Schultern. »Aber natürlich! Begreifst du denn nicht? Es ist kein Zufall, daß es gerade hier so nebelig ist«, rief er aufgeregt. »Das ist eine der Schutzvorrichtungen, die die Zitadelle vor einer zufälligen Entdeckung schützen sollen. Wie sollte man sie hier unauffällig verbergen, wenn nicht in so einer Nebelbank?«

»Könnte stimmen«, murmelte Floyd verblüfft. »Na klar, warum bin ich nicht schon selbst darauf gekommen?« Er grinste breit. »Manchmal bist du gar nicht so blöd, wie du aussiehst.«

Aylon war viel zu euphorisch, um sich über die Stichelei zu ärgern, die noch vor kurzem ausgereicht hätte, einen handfesten Streit hervorzurufen. »Wenn es sich um eine Tarnung handelt, dann hat es auch keinen Sinn, wenn wir warten, bis sich der Nebel lichtet«, sagte er.

Floyd nickte. »Wir können höchstens abwarten und beobachten, welche Nebelbank sich *nicht* verflüchtigt«, schlug er vor. »Die meisten lösen sich ja nach kurzer Zeit wieder auf. Wenn eine sich nicht verändert, hat sie vermutlich keinen natürlichen Ursprung.«

»Diese Möglichkeit bleibt uns morgen immer noch, wenn wir anders keinen Erfolg haben«, sagte Aylon. »Aber es wird bald dunkel, so daß uns nicht viel Zeit zum Beobachten bleibt. Nach Möglichkeit möchte ich nicht noch eine Nacht im Freien verbringen.«

»Und was willst du tun? Auf gut Glück in den Nebel reiten?«

»Genau das.« Aylon richtete sich im Sattel auf und blickte sich einige Minuten sorgsam um. Dann deutete er auf ein Nebelgebiet etwas seitlich von ihnen. »Da scheint die Brühe besonders dicht zu sein. Versuchen wir es dort! Oder hat einer von euch einen besseren Vorschlag?«

»Da hinein?« rief Flair entsetzt. »Ich denke nicht daran! Da kann man ja nicht einmal mehr die Hand vor Augen sehen.«

Aylon seufzte. Sie waren schon mehrmals unbeschadet durch Nebelbänke geritten, aber wenn er ehrlich war, hatte er von ihr keine andere Reaktion erwartet. Flair war schon seit einiger Zeit verdächtig leise gewesen. Er verstand nicht, was mit ihr los war. Eine Weile hatte er geglaubt, daß sie sich dauernd in Szene setzte, um auf sich aufmerksam zu machen, da sie glaubte, daß man ihr anders nicht die nötige Aufmerksamkeit zollte; aber das schien nicht der Fall zu sein. Eher schon das Gegenteil. Sie war es nicht gewöhnt, mit anderen auf so engem Raum zusammenzuleben, wie es sich während dieser Reise zwangsläufig ergab. In gewisser Hinsicht hatte sie sich schon in ihrem jungen Alter zu einer Menschenfeindin entwickelt. Früher hatte sie zwar mit den anderen Nomaden ihres Stammes im gleichen Dorf gewohnt und mit ihrer Mutter in der gleichen Hütte geschlafen, war aber sonst ihre eigenen Wege gegangen.

Hier fehlte ihr dieser Schutzbereich, sie besaß keine Möglichkeit, sich auf sich selbst zurückzuziehen. In ihrer nach außen gerichteten Aggressivität schwang auch ein gutes Stück Selbstzerstörung mit. Sie spürte offenbar, daß ihr Verhalten in dieser Hinsicht gestört war, daß ihr etwas fehlte, was das Zusammenleben mit anderen anging. Deshalb war sie mit sich selbst unzufrieden, und da sie innerlich so wenig ausgeglichen war, spiegelte sich das in ihrem zur Schau gestellten Trotz wider. Sie machte nicht nur ihnen, sondern in erster Linie sich selbst das Leben schwer.

Die Antwort darauf durfte kein Zorn sein, keine verärgerten, barschen Befehle. Vielmehr mußten sie sich bemühen, Flair die Eingliederung zu erleichtern, sie ernst nehmen. Das begann damit, daß sie mit ihr nicht wie mit einem Kind sprachen, sondern sie wie eine gleichberechtigte Erwachsene behandelten, auch wenn gerade ihr kindischer Trotz das erschwerte.

Aylon nahm sich Zeit, auf sie einzugehen. »Schlimmer als in den anderen Nebelbänken wird es kaum werden«, entgegnete er, darum bemüht, möglichst vernünftig und überzeugend zu argumentieren. »Durch die sind wir auch mühelos hindurchgekommen.«

»Aber die bestanden auch nur aus ganz normalem Nebel. Bei dem hier aber weiß keiner von uns, was sich in ihm verbirgt.«

»Nun, entweder ist es ebenfalls ein normaler Nebel, dann löst er sich nach einer Weile von selbst auf, und wir haben Pech gehabt. Oder aber wir finden die Zitadelle, und genau deshalb sind wir ja hierhergekommen. Irgendwann müssen wir den Ritt in den Nebel ohnehin wagen.«

Flair sah ein, daß sie gegen die Logik dieser Argumentation nicht ankam, ohne unvernünftig zu wirken. So nickte sie nach kurzem Zögern, wenn auch mit deutlichem Widerwillen. »Also gut, versuchen wir es!«

Sie ritten in die Nebelbank hinein, auf die Aylon gezeigt hatte. Tatsächlich war sie besonders dicht, überall um sie herum wogten die blassen Schwaden wie Dampf. Nur verschwommen konnten sie einander noch erkennen, und sie ritten deshalb unmittelbar neben- und hintereinander. Alles andere um sie herum verschwamm in milchigem Dunst.

Gelegentlich kam es Aylon vor, als nähme er flüchtige, schattenhafte Bewegungen inmitten des Dunstes wahr, aber wenn er genauer hinsah, entdeckte er nur einige Schwaden, die durcheinanderwirbelten. Manche von ihnen formten sich zu Fratzen und geheimnisvollen Dingen, die ihm unbestimmt bekannt vorkamen und ihn mit Schrecken erfüllten, obwohl oder vielleicht gerade weil es ihm nie gelang, sie klar zu erkennen.

Den anderen erging es genauso, das verrieten ihre angespannte Haltung und die oft ruckartigen Bewegungen, mit denen sie sich umdrehten, wenn sie glaubten, irgendwo etwas aus den Augenwinkeln entdeckt zu haben. Keiner von ihnen hätte es offen zugegeben, aber sie hatten alle höllische Angst. Sie spürten, daß es sich nicht um normalen Nebel handelte. Für Aylon gab es keinen Zweifel mehr, daß sie ihrem Ziel sehr nahe waren. Mit jedem Schritt merkte er es deutlicher, und vielleicht war es kein Zufall gewesen, daß er sich gerade für diese Nebelbank entschieden hatte. Wahrscheinlicher erschien es ihm, daß er mit seinen magischen Fähigkeiten unbewußt etwas wahrgenommen hatte.

Mehrere Minuten ritten sie schweigend durch die wogenden Schwaden, ohne daß sie irgend etwas fanden oder ihre Umgebung sich veränderte.

Schließlich, so schlagartig, daß es sie alle überraschte, lichtete sich der Nebel, und sie befanden sich plötzlich im Inneren der Stadt.

Die Zitadelle

Nicht nur die Umstände, unter denen sie hierhergekommen waren, sowie die bloße Tatsache, daß es inmitten der steinernen Einöde Sharolans eine Stadt gab, waren bizarr und widersprachen jeder Vernunft, sondern auch die Stadt selber war fremdartiger als jede andere, die Aylon kannte. Er war noch nicht sehr weit in der Welt herumgekommen und hatte erst wenige Städte gesehen, aber er war davon ausgegangen, daß sie sich alle zumindest in Grundzügen glichen. Von einigen besonders exotischen Städten hatten ihm Maziroc und andere Magier oder Reisende erzählt, so daß er sich mit etwas Phantasie auch davon zumindest eine Vorstellung machen konnte: die fliegenden Wolkenstädte von Tyrillon, die unterirdischen Sumpfhallen Coals und die auf dem Meer treibenden Dörfer der Quarls ebenso wie Rabenhorst, das auf dem Gipfel des Ashran errichtet und schließlich zu klein wurde, so daß es sich zunächst wie eine Rankenpflanze an den steilen Hängen des Berges entlang nach unten schob, bis es den Berg wie ein Geschwür überwucherte und sich in sein Inneres zu fressen begann, und viele andere Städte mehr.

Noch nie aber hatte Aylon von einer Stadt aus Metall gehört oder gar eine gesehen, wie sie sich jetzt um sie herum erstreckte.

Sie befanden sich am Rande eines kleinen Platzes, der nicht gepflastert, sondern mit großen Platten ausgelegt war, dem einzigen Stein, den Aylon entdeckte. Die Häuser, die sich, durch zahlreiche, in alle Richtungen abzweigende Straßen voneinander getrennt, um den Platz herum standen, waren...

Der Anblick ließ Aylon ernsthaft an seinem Verstand zweifeln. Bei vielen der Gebäude handelte es sich um Monolithe unterschiedlichster Größe und weich geschwungener, fast fließender Formen, die eher an etwas organisch Gewachsenes denken ließen als an harten, geschmiedeten Stahl. Manche, vor allem in ihrer unmittelbaren Nähe, waren mit zwei oder drei Stockwerken nur niedrig, dem Boden verhaftet, während andere sie um ein Vielfaches überragten. Hauptsächlich handelte es sich um hochkant gestellte Kasten aus funkelndem Stahl, teilweise mit Glas verkleidet, aber auch runde und dreieckige, spitz zulaufende Türme und Monumente, die sich unvorstellbare sechzig, siebzig, wenn nicht noch mehr Meter in die Höhe erhoben, als wollten sie nach dem Himmel greifen. Kühn geschwungene Brücken und Treppen, die nahezu frei in der Luft zu schweben schienen, verbanden die Bauwerke in zum Teil schwindelerregenden Höhen miteinander und verstärkten so noch den Eindruck, es nicht nur mit einzelnen Konstruktionen, sondern mit einem gewaltigen Ganzen zu tun zu haben.

Aylon stöhnte und schloß kurz die Augen, weil er glaubte, das Bild nicht mehr länger ertragen zu können.

»Das... das gibt es nicht«, krächzte Marco neben ihm ungläubig. »Sagt mir, daß ich träume.«

Auch Flair machte einen verstörten Eindruck. Sie hatte den

Mund halb geöffnet, brachte aber keinen Laut hervor. Mit weit aufgerissenen Augen sah sie sich um.

Floyd fand als erster die Fassung wieder. Er war ebenfalls überrascht und beeindruckt, aber er ließ es sich nicht anmerken. »Beeindruckend«, sagte er und nickte bewußt spöttisch, um sie aus ihrem ehrfurchtsvollen Staunen herauszureißen. »Sieht aus, als hättest du etwas untertrieben, das als eine lumpige Zitadelle zu bezeichnen. Ich hatte eine düstere, halbverfallene Burgruine erwartet.«

»Ich doch auch«, stieß Aylon hervor. »Das... das ist nicht die Zitadelle. Das kann sie nicht sein. Mein Vater mag vieles gewußt haben, aber wie hätte er so etwas innerhalb weniger Jahre allein aufbauen sollen? Und warum?«

»Frag mich nicht«, gab Floyd schulterzuckend zurück. »Schließlich war es dein Vater, nicht meiner.«

»Eine Stadt«, murmelte Aylon. Von ihren eigenen Atemzügen und dem gelegentlichen Schnauben der Pferde abgesehen war es totenstill. Auch war nirgendwo die geringste Bewegung zu entdecken. Er konzentrierte sich, um die nähere Umgebung mit seinen magischen Fähigkeiten abzutasten, doch er empfing keinerlei Impulse. Statt dessen schienen seine geistigen Fühler von einer undurchdringlichen Wand um seinen Kopf abzuprallen, so daß er sich auf seine normalen Wahrnehmungen beschränken mußte. »Eine leere Geisterstadt.«

»Aber es kann auch kein Zufall sein. Die Zitadelle muß sich hier befinden.« Floyd stockte. »Wer kann so etwas überhaupt errichtet haben? Menschen waren es bestimmt nicht, jedenfalls kenne ich kein Volk, das dazu in der Lage wäre.« Er stieg aus dem Sattel, trat auf eine der Hauswände zu und strich mit dem Finger darüber. »Das ist kein Stahl«, sagte er verblüfft. »Es sieht zwar so aus, aber es ist nicht Metall.« Er pochte mit den Fingerknöcheln und schlug schließlich leicht mit der Faust dagegen. »Unheimlich glatt. So etwas habe ich noch nie gesehen.«

Auch Aylon stieg ab und betastete eine der Wände. Wie Floyd gesagt hatte, bestanden sie aus einem völlig unbekannten Material, weder Stein noch Metall oder Holz. Am ehesten erinnerte es ihn an die gummiartige Masse, die aus manchen Bäumen herausquoll, wenn man sie anschnitt, aber dafür war es viel zu hart und stabil. Nicht einmal aus Stahl hätte man so ungeheuer hohe Türme und Häuser bauen können, geschweige denn aus Gummi. Es wäre bereits in einer Höhe von kaum einem halben Meter in sich zusammengesunken.

Er ging ein Stück weiter und besah sich auch einige der Nachbargebäude. Die meisten bestanden aus dem sonderbar gummiähnlichen Material, manche aber auch aus Metall oder, vereinzelt, aus normalem Stein. Wer diese Stadt erbaut hatte, schien dafür benutzt zu haben, was ihm als Rohstoff in die Finger fiel. Ein wahnsinniger Baumeister, dem es gelungen war, einen Fiebertraum wirklich werden zu lassen, eine Stadt, die Platz für vermutlich mehr Bewohner bot, als es im ganzen bekannten Teil Arcanas an Menschen gab.

»Vielleicht gab es diese Stadt schon, als dein Vater herkam«, meinte Floyd. »Er hat sie nur entdeckt und erforscht. Ich glaube, wir können wohl ausschließen, daß sie von Menschen oder einem uns bekannten Volk errichtet wurde. Woher also wollen wir wissen, daß es erst in neuerer Zeit geschehen ist? Vielleicht ist sie schon Jahrtausende alt, älter als die gesamte Menschheit. Schon vor der Zeit der Elben und Trolle gab es Hochkulturen auf dieser Welt, darüber dürftest du mehr als ich wissen.«

»Aber es ist nichts beschädigt«, mischte sich Marco ein. Auch er war von seinem Pferd abgestiegen, ebenso wie Flair. »Oder seht ihr irgendwo die geringsten Spuren von Verfall?«

Floyd ließ seinen Blick demonstrativ über die Häuser und die gewaltigen turmähnlichen Bauten dahinter schweifen. »Wer so etwas erbauen kann, der dürfte auch in der Lage sein, es vor Verfall zu schützen. Und außerdem –«, begann er, machte eine Pause und sah sie der Reihe nach an, »wer sagt eigentlich, daß niemand mehr in der Stadt lebt, um sie instand zu halten?«

Aylon zuckte zusammen. Er begann unsicher zu lächeln,

aber sein Lächeln gefror gleich darauf, als er in Floyds Gesicht blickte und erkannte, daß die Worte bei weitem nicht so scherzhaft gemeint waren, wie sie geklungen hatten. Der Gaukler wirkte plötzlich angespannt. Seine Hand kroch langsam in Richtung seines Schwertknaufs.

Gleich darauf vernahm auch Aylon das Geräusch, ein leises, fast unhörbares Schleifen, zusammen mit gedämpften Schritten, die sich ihnen näherten.

Marco fuhr herum und zog einen Wurfdolch, den er bislang unter der Kleidung verborgen getragen hatte. Auch Floyd zog nun seine Waffe.

»Was ist –«, begann Flair, doch bevor sie mehr sagen konnte, preßte Aylon ihr die Hand auf den Mund. Gehetzt blickte er sich um. Er wußte nicht, was sie hier erwartete, nicht einmal, ob es sich wirklich um die Zitadelle seines Vaters handelte. Und selbst wenn es so war, so bedeutete es noch lange nicht, daß sie sich in Sicherheit befanden. Auch Maziroc hatte von hier lauernden Gefahren und unheimlichen Geschehnissen gesprochen, und seiner eigenen Aussage zufolge lag es fast zwei Jahrzehnte zurück, seit er die Zitadelle zuletzt aufgesucht hatte. In dieser Zeit konnte sich viel verändert haben, und irgend etwas stimmte mit diesem Ort ganz offensichtlich nicht. Die Stadt hätte es nicht geben dürfen, und er hielt es für besser, sich zunächst einmal zurückzuhalten und nur unauffällig zu beobachten, bis sie herausgefunden hatten, was alles zu bedeuten hatte. Es war jedoch längst zu spät, um sich noch zu verstecken. Der nächste Hauseingang befand sich gut ein Dutzend Schritte entfernt, die nächste Ecke sogar noch weiter. Allein hätten sie es vielleicht trotzdem noch geschafft, irgendwo Unterschlupf zu finden, auf keinen Fall aber mit den Pferden. Mit den Tieren wären sie zu langsam gewesen, und das Klappern der Hufe auf dem Steinboden wäre in dieser Stille weithin zu hören gewesen. Auch wenn sie die Pferde – und damit ihre gesamte Ausrüstung – zurückließen, hätten die herrenlosen, gesattelten Tiere mit Sicherheit Aufmerksamkeit erweckt und jedem verraten, daß die Reiter nicht weit sein konnten, und...

Aylon kam nicht dazu, weiter darüber nachzudenken, was vielleicht hätte sein können.

Am anderen Ende des Platzes entstand Bewegung, dann trat aus einer der dort abzweigenden Nebenstraßen ein Wesen heraus. Es war ein Mensch, sah zumindest menschenähnlich aus, so weit es zu erkennen war, denn es verbarg sich von Kopf bis Fuß in einer Rüstung, die unbestimmt an die eines Hornmannes erinnerte. Im Gegensatz zum Panzer der Clanskrieger bestand sie aber nicht aus Horn, sondern aus dunkelgrauem, matt schimmerndem Stahl. Mit Schritten, deren Geschmeidigkeit der schweren und zwangsläufig hinderlichen Rüstung Hohn sprachen, kam die Gestalt auf sie zu. Sie trug kein Schwert, und auch sonst war keine Waffe zu sehen. Es hätte Aylon beruhigen müssen, aber das Gegenteil war der Fall. Ein Krieger, der bis unter die Haarwurzeln gepanzert, gleichzeitig aber unbewaffnet war, bot einen widersinnigen Anblick und verstärkte für Aylon noch das Unwirkliche der Situation.

Es war möglich, daß der Unbekannte nur kam, um sie zu begrüßen, doch Aylon blieb weiterhin wachsam. Er traute dem scheinbaren Frieden nicht, und er war nicht der einzige, dem es so erging.

»Laß uns fliehen«, drängte Flair und zerrte an seinem Ärmel. Am liebsten hätte Aylon ihr zugestimmt. Doch auch in einigen der anderen Straßen entstand nun Bewegung, und ein Dutzend auf die gleiche Art gepanzerter Gestalten drang auf den Platz vor.

Sie waren umzingelt!

Floyd wechselte abwägend das Schwert von einer Hand in die andere und wieder zurück. »Und nun?« fragte er. »Sterben wir wie echte Helden im Kampf, oder sind wir lieber brave, kleine Feiglinge und ergeben uns?« Der bittere Spott in seiner Stimme konnte nicht völlig über seine Nervosität hinwegtäuschen.

»Ich glaube kaum, daß man uns umbringen wird«, erwiderte Aylon. »Wenn dies die Zitadelle meines Vaters ist, dann bin ich der rechtmäßige neue Herrscher.«

»Eben.« Floyd nickte. »Aber das mußt du denen erst mal klar machen. Und dann fragt sich noch, ob sie überhaupt einen neuen Herrscher haben wollen.«

»Bleib zurück«, ordnete Aylon an. »Ich werde versuchen, ob ich mich mit ihnen verständigen kann.« Er trat ein paar Schritte vor und hob die Hände, die leeren Handflächen nach oben gekehrt; eine Geste des Friedens, die man wohl auch hier verstand. »Wir kommen in friedlicher Absicht«, sagte er außerdem.

Der vorderste der Gepanzerten blieb unmittelbar vor ihm stehen. Die anderen bildeten einen lockeren Kreis. Ihre Haltung wirkte nicht besonders bedrohlich, und sie machten auch keinen aggressiven, sondern einen eher gleichgültigen Eindruck. Aylon musterte die Gestalt vor ihm genauer. Die Scharniere der Bein- und Armpanzer mußten ungeheuer fein gearbeitet sein, um eine solche Geschmeidigkeit zu erlauben. Es irritierte ihn, daß er außer der Rüstung nichts von seinem Gegenüber sehen konnte. Selbst das Visier schloß fugenlos dicht, und zum Sehen war nur ein kaum fingerbreiter, zudem mit dunklem Glas verkleideter Schlitz eingelassen. Aylon fragte sich, wie das Wesen überhaupt atmen konnte.

Fremdartige, leicht blechern klingende Worte drangen unter dem Helm hervor. Aylon zuckte mit den Schultern und breitete die Arme aus, zum Zeichen, daß er nichts verstand. Wieder vernahm er einige Worte, doch sie waren so unverständlich wie zuvor. Dann streckte der Unbekannte die Hand aus.

Aylon zögerte einen Augenblick, sie zu ergreifen, aber dann überwand er seine Furcht. Statt ihm jedoch die Hand zu schütteln, packte die Gestalt blitzschnell seinen Arm, bevor er zurückweichen konnte. Ihr Griff war kräftig wie ein Schraubstock. Etwas Spitzes drang durch seine Haut. Aylon schrie auf, wenn auch mehr vor Überraschung als vor Schmerz. Was ihn gestochen hatte, war nicht dicker als eine Nadel gewesen, doch Floyd verstand die Situation falsch. Er sah nur, daß die Gestalt Aylon packte, und hörte dessen Schrei. Ungeachtet der anderen Gepanzerten um ihn herum riß er sein Schwert hoch, sprang vor und ließ es in einem beidhändigen, mit fürchterlicher Wucht geführten Hieb gegen den Oberkörper der Gestalt niedersausen.

Es gab ein dumpfes Scheppern, das gleich darauf von Floyds gellendem Schrei übertönt wurde. Die stählerne Klinge zerbarst wie Glas. Das Heft wurde ihm aus der Hand geprellt. Der Rückprall raste in einer Woge eisigen Schmerzes bis zur Schulter hinauf durch seinen Arm und lähmte ihn. Floyd brach in die Knie, den rechten Arm an den Leib gepreßt. Wo die Klinge den Panzer des Unbekannten getroffen hatte, zeigte sich nicht einmal ein Kratzer.

Die anderen Gestalten kamen näher, schlossen den Kreis enger. Aylon fühlte sich von hinten gepackt. Etwas zischte, und ein eigentümlicher Geruch breitete sich aus. Floyds Schrei brach ab. Der Gaukler sank nach vorne und blieb regungslos liegen, dann merkte Aylon, wie auch ihm die Sinne schwanden, als das Gas zu wirken begann.

Er spürte schon nicht mehr, wie er ohnmächtig im Griff der Gepanzerten zusammensank.

Er war bewußtlos gewesen, und auf die Ohnmacht folgte ein Traum. Umgeben von zahlreichen singenden und tanzenden Menschen lag er in einem Park. In seiner Nähe plätscherten mehrere Springbrunnen. Es hatte bereits zu dämmern begonnen, aber unzählige Lampen und Fackeln beleuchteten den Park fast taghell.

Ein junger, ihm unbekannter Mann beugte sich über ihn. »Er kommt zu sich!« rief der Unbekannte. »Bringt etwas zu trinken, er ist aufgewacht. Willkommen, Freund, in der Stadt der tausend Freuden!«

Erst allmählich begann Aylon zu begreifen, daß er nicht träumte, sondern wirklich aufgewacht und die Menschen um ihn herum wirklich waren. Er richtete sich auf. Jemand hielt ihm eine Schale mit einem wohlriechenden Saft an die Lippen und forderte ihn auf zu trinken. Gehorsam öffnete Aylon den Mund und schluckte. Der süße, leicht alkoholische Saft schmeckte ebenso gut, wie er erfrischte. Aylon nickte dankbar und sah sich genauer um. Er befand sich tatsächlich in einem Park, der zudem wesentlich weitläufiger war, als es auf den ersten Blick ausgesehen hatte. Im Gegensatz zu den Temperaturen außerhalb der Stadt war es hier erstaunlich warm. Der betörende Duft eines wahren Blütenmeeres verschiedenster Blumen erfüllte die Luft. Hinter den Bäumen zeichneten sich die gigantischen Häuser und Türme der Stadt als Silhouette ab. Dutzende von Menschen hielten sich in seiner unmittelbaren Nähe auf, aber es schienen sich noch weit mehr in dem Park zu befinden. Die meisten von ihnen waren Männer, doch es gab auch einige Frauen unter ihnen.

»Wo bin ich?« fragte er benommen.

»Im Paradies«, vernahm er eine bekannte Stimme. »Im absoluten Paradies.« Übermütig lachend tauchte Marco zwischen den anderen Menschen auf. Mit der einen Hand schwang er einen Becher, in der anderen hielt er eine bunte, exotisch aussehende Frucht.

»Marco!« Aylon sprang auf und trat auf ihn zu. »Kannst du mir erklären, was das zu bedeuten hat?«

Marco schüttelte den Kopf. »Ich bin auch erst vor ein paar Minuten aufgewacht und habe alles so vorgefunden. Offenbar ist uns nichts passiert. Die Gepanzerten haben uns nur die Waffen abgenommen, aber soweit ich sehen konnte, trägt hier niemand Waffen.« Er lachte und breitete übermütig die Arme aus. »Diese Stadt ist einfach phantastisch. Wie ich schon sagte – ein Paradies.«

Aylon sah sich noch einmal um. Einige der Leute betrachteten auch ihn neugierig und lächelten ihm zu, die übrigen hatten sich anscheinend bereits an seinen Anblick gewöhnt und widmeten sich wieder ihren vorherigen Beschäftigungen. Sie aßen und tranken und unterhielten sich miteinander. Es wurde viel gelacht. An mehreren Stellen klang Gesang auf, und zahlreiche Menschen tanzten, entweder allein oder zu mehreren.

Ein paar Schritte abseits entdeckte er Flair, die im Gras lag und sich erst jetzt zu regen begann. Er kniete neben ihr nieder. »Flair, wach auf«, sagte er.

Sie schlug die Augen auf und blinzelte ihn verwirrt an, dann ließ sie ihren Blick zu den Menschen um sie herum schweifen. »Wo sind wir?« fragte sie. »Wer sind die Leute?«

»Genau das fragen wir uns auch«, entgegnete Marco. »Aber wenigstens sind sie uns nicht feindlich gesonnen. Ein recht freundliches Volk. Ihre Fröhlichkeit wirkt geradezu anstekkend.«

»Damit wären wir nun fast alle wieder zusammen«, stellte Aylon fest. »Fehlt nur noch Floyd.«

Sie suchten die nähere Umgebung der Stelle, an der sie selbst das Bewußtsein wiedererlangt hatten, nach ihm ab, konnten ihn aber nirgendwo entdecken. Als sie einige der Leute fragten, erfuhren sie, daß der Gaukler niemand aufgefallen war. So zogen sie den Kreis weiter und schlenderten durch den Park. Überall bot sich ihnen das gleiche Bild: vergnügt tanzende und singende Menschen, die keinerlei Scheu vor ihnen zeigten, sondern sie mit solcher Herzlichkeit sofort in ihr Lachen und Tanzen einbezogen, daß es ihnen schwerfiel, zusammenzubleiben und sich von der Stimmung nicht so einfangen zu lassen, daß sie alles andere vergaßen.

Schon bald bemerkten sie, daß die Springbrunnen nicht mit Wasser, sondern mit Wein und anderen Getränken gefüllt waren, so daß man nur einen Becher hineinzutauchen und zu schöpfen brauchte. Auf langen Tischen überall im Park standen köstliche Speisen bereit.

Der Anblick ließ Aylon das Wasser im Mund zusammenlaufen. Erst jetzt wurde ihm bewußt, wie hungrig er war. Er griff nach einem Stück Braten und einigen saftig aussehenden Früchten und ließ sie sich schmecken. »Woher kommt das alles?« wandte er sich an einen Mann, der neben ihm stand und sich gleichfalls bediente.

Der Mann stopfte sich eine Frucht in den Mund und machte eine gleichgültige Handbewegung. »Was weiß ich? Hauptsache, es ist da.«

»Aber irgendwer muß es doch hier hinstellen«, hakte Aylon nach.

Der Mann runzelte die Stirn und knetete sein Kinn, als müßte er nachdenken. Es schien ihm schwer zu fallen. »Ja«, stimmte er schließlich zu. »Du hast wohl recht. Ich glaube, es sind die Droiden.«

»Droiden?« wiederholte Aylon. »Wer soll das sein?«

»Nun hör schon auf mit deinen Fragen! Du verdirbst mir die gute Laune mit deiner Neugier. Warum soll man alles wissen?« Er lachte und schlug Aylon auf die Schulter. »Komm mit, gar nicht weit von hier habe ich erst gestern einen Brunnen mit einem köstlichen neuen Wein entdeckt.«

»Später vielleicht«, wehrte Aylon ab, darum bemüht, sich sein Entsetzen über die Gleichgültigkeit des Mannes nicht anmerken zu lassen. »Ich habe erst noch etwas zu erledigen.«

»Was gibt es hier schon groß zu erledigen? Freue dich deines Lebens!« Der Mann lachte, als hätte er einen besonders guten Witz gehört. »Na ja, du mußt es selber wissen.« Noch einmal schlug er Aylon auf die Schulter, stimmte ein Lied an und schlenderte laut singend davon. Aylon starrte ihm ein paar Sekunden fassungslos nach.

Auch mit einem zweiten Mann bemühte er sich vergeblich ins Gespräch zu kommen. Wieder erntete er nur Verständnislosigkeit, fröhliches Lachen und die Aufforderung, seine dummen Fragen zu vergessen, um statt dessen mitzufeiern und sich wie alle anderen zu vergnügen.

»Sinnlos«, murmelte er, wieder an Flair und Marco gewandt. »Mit denen kann man sich unmöglich unterhalten. Die scheinen ja nicht mal mehr zu wissen, wie man überhaupt denkt.«

»Das ist unheimlich«, erklärte Flair. »Ich habe noch nie so viele Menschen gesehen, die so fröhlich waren.«

»Und was ist daran so unheimlich?« wollte Marco wissen. »Sie sind glücklich, und ich frage mich, warum wir uns nicht wirklich mit ihnen amüsieren. Hier versteht man eben zu leben.«

»Wenn du das Leben nennst, kannst du einem genau so leid tun wie diese Leute hier«, entgegnete Aylon heftig. »Das hat doch mit Glück nichts zu tun. Sieh sie dir nur an. Sie sind fröhlich, aber sie stecken in einer Traumwelt und haben dafür mit ihrem Verstand bezahlt.«

»Du übertreibst«, antwortete Marco. »Wahrscheinlich benehmen sie sich ja auch nur abends so. Tagsüber arbeiten sie, und nun genießen sie die restliche Zeit und wollen sich nicht mit irgendwelchen Problemen beschäftigen.«

»Und deshalb halten sie es für völlig selbstverständlich, wenn Fremde durch das Ödland zu ihnen kommen?« meinte Aylon. »So selbstverständlich, daß sie nicht einmal neugierig auf unsere Namen und unsere Geschichte sind, sondern es schon als lästige Störung empfinden, wenn wir ein paar harmlose Fragen stellen? Das ist ganz bestimmt nicht normal!« Er schüttelte den Kopf. »Wo steckt nur Floyd?«

Sie durchstreiften den gesamten Park. Überall lungerten die Menschen untätig herum und vertrieben sich mit Banalitäten die Zeit, als bestünde ihr einziger Lebenszweck darin, sich um jeden Preis zu amüsieren, die Zeit totzuschlagen und auf keinen Fall irgendeinen klaren Gedanken zu fassen.

Und das Schlimmste daran war, dachte Aylon, daß ihre Fröhlichkeit beinahe ansteckend war, wie Marco zuvor behauptet hatte. Zumindest bei dem Jungen hinterließ sie deutlich Wirkung. Mehr als einmal mußte Flair ihn am Arm mit sich ziehen, damit er nicht zurückblieb und sich in der Menge verlor. Sie selbst betrachtete das vergnügte Treiben aufgrund ihrer Scheu und instinktiven Abwehrhaltung anderen Menschen gegenüber eher mit Mißtrauen und Ablehnung.

Aylon machte sich große Sorgen um Floyd. Es konnte kaum ein Zufall sein, daß ausgerechnet der Gaukler, der den gepanzerten Gestalten als einziger Widerstand geleistet hatte, nicht bei ihnen war.

Am Rand des Parks entdeckten sie ihn schließlich in einem niedrigen Haus mit Spitzdach, dessen vordere Wand fehlte, was ihm das Aussehen eines Pavillons verlieh. Zusammen mit mehreren anderen Männern und einer Frau saß Floyd an einem runden Tisch und – einen Augenblick weigerte sich Aylon schlichtweg, es zu glauben – würfelte mit ihnen um einen stattlichen Betrag an Goldmünzen, die in der Mitte des Tisches aufgehäuft waren.

»Wartet hier!« befahl Aylon. Er trat in das Haus und eilte auf den Gaukler zu. »Floyd, was zum –«

»Aylon! Da bist du endlich.« Floyds Augen leuchteten. »Sieh dir nur an, was ich schon gewonnen habe.« Er wies auf mehrere Stapel Münzen vor sich auf dem Tisch, dann ergriff er Aylon an der Schulter und zog ihn zu sich herab, um ihm ins Ohr zu flsütern: »Die Leute hier müssen Gold in rauhen Mengen haben, und sie merken es nicht einmal, wenn ich sie bescheiße. Das reinste Paradies.«

»Das habe ich vorhin auch gehört.« Aylon nickte zornig. »Hier scheint es überhaupt alles in rauhen Mengen zu geben, nur keinen klaren Verstand«, stieß er hervor. »Was interessiert uns das Geld? Verdammt, Floyd, komm endlich zu dir!« Er rüttelte den Gaukler an beiden Schultern und versetzte ihm schließlich zwei schallende Ohrfeigen. Die anderen Spieler am Tisch begannen gröhlend zu lachen.

Entgeistert starrte Floyd ihn ein paar Sekunden an, sprang dann auf und packte ihn wütend am Kragen. »Bist du verrückt geworden?« fauchte er. »Was soll...« Er verstummte. Der Zorn wich so plötzlich aus seinem Gesicht, wie er gekommen war, und machte einem Ausdruck der Betroffenheit Platz. Er blickte sich um, als wäre er plötzlich aus einem Traum erwacht. »Tut mir leid, Aylon«, murmelte er hilflos. »Ich... ich weiß nicht, was mit mir los war.« Er griff nach seinen Münzen und steckte sie ein. »Das Spiel ist aus, Freunde«, verkündete er laut. »Macht ohne mich weiter.«

Enttäuschtes Gemurmel klang auf. »Und was ist mit mir?« erkundigte sich die schwarzhaarige Frau, die neben ihm saß. Sie stand ebenfalls auf und schmiegte sich an ihn.

Floyd legte einen Arm um ihre Hüften. »Du kommst natürlich mit uns«, antwortete er. »Sieh sie dir an, Aylon. Das ist

Ghina. Als ich zu mir kam, wollte ich erst warten, bis ihr auch aufwacht, aber dann habe ich sie gesehen und konnte nicht widerstehen, mit ihr zu gehen. Ist sie nicht wunderbar?«

Aylon nickte ihr flüchtig zu. Ghina war nicht gerade eine Schönheit, aber immerhin recht anziehend. Sie besaß volle Lippen und leicht mandelförmige Augen. Eine Narbe auf der linken Wange entstellte ihr Gesicht nicht, sondern ließ es eher noch interessanter wirken. Ihre geschmeidigen Bewegungen und die Muskeln unter ihrer Haut zeigten, daß ihr Körper durchtrainiert war. Ähnlich wie Laira oder Shantal schien sie eine Kriegerin zu sein, doch jetzt lag in ihren Augen der gleiche stupide Ausdruck wie in denen der anderen Bewohner dieser sonderbaren Stadt.

Aylons Ärger verdichtete sich. Dies war kaum der passende Moment, mit Frauen herumzuflirten, und er öffnete den Mund, um Floyd erneut scharf zurechtzuweisen, überlegte es sich dann aber anders. »Gehen wir!« sagte er knapp.

Flair und Marco warteten neben dem Eingang auf sie. »Endlich«, seufzte das Mädchen erleichtert. »Ich wußte kaum noch, wie ich ihn zurückhalten sollte. Dauernd fällt ihm etwas anderes ein, was er unbedingt tun will.«

Verlegen blickte Marco zur Seite. »Es ist doch auch unsinnig, nutzlos in der Gegend herumzustehen, wenn es rundum so viele Möglichkeiten zur Zerstreuung gibt«, verteidigte er sich.

»Wir müssen mit dir reden, Ghina«, wandte sich Aylon an die junge Frau. »Ich habe eine Menge Fragen, die du uns hoffentlich beantworten kannst.«

»Wie langweilig«, erwiderte sie und zog einen Schmollmund. »Fällt dir nichts Besseres ein? Laß uns lieber in den Palmengarten gehen, das ist mein Lieblingsplatz.«

Aylon überhörte ihre Worte. »Woher stammst du?« fragte er. »Bist du hier geboren oder irgendwann hergekommen?«

Sie sah ihn verdutzt an. »Hergekommen?« echote sie. »Woher soll ich denn gekommen sein? Es gibt nichts außer der Stadt, das mußt du doch auch wissen. Wir alle sind hier geboren, und wir werden hier irgendwann sterben.«

Aylon wirkte verwirrt. »Was meinst du damit, daß es nichts außer der Stadt gibt?«

»Es gibt eben nichts anderes, weil sie von einem Ende der Welt bis zum anderen reicht«, erklärte sie. »Da draußen ist nur die absolute Leere.«

»Das stimmt nicht«, widersprach Aylon. »Es gibt eine ganze Welt mit Hunderttausenden von Menschen außerhalb ihrer Mauern.«

»Du hast offenbar zu viel Wein getrunken«, erwiderte sie. »Sonst würdest du merken, was du für einen Unsinn redest. Versuch doch einmal, die Stadt zu verlassen, dann wirst du schon erkennen, daß es nichts anderes gibt.«

»Aber er hat recht«, mischte sich Floyd ein. »Was glaubst du, woher wir sonst gekommen sind? Wir haben das Ödland von Sharolan durchquert, und als wir in eine Nebelwand eindrangen, befanden wir uns plötzlich in der Stadt.«

»Du also auch.« Ghinas Blick wurde fast mitleidig, als sie den Kopf schüttelte. »Ihr habt einen dummen Traum gehabt. So etwas kommt vor. Von Zeit zu Zeit erzählt mir jemand, daß er den gleichen Traum gehabt habe, daß es irgendein trostloses Phantasieland außerhalb der Stadt gebe, aus dem er komme. Aber bislang ist noch jeder rasch wieder zur Besinnung gekommen. Bei euch wird es nicht anders sein.« Sie klatschte in die Hände. »So, und nun ist es genug mit diesen blöden Fragen. Lassen wir uns von diesen Dummheiten nicht länger die Stimmung verderben! Ich will kein Wort mehr davon hören. Machen wir uns lieber endlich auf den Weg zum Palmengarten!«

Aylon zog Floyd einen Schritt zur Seite. »Es muß sich um eine Art Bann handeln«, raunte er ihm zu. »Vielleicht auch um Drogen. Irgend jemand hält sie sich hier wie dumme Haustiere, und sie merken nicht einmal, daß man sie gefangenhält.«

»Ich weiß jetzt auch, wer die Menschen sind«, ergriff Marco das Wort. »Mir sind zwei Männer aufgefallen, die ich bereits in Therion gesehen habe. Damals haben sie sich Scruul angeschlossen.«

»Du meinst... das alles sind seine früheren Anhänger? Er hat all diese Menschen hierher geführt?« Aylon schluckte. »Aber warum sollte er das tun? Das ergibt doch keinen Sinn.«

»Ich fürchte, das werden wir ihn schon selbst fragen müssen«, stellte Floyd fest. »Aber dazu müssen wir ihn zunächst einmal finden.« Er überlegte einen Augenblick. »Gibt es so etwas wie einen Herrscher über die Stadt?« wandte er sich dann an Ghina.

Sie lachte. »Wozu denn das? Natürlich nicht. Meine Güte, ihr tut ja wirklich so, als wüßtet ihr überhaupt nichts. Ihr müßt irgendein übles Zeug erwischt haben.«

»Und was ist mit Scruul?« erkundigte sich Aylon. »Sagt dir der Name Scruul etwas?«

Ghina schüttelte den Kopf. »Nein, kenne ich nicht. Ist der genauso langweilig wie ihr? Ich kann diese Fragerei nicht mehr hören. Als ob es nichts Wichtigeres gäbe!« Sie wandte sich an Floyd: »Kommst du nun mit in den Palmengarten oder nicht? Es gibt genügend andere Männer hier, die mich gerne dahin begleiten würden.«

Aylon nickte dem Gaukler unauffällig zu. »Also gut«, willigte dieser ein. »Aber du mußt uns hinführen.«

Ihre schlechte Laune war schlagartig wie weggeblasen. Sie begann munter zu plaudern, während sie mit ihnen über die Parkwege ging, doch es handelte sich nur um völlig unwichtige Banalitäten. Ohne zu merken, daß niemand ihr zuhörte, erzählte sie von irgendwelchen neuen Weinen in bestimmten Brunnen, von raffiniert angelegten Blumenbeeten und Gedichten, die irgendwer in den letzten Tagen verfaßt hatte.

»Müssen wir unbedingt mit dieser Verrückten gehen?« flüsterte Flair.

»Durch sie können wir vielleicht etwas erfahren«, gab Aylon ebenso leise zurück. »Sie führt uns herum, und auf diese Weise lernen wir mehr von der Stadt kennen.«

Schon bald hatten sie den Park verlassen. Zielsicher führte Ghina sie über die Straßen der Stadt. Auch sie wurden von Lampen hell erleuchtet, doch hielten sich hier merklich weniger Menschen auf. Bald jedoch schon schallte ihnen erneut lauter Gesang entgegen. Sie überquerten einen Platz, auf dem mehrere junge Männer um einen Brunnen saßen und musizierten. Kurz darauf verklang der Gesang wieder hinter ihnen, als sie in eine Nebenstraße eindrangen.

»Wie findest du dich hier bloß zurecht?« wollte Flair wissen. »Ich würde mich in diesen vielen Straßen sofort verirren.«

Ghina warf ihr einen verächtlichen Blick zu. »Natürlich würdest du das *nicht*, dummes Ding«, entgegnete sie. »Es ist unmöglich, sich hier zu verlaufen. Man braucht nur durch eine Straße zu gehen, dann trifft man wieder auf einen Park.«

»Wer versorgt euch hier?« wiederholte Aylon seine Frage, die er vorher schon an einen der Männer gerichtet hatte. »Wer füllt die Brunnen und bringt euch das Essen?«

Wie zuvor erntete er ein verwirrtes Stirnrunzeln. »Es ist einfach da«, antwortete Ghina. »Wahrscheinlich kümmern sich die Droiden darum.«

»Den Namen habe ich schon einmal gehört«, sagte Aylon nachdenklich. »Wer oder was sind diese Droiden?«

»Furchtbar langweilige Kerle.« Ghina machte eine abfällige Geste. »Sie laufen nur in Rüstungen herum und können kein verständliches Wort sprechen. Wenn irgend etwas kaputt geht, dann reparieren sie es, und ansonsten sorgen sie nur dafür, daß niemand die kalte Zone der Stadt betritt.«

Aylon wurde hellhörig. »Was ist mit dieser kalten Zone?«

»Geht diese blöde Fragerei denn schon wieder los? Das ist ja nicht auszuhalten!« Zornig funkelte Ghina erst Aylon, dann Floyd an. »Warum mußte ich bei all den Männern in der Sadt heute abend ausgerechnet an dich und deine sonderbaren Freunde geraten?«

»Sag uns, was du über diese kalte Zone weißt«, bat Floyd. »Du mußt uns glauben, es ist wirklich wichtig.«

Sie seufzte und verdrehte die Augen. »Wichtig ist für euch höchstens, daß ihr euch von dort fernhaltet, weil die Droiden jeden verjagen, der die kalte Zone zu betreten versucht. Sie liegt genau im Herzen der Stadt, da hinten, wo der spitze Turm aufragt.« Sie deutete auf ein besonders hohes Bauwerk, das wie alle Türme von unten angestrahlt wurde und dadurch gut erkennbar war. »So, und jetzt ist endgültig Schluß mit den Fragen, oder ich vergesse alle blöden Regeln und suche mir doch eine andere Begleitung für den Abend. Hier ist der Palmengarten.«

Sie gelangten in einen weiteren Park, ähnlich dem, in dem sie erwacht waren, doch neben anderen Bäumen wuchsen hier hauptsächlich Palmen, und es schien noch wärmer als auf der Straße zu sein.

Aylon betrachtete seine Begleiter. Marcos Gesicht wirkte schlaff, in seinen Augen lag ein ähnlich gleichgültiger Ausdruck wie in denen der Stadtbewohner. Es würde nicht lange dauern, bis auch Flair ihn nicht mehr davon abhalten konnte, sich ebenso wie diese zu verhalten. Floyd erging es kaum anders. Er besaß zwar einen stärker ausgeprägten Willen, und deshalb gelang es ihm, gegen den fremden Einfluß anzukämpfen, aber es war nur eine Frage der Zeit, bis auch er unterliegen würde.

Flair war die einzige, die sich außer ihm möglicherweise auf Dauer gegen den Bann behaupten würde. Er vermutete, daß es nicht nur an ihrer mangelnden Geselligkeit lag, sondern auch daran, daß sie wie er selbst magische Kräfte besaß und deshalb gegen die fremde Magie nicht so anfällig war. Aber trotzdem war auch sie ihm bei seinem Vorhaben keine große Hilfe, er brachte sie höchstens unnötig in Gefahr.

»Holst du mir einen Becher von dem Wein aus dem Brunnen da hinten?« wandte sich Ghina bittend an Floyd.

Aylon erkannte seine Chance, sich unauffällig von den anderen zurückzuziehen. »Ich mache das für dich«, sagte er. Bevor jemand reagieren konnte, eilte er bereits auf den Brunnen zu. Statt nach einem der Becher zu greifen, verschwand er jedoch hinter einer mehr als mannshohen Buschgruppe. Im Schutz von Hecken und Büschen begann er zu laufen. Verwunderte Blickte trafen ihn, doch er kümmerte sich nicht darum, wechselte ein paarmal die Richtung und verließ den

Park am entgegengesetzten Ende. Erst jetzt blieb er stehen und lehnte sich keuchend gegen eine Hauswand. Er bedauerte, daß ihm keine andere Wahl geblieben war, als sich von den anderen zu trennen, aber vor allem Flair hätte ihn bestimmt nicht freiwillig gehen lassen. Sie würde wütend auf ihn sein und sich betrogen fühlen, aber so war es für sie am besten. Abgesehen davon, daß man einen großen Teil seines freien Willens verlor, war die Stadt wirklich so etwas wie ein Paradies, in dem es keine Gefahren zu geben schien, solange man sich an die Regeln hielt. Wenn er Flair zurückließ, konnte ihr also nicht viel passieren.

Aylon schloß die Augen und dachte über sein weiteres Vorgehen nach, während er darauf wartete, daß sich sein Puls und sein Atem wieder beruhigten. Der Schlüssel zum Geheimnis der Stadt konnte nur in dieser geheimnisvollen kalten Zone verborgen liegen, und das bedeutete, daß er dorthin gehen mußte. Nur wenn er bis ins Innerste dieser Zone gelangte, konnte er dort beweisen, wer er war. Mehr denn je war er davon überzeugt, daß er die Zitadelle erreicht hatte. Wenn alle Menschen hier ihre Vergangenheit vergaßen und damit auch den Grund, aus dem sie hergekommen waren, so handelte es sich höchstwahrscheinlich um einen weiteren Schutz vor unerwünschten Eindringlingen – denn genau das waren außer ihm selbst ja schließlich alle.

Verwunderlich war nur, daß Scruul dennoch immer mehr Menschen hierherschickte, obwohl er wissen mußte, daß sie ebenfalls binnen kürzester Zeit ihren freien Willen verlieren und genau wie alle anderen aus seiner ehemaligen Armee seine Befehle vergessen würden, um sich gedankenlos zu vergnügen. Aylon wurde das Gefühl nicht los, daß er in seinen Überlegungen einen wesentlichen Punkt übersah, und eine hartnäckige Stimme in seinem Kopf raunte ihm immer wieder zu, daß alles möglicherweise ganz anders war, als er es sich vorstellte. Er verdrängte diesen Gedanken. Wenn er weiter nur untätig herumstand und abwartete, würde er die Wahrheit niemals herausfinden.

Als er die Augen wieder öffnete, stand Flair vor ihm. »Schnell laufen kannst du ja«, erklärte sie. »Aber ich habe dir schon einmal gesagt, daß du mich nicht los wirst, solange ich es nicht will.«

Scruul

Die kalte Zone zu finden erwies sich als wesentlich einfacher, als Aylon befürchtet hatte. Sie brauchten nicht einmal eine volle Stunde dafür. Der Turm, von dem Ghina gesprochen hatte, war von nahezu jedem beliebigen Punkt der Stadt aus gut zu sehen, so daß sie einen untrüglichen Wegweiser hatten, nach dem sie sich nur zu richten brauchten.

Ein paarmal hatte Aylon kurz mit dem Gedanken gespielt, sich genau in die entgegengesetzte Richtung zu wenden, also zum Stadtrand hin, um herauszufinden, ob Ghina mit ihrer Behauptung recht hatte, daß niemand die Stadt verlassen könne. Aber dieses Problem war im Augenblick zweitrangig. Es würde ihm nichts nützen, wenn er stundenlang durch die Stadt irrte, um die Antwort auf eine Frage zu finden, die er vermutlich auch im Zentrum erhalten konnte.

Dafür hatte er aus Neugier einige der Häuser betreten, die ihren Weg säumten, und sich flüchtig darin umgesehen. Die meisten waren im Inneren leer gewesen: sauber und bezugsfertig zwar, aber dennoch nicht mehr als leere Hüllen. Einige andere Gebäude waren sogar mit Möbeln eingerichtet gewesen, doch nur in einem einzigen hatte er konkrete Spuren entdeckt, daß es tatsächlich bewohnt wurde. Er zweifelte nicht daran, daß es überall in der Stadt genauso aussah. Die Menschen, die in Scruuls Auftrag bislang hierhergekommen waren, konnte man vermutlich allesamt in einem einzigen der hohen Türme unterbringen, ohne daß auch nur einer über Mangel an Platz zu klagen hatte. Die Stadt war für eine tausendfach größere Zahl von Bewohnern erbaut worden.

Aylon hatte inzwischen eingesehen, daß er Flair nicht abschütteln konnte. Ihm war nicht recht wohl dabei, aber wie es aussah, blieb ihm nichts anderes übrig, als sie mit sich in die kalte Zone zu nehmen. Immer wieder wurden sie auf ihrem Weg durch die Straßen und Parks der Stadt von Menschen angesprochen und dazu eingeladen, mit ihnen zu tanzen, zu trinken oder sonstwie zu feiern. Die Fröhlichkeit und Dummheit der Leute wurde nur noch von ihrer Aufdringlichkeit übertroffen, fand Aylon, und auch Flair machte aus ihrer Verachtung kein Hehl. Vielleicht, überlegte er, war seine eigene Scheu anderen Menschen – und anfangs ja auch ihr – gegenüber der Grund, weshalb sie ihn auf Anhieb gemocht und sich ihm angeschlossen hatte, so wie es umgekehrt ihm aus dem gleichen Grund nicht gelang, sie zu hassen, trotz allem, was sie getan hatte. Aber das war jetzt Nebensache. Noch war zu vieles ungewiß, als daß es sich lohnte, darüber nachzudenken, was sie miteinander verband und was aus ihnen werden würde.

Erst als sie sich dem Turm bis auf einige hundert Schritte genähert hatten, wurden die Straßen leerer. Nur noch vereinzelt trafen sie auf andere Menschen, und schließlich waren sie ganz allein.

Die Grenze zwischen dem erlaubten und dem verbotenen Teil der Stadt verlief unsichtbar, aber dennoch nicht zu verkennen. Die Straßen der kalten Zone wurden zwar ebenfalls von Lampen beleuchtet, doch verströmten diese ein anderes Licht. Es war nicht länger ein sanfter gelblicher Schein, sondern ein leicht bläuliches Licht, das nicht nur alle Umrisse schärfer als normal hervortreten ließ, sondern auch eine fast spürbare Kälte und Ungemütlichkeit ausstrahlte. Es kostete beträchtliche Überwindung, das angenehme weiche Licht der übrigen Stadt zu verlassen und über die Grenze in die geradezu feindselig erscheinende Helligkeit zu treten. Obwohl Aylon wußte, daß genau diese Wirkung von den Erbauern beabsichtigt worden war, fiel es ihm nicht leichter. Auch Flair mußte sich mühsam überwinden, ihm zu folgen.

»Ich nehme an, daß es eine Art Alarmsystem gibt, das den Droiden meldet, wenn jemand die kalte Zone betritt«, sagte er, als sie einige Schritte über die Grenze gemacht hatten, ohne daß etwas passierte. »Es dürfte also wohl nicht mehr lange dauern, bis einige von ihnen hier auftauchen. Beeilen wir uns!«

Sie hasteten die Straße entlang. Aylon wußte nicht, ob der hohe Turm wirklich das Zentrum der Stadt war, womöglich gar die eigentliche Zitadelle, aber da er schließlich irgendwo beginnen mußte, hatte er sich das Bauwerk als Ziel ausgesucht.

Je näher sie ihm jedoch kamen, desto stärker spürte Aylon etwas anderes, ein schwaches Locken, das aus einer etwas abweichenden Richtung kam. Nach kurzem Zögern entschied er sich dafür, sich auf seine Gefühle zu verlassen, und schlug die neue Richtung ein. Das Locken verstärkte sich, wurde zu einem deutlich wahrnehmbaren Rufen. Einem Hilferuf.

Einmal sahen sie am Ende der Straße einen der Gepanzerten auftauchen und wichen rasch in einen Hauseingang zurück, doch dem Droiden schien es gar nicht um sie zu gehen, denn er bog in eine Nebenstraße ab.

Aylon lauschte auch weiterhin in sich hinein. Er konnte seine Umgebung immer noch nicht magisch erfassen, tastete gegen eine Barriere, die er nicht zu überwinden vermochte. Die fremden Impulse hingegen waren so stark, daß sie auch diese Sperre durchdrangen. Sie stammten aus einem niedrigen, schlichten Haus ohne Fenster.

»Da kommen Droiden!« rief Flair, als sie das Haus fast erreicht hatten. Hinter ihnen strömten die Wesen in ihren stählernen Rüstungen aus mehreren Richtungen auf die Straße und folgten ihnen.

Aylon rannte noch schneller als zuvor, holte das Letzte aus sich heraus. Er stürmte durch den offenen Eingang des Hauses, doch im gleichen Augenblick bremste etwas seinen Lauf. Es war fast wie beim Betreten des Tempels im Wald von Mithyr. Ein unsichtbarer, allem Anschein nach magischer Widerstand stemmte sich ihm entgegen, so daß er nur noch quälend langsam vorankam, als würde er unter Wasser laufen. Flair hatte mit noch größeren Schwierigkeiten zu kämpfen, während die Droiden sich ihnen immer rascher näherten. Aylon spürte, wie der magische Bann sich zu lockern begann, gleichzeitig wurden die mentalen Hilferufe aus dem Inneren des Gebäudes stärker, drängender. Noch einmal stemmte er sich mit aller Kraft gegen das Hindernis, dann spürte er plötzlich keinen Widerstand mehr.

Er war durchgebrochen.

Gleichzeitig vernahm er einen wilden, triumphierenden Schrei, und gleich darauf traf ihn ein mentaler Impuls aus unbändigem Haß wie ein Hieb und ließ ihn zusammenbrechen; dann stürzten die Droiden wie eine Woge aus Stahl über ihn herein. Im Bruchteil einer Sekunde, ehe er zum zweiten Mal seit Betreten der Stadt das Bewußtsein verlor, begriff Aylon noch, was für einen entsetzlichen Fehler er begangen hatte, dann wurde es endgültig schwarz um ihn herum.

Helles Licht blendete Aylon, als er erwachte und die Augen aufschlug. Er stöhnte und blinzelte ein paarmal. Ein dumpfer Schmerz nistete in seinem Kopf, begann aber bereits abzuklingen. Neugierig richtete er sich auf und sah sich um. Er lag auf einer weichen Liege in einem kleinen, hellen Raum. Das Licht schien direkt aus weißen Platten an der Decke zu dringen. Die Wände bestanden zum Teil aus Metall und wiesen zahlreiche Knöpfe und Schalter auf. Bunte Lämpchen, hauptsächlich in Rot und Grün, leuchteten in dem Metall.

Aylon schwang die Beine von der Liege und stand vollends auf. Er trat an eine Metallwand, wagte es aber nicht, etwas zu berühren, sondern ließ seinen Blick nach einigen Sekunden weiterwandern. Erst jetzt entdeckte er die beiden Droiden. Die gepanzerten Gestalten standen regungslos rechts und links einer großen Metallplatte, die in die Wand hinter der Liege eingelassen war, offenbar eine Tür. »Wo bin ich hier?« wandte er sich an sie. »Was ist das für ein Raum?«

Hinter dem dunklen Glas in den Sichtschlitzen ihrer Helme glomm ein schwaches rotes Licht auf, das Aylon schaudernd einen Schritt zurückweichen ließ, ansonsten reagierten sie nicht.

»Gebt euch keine Mühe, Herr«, vernahm er eine Stimme hinter sich. »Sie verstehen Euch nicht. Es sind einfache Arbeitsandroiden, die nur Befehle ausführen können. Sie sind nicht darauf programmiert, Eure Sprache zu sprechen.«

Aylon fuhr herum. Außer ihm und den beiden Droiden befand sich niemand im Raum. »Wer bist du?« stieß er hervor. »Wo steckst du?«

»Ihr würdet nicht verstehen, was ich bin«, antwortete die Stimme, scheinbar direkt aus dem Nichts. Sie spach etwas blechern und mit stark fremdartigem Akzent. »Betrachtet mich als etwas wie den guten Geist dieser... Zitadelle, wie Ihr das Schiff nennt. Ihr seid Aylon, der Sohn Commander Randalls, das hat die Untersuchung Eurer Gene ergeben.«

»Was für Gene? Ich weiß nicht einmal, wovon du überhaupt sprichst.«

»Winzige Teilchen des Körpers, die wir jedem neuen Ankömmling...« Die Stimme brach ab. »Es hätte wohl keinen Sinn, es Euch zu erklären. Und die Krankenstation ist auch nicht der richtige Ort für ein Gespräch. Die beiden Droiden werden Euch in die Zentrale führen. Bitte folgt Ihnen.«

Die Stimme verstummte, dafür ertönte ein leises Zischen, und wie von Geisterhand bewegt glitt das Metallteil in der Wand zur Seite. Die beiden Wesen in ihren Rüstungen drehten sich um und gingen vor ihm her über einen Gang, bis sie vor einem gleichartigen Wandstück stehenblieben, das sich ebenfalls öffnete. Sie gelangten in einen runden Raum, an dessen Wänden wesentlich mehr Lämpchen brannten. Einige von ihnen blinkten rhythmisch, andere leuchteten nur von Zeit zu Zeit blitzschnell auf. Dazwischen gab es überall Knöpfe und Schalter, außerdem einige Fenster aus Glas, hinter denen jedoch nur Schwärze lag. Aylon hatte das Gefühl, in eine fremde, unbegreifliche Welt geraten zu sein, die auf ihre Art noch bizarrer als Mithyr war. Er wünschte sich plötzlich, Maziroc wäre bei ihm.

Neben einem Sessel erstarrten die beiden Droiden wieder zur Regungslosigkeit. Aylon verstand die Aufforderung und setzte sich. Die Polster schmiegten sich angenehm weich an seinen Körper. »Kannst du mich hören?« fragte er.

»Ich höre Euch«, antwortete die körperlose Stimme. Eine eckige, besonders große Glasfläche an der Wand vor Aylon, die bislang dunkel gewesen war, begann gräulich zu flimmern. Das Bild einer blauen Kugel mit einigen großen, an den Rändern ausgefransten Flecken in Grün und Braun erschien darauf. Alles erinnerte Aylon an eine Landkarte, doch er erkannte keine ihm vertrauten Landstriche.

»Dann erzähle mir endlich, was das alles zu bedeuten hat«, verlangte er. »Wo bin ich hier? Was hat es mit dieser Stadt auf sich, und was sind diese Droiden für Wesen?«

»Deine letzte Frage ist noch am leichtesten zu beantworten. Sie sind keine Lebewesen, sondern künstliche Geschöpfe, die nur dazu dienen, Befehle auszuführen. Auch ich bin künstlich geschaffen worden, doch verfüge ich über biologische Zellanteile, die mir in gewissen Grenzen eigenständiges Denken gestatten.«

Aylon stöhnte auf. »Ist es denn unmöglich, auf eine Frage eine verständliche Antwort zu bekommen?«

»Ich bemühe mich bereits, mich möglichst einfach auszudrücken. Aber es ist nicht leicht, Euch Zusammenhänge begreiflich zu machen, die auf einem Wissen beruhen, das dem Euren um Hunderte von Jahren voraus ist. Möglicherweise kann Euer Vater es besser. Er hat eine Nachricht für Euch hinterlassen, die helfen dürfte, Euch manches besser verstehen zu lassen.«

»Eine Nachricht? Dann gib sie mir!« verlangte Aylon aufgeregt.

»Es handelt sich nicht um geschriebene Worte, sondern um eine Aufzeichnung. Das ist... nun, seine Sprache und sein Aussehen wurden haltbar gemacht, so dürftet Ihr es noch am ehesten verstehen. Bevor ich sie Euch vorspiele, werde ich noch versuchen, Eure anderen Fragen zu beantworten. Euer Vater ließ damals das heutige Herz der Stadt von den Droiden errichten. Auch legten sie einen Park an, indem sie nach Wasser bohrten und einen Teil der Wüste fruchtbar machten. Sie sind speziell dafür konstruiert, karge Landstriche für eine Besiedlung vorzubereiten und zu bebauen. Vor etwa einem Jahr erreichte ein Fremder die Zitadelle, ein Magier. Es gelang ihm, einen Teil der Schutzsysteme zu überwinden und dabei schwere Schäden anzurichten, bevor wir ihn bannen konnten. Aber dann kamen weitere Menschen, immer mehr. Euer Vater wollte verhindern, daß Unbefugte die Zitadelle erreichen, aber er wollte auch, daß bis zu Eurer Ankunft niemandem ein Leid geschieht. So bauten die Droiden die Zitadelle zur Stadt aus, wenn sie auch aufgrund der Schäden viel zu groß planten. Wir versorgten die Menschen, so gut es ging; wir haben nur mit Psychostrahlern ihre Entschlußkraft gelähmt. Ihr könnt später entscheiden, was mit ihnen geschehen soll.«

Aylon schloß kurz die Augen. Er hatte bei weitem nicht alles verstanden, aber immerhin in groben Zügen begriffen, um was es ging. »Was ist aus diesem Magier geworden, der als erster hier eingedrungen ist?« fragte er, obwohl er die Antwort bereits kannte. Ihm blieb nur eine schwache Hoffnung, daß er sich irrte.

»Er war zu stark, als daß es uns gelungen wäre, seinen Willen zu betäuben. Deshalb konnten wir ihn auch nicht zu den anderen in die Stadt lassen, sondern mußten ihn in einem besonderen Gefängnis unterbringen. Er hätte es niemals aus eigener Kraft verlassen können, doch Ihr selbst habt ihm vorhin zur Flucht verholfen.«

»Ohne Absicht«, verteidigte sich Aylon. »Ich kannte ja die Hintergründe nicht.«

»Es steht mir nicht zu, Euch Vorwürfe zu machen. Ihr hattet Glück, daß die Droiden sofort zur Stelle waren, um Euch zu schützen und hierher zu bringen. Der Gefangene jedoch ist entkommen. Wir suchen bereits überall nach ihm.«

Aylon verzog schmerzlich das Gesicht, als ihm vollends bewußt wurde, wie leichtfertig er gehandelt hatte. Die Droiden, vor denen er geflohen war, hatten nur nach ihm gesucht, um ihm ihre Dienste anzubieten, doch statt sich mit ihnen zu verständigen, hatte er eine bereits gebannte Gefahr für sich und die Zitadelle heraufbeschworen. Er fragte sich, ob – und wenn ja, in welcher Art – es eine Verbindung zwischen dem Magier und Scruul gab oder ob er es mit mehreren voneinander völlig unabhängigen Gegnern zu tun hatte. »Und das Mädchen, das bei mir war?« murmelte er. »Flair?«

»Die Droiden haben sich nicht um sie gekümmert, aber wenn Ihr es wünscht, lasse ich sie ebenfalls suchen. Sie zu finden wird vermutlich wesentlich einfacher sein als den Magier.«

Aylon überlegte kurz. »Bring sie zu mir, sobald du sie gefunden hast«, ordnete er dann an. Er lehnte sich in die angenehm weichen Polster zurück und bemühte sich, einen Augenblick alle Gedanken aus seinem Kopf zu verbannen. Er hatte so vieles gehört und gesehen, das er nicht verstand, daß es ihm schwerfiel, sich zu konzentrieren. Er brauchte Ruhe, um wieder klar denken zu können, und am liebsten wäre er eine Weile allein gewesen; aber er war zugleich aufgewühlt und wußte, daß seine eigene Neugier ihn nirgendwo würde Ruhe finden lassen, solange er nicht alles erfahren hatte. »Ich möchte die Nachricht meines Vaters jetzt sehen«, entschied er.

»Wie Ihr wünscht.«

Einige Sekunden geschah gar nichts, dann verschwand plötzlich das Bild der blauen Kugel. Die Glasscheibe begann zu flimmern, um gleich darauf ein etwas kantiges, von halblangem dunkelblonden Haar umrahmtes Gesicht zu zeigen. Selbst ohne vorherige Ankündigung hätte Aylon sofort gewußt, daß es sich nur um seinen Vater handeln konnte. Die Ähnlichkeit war unverkennbar: zu groß, um bloß Zufall zu sein, aber das war es nicht allein. Obwohl es sich nur um ein Bild handelte und Aylon nicht ahnte, mit welchen Mitteln das

Aussehen seines Vaters haltbar gemacht worden war, spürte er eine Vertrautheit mit dem Gesicht auf der Scheibe, die weit über reine Äußerlichkeiten hinausging.

Er ist tot! hämmerte er sich Mazirocs Worte ein, um sich erst gar nicht von Gefühlen überwältigen zu lassen, die ihm höchstens unnötigen Schmerz bereiten würden.

Fast eine Minute geschah gar nichts, als wollte sein Vater ihm Gelegenheit geben, sich an das Bild zu gewöhnen. Dann lächelte er einen Augenblick schmerzlich und begann zu sprechen.

»Aylon, mein Sohn«, sagte das Gesicht auf der Glasscheibe mit angenehm weicher, wohlklingender Stimme, die trotz eines sonderbaren Akzents gut zu verstehen war, »was du siehst, ist kein magischer Spiegel oder ein ähnliches Hilfsmittel, durch das ich von einem anderen Ort aus mit dir spreche. Es ist eine Aufzeichnung, und wenn du sie siehst, wird eine sehr lange Zeit vergangen sein. Falls dies geschieht, so bedeutet es auch, daß ich bereits tot bin, da es ansonsten nicht nötig wäre, auf diesem Weg zu dir zu sprechen.

Ich heiße Ken Randall, aber das wird Maziroc dir bereits gesagt haben. Er dürfte der Mensch auf dieser Welt sein, der am meisten über mich weiß, und dennoch ist es letztlich nur wenig. Ich wünschte, ich hätte dich selbst großziehen und dir alles nach und nach erklären können, doch mir blieb nichts anderes übrig, als dich in die Obhut der Ishar zu geben. Ich hoffe, Maziroc war ein guter Ziehvater und es ist dir in Cavillon gut ergangen.

Es ist erst wenige Wochen her, seit ich dich zuletzt gesehen habe. Du bist jetzt knapp ein Jahr alt, und ich habe dich in meinen Armen gewiegt, aber wenn du diese Nachricht siehst, dürftest du längst zu einem stattlichen jungen Mann herangewachsen sein und die Magierweihe erhalten haben. Ich habe von Maziroc ausdrücklich verlangt, dir vorher nichts von dieser Zitadelle zu erzählen, denn was ich dir sagen und geben will, erfordert große Verantwortung.

Maziroc behauptet, daß dein Geist schon jetzt anders als der anderer Kinder sei. Vielleicht wirst du darunter zu leiden haben, daß man dich stets als etwas Besonderes ansieht, wie es auch bei mir der Fall ist. Es macht einsam, nicht wie andere zu sein.

Deine Mutter...« Er brach ab und lächelte. »Aber auch über Miranya wird Maziroc bereits mit dir gesprochen haben, und mehr kann ich dir auch nicht über sie sagen. Aus einem mir unbekannten Grund ging sie vor wenigen Monaten fort, und seither fehlt jede Spur von ihr.

Was nun mich betrifft – es wird schwierig sein, dir alles mit so einfachen Worten zu erzählen, daß du es verstehst. Das hat nichts mit deiner Intelligenz zu tun, sondern mit dem Entwicklungsstand dieser Welt. Nicht einmal Maziroc weiß wirklich, wer ich bin. Wie könnte ich frei über eine Wissenschaft mit technischen Errungenschaften sprechen, für die ihr noch nicht einmal die zugrundeliegenden Naturgesetze erkannt habt? Was du um dich herum siehst, muß dir so fremd vorkommen wie ein Teil einer völlig fremden Welt, und genau das ist es auch.

Ich stamme nicht von Arcana, Aylon, aber das hast du wahrscheinlich schon selbst erkannt. Meine Heimat ist eine Welt namens Erde, und sie liegt weiter entfernt, als du dir vorstellen kannst.

Die Entwicklung dort ist in vielerlei Hinsicht völlig anders verlaufen als auf Arcana. Bei uns gibt es keine Magie, zumindest wurde sie nie bewiesen, so daß wir mehr Wert auf die Entwicklung der Naturwissenschaft und Technik gelegt haben. Wir haben gelernt, das Wetter zu beherrschen, haben gewaltige Städte errichtet, mit Gebäuden, die noch wesentlich größer als diese Zitadelle sind, wir können problemlos mit Menschen sprechen, die weit entfernt sind, und vieles andere mehr. Wir haben es sogar geschafft, uns mit fliegenden Schiffen in den Himmel zu erheben. Mit diesen Schiffen können wir schneller als das Licht fliegen, um durch das absolute Nichts zu fremden Welten zu reisen. Das mag für dich wie ein Märchen klingen, aber es ist nur die Folge einer Technik, die der euren um Jahrtausende voraus ist.

Bevor ich hierher kam, war ich der Kommandant eines dieser Schiffe, und ich befand mich auf dem Weg zu einer dieser fremden Welten, um sie für eine menschliche Besiedlung vorzubereiten. Doch ich hatte einen Fehler bei der Berechnung meines Kurses gemacht, und ich geriet zu weit in den Bereich einer explodierenden Sonne. Dadurch wurde ich weit von allen üblichen Sternstraßen weggeschleudert. Mein Antrieb und mein Funkgerät wurden beschädigt. Hilflos trieb ich immer weiter ab, ohne Hilfe herbeirufen zu können. Schließlich gelang es mir, auf Arcana notzuladen. Ich untersuchte die Schäden an meinem Schiff, doch sie ließen sich nicht mehr reparieren. Ich war auf dieser Welt gefangen, und nachdem ich mich endlich damit abgefunden hatte, begann ich mich auf ihr einzurichten und sie zu erforschen.

Zur Ausrüstung des Schiffes gehören komplette Anlagen, in denen aus wenigen Rohstoffen alle nötigen Materialien gewonnen werden können, um ganze Städte aus dem Boden zu stampfen. Ich wählte die Einöde Sharolans, machte ein Stück des Landes fruchtbar und richtete mit den Überresten des Schiffes die Zitadelle ein.

Nach einer Weile unternahm ich ausgedehnte Reisen, bei denen ich Maziroc kennenlernte und mich mit ihm anfreundete. Ich gab einige Brocken meines Wissens preis; ich verfügte über Hilfsmittel, die selbst den Ishar wie eine fremde, unglaublich mächtige Magie erschienen. Zudem konnte niemand meine geistigen Impulse auffangen, wie es den Magiern anscheinend bei allen Einwohnern Arcanas gelingt, aber das dürftest du besser wissen als ich, da bereits jetzt alles darauf hindeutet, daß du von deiner Mutter starke magische Fähigkeiten geerbt hast.

Viele der Ishar, mit denen ich zusammentraf, hielten mich jedenfalls für eine Art überirdisches Wesen, das von den Göttern aus dem Himmel auf die Welt geschickt wurde. In gewisser Hinsicht stimmte das ja sogar, wenn auch die Hintergründe ganz anders waren. Sogar der Innere Zirkel des Ishar-Ordens interessierte sich schließlich für mich, und Charalon verlangte mich zu sehen. Als angeblich erstem Sterblichen wurde es mir gestattet, die Dämmerschmiede zu betreten, und dabei machte ich eine verblüffende Entdeckung.

Schon vorher hatte es mich gewundert, daß sich die Bewohner Arcanas und die Menschen auf der Erde biologisch so vollkommen gleichen, daß es nur psychisch einige Unterschiede gibt, wie eben vor allem die magischen Kräfte. Nun konnte ich eine weitere Übereinstimmung feststellen, denn die Dämmerschmiede mitsamt der Regenbogenbrücke findet in unseren Sagen eine so genaue Entsprechung in einem Ort namens Asgard, daß es sich kaum um Zufall handeln kann. Ich habe mit Charalon darüber gesprochen, und er deutete an, daß die Dämmerschmiede ein Ort sei, der zahlreiche Welten miteinander verbindet oder dies zumindest einmal tat. Der Gedanke, daß sich auf diesem Weg doch noch eine Möglichkeit für mich ergeben könnte, zur Erde zurückzukehren, hat mich seither nicht mehr losgelassen.

Die Brücken, die von der Dämmerschmiede in andere Welten führen, scheinen den Toren zu ähneln, durch die die Damonen nach Arcana kommen. Auch hier ergeben sich vielleicht für mich wichtige Hinweise. Wenn ich herausfinde, wie sie ihre Tore beherrschen, kann ich nicht nur versuchen, diese zu schließen und die Damonen dadurch von allem Nachschub abzuschneiden, sondern es könnte mir auch gelingen, entweder direkt von hier oder von der Dämmerschmiede aus ein solches Tor zur Erde zu eröffnen. Ich weiß, daß es nur eine winzige Chance ist, aber es ist die einzige, die ich habe, und dafür muß ich alles riskieren, auch eine Reise direkt ins Gebiet der Damonen.

Ich hoffe, daß du mir keine Vorwürfe machst, weil ich dieses Wagnis eingegangen bin, statt mich um dich zu kümmern. Wenn du diese Aufzeichnung jemals siehst, bedeutet das höchstwahrscheinlich, daß ich gescheitert bin. Aber bevor du ein vorschnelles Urteil fällst, bitte ich dich darum, dich an meine Stelle zu versetzen. Wenn es dich durch irgendwelche Umstände in eine Welt verschlüge, die der deinen so völlig fremd wäre, würdest du dann nicht auch alles tun, um wieder nach Hause zurückkehren zu können?

Selbst jetzt, nach über einem Jahr, fällt es mir noch schwer, über Miranya zu sprechen, deine Mutter. Mehr als drei Jahre habe ich an ihrer Seite verbracht, und sie hätte es beinahe geschafft, daß ich mich auf Arcana heimisch fühlte. Vermutlich wäre alles anders gekommen, wenn sie mich nicht plötzlich so spurlos verlassen hätte. Vielleicht hat Maziroc inzwischen mehr herausgefunden, ich jedoch habe trotz eifriger Suche keinen einzigen Hinweis darauf finden können, was aus ihr geworden ist.

Aylon, ich weiß, daß ich mich nach ihrem Verschwinden um so mehr um dich hätte kümmern müssen. Statt dessen habe ich dich in der Obhut der Ishar zurückgelassen, um eine gefahrvolle Reise anzutreten, deren Erfolg mehr als unwahrscheinlich ist. Im Leben habe ich als Vater versagt, vielleicht aber kann ich im Tode ein klein wenig gutmachen. Ich verlasse die Zitadelle nicht ohne Vorbereitungen. In ihren Mauern befinden sich technische Errungenschaften, die diese Welt aus den Angeln heben können. In den Speicherbänken des Zentralcomputers, der geisterhaften Stimme, die dich begrüßt hat, befindet sich ein Großteil alles Wissens der Menschen auf der Erde. Wenn etwas davon in falsche Hände geriete, könnte es schreckliche Folgen haben. Deshalb mußte ich die Zitadelle schützen und auch darauf bestehen, daß Maziroc dir erst nach der Magierweihe, wenn du die Reife eines Ishars besitzt und nach ihren Werten handelst, davon erzählt, damit du verantwortungsvoll damit umgehen kannst.

Richtig angewandt, kann dieses Wissen deinem Volk helfen, eine viel schnellere Entwicklung als normal durchzumachen und Irrwege zu vermeiden, doch natürlich darf nichts zu schnell gehen. Dazu bedarf es eines Lehrers, der die Entwicklung behutsam steuert und sein restliches Wissen irgendwann einem Nachfolger vermittelt, damit dieser es auf gleiche Art weitergeben kann. Deshalb habe ich Schulungsprogramme für dich entwickelt, die es dir ermöglichen werden, nach und nach dieses Wissen vermittelt zu bekommen. Dies ist nicht nur ein Geschenk, sondern zugleich auch eine Verantwortung, von der ich nicht weiß, ob du sie –«

Mit einem schrillen Mißlaut brach die Aufzeichnung mitten im Satz ab, als ein Blitz durch den Raum zuckte und die Glasscheibe zerbersten ließ.

»Was für eine wundervolle Vision«, erklärte eine höhnische Stimme hinter Aylon. »Wie schade nur, daß ich eine ganz andere Vorstellung habe, was mit all diesen Dingen geschehen soll!«

Aylon hatte das Gefühl, zu Eis zu erstarren. Wie betäubt starrte er einige Sekunden auf das Gewirr von Drähten, das zwischen den Überresten der Glasscheibe heraushing, dann erst stand er auf und drehte sich langsam um, als wollte er das Unvermeidliche möglichst lange hinauszögern. Er wußte, was ihn erwartete, dennoch traf ihn der Anblick wie ein Schock.

Hinter ihm stand Scruul.

Scruul, den er selbst aus seinem Kerker in der kalten Zone um die Zitadelle befreit hatte!

»Scruul«, murmelte Aylon mit beinahe tonloser Stimme. Der Name war alles, was er über die Lippen brachte, und selbst dieses eine Wort ging fast über seine Kräfte.

»Defekt in der zentralen Datenübertragung«, plärrte die Stimme der Zitadelle. »Defekt in der zentralen Datenübertragung.« Noch ein paarmal wiederholte sie ihre Meldung und verkündete schließlich: »Unbefugter Eindringling in Zentrale.« Auch diese Meldung wurde mehrfach wiederholt. Aylon beachtete sie nicht.

»Sag ihr, daß sie schweigen soll«, verlangte Scruul.

»Sei still!« befahl Aylon, und das Plärren verstummte. Er musterte den Magier, der nur wenige Schritte von ihm entfernt stand. Es handelte sich um Scruul, keinen Zweifel, und dennoch war etwas an ihm anders als bei ihrem ersten Zusammentreffen in Therion. Er wirkte irgendwie wirklicher und gleichzeitig auch gefährlicher. Ebenso zweifelsfrei handelte es sich auch um den Magier, den er befreit hatte. Auch jetzt, aus unmittelbarer Nähe, gelang es ihm nur schwach, die mentalen Impulse Scruuls wahrzunehmen, doch es waren eindeutig die gleichen Impulse, die er beim Eindringen in das Gefängnis verspürt hatte. Lediglich der Haß, der ihm dort entgegengeschlagen war, war nun dem Gefühl des Triumphes gewichen. Aylon erinnerte sich an Marcos Worte, daß niemand das Gesicht des Sektenführers gesehen habe und daß sich unter der Kutte möglicherweise verschiedene Männer verbargen. Wie es nun aussah, war tatsächlich ein anderer an die Stelle des zu diesem Zeitpunkt bereits gefangenen Scruul getreten. Das erklärte noch nicht, welchen Sinn das alles hatte, doch es bot immerhin einen Hinweis.

Über einem gleichfalls dunklen Handschuh trug der Magier einen Ring an der rechten Hand. Einige bläuliche Fünkchen tanzten um den darin eingefaßten Kristallsplitter. Offensichtlich handelte es sich um das Skiil, mit dem Scruul den Blitz erzeugt hatte.

Aylon tastete nach Charalons Reif an seinem Handgelenk und sammelte Kraft für die offenbar unausweichlich gewordene Auseinandersetzung.

»Versuch es nicht erst«, sagte Scruul wie beiläufig, aber mit unverkennbarer Drohung in der Stimme. »Oder bildest du dir ernsthaft ein, mit deinen lächerlichen Kräften gegen einen Schattenherrn der Caer-Sharuun bestehen zu können?«

Ein Schattenherr!

Aylon zuckte zusammen. Kurz überwältigte ihn Schrecken, aber weder sein Entsetzen noch seine Angst waren so groß, wie zu erwarten gewesen wäre. Zu oft hatte er während der letzten Wochen schon dem Tod ins Auge gesehen, um ihn noch so wie früher zu fürchten. Vielleicht war auch einfach zu viel in letzter Zeit auf ihn eingeströmt, so daß sein Geist gegen Überraschungen abgestumpft war. »Du bist...« Er wich einige Schritte zurück, bis er die Wand im Rücken spürte.

»Ich bin der Schattenschmieder des Rats der Sieben. Und nun auch der Herrscher über diese Zitadelle.« Scruuls Stimme wurde spöttisch. »Ich nehme nicht an, daß du mir diesen Titel streitig machen wirst, oder täusche ich mich da?«

Aylon antwortete nicht. Er versuchte sich daran zu erinnern, was er über die Schattenherrn gelernt hatte. Sie waren die Herren des Dunklen Bundes, ihr Rat dem Inneren Zirkel der Ishar nachgebildet, die sieben mächtigsten Caer-Sharuun, mächtig genug, selbst die zahlreichen untereinander zerstrittenen Anhänger eines so lockeren Bündnisses wie des Dunklen Bundes zusammenzuhalten und zu beherrschen. In einer gemeinsamen Anstrengung hatten sie einst die Macht der Schatten beschworen, und jeder von ihnen hatte einen Aspekt der Schattenmagie erlernt. Sie waren mächtig geworden, vielleicht die mächtigsten Magier überhaupt, doch sie hatten auch ihren Preis dafür zahlen müssen. Etwas von ihnen war für immer in der Welt der Schatten zurückgeblieben, aber darüber gab es nur Gerüchte. Fest stand jedoch, daß seither niemand mehr ihre wahren Gesichter gesehen hatte, und wie schon in Therion gelang es Aylon auch jetzt, aus unmittelbarer Nähe, nicht, die wabernde Schwärze unter der Kapuze mit seinen Blicken zu durchdringen.

»Ich bin in der Lage, an jedem Ort, an dem ich schon einmal gewesen bin, eine Schattengestalt entstehen zu lassen«, fuhr Scruul fort. »Zwar bleibt es nur ein körperloser Schatten, doch auch wenn ich damit keinen direkten Einfluß auf irgend etwas nehmen kann, kann ich durch ihn immerhin sehen, hören und sogar sprechen. Für dich, Aylon, war es in Therion unsere erste Begegnung, aber ich beobachte dich schon länger, viel länger, schon seit ich von dieser Zitadelle erfuhr und beschloß, sie zu erforschen. Seit damals bin ich immer wieder in deiner Nähe gewesen, um herauszufinden, was du vorhast.«

»Wie ... hast du davon gehört? Es ... es wußte kaum jemand davon.«

Der Magier lachte kalt. »Schatten haben viele Ohren, und sie können an vielen Orten zugleich sein. Es gibt nicht vieles, was mir verborgen bleibt. Die Zitadelle zu finden war ein Kinderspiel, aber sie war besser geschützt, als ich dachte. Anscheinend habe ich die Möglichkeiten dieser Technik« – er sprach das Wort verächtlich wie ein Schimpfwort aus – »weit unterschätzt. Ein Grund mehr, sie zu erforschen. Ich geriet in Gefangenschaft, aber glücklicherweise wurden meine magischen Kräfte dadurch in keiner Weise eingeschränkt, so daß ich als Schatten einige Männer hierher führen konnte. Statt mich zu befreien, wurden sie jedoch die ersten, die ihren Willen und ihr Gedächtnis verloren. Du hast diese hirnlosen Kreaturen da draußen ja selbst erlebt.«

Aylon nickte fast gegen seinen Willen. Während er dem Magier lauschte, suchte er in Gedanken verzweifelt nach einem Ausweg. Wie es aussah, konnte er selbst nichts unternehmen. Charalons Reif war ein mächtiges Skiil, aber gegen einen Schattenherrn der Caer-Sharuun würde ihm auch das nicht viel nützen. Wenigstens bestand keine unmittelbare Gefahr, solange Scruul noch redete, und Aylon hoffte, daß er noch etwas mehr Zeit gewinnen konnte. Wenn er selbst auch hilflos war, so bedeutete das nicht, daß das ebenso für die Zitadelle galt. Möglicherweise konnte sie etwas unternehmen. Schon einmal war es ihr gelungen, Scruul zu bannen und gefangenzunehmen, und der Magier war immer noch ein unbefugter Eindringling.

»Warum hast du nicht andere Caer-Sharuun oder gar Schattenherren zu Hilfe gerufen?« fragte Aylon, um das Gespräch in Gang zu halten. Seine scheinbare Gelassenheit hatte jedoch nichts mit Ruhe oder gar Selbstsicherheit zu tun, sondern höchstens mit Betäubung. Bis jetzt waren Schrecken und Furcht noch nicht vollständig in seinen Geist vorgedrungen, und er fühlte sich ein bißchen wie unter dem Einfluß von Drogen, fast als wäre er in Trance. »Ich fürchte, nicht einmal die Zitadelle hätte der Macht von mehreren Schattenherren standhalten können.«

»Wenn überhaupt einer der anderen gekommen wäre, statt die Gelegenheit zu nutzen, seine Macht und seinen Reichtum auf meine Kosten zu vergrößern, so hätte ich mindestens die Geheimnisse der Zitadelle mit ihm teilen müssen. Ein ziemlich hoher Preis, wie es aussieht.«

»Aber warum dann immer noch mehr und mehr Menschen? Es war doch abzusehen, daß es ihnen nicht anders als den ersten ergehen würde.«

»Falsch.« Aylon konnte das Gesicht des Magiers zwar auch jetzt noch nicht sehen, doch in der Stimme klang wieder deutlicher Triumph mit. »Eine solche Invasion hat niemand vorausgeahnt. Der Bann wirkt zwar noch, aber er wird schwächer, auf je mehr Opfer er sich verteilt. Ich brauchte nur immer mehr Menschen herzulocken. Nicht mehr lange, und er hätte niemandem mehr etwas anhaben können. Aber dann erfuhr ich von deiner bevorstehenden Weihe und wußte, du würdest herkommen und vermutlich alles verderben, sobald Maziroc dir von der Zitadelle erzählt hätte. Um das zu verhindern, habe ich Lesirian und seine Inquisition auf dich gehetzt, aber dieser Dummkopf hat ebenso versagt wie die Hornmänner. Ich war es, der sie an allen Spähern vorbei zum Dorf der Nomaden und später nach Mithyr geführt hat. Daß sie es trotzdem nicht geschafft haben, dich zu töten, ist eigentlich unbegreiflich.«

Es dauerte ein paar Sekunden, bis Aylon wirklich begriff, was die Worte bedeuteten, aber dann durchdrangen sie sogar den Panzer aus Gleichgültigkeit, den er um seine Gefühle gelegt hatte. »Also hatte Shantal doch recht«, flüsterte er. Sie hatte behauptet, daß kein Mensch unbemerkt an den Wachen vorbeigekommen wäre. Ein Mensch nicht, aber niemand hatte mit einem körperlosen Schatten gerechnet, der jede Stellung auskundschaften und die Hornmänner um die Späher herumführen konnte. Es erschien Aylon unvorstellbar, daß der gesamte Nomadenstamm nur seinetwegen niedergemetzelt worden sein sollte, daß er nicht zufälliger Augenzeuge, sondern der Anlaß dafür gewesen war, noch gelang es ihm, auch diesen Gedanken abzublocken, so daß er im Augenblick auch die Last der damit verbundenen Schuld noch nicht wirklich spürte; aber er wußte schon jetzt, daß sie ihn später um so härter treffen würde. Es war auch kein Trost, daß die Hornmänner das Dorf ohnehin angegriffen hätten. Ohne die Einmischung des Schattenherrn wäre es wenigstens zu einem ehrlichen Kampf anstelle des Massakers gekommen, und möglicherweise hätten die Nomaden dann sogar eine kleine Chance gehabt.

Er stöhnte leise. Wann bloß hatte er die Götter derart verärgert, daß sie einen solchen Fluch über ihn verhängten? Er hatte erst ein einziges Mal in seinem Leben selbst getötet, und doch klebte an seinen Händen mehr Blut als an denen manches kaltblütigen Halsabschneiders. War seine Reise hierher, der Wunsch, sein rechtmäßiges Erbe anzutreten, denn wirklich so ein Frevel, daß er sich, ohne sich dessen richtig bewußt zu sein, seinen Weg nur durch einen blutigen Zoll aus dem Leben Unschuldiger erkaufen konnte und eine Spur aus Tod und Grauen hinterlassen mußte?

»Ursprünglich hatte ich vor, dich spätestens in Therion von meinen Männern aus dem Weg schaffen zu lassen«, fuhr Scruul fort. Er genoß es, seinen Sieg richtig auskosten und sich damit für die lange Gefangenschaft rächen zu können. Er begnügte sich nicht damit, die Zitadelle erobert zu haben, sondern drehte das Messer in der Wunde um, indem er Aylon seine Überlegenheit demonstrierte und ihn damit bewußt demütigte. »Es war bereits alles vorbereitet. Ich hätte die Falle nur noch zuschnappen zu lassen brauchen, aber dann wurde mir allmählich bewußt, wie sehr ich dich überschätzt hatte. Du würdest mir nicht gefährlich werden können. Es wäre sicherer gewesen, dich zu töten, aber es würde alles beschleunigen, wenn ich dich für meine Ziele einspannte. Trotz der zahlreichen Menschen, die ich schon hergelockt hatte, war der Bann immer noch stark, und wegen der eingeschneiten Pässe hatte ich vorläufig keine Hilfe mehr zu erwarten. Ich schätze, ich hätte noch weit über ein Jahr gebraucht, während es so wesentlich schneller ging, wie du zugeben mußt. Aber natürlich habe ich dich nicht ohne Aufsicht ziehen lassen.«

Aylon verzog bitter das Gesicht. »Marco«, murmelte er. »Also doch. Wir waren uns nie sicher, ob wir ihm trauen konnten.« Er sank noch weiter in dem Sessel zusammen, stützte seine Ellbogen auf die Seitenlehnen und preßte die Fäuste unters Kinn. Er war des Kämpfens müde. Mit einem Mal wünschte er sich nichts sehnlicher, als daß alles bereits vorbei wäre. Er hatte so viele Gefahren überstehen müssen, um hierher zu gelangen, hatte so vieles gewagt und durch seinen eigenen Fehler alles verloren, als er sich bereits am Ziel seiner Wünsche gewähnt hatte. Daß dieser Sturz im gleichen Augenblick geschah, in dem seine Hoffnungen sich zu erfüllen schienen, hatte ihn wahrscheinlich am härtesten getroffen. Er wußte, wann er verloren hatte, und selbst wenn es noch eine mehr als hauchdünne Chance gegeben hätte, hätte er sie nicht ergreifen können. Sein Kampfwille existierte nicht mehr; er fühlte sich nur noch leer und ausgebrannt.

»Es war unwichtig, was ihr über ihn gedacht habt. Sicher war es durch ihn für mich leichter, über jeden eurer Schritte informiert zu sein, aber in erster Linie habe ich ihn benutzt, um euch zu helfen. Er hat euch über den Luyan Dhor geführt, hat euch beigebracht, wie man in der Ödnis Sharolans überlebt, und er hat euch die Pferde und den Rest eurer Ausrüstung verschafft, ohne die ihr es keine zwanzig Meilen weit geschafft hättet. Du siehst, ich habe euch wirklich geholfen, wenn auch nicht ganz uneigennützig, wie ich zugebe.« Scruul machte eine kurze Pause. Mit gemessenen Schritten ging er auf und ab, wobei seine Bewegungen Aylon stärker noch als zuvor an das Gleiten eines Schattens erinnerten. »Ich hatte darauf gehofft, daß du die Schutzvorrichtungen außer Kraft setzen würdest, aber daß du mich so bereitwillig befreien würdest, damit hatte ich nicht gerechnet.«

Aylon schwieg. Er vermutete, daß auch sein Wille ansatzweise bereits wie der der anderen Menschen geschwächt worden war, so daß er dem Hilferuf gedankenlos nachgekommen war. Unabhängig davon war ihm aber auch kaum eine andere Wahl geblieben. Binnen weniger Sekundenbruchteile hatte er sich entscheiden müssen, ob er sich den mysteriösen Droiden ergab, nachdem die Zitadelle ihn nicht erkannt hatte, oder ob er versuchte, auf diese Art möglicherweise einen Verbündeten zu finden. »Und was geschieht nun?« fragte er, als Scruul nicht von allein weitersprach.

»Jetzt wirst du mir helfen, die vollständige Herrschaft über diese Zitadelle zu erlangen. Ich verlange, daß du alle deine Privilegien auf mich überträgst.«

Aylon lächelte unfroh. Er hatte nichts anderes erwartet. Ohne seine Mithilfe konnte Scruul nichts erreichen, da die Zitadelle anscheinend nicht nur irgendein Gebäude war, sondern bis zu einem gewissen Grad selbständig zu denken vermochte. »Und wenn ich mich weigere?«

»Ich glaube kaum, daß du das tun wirst«, entgegnete der Magier siegessicher. »Mir schien es ganz so, als hingest du an Flair. Du möchtest sicher nicht, daß ihr etwas passiert.«

Aylon hätte nicht gedacht, daß es noch etwas gab, daß ihn erschrecken konnte, aber erneut war es Scruul gelungen, seinen Panzer aus Selbstaufgabe zu durchdringen und ihn in seinem Innersten zu erschüttern. Er sprang auf. »Was ist mit Flair?« stieß er hervor. »Was hast du mit ihr gemacht?«

»Keine Sorge, ihr ist nichts passiert. Jedenfalls noch nicht. Ob das allerdings so bleibt, liegt allein bei dir.« Der Magier zog etwas unter seiner Kutte hervor, hielt es aber noch mit den Händen bedeckt, so daß Aylon nicht erkennen konnte, um was es sich handelte. »Sie ist ein sehr bemerkenswertes Mädchen, und ebenso bemerkenswert sind ihre Fähigkeiten.«

»Wo ist sie?« Mühsam zwang sich Aylon zur Ruhe. Er mußte besonnen bleiben. Scruul hatte seinen vielleicht einzigen schwachen Punkt gefunden, sich damit aber auch ins eigene Fleisch geschnitten. Da es jetzt nicht mehr nur um sein eigenes Schicksal ging, wich Aylons Gleichgültigkeit. Wenn schon nicht für sich selbst, so war er zumindest bereit, um Flair zu kämpfen. Sie hatte ihm vertraut, und er war für sie verantwortlich. »Woher weiß ich, daß du die Wahrheit sagst? Ich will sie sehen, bevor ich irgend etwas zusage.«

»Ich habe euch beobachtet, als ihr aus Mithyr zurückgekommen seid«, sprach Scruul weiter, als hätte er Aylons Worte überhaupt nicht gehört. »Es hat mich ziemlich beeindruckt, daß Flair einen Blutkristall besaß und ihn sogar beherrschen konnte. Es gibt außerhalb des Labyrinths nicht viele von ihnen, auf ganz Arcana kaum ein halbes Dutzend. Schon seit Jahrtausenden bemüht sich der Dunkle Bund, einen der Schlüssel an sich zu bringen, bislang vergebens.« Er öffnete die Hände und zeigte das Rubinauge, das Flair aus Mithyr mitgebracht hatte. »Genügt dir das als Beweis? Was glaubst du, wie ich unbemerkt hierher gelangen konnte, wenn nicht durch das Labyrinth?«

Aylon warf nur einen kurzen Blick auf den Kristall, dann starrte er wieder Scruul an und versuchte, das Dunkel unter der Kapuze mit Blicken zu durchdringen; aber obwohl es in dem sonderbaren Raum taghell war, gelang es ihm nicht. Gleichzeitig überlegte er fieberhaft. Bevor er irgend etwas unternehmen konnte, mußte er zunächst erreichen, daß Flair zu ihm gebracht wurde. »Ich will mit ihr sprechen, um zu wissen, daß sie noch lebt«, beharrte er. »Wo hast du sie hingebracht?«

Der Magier ließ sich mit der Antwort etwas Zeit. »Sie ist in Mithyr«, sagte er dann und fügte, als er den Schrecken in Aylons Gesicht bemerkte, rasch hinzu: »Keine Sorge, sie ist sicher dort. Sie befindet sich in einem Abschnitt, den ich magisch versiegelt habe. Sie kann nicht fliehen, und es kann auch niemand zu ihr. Falls mir also etwas zustoßen sollte ...«

»Hol sie her!« verlangte Aylon noch einmal. »Mir liegt nichts an der Zitadelle. Ich bin nur hierhergekommen, um etwas über meine Herkunft zu erfahren, und ich weiß, was ich wissen wollte. Du kannst die Zitadelle haben, wenn du Flair freiläßt. Das Mädchen hat nichts damit zu tun.«

»Oh, das hat sie, und zwar wesentlich mehr, als du glaubst«, widersprach Scruul. »Ausgerechnet sie mit ihrer Magie des Formens nach Mithyr zu bringen war ...« Er unterbrach sich. »Ich hole das Kind, sobald ich die Befehlsgewalt über die Zitadelle habe. Mein Wort muß dir genügen.«

»Das Wort eines Caer-Sharuun«, entgegnete Aylon verächtlich. »Und noch dazu eines Schattenherrn.«

»Du bist wohl kaum in der Position, Forderungen zu stellen.«

»So wenig wie du.« Aylon tat einige Schritte und blieb vor einem Wandpult stehen, an dem Lämpchen flackerten und Linien in wilden Kurven hinter Glasfenstern auf und ab schwangen. Einige Sekunden betrachtete er die verwirrenden Anzeigen, drehte sich dann um und lehnte sich behutsam gegen eine Kante des Pults. Zum ersten Mal seit der Begegnung mit Scruul fühlte er sich nicht mehr in der Position des Schwächeren. »Wie es aussieht, sind wir beide aufeinander angewiesen, auch wenn mir das so wenig gefällt wie dir. Du hast Flair, und wahrscheinlich könntest du mich umbringen, aber dann wäre die Zitadelle endgültig für dich verloren. Entweder würde sie dich ebenfalls töten oder aber zumindest den Bann erneuern. Im Moment wartet sie nur ab, um mich nicht zu gefährden.«

Erneut schlug Aylon ein fast körperlich spürbarer Haß entgegen. »Also gut«, fauchte Scruul schließlich und bewegte die Hand so, daß der Ring kurz aufblitzte. »Aber ich warne dich. Wenn du irgendwelche Tricks versuchst, töte ich euch beide.« Er sah sich kurz um, trat dann auf ein freies Wandstück zu und hob den Kristall. Das Metall der Wand begann sich ebenso wie zuvor das Gestein zu wölben, dann klaffte es zu einem Durchgang auseinander, der von dem rötlichen Glühen Mithyrs erfüllt war. Die Silhouette eines Kindes zeichnete sich darin ab, und gleich darauf trat Flair aus dem rötlichen Licht heraus. Verwirrt sah sie sich um, doch noch bevor sie etwas sagen oder tun konnte, packte Scruul sie. Er preßte eine Hand auf ihren Mund und hielt sie wie einen Schild vor sich. Mit weit aufgerissenen Augen starrte sie Aylon an; ein verzweifeltes, stummes Flehen lag in ihrem Blick.

»Damit habe ich meinen Teil der Abmachung erfüllt«, zischte Scruul. »Nun bist du an der Reihe.«

Aylon nickte, langsam und widerstrebend. Er wußte, daß es ihm nicht gelang, den Aufruhr in seinem Inneren zu verbergen, doch er hoffte, daß Scruul es seiner Aufregung zuschrieb und nicht merkte, wie er sich heimlich auf Charalons Reif konzentrierte. Was er vorhatte, war nur eine flüchtige Idee, die nicht einmal die Bezeichnung Plan verdiente, und es gab tausend Gründe, die gegen ein Gelingen sprachen; dennoch mußte er es versuchen. Solange er innerhalb der Zitadelle keine fremde Magie wahrnehmen konnte, bestand eine gute Chance, daß es umgekehrt ebenso war. Allein darauf beruhte sein Vorhaben.

»Hörst du mich, Zitadelle?« erkundigte er sich laut und richtete seinen Blick dabei unbewußt nach oben, zur Decke des Raumes, von wo die Stimme zuvor erklungen war.

»Ich höre Euch«, antwortete sie. »Vor der Zentrale stehen Kampfdroiden bereit und warten auf Euer Kommando. Ich muß allerdings darauf hinweisen, daß Kampfhandlungen in der Zentrale gefährlich wären, nicht nur für Euer Leben, sondern auch für den Bestand –«

»Ich habe nicht vor zu kämpfen«, unterbrach Aylon die Meldung. Gleichzeitig setzte er behutsam die magische Kraft des Skiils ein. Es fiel ihm in dieser Umgebung schwer, ungleich schwerer als gewöhnlich, und er hoffte, daß der Preis, den er später würde bezahlen müssen, um jetzt über diese Kraft zu verfügen, nicht allzu hoch sein würde. Immerhin reagierte Scruul nicht, er schien tatsächlich nichts zu bemerken. »Im Gegenteil. Ich befehle dir, jeden Widerstand zu unterlassen. Schick die Droiden wieder fort. Scruul ist kein Feind. Ich trete meine sämtlichen Vollmachten an ihn ab. Er übernimmt an meiner Stelle die alleinige Herrschaft über die Zitadelle.«

Einige Sekunden herrschte Schweigen. »Das ist unmöglich«, erklärte die Stimme dann. »Der Befehl Eures Vaters lautet ausdrücklich, Euch allein die Befehlsgewalt zu übertragen.«

»Das hast du mittlerweile bereits getan«, erwiderte Aylon. »Das bedeutet, daß die Befehle meines Vaters nunmehr ungültig sind. Nur ich habe Entscheidungen zu treffen. Ist das richtig?«

»Es ist richtig«, bestätigte die Stimme nach kurzem Zögern.

»Demnach mußt du jedem meiner Befehle gehorchen, selbst wenn ich die Herrschaft an einen anderen übertrage. Dafür fordere ich den Gehorsam, den du mir schuldest. Wirst du tun, was ich sage?«

Wieder herrschte einige Sekunden Stille. »Mir bleibt nichts anderes übrig, als Euch zu gehorchen«, sagte die Stimme der Zitadelle. »Allerdings halte ich –«

»Es ist mir egal, was du davon hältst«, fiel Aylon ihr scharf ins Wort. »Ich werde die Stadt verlassen. Sobald ich mich zehn Meilen entfernt habe, wird Scruul alleiniger Herr über die Zitadelle sein, und du hast nur noch ihm zu gehorchen. Hast du das verstanden?«

»Ich werde mich allen Anordnungen fügen«, erklärte die Stimme.

Aylon sah zu dem Magier hinüber. »Reicht dir das?«

Scruul nickte. »Vorausgesetzt, du verzichtest schon jetzt auf deine eigene Macht«, verlangte er. »Damit du keine Möglichkeit mehr hast, den Befehl zu ändern.«

»In Ordnung. Sobald Flair bei mir ist, erlischt meine Befehlsgewalt. Und jetzt laß sie frei.«

Scruul lachte böse. »Du bist ein Narr, das alles hier für die Freiheit eines Kindes aufzugeben«, rief er. »Aber es ist deine Entscheidung. Hier hast du sie.« Er versetzte Flair einen heftigen Stoß, der sie auf Aylon zutaumeln ließ. »Und jetzt macht, daß ihr verschwindet!«

Aylon fing Flair auf. »Keine Angst, es ist vorbei«, flüsterte er. »Er wird dir nichts mehr tun.« Ohne Scruul eine Sekunde aus den Augen zu lassen, ging er rückwärts mit ihr auf die Tür zu. Er drückte auf das kleine Plättchen daneben, und das Metallstück glitt zur Seite.

Auf dem Gang standen die Kampfdroiden, von denen die Stimme gesprochen hatte – ihre einzigen wirklichen Worte, während der gesamte Rest des Gesprächs nur eine mit Hilfe von Charalons Reif erzeugte Illusion gewesen war! Aylon triumphierte innerlich; sein Plan war gelungen. Der Handel war lediglich eine Täuschung gewesen, die Worte der Zitadelle nichts anderes als eine von ihm selbst heraufbeschworene Einbildung. Der Geist des Gebäudes war kein lebendes Wesen, hatte von der Illusion und der vermeintlichen Übertragung der Herrschaft nichts mitbekommen.

»Ergreift ihn!« befahl Aylon und deutete auf Scruul, während er seinen Geist wieder von dem Reif löste. Im gleichen Augenblick fuhr ein stechender Schmerz durch seinen Kopf, als sich das Skiil die zuvor aufgewandte Kraft mit einem Schlag von ihm zurückholte. Er stöhnte. Die Schwäche sprang ihn an wie ein gieriges Raubtier, ließ ihn in die Knie brechen und vereitelte seinen Plan, zusammen mit Flair aus der Zentrale zu fliehen. Vor seinen Augen tanzten bunte Kreise. »Lauf!« stieß er hervor, doch es war bereits zu spät.

»Verrat!« schrie Scruul. Auch wenn er die Zusammenhänge noch nicht durchschaute, erkannte er doch, daß er getäuscht worden war, und er reagierte mit unglaublicher Schnelligkeit. Erneut sprühten Funken aus dem Ring an seinem Finger, dann traf ein Blitz den Knopf neben dem Eingang und ließ ihn zu einem unförmigen Klumpen zusammenschmelzen. Die Metallplatte schloß sich wieder.

Nur Sekunden später traf ein weiterer Blitz den vordersten der bereits eingedrungenen Gepanzerten. Der Stahl der Rüstung wurde von einer unvorstellbaren Gewalt zerfetzt, dann explodierte der Droide. Drähte, Glas- und Metallteile zischten wie kleine Geschosse durch die Luft, bohrten sich in die Anzeigen an den Wänden. Hitze strich wie eine glühende Hand über Aylons Rücken. Wieder zersprangen einige der gläsernen Anzeigen an den Wänden. Funken sprühten dahinter auf. Etwas zischte, und innerhalb der Wände ereigneten sich weitere leichte Explosionen. Es roch verschmort. Ein schrilles Heulen klang plötzlich auf, schwoll an und ab. Dazwischen plärrte die Zitadelle Alarmmeldungen. Ihre Stimme war kaum noch zu verstehen, sie klang blechern und hohl.

Scruul kümmerte sich nicht darum. Wie ein finsterer Rachedamon stand er inmitten des Raumes und schleuderte den

Droiden einen Blitz nach dem anderen aus seinem Skiil entgegen.

Seiner Magie hatten sie nichts entgegenzusetzen. Wenn sie Waffen besaßen, so wagten sie offenbar nicht, sie im Inneren der Zentrale einzusetzen.

Verzweifelt kämpfte Aylon gegen seine Schwäche an. Flair schrie irgend etwas, doch ihre Worte gingen in dem herrschenden Lärm unter. Er stemmte sich auf die Beine und sah sich nach einem Fluchtweg um. Der Knopf, der den Ausgang öffnete, war mit der Wand zu einer glasigen Masse verschmolzen. Am anderen Ende des Raums befand sich ein weiterer Ausgang, doch um dorthin zu gelangen, mußten sie an Scruul vorbeikommen. Ansonsten gab es nur das hinter dem Magier noch immer geöffnete Tor nach Mithyr.

Auch der letzte der Droiden zerbarst unter der Kraft und Hitze eines Blitzes, aber damit war das von Scruul entfesselte Inferno noch längst nicht vorbei. Das helle, künstliche Licht war erloschen, doch überall flackerten Brände und ließen einen gespenstisch zuckenden Schein über die Wände huschen. Die bloße Hitze machte jeden Atemzug zur Qual, aber außerdem erfüllten immer dichtere Rauchschwaden den Raum, und in der Luft lag der beißende Gestank von verschmortem Gummi.

»...müssen hinaus... ersticken...«, fing Aylon einige Wortfetzen Flairs auf. Das Mädchen zerrte an seinem Arm.

Eine grelle Stichflamme loderte auf, dann ließ eine Explosion den Boden erbeben. Aylon fand an einem Wandpult Halt, doch nur wenige Sekunden später bebte der Boden erneut, diesmal so stark, daß er das Gleichgewicht verlor. Die Druckwelle der Explosion erfaßte ihn und schleuderte ihn zur Seite. Wo er gerade noch gestanden hatte, war die massive Wand von der Wucht der Detonation auseinandergerissen worden.

Aylon prallte mit dem Kopf gegen ein Hindernis. Eine Schmerzwelle raste durch seinen Körper. In seinem Mund spürte er den süßlichen Geschmack von Blut. Benommen blinzelte er ein paarmal und stemmte sich auf die Knie hoch. Der

Rauch biß in seine Augen, er wogte inzwischen so dicht, daß alles, was sich weiter als ein, zwei Schritte entfernt befand, nur noch verschwommen zu erkennen war.

Langsam schälte sich eine dunkle Gestalt aus den Schwaden.

»Das ist dein Ende!« zischte Scruul haßerfüllt. »Die Zitadelle ist verloren, aber wenigstens kann ich an dir meine Rache vollstrecken!«

Aylon sah das Blitzen des von Funken umtanzten Ringes, aber er war zu schwach, um dem Blitz auszuweichen, der jeden Augenblick daraus hervorschießen würde, um sein Leben auszulöschen. Sein Körper war wie gelähmt.

»Nein!« vernahm er einen Schrei. Eine zweite, kleinere Gestalt tauchte plötzlich vor ihm auf: Flair. Sie stürzte sich auf den Magier. Der Stoß brachte Scruul aus dem Gleichgewicht, und gemeinsam taumelten sie einige Schritte zurück. Ein düsteres rotes Glühen schien den Rauch blutig zu färben und überstrahlte einige Sekunden sogar den Stein der Flammen.

»Flair!« schrie Aylon. Irgendwie schaffte er es, auf die Beine zu kommen. Er torkelte einige Schritte weit, doch noch bevor er die Öffnung erreichte, hatte sich das Tor nach Mithyr geschlossen, und vor ihm erstreckte sich nur die normale Wand.

»... sofort verlassen!« drang die Stimme der Zitadelle an sein Ohr. »Brände... außer Kontrolle... Vernichtung... Zitadelle sofort verlassen... Explosion...«

Aylon hörte auf, bewußt zu denken. Seine Instinkte übernahmen die Kontrolle über sein Handeln. Hier würde er nichts anderes als den Tod finden. Hustend und keuchend taumelte er auf einen breiten Riß zu, den eine der Explosionen in die Wand gerissen hatte. Er zwängte sich durch die Öffnung und schnappte gierig nach Luft. Auch hier draußen wallte Rauch, aber längst nicht so dicht wie in der Zentrale.

Wieder ließ eine Explosion den Boden erbeben. Eine lange Flammenzunge leckte in den Korridor, erstarb jedoch wenige Meter vor ihm. Trotzdem schlug ihm die Hitze wie ein Glut-hauch entgegen. Immer noch vernahm er die Stimme der Zitadelle, doch ihre Worte waren ein unverständliches Scheppern. Blindlings taumelte er weiter. Stahl glänzte plötzlich vor ihm. Ein Droide packte ihn und zerrte ihn mit sich fort. Aylon stolperte mehr hinter ihm her, als daß er ging, und als er schließlich auch dazu zu schwach war und sich zu Boden sinken ließ, hob der Droide ihn hoch und trug ihn wie ein kleines Kind weiter.

Aylon nahm kaum noch etwas von seiner Umgebung wahr. Dichte Nebel schienen vor seinen Augen zu wallen. Mit aller Gewalt kämpfte er gegen die Ohnmacht an. Nach Minuten, die ihm wie eine Ewigkeit vorkamen, spürte er frische Luft und wußte, daß er sich im Freien befand, aber der Droide schleppte ihn immer noch weiter.

Ein gewaltiger Donnerschlag drang an Aylons Ohren. Es gelang ihm, die Augen weit aufzureißen und die Nebelschleier fortzublinzeln. Ein gigantischer Feuerpilz wuchs hinter ihm in die Höhe, wurde größer und größer und schien nach dem Himmel greifen zu wollen, um auch ihn zu verbrennen.

Aber noch bevor es dazu kam, wurde es Aylon erneut schwarz vor Augen, und gleich darauf verlor er endgültig das Bewußtsein.

Epilog

Es war früher Morgen, als Aylon ins Freie trat. Über der Stadt lag Nebel; nicht mehr nur um die Außenmauern, sondern auch zwischen den Häusern und den Bäumen und Büschen der Parks trieben vereinzelte Schwaden, die noch nicht vor der Morgendämmerung und der langsam über den Horizont kletternden Sonne gewichen waren.

Er hatte es sich während der letzten Wochen angewöhnt, jeden Tag in aller Frühe aufzustehen und einen ausgedehnten Spaziergang zu unternehmen, der ihn immer wieder als erstes an die Stelle führte, an der er nach der Flucht aus der Zitadelle erwacht war. Mittlerweile wußte er nicht einmal mehr, wie lange es schon her war, ob es sich um ein paar Wochen oder schon Monate handelte. Irgendwann war er in dem winzigen Park am Rand der kalten Zone wieder zu sich gekommen. Er hatte vollständig den Überblick über die Zeit verloren, lebte vom einen Tag auf den anderen und wartete, ohne selbst zu wissen, worauf. Er starrte auf den Droiden hinab, der noch ebenso dalag, wie er in jener Nacht in dem Moment gestürzt war, als die Zitadelle explodierte und einen riesigen, noch über Tage hinweg rauchenden Krater im Zentrum der Stadt hinterlassen hatte.

Von Flair und Scruul hatte Aylon nichts mehr gesehen und gehört. Während der ersten Zeit hatte ihm schon die bloße Erinnerung an das Mädchen Schmerzen bereitet. Einige Male hatte er sich im Laufe ihrer Bekanntschaft einzureden versucht, daß er sie haßte, doch es war ihm nie gelungen. In Wahrheit war sie fast wie eine Tochter für ihn gewesen, eine Tochter und Freundin gleichzeitig. Ihr Verlust, der Gedanke, sie vermutlich nie mehr zu sehen, tat immer noch weh, und das, was unter Scruuls Einfluß aus ihr werden würde, wagte Aylon sich nicht auszumalen.

Staub und Sand wirbelten unter seinen Füßen auf, während er mit gesenktem Kopf, tief in Gedanken versunken, durch die Straßen wanderte. Die lärmende Fröhlichkeit war verstummt, die Stadt verlassen, tot. Mit dem Ende der Zitadelle waren nicht nur die Droiden und alle anderen Schutzsysteme ausgefallen, sondern auch der Bann erloschen, der den Willen der Menschen lähmte. Es hatte eine Weile gedauert, bis Scruuls Opfer wieder richtig zu Bewußtsein gekommen waren, bei einigen nur Stunden, bei anderen Tage. Es gab nichts mehr, was sie hier hielt, zumal sie auch niemand mehr mit Essen und Getränken versorgte. Sie hatten das vermeintliche Paradies verloren und waren fortgezogen, zwei Wochen nach der Explosion die letzten, angeführt von Floyd.

Aylon hatte sich vor ihnen verborgen gehalten, selbst vor

dem Gaukler, obwohl Floyd während der zwei Wochen verzweifelt nach ihm gesucht hatte. Er wollte nicht reden, nichts erklären, sondern nur allein gelassen werden, um Zeit zum Nachdenken zu finden. Es gab einige Quellen, aus denen er trank, und einige der Bäume und Büsche trugen genügend Früchte, daß er keinen Hunger litt.

Vielleicht, dachte Aylon manchmal, war es sogar gut, daß alles so gekommen war. Beim ersten Mal hatte er die Aufzeichnung seines Vaters nur gehört, sie jedoch kaum verstanden. Je öfter er hingegen in Gedanken wiederholte, was er davon behalten hatte, desto mehr gelang es ihm, ihren Sinn zu entschlüsseln. Sein Vater hatte es gut gemeint, hatte ihm das Wissen seines Volkes als Erbe hinterlassen wollen, aber es war ein fremdes Wissen, das nur Unheil gebracht hätte. Vielleicht würden die Menschen auf Arcana selbst eines Tages Bauwerke wie die Zitadelle errichten und in Schiffen aus Stahl zu fernen Welten fliegen, aber wenn, dann würden sie sich dieses Wissen selbst erarbeiten müssen.

Manchmal waren selbst Geschenke noch zu teuer.

Aylon verharrte plötzlich mitten im Schritt und bückte sich. Vor ihm ragten in einer Ritze zwischen den bislang tadellosen, wie neu gelegt aussehenden Steinplatten die zartgrünen Spitzen eines Grasbüschels auf. Einige Minuten starrte Aylon sie nur an, dann glitt zum ersten Mal seit Wochen wieder ein Lächeln über sein Gesicht. Was er sah, war mehr als ein paar Grashalme. Es war für ihn ein Symbol, das erste Zeichen, daß nun, nach dem Ausfall der Droiden, die seit fast einem halben Menschenalter aus der Umgebung der Zitadelle verbannte Zeit zurückkehrte, um ihr Recht zu fordern. Nicht einmal die Bauwerke der Fremden waren unvergänglich. Auch sie waren dem Verfall ausgeliefert, und es würde nicht mehr lange dauern, bis auch sie ein Opfer der Natur geworden waren: eine vergessene Ruinenstadt, die wie alle anderen Städte in ferner Zukunft von der Zeit ausgelöscht sein würde.

Es erfüllte Aylon mit einer sonderbaren Beruhigung, daß es nicht einmal dem scheinbar so grenzenlos überlegenen Volk seines Vaters gelang, etwas Ewiges zu errichten. Als hätte es nur dieses Beweises bedurft, spürte er, als er sich nach einer Weile wieder aufrichtete und weiterging, daß ihn nun nichts mehr in dieser Stadt hielt. Plötzlich wußte er, daß er auf ein Zeichen wie dieses gewartet hatte, und nun war die Zeit des Aufbruchs gekommen.

Aylon wußte noch nicht, was er unternehmen würde, wenn er die Stadt verlassen hatte. Vielleicht würde er nach Cavillon zurückkehren, aber er glaubte es nicht. Wahrscheinlicher erschien es ihm, daß er nach Süden gehen würde, wo die Damonen in ihrem Vernichtungskrieg gegen die Menschen fast schon die Grenzen Larquinas und der Nordermark erreicht hatten, vielleicht aber auch weiter nach Osten, um zu erforschen, was jenseits des Ödlandes von Sharolan lag.

Auf alle Fälle jedoch würde er nicht mehr lange hier bleiben. Zu vieles erinnerte ihn hier an sein bisheriges Leben: die Träume, Hoffnungen und Ideale, die er gehabt hatte. Was er brauchte, war ein Ort, an dem er vor seiner Vergangenheit fliehen konnte, um zu versuchen, ein völlig neues Leben zu beginnen. Aylon wußte, daß er diesen Ort finden würde.

Irgendwo. Er hatte viel Zeit, danach zu suchen.

Sehr viel Zeit.

Terry Brooks – Shannara

Terry Brooks
Das Schwert von Shannara
23828

Terry Brooks
Der Sohn von Shannara
23829

Terry Brooks
Der Erbe von Shannara
23830

Terry Brooks
Die Elfensteine von Shannara
23831
Der Druide von Shannara
23832
Die Dämonen von Shannara
23833
Das Zauberlied von Shannara
23893
Der König von Shannara
23894
Die Erlösung von Shannara
23895

GOLDMANN